JARDÍN

Dulce María Loynaz

JARDÍN

Novela lírica

Lota:

La memoria es un síndrome
inevitable.

Te abraza,

Salamandra.

EDITORIAL LETRAS CUBANAS
LA HABANA, CUBA

Tomado de la primera edición: Aguilar, 1951
© Dulce María Loynaz, 1993
© Sobre la presente edición:
Editorial Letras Cubanas, 1993
Palacio del Segundo Cabo,
O'Relly 4, esquina a Tacón
La Habana, Cuba
Edición: Ana Victoria Fon
Diseño interior: Xiomara Leal
Cubierta: Rafael Morante
Corrección: Sonia Carreras
I.S.B.N.: 959-10-0053-7
I.S.B.N. España: 84-599-3312-1
Depósito Legal: M-7068-1993
Imprime S.S.A.G., S.L., MADRID (España)

Ve la luz Jardín, *por primera vez en Cuba, al publicarlo la Editorial Letras Cubanas con el mismo cariño e ilusión con que lo hiciera Aguilar en 1951. Creo que lo anterior, en parte, justifica el haber colaborado en la actual edición. El lector que conozca la novela, comprobará que he respetado, como era de rigor, la forma y fondo de la obra.*

Agradezco a la editora por la revisión de los textos; porque con su aliento, la tarea ha sido más fácil de llevar a cabo.

LA AUTORA

PRELUDIO

Ésta es la historia incoherente y monótona de una mujer y un jardín. No hay tiempo ni espacio, como en las teorías de Einstein. El jardín y la mujer están en cualquier meridiano del mundo — el más curvo o el más tenso —, y en cualquier grado — el más alto o el más bajo — de la circunferencia del tiempo. Hay muchas rosas.

No es, gracias a Dios, una novela humana. Quizá no sea siquiera una novela. El Diccionario de la Lengua dice — y hay que creerlo — que novela es una obra literaria donde se narra una acción fingida; y cabe preguntar si merece el nombre de acción este ir y venir infatigables, este hacer caminar infinitamente a una mujer por un jardín.

Si no lo merece, no habrá novela, al menos considerado el punto en buena retórica; y si, por el contrario, le justificamos la condicional de acción, forzoso es convenir en que su trama ha resultado tan espaciada y débil, tan desprendida a tramos, que apenas alcanza para sostener la armazón de los capítulos, que, sin embargo y sin previsión de la inconsistencia en que se asientan, han querido llevar — a usanza de los lindos capítulos de estilo — un nombre y un número.

No sé si, una vez hecha, se me rompa la invertebrada historia en otras manos menos cautelosas que las mías y con menos precisión de serlo. No sé si los lindos capítulos se echarán a volar a la primera mano que abra el libro. Previendo ese final, he querido añadir a la palabra *novela* el adjetivo *lírica*, que más que paradoja viene siendo como una atenuante, como una explicación.

Nada lo libra, sin embargo, de ser un libro extemporáneo, aunque una mujer y un jardín sean dos motivos eternos; como que de una mujer en un jardín le viene la raíz al mundo.

Extemporáneo porque, para fatiga mía, voy contra la corriente. Como no pude nunca interesarme en las cocinas modernas ni en los idilios de casino dominguero, he venido a hacer de la criatura de mi libro un ser de poca carne y poco hueso, un personaje irreal, imposible de encajar en nuestros moldes, en nuestros modos, en nuestros gustos, y hasta en nuestras creencias.

Así salió de la punta de mi lápiz; así la desentrañé de su jardín y la volví a él, fresca todavía, con frescura de mata, e intangible.

No se me oculta que este huésped intruso, esta recién venida inesperada, por su sola presencia, aun sin moverla mucho, aun sin tocarla, me hace ya arrostrar grandes peligros; hasta el peligro de lo inverosímil, de la ira que acarrea lo inverosímil en nuestra época, en que hay que vivir — y morir... — de realidad.

Acaso podría haberme hecho perdonar estas furtivas incursiones al reino de la fantasía, esta ligereza, este mariposear en los linderos de lo prohibido, si a fin de cuentas me hubiera propuesto algo útil o, por lo menos, definido en ello... Pero ni aun eso puedo alegar a mi favor.

Si en vez de dar a la protagonista ese nombre de Bárbara, tan duro; ese nombre recio y tajante, que parece pesar sobre sus hombros delicados, hubiérala llamado algo parecido a Psiquis, habría, por lo menos, alcanzado algún fin, me habría por de pronto aproximado al Símbolo, única escuela, única concreción que todavía me inquieta, y también única, quizás, a la que podría aspirar.

Pero aun eso, con no ser mucho, era demasiado para mis fuerzas, y así, el doblar de las hojas que siguen sólo será, para el que quiera doblarlas, una sucesión inconexa y entrecortada, a veces, de árboles y de agua, de árboles que se nos confunden con figuras humanas o figuras deshumanizadas que nos parecieron árboles y que se nos quedan atrás, que no distinguimos bien, como si las viéramos pasar fugazmente por la ventanilla de un tren en marcha.

En algún momento, la mujer se nos contagiará del antiguo misterio vegetal que aprisiona su vida; en otro, será el jardín el que abandone su rigidez leñosa, el que se vivifique a ese temblor de sístoles y diástoles que ella logra traspasarle a la honda raíz, al tallo tibio.

Aún debo confesar, ya que el que lee tiene derecho por lo menos a la honradez del que escribe, que me ha faltado enteramente el propósito de hacer amena esta lectura. Tal vez no escribí la poco entretenida historia de Bárbara para que fuese leída; tal vez sólo busqué en la aventura el modo vago de liberarla de sí misma, de afirmarle los pies entumecidos en un camino nuevo, sin saber de fijo a dónde el camino me la llevaría...

Como he tardado siete años en hacerlo, no creo que sea obra perdonable. Éste es un libro extemporáneo; no es malo, sino fuera de ocasión.

Yo le hubiera hecho aguardar más tiempo a mi sombra. Las cosas, en mí, van muy lentamente, y me hubiera sobrado paciencia para una espera de veinte años; lo que hoy me mueve a empujarlo de este umbral obscuro en que suspenso permanece, ha sido el pequeño, insidioso temor que me asaltó de pronto una mañana, de que su hora ya no estaba por venir, sino que había pasado.

Un sabio alemán debe consolarme de estas penas. Decía Schleider: «¿En qué es inferior el horticultor que nos presenta frutas delicadas al botánico consumado que nos describe los tejidos vegetales? ¿Es verdaderamente científico que haya desdén de uno para otro?»

Viejo filósofo de los Nortes, dime también a mí, que de otro modo me he puesto a andar con plantas y con tierra, que amo también el verde, y a mi manera le persigo o le doy el alma obscura que late en su clorofila —sensible misterio de la luz—; dime con tu palabra serenadora que este libro tampoco será menos que la fruta del horticultor paciente. Que sea —nada más— como la fruta, como la fruta que nos presentan sonriendo en una tarde de verano...

La Habana, junio 21 de 1935,
a las siete menos cuarto de la tarde.

Sólo los animales encuentran natural la Naturaleza.

Teixeira de Pascoaes

BÁRBARA pegó su cara pálida a los barrotes de hierro y miró a través de ellos. Automóviles pintados de verde y de amarillo, hombres afeitados y mujeres sonrientes, pasaban muy cerca, en un claro desfile cortado a iguales tramos por el entrecruzamiento de lanzas de la reja. Al fondo estaba el mar.

Bárbara se volvió lentamente y entró por la avenida de los pinos.

Una gran luz que venía de un punto indefinido proyectaba extrañas sombras sobre los senderos del gran jardín.

Era la sombra de los árboles enjutos y de las estatuas mutiladas a lo largo del camino medio borrado entre la yerba.

El vestido se le enredó en un rosal, y las rosas estaban frías. La luna gris apareció en lo alto de la casa.

Brillaron los muros blanqueados de cal, cuadrados y simétricos; brillaron las rosas.

Y ella también brilló en una espesa claridad de espejos.

Y así, de pronto, la luna empezó a temblar con un temblor cada vez más apresurado, más violento cada vez, y las sombras de las cosas giraban al revés y al derecho, y Bárbara se detuvo y miró a lo alto. La luna se desprendía; desgarraba las nubes y se precipitaba sobre la tierra dando volteretas por el espacio.

Pasó un minuto y pasó un siglo. La luna, en el alero del mirador, rebotó con un sonido de cristales y fue a caer despedazada en el jardín a los pies de Bárbara.

Astillas de luna saltaron sobre su cara, y ella pudo sentir todavía un frío desconocido.

Se arrodilló en el sendero, recogió de entre la yerba la luna rota y la envolvió en su chal de encaje.

La tuvo un rato entre las manos, dueña por unos segundos del secreto de la noche. Luego hizo un hoyo muy hondo en el lugar en que la tierra era más tibia... Y así enterró la luna en el jardín.

Arriba plantó un gajo de almendro, y se fue con las manos húmedas embarradas de tierra y de luna.

Afuera pasaban los automóviles verdes y amarillos...

PRIMERA PARTE

*Dios Todopoderoso, primeramente
plantó un jardín.*

Bacon

Capítulo I
RETRATOS VIEJOS

Bárbara está en su alcoba mirando retratos viejos. La alcoba tiene las paredes encaladas y altísimo el techo de viguetería, rematado por un friso que representa combates de monstruos, guerreros acometidos por dragones y vuelos de grandes aves negras.

Un cortinaje de color violeta muy desteñido cuelga sobre los huecos de las puertas, haciendo de fondo obscuro y movible como el lecho de un río a los grandes muebles de madera tosca, aún con pesadez del árbol primitivo; entre las masas de sombras clarea el espejo, puesto tan alto que nadie podría mirarse en él. Su turbia luna sólo refleja el tropel de dragones empolvados del friso.

Algunas veces, Bárbara ha sentido pena por este espejo inútil, sin renuevo de imágenes, condenado por siempre a la inmovilidad y a la ausencia de toda vida.

Pero ahora ella sólo está atenta a su redada de retratos, que van saliendo del pasado como de un mar revuelto donde ella fuera la única perdida pescadora.

Hay una ventana que cae al jardín; luce un poco de verde a través de la entornada puerta... Una puerta que nunca puede abrirse por impedirlo el tronco de un almendro que arranca junto al mismo muro de la casa, afirmando en él, con presión lenta y creciente, sus nervudas ramas.

En el aire persiste un suave olor de almendras y de menta, olor frío y amargo de que se impregnan las cortinas, las sábanas del lecho, los pájaros embalsamados en las rinconeras de mármol. Una colección de litografías antiguas que reproducen la historia de Thais, mitiga a tramos la blancura áspera y casi rechinante de las paredes... En el reloj de la consola marcan las agujas horas absurdas; pero sabemos que va caído el mediodía, porque un chorro de oro vivo fluye por el trasluz de la ventana y baña la figura pensativa, absorta en la banal dedicación.

Bárbara está mirando retratos viejos, y sus manos tienen la fina amarillez de las cartulinas esparcidas sobre su lecho.

Los retratos crecen y forman una pirámide que pronto se desploma y se vuelve a formar junto a la cabecera; algunos caen al suelo, y un soplo de la brisa los arrastra, los dispersa entre una blanca fuga de bolas de naftalina. La naftalina es dura y fría como grano de estrellas.

Sabrosa melancolía de los retratos viejos... Hundir la mano en la empolvada burguesía de los grupos familiares — el niño más pequeño en el maternal regazo, cabezas en escalinata, el perro moviendo la cola...

¡Y las modas antiguas, los absurdos cuerpos invertidos, las cataratas de lazos y pasamanería!...

La bisabuela joven... La cara, un poco borrada, no se ve bien — vuelitos, vuelitos de encaje... —. Sobre el pecho amplio, muy escotado, una preciosa cruz de filigrana, una cruz como la que Bárbara oprime ahora despacio entre sus dedos...

(Los pájaros embalsamados alargan sus cuellos y pegan los picos al cristal de sus urnas para ver mejor.)

La tía-bisabuela, eso es... Y ¿cómo sería? Dicen que era la mujer más bella de su tiempo, y que tenía un ojo de distinto color que el otro; un ojo más azul y otro más verde...

Las bolas de naftalina tropiezan, deteniéndose, con las flores pintadas en la alfombra, y el olor de almendras se mezcla con el olor antiséptico y refrigerante de la nafta. (¿Hay sombras bajo el agua estancada del espejo?...)

La bisabuela fue la mujer más bella de su tiempo, y seguramente la más amada... Era un poco rara y murió joven. Unos dicen que la envenenaron con zumo de adelfas, y otro insinuó también que ella misma se había clavado en el corazón el alfiler de oro de su sombrero.

Se mueven las hojas verdes por el espacio que deja libre la entornada puerta. ¿Quién anda por el jardín sin ruido en los pasos y con batir de hojas, con escapar de pájaros?...

Las manos de Bárbara remueven los retratos, deshacen envolturas, entresacan los de más abajo... Sale un daguerrotipo primitivo, casi borrado ya. Sólo se distinguen los entorchados del uniforme y los ojos fijos, de una obscura, impenetrable fijeza; es el retrato del lejano ascendiente, Almirante del Rey, al que retrataron muerto.

Bárbara se esfuerza en adivinar los rasgos de la cara inexpresiva, un poco abotagada ya... Sólo miran los ojos; miran con un vago pavor, con un asombro infinito...

Las manos se han estremecido ligeramente, y el daguerrotipo rueda por la alfombra...

Ahora viene el retrato de un adolescente que Bárbara no sabe quién es. El pelo raramente peinado le cae sobre los ojos en un fleco pálido, y en el cuello emerge suave de un rodete de encaje. Un camisolín de seda floja desdibuja los contornos del cuerpo un tanto endeble, cuerpo de niño crecido demasiado aprisa...

Bárbara se sonríe muy levemente... Hace rato, cuando andaba por el jardín, estaba ya pensando en este muchacho del retrato... Desde antes pensaba, desde ayer, junto al mar, doblada por el viento; todavía antes quizás... (¿Desde cuándo?...)

¡Cómo estaba su vida llena de preguntas sin respuestas! ¡Cómo hubiera querido saber quién deslizara este pálido rostro entre los retratos viejos de su casa!... Porque él no tenía adherida la sutil ceniza del tiempo; parecía él distinto a los demás, no le hallaba ese aire singular, indefinible, que toman los retratos de los que han muerto.

Dijérase que iba a sonreír de un momento a otro... Ella, mirándolo, casi esperaba la sonrisa pronta a florecer bajo sus ojos obstinados... Imposible sonrisa de los muertos. ¡Quién volviera a tenerla tibia todavía, apretada contra el corazón!...

Bárbara voltea lentamente la fotografía entre los dedos. Hay letras al dorso, letras de pluma casi ilegibles.

La primera letra es una *P* fina y erguida como una espiga, y la siguen otras dos o tres letras que se pierden. Luego, muy claro y muy firme, muy ajustado al renglón, un nombre: Bárbara...

Extraña coincidencia... Hay más palabras ilegibles, y la última que se ve mejor, empieza por una *A*, una *P* seguida de otra *A*, una *R*; no, una *S*... Estas dos letras están borradas: *Apa*... ¿*Apacentar,* acaso? El jovencito tiene apariencia de pastor indolente, de pastor fatigado de apacentar tristezas.

¿*Apa*...? ¿*Apagar*, más bien? Apagados son los ojos del adolescente bajo el fleco de pelo tibio... Apagada es su boca en la blancura de su rostro, como la brasa pálida que el viento arrastra lejos de la hoguera.

¿Cuál es la letra fina que apunta en el extremo? Es una *E*; la palabra concluye en *E*, y antes de la *E* hay una *T*; y antes de la *T*, una *N*, y la palabra dice: «Apasionadamente.»

¿Apasionadamente?...

Donde debió estar el nombre del dedicador del retrato hay una comedura de polilla, y de la pequeña tumba sólo se ha salvado la letra inicial, una hermosa *A* inglesa que se quedó fuera, fresca, como acabada de escribir.

Ésta es una *A* bien clara, con la que puede empezar el nombre de Alberto o el de Armando; quizás sea la *A* de Alfonso, que es como más redonda, o la de Alfredo, un nombre tan romántico. Y la letra se mueve, se despereza con la brisa que entra por el cuchillo de la ventana.

(El hoyo de la polilla se va llenando de melancolía...)

¿Es Bárbara un nombre de las mujeres de la familia? ¿Se llamaba así la bisabuela de las adelfas?

Un sol de primavera pinta rayos dorados en la alfombra.

Las nerviosas manos se impacientan y derrumban en el aire los restos de la última pirámide.

El retrato de un niño cae de improviso sobre su falda, y allí se queda mirándola sonriente... ¡Ay, las sonrisas de los muertos!... ¡Este retrato sí que Bárbara lo conoce bien!... Es el del hermanito muerto a los tres años. Ella lo mira sin tocarlo. No es más que un niño encaramado en un caballo de cartón, pero tiene en la boca firme y voluntariosa un gesto triunfal.

Da un poco de pena el verle entre los juguetes con que no jugó mucho tiempo; y pena el mirarle como en espejo roto los mismos ojos almendrados de ella, el mismo modo de colocar los dedos muy separados entre sí.

Bárbara se acuerda de cuando él murió, y de la misteriosa voluptuosidad que su corazón de niña enferma probara ante los cojines de raso y la camada fresca de azucenas en que lo tendieron...

Recordó también la extraña, la dolorosa alegría que la turbara días después, cuando la madre, sin llanto y sin palabras, puso en sus manos aquel barquito encerrado en un pomo de cristal, que ella había deseado tanto, y que su orgulloso dueño no le dejó tocar nunca...

Había sido necesario que él muriera, que él dejara la casa sumida en silencioso cataclismo, para que ella pudiera alcanzar un poco de su omnipotencia, uno solo, el más leve de sus derechos.

Bárbara se ha sonreído casi imperceptiblemente; luego toma el retrato con la punta de los dedos y lo desliza entre las infinitas páginas de una Biblia.

Hay sol en la alfombra y en la cristalería de los arcos de medio punto. Las manos tornan a buscar el retrato del adolescente de la elegante letra inglesa.

A puede ser Alberto o puede ser Alfredo... Estos ojos no se ven bien bajo las hebras de pelo fluido, incoloro.

Apasionadamente...

¡Qué palabra tan rara!... Suena a agua honda removida, a estrellas removidas si las estrellas sonaran. Suena como una vez sonó el mar cuando venía sobre el jardín aquella noche de tormenta, con sordo rezongar que se iba haciendo cada vez más cercano y poderoso.

Apasionadamente, apasionadamente...

(Hay un incendio de sol tras los cristales...)

Bárbara, un poco turbada, no sabe qué hacer con su soledad y revuelve los retratos sobre la cama... De pronto, la mano le tropieza con un hacecillo de postales atadas con una cinta azul.

Ella lo acerca a su pecho, y por encima del ruedo de retratos se esparce una segunda sonrisa...

Empieza a desatar las cintas y a mirar las fotografías por su orden. Son todas de una misma imagen, una niña que vive, crece y se conforma a través de ellas.

La sonrisa tiembla y se alarga más allá de la comisura de los labios, subiendo por las mejillas a romperse en puntos de oro dentro de los ojos... Toma el primer retrato y ve a la niña de dos años con cabellos escasos y cintas que le caen por la cabeza. Muchas cintas y encajes también sobre el vestido tirante de los hombros, inclinándola desgarbadamente hacia delante. Zapatos con hebillas más grandes que los pies.

La sonrisa de Bárbara sigue creciendo, y la alcoba se llena de puntos de oro, y el aire se borda de lentejuelas...

Bárbara mira el retrato y piensa. Piensa y sonríe. Sonríe y hace de luz el aire y el minuto y la vida...

¿Y la vida?...

Capítulo II
LOS PRIMEROS RETRATOS

La cartulina se ha inflado ligeramente. Parece que se va a rajar por los bordes... se raja ya. Y la Niña, alzando un pie en el aire, salta sobre la cama.

Este aire de alcoba, donde se ha batido mucho tiempo una sonrisa, es una luminaria. Un sordo zumbido va creciendo, y se diría que un enjambre de abejas pasa estremecido, o que en él exprimieron, gota a gota, el sol.

Luego, los puntos de oro se van apagando hasta no quedar más que algunos rezagados, prendidos aquí y allá por los repliegues de las cortinas, por las ondulaciones de las sábanas. Puntos de oro salteados, picadura, ceniza de sonrisa consumida...

Pero la Niña sigue aún sobre la cama; ahora está acostada y soporta encima una montaña de mantas y de colchas. Debe de tener fiebre, porque el sudor gotea por su frente; la frente que se huye, la frente donde los cabellos mojados dibujan extraños signos.

La Niña se nos pierde en la gran cama de las cuatro columnas, con las cuatro esferas de ónice encima de las cuatro columnas. Hay una madre que la mira como se miran las cosas que no podremos mirar por mucho tiempo.

La ventana está abierta. Creímos que no se podía abrir, pero está abierta; aún no ha crecido un gran tronco de almendro junto a ella, y las puertas, tendidas como brazos de luz, dejan ver la mañana temblorosa de trinos, reluciente de sol.

Dulzura del sol, dulzura de nuestra mañana dejada en la ventana por los pájaros, traída por los pájaros a manera de un velo de oro...

¡Mañana bonita para jugar al aro, para esconder entre un rosal los espejuelos de Laura!

De pronto entran muchas caras tristes, hacen gestos y cierran la ventana...

La Niña se vuelve de cara a la pared. Es una niña triste, y eso que no sabe aún cuántas puertas van a cerrarse en su vida... Es una niña triste. El suelo está lleno de corchos de medicinas destapadas sin ruido y sin tregua toda la noche.

Medicinas blancas de magnesia blanca, medicinas de aceite verdoso con sabor a retamas, medicinas amarillas y blancas de hipofosfitos, medicinas de hierro, medicinas rojizas, quemadas, tristes...

Medicinas granuladas en botes de loza, medicinas en pomos con rótulos misteriosos, rótulos consoladores donde hay un hombre que lleva a la espalda un gran pescado.

Medicinas, medicinas, medicinas...

Los ácidos huelen ásperamente. Las sales están llenas de melancolía... «Jarabe, para la tos, de Pino Marítimo»...

—Tómalo, hijita, tómalo... Mira: una vez cogieron los pinos del mar y exprimieron todas las hojas verdes en un tazón del tamaño del cielo...

«El Renovador Dupont»...

—Si tomas una cucharadita, te regalaré la muñeca de crespos rubios que dice *mamá* y *papá*...

«Jarabe Yodado para el Paludismo y la Anemia»...

—Corazón mío, corazoncito...

Medicinas...

Caras tristes que se amontonan junto al lecho, que surgen de entre las colgaduras y los pilares... Hablan en voz baja y no se atreven a tocar a la Niña...

Detrás de la puerta cerrada está la mañana temblorosa de trinos y reluciente de sol... (¿Estará todavía?)

La Niña no sabe. Ella no sabe nada, y mira hacia el techo, hacia los dragones de ojos de fuego que parecen próximos a saltar sobre ella.

No mira, no, los juguetes de que está llena su cama: la muñeca rosada de redondos carrillos de *biscuit*, ni la diminuta alquería de tejadillo rojo, salpicada de aves con plumas de verdad, ni los patines de fino acero encordelado, ni el gato de fieltro con amarillos ojos de cristal... No mira el barco de chimeneas que echan humo; el precioso barco que yace empolvado sobre la mesa y con el que no pudo jugar nunca... (A la Niña no la dejan jugar con agua.)

No quiere ver al hombre gordo que le pone una aguja de cristal bajo el brazo.

No quiere ver las caras tristes que palidecen en la sombra del cuarto cerrado.

La Niña mira inmóvil, alucinada, las figuras del friso, y nadie encontrará nunca la raíz del vago terror que se le quedará para siempre en las pupilas...

(La otra noche, aquel dragón de la izquierda, el que tiene rota un ala, saltó sobre su cama y la mordió en el pecho: por eso le duele tanto allí, y tiene como una mancha morada...)

(Caballero guerrero, sujeta al dragón; sujétalo con tu escudo lleno de signos, para que no vuelva a saltar sobre la Niña... Y el otro, el del caballo alzado en dos patas, venga también, venga en seguida a sujetar al dragón malo que muerde a las niñas enfermas. Sujeten al dragón...)

El hombre gordo sólo sujeta la aguja de vidrio; la sujeta en el aire, y una cadena de oro ondula y atraviesa su vientre agitado.

Las caras tristes se inclinan más y más... La aguja de cristal tiembla en los dedos y cae al suelo, quebrándose en briznas de estrellas...

El hombre gordo hace una mueca, y de pronto parece ahogarse entre su cuello acartonado.

Las caras tristes se caen también sobre las sábanas.

El tubo de cristal está roto en el suelo.

¡Sujeten al dragón, sujeten al dragón!...

2

El otro retrato es la misma niña más crecida: son seis años escasos y una sonrisa artificial debajo de un enorme sombrero de plumas... De súbito parece que han retratado un sombrero.

Luego comienzan a asomar bajo el plumaje espeso, un vestido almidonado, una carita sin expresión (carita almidonada con el vestido...) y un par de piernecillas aprisionadas en sendos zapatos de charol con hebilla y lazo. Mucho zapato para una niña que va a andar tan poco...

El fondo del retrato es una cortina donde se ve, pintado al *crayon*, un precioso mar de olas encrespadas, con barcos de vela muy alineaditos.

También se ve a lo lejos un promontorio de rocas, un castillo sobre el promontorio, una bandera sobre el castillo... ¡Y pájaros volando!...

La sonrisa de Bárbara torna a encenderse... Vuela más alta que los pájaros... Flechas de oro atraviesan el aire, lo acribillan con destellos blancos, amarillo pálido, amarillo fuerte... Y el mar empieza poco a poco a moverse.

¡Crecen las olas, baten las olas contra el acantilado y alcanzan el promontorio, salpicando la bandera del castillo y la cara pensativa que escruta el horizonte!

Crecen las olas, sopla el viento... (El sombrero de plumas, desprendido de la cabeza, se va volando...)

Suben cangrejos de la mar; el viento trata en vano de agitar el vestido almidonado y la almidonada sonrisa; las trenzas largas sí que flotan tendidas en la paz de la tarde.

Mar. Mar hondo y amargo. ¿El de sus ojos acaso?

¿El que luce ensoñado entre sus ojos, el que enfría en sus ojos, el que atrae, el que hunde, el que ahoga en sus ojos?...

¡Ay, no! Mar de la fotografía; mar instalado en el salón del fotógrafo dueño del mar y de las mil y una palomas que salen volando todos los días de su cajita negra para los niños lindos que se dejan retratar sin moverse.

Aquí hay una niña que no se mueve mucho y que puede mirar, sin pestañear siquiera, la redonda lente; y puede mirar de frente el sol como dicen que pueden mirarle los ojos que no han llorado nunca.

La Niña lleva una medalla de oro. (Las plumas del sombrero volador son a lo lejos una nubecilla rosa...)

La Niña lleva una medalla de oro, y sus zapaticos de charol sirven de límite al mar inmenso

3

Éste es el mismo mar de las gaviotas en hilera y del castillo embanderado; es el mismo mar, un poco más desteñido, más triste acaso.

Y ésta es la misma Niña de las trenzas claras, de los ojos húmedos; pero han pasado años... Se ve que han pasado años porque la Niña está estirada como un hilo de melcocha, y el vestido almidonado le cae más abajo de las rodillas, y la mirada se le ha apagado mucho en la hondura azul de las cuencas...

Nuestra Niña parece haber cambiado su agilidad de gacela por una ondulación de felino más lenta y más prolongada.

Su cuerpo, distendido por los extremos y delgadísimo, es aún el mismo cuerpo de la Niña; pero andan sombras por arriba, y ya la Niña sabe que las estrellas no son los ojos de los muertos que nos miran desde el cielo...

Los muertos no tienen ojos; sus ojos se pudren en la tierra. La tierra como la tierra del jardín.

El hermanito, dueño del codiciado barco en la botella de cristal, es ahora un muerto.

Tendrá las manos todavía cruzadas sobre el pecho, con aquel airecito inocente... ¿Y los tíos? Deben de estar muertos también, aunque sigan moviéndose en derredor suyo, deslizándose sin ruido por la casa. Se mueven, pero callan como los muertos; miran de lado como los muertos.

¿Y la madre?

Muerta estará lo mismo, detrás de aquella puertecita claveteada. Muerta ella y muertos todos. El mar lo sabe porque él también está lleno de muertos.

No hay nadie que sepa tanto de la muerte como el mar.

Los muertos de la casa.

¿Cómo estará la madre rubia —la más muerta de todos los muertos— detrás de aquella puerta cerrada?...

Una vez, esta madre era blanca y muy fina y la peinaba con un peine de oro. Pero esto era muy vago, y ella lo entreveía apenas en esa niebla en que se envuelven los recuerdos que no se sabe si son de la vida vivida o de los sueños soñados; es lo mismo. La vida vivida se vuelve, a veces, tan inconsistente como un sueño; es quizás un sueño largo. La vida futura es el sueño que soñaremos esta noche.

Y la madre no era más que la figura de un sueño que empezaba a borrarse. La vio una vez —acaso en sueños mismos— entrar por una de las puertas de la casa. Una puerta que se cerró y no se abrió más nunca.

El mar también lo sabe, porque el mar es una puerta cerrada para la angustia del mundo, y es también como un sueño largo, interminable, que sueña el mundo mismo. El mar es pesadilla de la tierra.

Eso fue por el tiempo en que murió el hermanito, y era necesario hacer partir su memoria desde este punto, renunciando a internarse más atrás, porque aquella pequeña muerte llenó de tal manera su pequeña vida, que le echó fuera sus recuerdos anteriores, no hubo espacio para más recuerdos, dejándole sólo en el fondo —como se queda un poco de vino, sin sabor ni color— la reminiscencia de las cosas que le precedieron, a través de las cuales lograba adivinar paisajes fugaces, escenas entrecortadas de enfermedades casi siempre, atmósfera enrarecida del cuarto cerrado y olor a medicinas...

¡Ah, las medicinas!... Procesión monótona de medicinas y juguetes alternados muy regularmente. De todo eso entresacaba ella tristezas imprecisas, vagos anhelos de cosas que no supo nunca cómo nombrar; y más lejana que toda lejanía —sombras de sombras—, la madre blanca, la madre obscura ya, que seguramente se llevó el hermanito muerto, el bien amado siempre triunfador, con ese privilegio de siempre y otro nuevo aún: el privilegio de ser muerto.

El mar lo sabe porque sólo él no tiene respeto a los muertos; juega con ellos como los niños juegan con las pelotas, y cuando se cansa, los tira sobre la tierra y se busca otros nuevos. Como los niños...

Ya los recuerdos posteriores iban haciéndose más claros. La Niña recordaba los silencios cada vez más prolongados y el largo velar de la figura enflaquecida junto a la pequeña cama vacía. Ella hubiera querido llenar de algo aquella cama. Aquella cama tan pequeña que, sin embargo, no se podía llenar de nada...

Recordaba aquel borrarse lento de la figura en vigilia, y luego, aquella mañana (¿fue mañana o fue tarde?) en que la vio desaparecer por una puertecita de madera acariciando un caballo de cartón, mientras ella se quedaba para siempre sin caricias.

Era el sacrificio natural de la vida a la muerte. En todas las creencias, los vivos se sacrifican a los muertos; después, ella lo comprendió así. Era el sacrificio de la vida, don vulgar, a la muerte, envío misterioso, cosa solemne, castigo acaso, ira obscura que aplacar. De la vida que se echa a nuestros pies, a la muerte que huye de nuestras manos. Pero entonces la Niña no lo entendió, porque los niños no comprenden las cosas más sencillas, ni suelen resignarse a lo que se resigna el resto de la humanidad.

Por mucho tiempo, al pie de la puerta quedó esta Niña terca esperando... Esperando con un tumulto de sollozos que no acertaron a escapar de su boca respetuosa siempre; de su boca obediente, mesurada...

Recordaba, sí, el ruidito de la puerta al cerrarse —un ruidito suave, inconfundible— y el hondo azoramiento, el estupor de los días que siguieron, de las horas pasadas al pie de la puertecilla que no acababa de abrirse, del vano escrutar por las rendijas y del miedo. ¡Del miedo de llamar que le crispaba la mano a unos centímetros de la madera!... Y todo esto, sin ideas claras, y ya —a lo último— sin un deseo definido, sin pena casi, más bien como una pesadilla inconsciente, de la cual fue despertando poco a poco en el lento resquebrajarse de su angustia, de su emoción deshecha, con la irremediable certidumbre de su soledad.

Y fueron más breves las estancias junto a la puerta, y aun durante ellas solía distraerse contando los clavos de bronce o mirando las golondrinas volar por la ventana; después se conformó con volver los ojos hacia aquel ángulo de la casa, desde el jardín que entonces amaba todavía. Y se daba grandes paseos por las avenidas, donde la primavera triunfante dejaba una vaga sensación de desprecio por la muerte, por todo lo obscuro, lo estéril, lo torcido.

Y siguiendo aquel camino que a manera de reguero de migajones le marcaban los viejos retratos, encontraba que años después, aún volvió a ver la figura blanca. Fue una tarde de otoño en que se deslizaba fugaz por el corredor, y la mirada de la Niña sólo fue de una gran curiosidad.

En el devanar del tiempo la vio algunas veces más, sin curiosidad ya tampoco, y más bien con una vaga sensación de malestar.

Pero eran raras veces, y su espíritu en este punto se tranquilizó para siempre. Bien lo sabía el mar, que le prestó su silencio de soberbia y le dio lo único que entre todas las cosas que le dieran en la vida fue realmente y únicamente suyo: la pura soledad.

Ahora, frente a un retrato viejo, volvía a enfrentarse con su mar de entonces; lo veía otra vez como si la tristeza pasada fuera aún sal en sus aguas y en sus labios.

Lo veía otra vez, y era su mismo mar gris azul, con gaviotas y nostalgias. El mismo mar de la Niña, con la vieja sombra y la vieja luz; luz y sombra incoloras, como las sombras de sus manos en la arena, como la limpia luz de sus ojos —soles remotos.

¡Qué bueno que la vida no hubiera sido más que aquella tarde en que los cangrejos mojados derrumbaron su castillo de arena!

(¡Qué lejos van los ojos de la Niña, que la más ligera de las gaviotas no puede alcanzarlos en el filo del horizonte!...)

¡Qué lejos van los ojos de la Niña tendidos sobre el agua!... ¿A dónde irán, a dónde irán?...

(No lo sabe ni el mar...)

4

La sonrisa de Bárbara se ha hecho dura y afilada como un alfanje. Brilla como un alfanje desenvainado traidoramente en la sombra.

Si alguien entrara en este momento en la alcoba, moriría de su sonrisa, caería traspasado por la aguda sonrisa cruel.

La sonrisa que relampaguea en la penumbra, que pasa segando espigas y cortando ramas de este lindo jardín fotografiado.

(¿Cómo harían las sales de plata para poner el jardín sobre un papel? El gran jardín vuelto a formar en la cámara obscura; embrión de jardín nadando en líquidos viscosos... Jardín reblandecido, hecho una pasta aglutinada.)

Y este jardín de la fotografía tiene un modo inocente de huerta de seminario.

Jardín de *Crecherie* con la Niñita jugando al aro... Y luce muy frondoso, retratado por aquella parte donde estaba el algarrobo que poco después derribó un rayo.

¿No fue a la sombra húmeda y perfumada de ese árbol donde ella vio a la madre por última vez? Toda la tarde había estado lloviendo y... (Qué fatigoso es andar por esta sombra, escarbar esta tierra del jardín...)

Entre aquella tarde de lluvia y esta tarde..., ¿qué sombra, qué vuelo, qué fuga?

De todos los fantasmas que poblaron aquella infancia tan falseada, ninguno más vano que esta madre irreal, espejismo de madre, sombra desdibujada, fuga blanca, personaje escapado de alguno de sus libros de cuentos...

Nunca estuvo segura de ella; nunca la nombró, ni quiso preguntar ni saber. Que ella sólo fuera ya una blancura en su vida: la blancura de su vestido flotando en aquella tarde emocionada y triste; nada más que aquella blancura de la tela, tan ligera que aún pudo ser realmente y solamente un miasma del estanque evaporándose en el aire... ¡Y hacia el cielo, hacia el cielo!...

Fue junto al algarrobo traspasado de pájaros, embebido de agua y de savia, soberbio y voluptuoso de otoño, que ya tenía la muerte tan cerca...

Fue la blancura de su vestido que pasó entre el árbol... Blanco vestido fugitivo sin tocar una flor.

Poco después sobrevenía la tormenta; fuertes lluvias cayeron por aquel septiembre, y el mar con el jardín se había vuelto una sola mancha turbia a través de los cristales.

A través de los cristales vio ella caer el algarrobo partido por el rayo; lo vio estremecer con ansia toda su hojarasca y descuajarse luego pesadamente, casi despacio, clavando en tierra las crispadas ramas... ¡Qué rara, qué antigua embriaguez de terror y alegría sintió entonces!...

Una cosa punzante, agridulce, que ya había probado una vez al librarse de alguien que era dolorosamente enemigo...

La emoción vivida, a través de la distancia, la envolvía ahora, le subía a los labios con un sabor de vino agrio bebido mucho tiempo atrás...

Se estiró hasta los pies desperezándose... Miró un instante el rayo de sol que taladraba aquellos pies traslúcidos... Luego sacudió el retrato que aún tenía en las manos, hacia lo alto... Se vio el jardín deshacerse en briznas por el aire; se sintió el aire impregnarse de un vago, extraño olor; olor parecido a lo que huelen las plantas disecadas en las colecciones de los botánicos. Plantas raras en los cerrados muestrarios de cristal.

Capítulo III
RETRATO DE LA NIÑA CON SUS TÍOS

Éste sí es un retrato extraño. La figura infantil de siempre aparece entre otras dos figuras altas y grises, como una callecita sin sol entre dos muros de cemento.

Callecita sin sol es la Niña; caminito humilde de aldea o de nadie. Cruzan sueños, cruzan sueños y melancolías madrugadoras..., y sombras. Y nada más.

Los muros grises tienen miradas de piedra y bocas como hendiduras recubiertas de un limo obscuro.

Y también nombres; nombres inexpresivos como ellos mismos. Tío Andrés, tío Alonso, sin haber sabido nunca cuál es uno y cuál es otro.

— ¿Se morirá la Niña?...

¡Dios mío! ¿Quién dijo esto en el mundo?

¿Era eso lo que obscurecía la boca de los hombres del retrato, lo que crecía como un limo obscuro junto a sus bocas?

¿Era eso lo que afilaba sus dientes entre los labios finos?

— ¿Se morirá la Niña?

Pero ¿quién lo dijo sin querer, sin saber, sin voz casi — ¡y sin miedo! —, en el silencio obscuro de la casa?...

¿Lo dijeron ellos? ¿Cuál de los dos, o los dos juntos? ¿Ellos, o el enano que da la hora en el gran reloj arrimado a la pared?

Sería el enano más bien, que los tíos no hablaron nunca, no tenían palabras en la garganta ni en el corazón.

Y si no fuera el enano... ¿Quién lo dijo con voz afilada como hoja de acero?

Nadie lo dijo, nadie pudo decirlo.

Callecita sin sol es la Niña, pero no ha de morir por ello.

Y arden sus tiernas manos en las tardes de este septiembre interminable...; pero mal nombra quien nombró la Muerte.

Nadie, nadie la nombró, y ella está lejos y no oye.

Que la Muerte no se figure que la han nombrado...

Que no le parezca que las hojas secas, al caer, repitieron:

— ¿Se morirá la Niña?

Ni que lo han vuelto a decir las piedras que arrastra el río, ni el viento que mueve las cortinas del corredor...

Que sepa que no es cierto que lo dijeron cantando los pájaros de madrugada.

Que sepa que nadie ha preguntado nunca una cosa tan triste, y que la Niña ha buscado en vano su señal de llamada entre los finos dedos, entre las gruesas trenzas color de río...

¿También busca esta señal la anciana criada que la mira esta noche de una manera singular?

¿Qué busca Laura? ¿Qué ve Laura en ella?

¿Por qué la ha santiguado de este modo como más largo, más cuidadoso, previendo acaso quién sabe qué extraño mal, qué mayores y más cercanos peligros que los de costumbre?

¿Es que la mira su criada con lástima?

¿Es que comprende también lo que ella aún no acierta a comprender? Laura lo sabe ya. Siempre lo supo todo.

—Laura, Laurita...

Y los brazos extraviados, anhelantes, se aprietan al cuello de la vieja guardiana.

El llanto ahogado, retenido largamente, le enronquece la voz y le hincha la garganta; luego, le sale deshecho, cuajado, entrecortado por prolongados hipos de asfixia.

—Laura, Laurita, óyeme...

Y se ha apretado aún más, se ha apretado desesperadamente a ella como si se apretara a la Vida, como si con sus débiles manos hubiera logrado enlazar la Vida en un nudo seguro...

Pero Laura le ha cogido los brazos y se los separa lentamente, mirándola con extrañeza...

No son frecuentes las expansiones de cariño en la pequeña... No es miedosa tampoco la pequeñita...

Bajo aquella mirada inquisidora, un hondo pudor le seca el llanto en los ojos y le contiene el grito a flor de labio...

Pasan unos segundos como flechas relampagueantes...

La Niña ha pedido su muñeca con voz tranquila y alisándose el cabello junto a las sienes...

Ha pedido su muñeca, que se le ha dado mirándola siempre... Y no se ha vuelto ella después, al sentir el ruido de la puerta al cerrarse.

La Niña ha quedado sola, pero no del todo... Sigue sintiendo la mirada alarmada por el hueco de la cerradura, y hay un pueril comedimiento en el modo de acomodar la muñeca en las almohadas y de cubrirse despacio con las sábanas...

La Niña no quiere pensar más... Tiene miedo de que la mirada le sorprenda el pensamiento y se pone a recordar cosas triviales. Quiere llevar el disimulo hasta su pensamiento mismo, quiere doblegarlo, moldearlo, como doblega y moldea sus palabras y sus gestos...

Pero no puede, no puede... Mucho puede la Niña, pero no tanto.

Se esfuerza, se debate en una lucha quieta, callada, y acaba por rendirse en la tregua de un sueño obscuro y entrecortado...

—¿Se morirá la Niña?

El fugaz sopor le ha restado relieves al pensamiento. Ahora este pensamiento es una cosa lisa, sencilla casi, y se está fijo para enfrentarlo mejor...

Las palabras repetidas infinitamente empiezan a pulirse, a perder matices, a gastarse por el lado patético. Ya es más fácil pensarlas, razonarlas, arriesgar en ellas la inconsútil red de la conjura...

¿Cómo sería el signo de la Muerte?

¿En qué se lo habrían conocido?

Sería tal vez en aquellas manchas moradas que tenía sobre los párpados, o en el temblor ligero de las sienes... Sin embargo, aquello no era nuevo, y siempre tuvo cercos violados en los ojos y aquel extraño latir bajo las conchas de pelo húmedo...

Además, el signo de la Muerte debía de ser algo más inequívoco, más cierto, más terrible... Y no se hubiera extrañado de verse una estrella negra en la frente o una cruz de fuego por encima de la cabeza.

Ellos... ¿En qué conocerían que iba a morir?

¿Qué marca llevaba ya tan clara y tan segura que todos lo sabían desde que la miraban?...

— ¿Se morirá la Niña?

Y ella que había pensado, que seguía pensando que la Muerte era cosa de los grandes, de los fuertes, de los poderosos... Comprendía la muerte del gran algarrobo herido por el rayo; le parecía natural y en cierto modo justo que murieran los leones y los tigres, y los rayos y los presidentes. Aun el mismo hermanito que debió de haber sido como un juguete lindo, como un juguete caro y apreciado del que se antojó la Muerte... ¿Pero ella? Tan pequeña y tan débil, semejante a la brizna de yerba que la tempestad no se detiene a aplastar...

¿Morir ella? ¿Puede morir ella también, ella que es ya casi una pequeña muerte?

¿No es la Muerte algo terrible y solemne?

¿Y no es la Niña lo bastante insignificante para poder vivir mil años, toda una eternidad, sin que se note, sin que nadie se sienta alarmado ni envidioso por ello?

Los tíos... ¿Qué tienen ellos que ver con su vida o con su muerte? Los muertos son ellos. ¿Por qué no se vuelven a sus tumbas?

¡Qué han sabido ellos nunca de las cosas de la vida, de la flor que abrió por la mañana, del caracol que suena la canción del mundo! ¡Qué saben ellos de sus pequeños problemas de niña triste, de sus juegos silenciosos, de sus días grises que están contando ahora como cosa propia!...

Más sabe Laura, que al menos ha tenido para todo esto un gruñido sordo; algo más que silencio.

— ¿Se morirá la Niña?...

¡Mueran ellos y dejen de fatigarla con termómetros y de mirarla con miradas escrutadoras, miradas de soslayo emboscadas bajo las espesas cejas!...

Que no se posen más en sus enjutos hombros, ni en su boca descolorida, ni en el suspiro que se le escapa al terminar un bordado, al emprender una caminata por el jardín o por la playa.

— ¿Se morirá la Niña?

De pronto trató de recordar el modo con que dijeron estas palabras: las dirían con lástima, y, sin embargo, ella no recordaba haber sentido temblar aquella voz silbada, suave, sin inflexiones delatoras...

Había sido una voz delgada, con algo de soplo, escapada sin dureza y sin vacilación; una voz parecida al ruidito que hace el aire al pasar por el tronco hueco del algarrobo.

No parecía una voz humana, ni siquiera una voz viva. No se hubiera podido confundir con la voz de un animal o de un pájaro.

Era algo desarticulado, más bien el ruido producido por un objeto, por una cosa que cae, un roce o un murmullo...

—¿Se morirá la Niña?

Era un pensamiento que ya no podía quitarse, del que no podía esconderse ni en la obscuridad del sueño; algo que se agrandaba, que se ennegrecía como una nube hinchándose de lluvia...

¿Era ya desconfiada la Niña? ¿Era recelo el no buscar en las palabras de los tíos la natural compasión o el temor de perderla, y el irse más allá de las palabras mismas, dejando atrás la idea sencilla por perseguir otra que no llegaba a alcanzar, pero que de cierto se agazapaba solapada en el fondo de aquellas palabras frías y turbias que como un agua encharcada le habían saltado al rostro?...

Amarga es la desconfianza; pero la desconfianza de los niños, por imprevista y rara, es una larga amargura sin nombre.

—¿Se morirá la Niña?

Y ¿cómo sería ella muerta?... Había, a pesar de todo, algo obscuramente dulce en imaginarlo...

La pondrían en un lecho de azucenas, como al hermanito. No; como al hermanito, no... Y tampoco quería azucenas. Quería yerba, yerba nada más; yerba fina recién cortada en el parque. Y sacó las manos de entre las sábanas, rechazando las azucenas imaginarias de otros muertos...

Al moverse, la muñeca resbaló por la colcha y cayó al suelo... La Niña no se movió ya más, y la muñeca quedó tirada en la alfombra... (Volvía el sueño vagamente.)

Sí; ella no pediría, como las niñas tontas que se mueren en el mundo, que la enterraran con su muñeca... Nunca había amado con ese puro amor de las niñas, con ese gran amor que se pierde para el mundo, aquellas representaciones de la figura humana que eran también —¡oh, cielo santo!— frías y calladas...

Nunca hubiera podido amar aquellas lujosas muñecas cuyos altos precios les colgaban del cuello y cuyos ojos de vidrio, que solían desprenderse, le inspiraban una secreta repugnancia. (No acababa de venir el sueño...)

Que se la llevaran, que la enterraran envuelta en yerba mojada, y lejos, muy lejos de la casa...

Por aquella vez al menos, la figura blanca saldría por la puertecita claveteada y acaso hasta la miraría con sus ojos velados de sombras...

¿Le sería dable entender su prestigio de muerta?

El prestigio de sus manos cruzadas cándidamente sobre el pecho, con esa suprema inocencia de los muertos... El prestigio de sus pies aquietados, que ya no atraerían más reprimendas; de su boca limpia de palabras, de cantos vulgares... La serena nobleza de los muertos, a los que quisiéramos dar todo porque no podemos dar nada...

Pero nadie lloraría, no había que llorar, porque ella sería un ángel de túnica azul, como los de su libro de misa. Laura sí rezaría rosarios interminables y encendería velas a los santos de papel que clava con alfileres en las hojas de su armario... Y así, la Niña pasaría brevemente por el Purgatorio, y la Virgen que tiene su trono por arriba de las llamas no retardaría el tenderle su mano fina...

Cuando eso sucediera —que sucediera pronto—, ya lo presenciaría el hermanito, que siempre triunfante se habría paseado sobre ella todo el tiempo, luciéndole sus bellas alas de angelito bueno...

¡Que no cerrara él los ojos cuando la Virgen de las llamas le tendiera la mano, después de consultar su relojito de oro!

(¿Es que ya el sueño no vendría nunca?)

La Niña suspiró y se incorporó en la cama.

La ventana estaba abierta y dejaba entrar un aire cargado de olores.

El jardín voluptuoso de este enardecido otoño había crecido y parecía querer subir por las paredes de la casa, pegando sus enredaderas a las raspaduras del yeso, agarrándose a las molduras con tentáculos de tallos nuevos y casi alcanzando —invasor— la balaustrada...

— ¿Se morirá la Niña?

Ella se levantó y fue de puntillas hasta la ventana. ¿Qué quería el jardín?

Los viejos árboles seguían empinándose; empuñaban sus ramas contra el blanco rostro asomado, y el olor a tierra y a yerba se hacía cada vez más intenso...

¿Qué quería el jardín? ¿Qué quería el jardín?

La Niña miró sus manos y miró la masa negra, aromática, ávida, la masa húmeda y murmuradora que crecía en la noche.

Un súbito espanto le abrió los ojos, y echó a correr sin gritar y sin hacer ruido.

Pero se detuvo en mitad de la alcoba al tropezar con algo. A sus pies estaba la muñeca con la cara quebrada contra el suelo...

Se inclinó sosegada de pronto, y, tomándola con la punta de los dedos, se la arrojó al jardín por la ventana.

Capítulo IV
RETRATOS REZAGADOS

Hay dos retratos pegados. Alguien lloró sobre ellos, y las dos superficies engomadas se adhirieron por la humedad y con la prensadura de las cintas.

No, nadie lloró sobre los retratos de la Niña. Nadie tiene que llorar sobre ellos. La Niña es buena y lleva una medallita de oro para alejar al diablo. Nada ha de sucederle cuando vaya junto al mar o junto a los hombres.

Hay dos retratos pegados, y se pegaron porque la lluvia entró por la ventana o porque el sol derritió la gelatina.

Ahora, Bárbara tiene que usar sus tijeras de acero para irlos separando poco a poco.

Ya está. Son dos retratos distintos, muy distintos. Uno representa a la Niña bañándose en el mar y asoma la cabeza a flor de agua como un nenúfar cándido. El otro es el sillón de la biblioteca —¡aquel viejo sillón tapizado de claveles mustios!...— con la Niña hecha un ovillo entre los brazos.

Está leyendo ella un libro tan pesado, que ha habido que sostenerlo en un atril. (¿Cómo era el atril? ¿Tallado en ébano o en palo de rosa? ¿Tenía acaso unas incrustaciones de marfil y una cinta de seda un poco pasada, para marcar las hojas?... Cuando el sol pasaba a través de él, echaba en el suelo la filigrana luminosa de su lira...)

Junto al sillón clarea —esencia de auroras— un vitral roto, cuyas figuras borrosas parecen rememorar una leyenda medieval. La luz del sol entra por los ventanales y da de lleno sobre el libro abierto.

Bárbara ha quedado indecisa entre los dos retratos. La Niña es siempre la misma; pero sólo ella podría decirlo. Niña que lee y Niña que nada, no parecen ni aun hermanas.

¡Y era bueno nadar sobre el mar inmenso, que solía estar tibio a la puesta del sol!

Las golondrinas regresaban en bandadas, y el aire se llenaba de sus gritos, y ella creía entonces percibir en el ambiente el olor de las tierras de que debían venir sus alas impregnadas.

¡Mar para ahondarse en él, para traspasar su azul trémulo, para gustar su sal y su menta!... Mar de la Niña puro, sin huellas de barcos, sin asechanzas de pescadores ni de gemelos enristrados, sin intrusión de trusas policromadas, sin tráfago de areneras y de dársenas...

Mar de la primavera, manso y entibiado para la Niña buena, para la Niña nadadora, que empieza a buscar el mundo en las alas de las golondrinas.

Mar del invierno, obscuro y torvo, hablando solo entre las rocas como un loco, alzando al cielo unos puños verdes y coléricos, babeando espumarajos junto a la orilla.

No asustabas a la Niña, no; no la hacías huir tierra adentro, ni evitabas que ella se te acercara más que nunca, suspensa al tallo duro de una roca para sorprenderte el viejo secreto de los soles naufragados...

Bárbara ha vuelto a coger las tijeras y va recortando distraídamente las figuras de los retratos... Las tijeras son de acero fino, muy afiladas, y levantan a la Niña de su sillón o la sacan del mar y la dejan sola entre una escarcha de cartulina picada.

El mar sin ella es una cosa muy triste; es un mar con un agujero vacío, con un agujero por donde se podrá ver lo que está al otro lado del mar.

(Bárbara se ha puesto a mirar por el agujero.)

Era bueno nadar por debajo del agua, con los ojos abiertos, mirando las estrellas de mar, las caracolas torcidas en espirales rosadas que descansaban sobre la fina arena del fondo, los arbustos marinos muy estilizados a través de los cristales superpuestos del agua.

Algunas veces sorprendía en aquellas honduras objetos borrosos, objetos extraños que se movían lentamente esfumándose a sus miradas ávidas, y que a menudo las corrientes arrastraban escurriéndolos entre sus manos extendidas.

Otras veces, el mar mismo se los traía jugando; los depositaba a sus pies sobre la arena y se iba de nuevo con risas y suspiros...

La Niña los iba tocando uno a uno, emocionada. Eran como datos vagos de otra vida y de otro mundo, señales perdidas con las que ella apenas alcanzaba a formar una emoción, a fijar un paisaje, a entrever una vida...

¿Qué le decía el zapato viejo de suelas gastadas, de cuero descosido, por cuyas hendiduras asomaban hilachas de musgo?

¿Qué mensaje para ella traía desde el mundo el cartelón dorado que anunciaba los sombreros de moda de la «Maison Paris»?

Diálogos mudos y misteriosos con los tiestos de loza y de barro, con las botellas y los flejes de metal, con restos de embarcaciones y tablas y botones... Las sobras del banquete de la Vida, para ella.

Zapato viejo, busca a tu compañero y vuelve con él a los inquietos pies que era fácil defender de las piedras y abrigar del frío...

La botella vacía pide que la llenen de nuevo; que la llenen de vino o de miel — de alguna cosa dulce después de tanto mar — y que la devuelvan a la alegría del convite...

(Al anochecer, la Niña la llenará de estrellas...)

El vino, el vino turbador de los hombres del mundo... Y la Niña busca su sabor en la copa rota; el sabor del vino y el de los labios apretados al borde, que lo bebieron...

Eran cosas ambiguas, cosas desprendidas e inconexas; no daban idea de nada ni de nadie, y apenas servían para soñar un poco. Sólo eran los despojos obscuros que el mar lleva y trae siempre, sin rumbo y sin dueño; detritos de ciudades, vestigios de naufragios, sedimento de vidas y muertes anónimas... Y así se va haciendo la Vida, con ceniza de muertes superpuestas, con desechos de otras vidas.

Así se van formando los caminos de la tierra, con polvo como el polvo que se pega a los zapatos viejos... Y los zapatos sugieren caminos blancos, blanquísimos, interminables... Y caminantes que van por ellos en la paz de las tardes hacia las casas tibias, hacia los pastos tibios, hacia las manos tibias.

Una vez... ¿Cómo fue?... Era ya anochecido; viento revuelto contra el acantilado obscuro... Volvió del mar la Niña, y volvió arrastrando por la arena mojada —anillo desprendido de Saturno— un salvavidas.

Mucho tiempo debió de andar a sol y a agua, que las letras pintadas sobre él se habían desteñido. Ella sólo alcanzó a leer el puerto de procedencia: «Southampton».

¿Cómo sería Southampton?

Puño apretado de casa sobre el mar, así sería, con olor a pescado y a sogas...

¿Dónde estaba Southampton? ¿Lejos, cerca? Mañana lo buscaría en el gran Atlas iluminado.

Por Inglaterra debería de andar, o por Dinamarca. Olor a pescado salado, envasado en tongas interminables. Niebla, humo de barcos, agua sucia a través de los tablones mal juntados de los muelles...

Southampton... (¡Qué lejos, qué lejos!...)

Salió el barco una mañanita cargado de salmón, de betún en barras, de hojas de adobe, de madera aserrada.

La proa fina se abría paso entre el agua viscosa con coágulos de aceite y restos de comidas... Adentro, los marineros cantaban una canción del mar y del viento.

Salió el vapor rumbo a los países claros, salió a lancear el sol con la punta de sus mástiles...

Primero, el mar era bueno, con flores de espuma y ramos de algas escarchadas de sal; era un mar bueno y sencillo como el mar de un domingo de junio.

Pasaban los días, y el barco iba seguro y confiado, camino del sol. Pero un día (¿sería un día o una noche?), el mar se fue poniendo obscuro, obscuro, como si una gaviota negra y enorme hubiera tendido por arriba de él sus alas, hasta el horizonte.

¡Salvavidas redondo y perdido, boca abierta y muda bajo la noche, que hablaba sin palabras de lo que pasó en el mar!

No podía la Niña posar sus manos sobre el terso caucho sin sentir como otras manos frías agarradas, plasmadas bajo las suyas...

¿Qué está mirando Bárbara desde hace tanto tiempo a través del agujero del retrato?

El mar pide ya a la Niña, pide a su Niña nadadora, quiere a la muchachita que ha visto correr junto a él sin resbalar en el limo ni tropezar en la roca; quiere el pie ligero que apenas roza su espuma, y los ojos puros que comprendieron su secreto.

Quiere abrazar a la Niña con sus mil olas verdes, y deshacer sus trenzas como ramos de algas desflecadas, como undosas lianas enredadas en la cresta de sus olas.

Bárbara es cruel con el mar; le ha quitado en un abrir y cerrar de tijeras su nenúfar soleado, su sirena de once años, sin senos aún y sin canciones.

Le ha quitado a la Niña que jugaba con sus barbas azules y tendía sobre él su grito entrecortado y áspero como el graznido de las aves marinas.

Hay que devolverle su Niña al viejo mar herido por las tijeras de Bárbara.

Pero ¿dónde estará ella, la Niña inquieta y grave? ¿A dónde la irá a buscar ahora, buena como ella era, ligera como cuando nadaba entre los peces, y sencilla con su medalla de oro y su sonrisa de oro?...

Ella está lejos. Todo está lejos. Una vez desprendida, aunque Bárbara quisiera, no podría devolver a la Niña. Devolvería una sombra, un recuerdo, un perfume; pero la Niña que ya ni es ella, no es nada tampoco.

Bárbara toma a la Niña recortada y la vuelve a poner en el hueco de la cartulina. Los bordes se ajustan en torno a ella, se aprietan y sujetan de nuevo la figura fija.

Ya el mar está contento. (¡Quién contentara el corazón!)

Ya empieza a insuflar sus olas y a distender sus nubes en el viento...

¡Alegría del mar dueño de la Niña! ¡Alegría de las niñas sobre el mar!

Todas las niñas pertenecen al mar; todas las niñas debieran ir al mar.

Las niñas de tierra adentro sueñan con el mar, y el mar tiende hacia ellas, a través de los bosques y las ciudades, los brazos verdes y lánguidos de sus ríos.

Pero ningún mar será nunca como el mar de la Niña, sin huellas de barcos, sin asechanzas de pescadores, sin tráfago de areneras ni de dársenas; ningún mar como aquel mar virgen, donde era bueno nadar entre un oro de soles derretidos, entre un temblor de peces y una sombra milenaria de las mismas rocas.

Y ninguna niña como aquella niña buena que el mar perdió, aunque no lo sepa; que perdió el mundo, aunque no lo sepa.

Y Bárbara se queda pensativa, mirando sus tijeras de acero fino...

Capítulo V
EL CUENTO
(Glosa de un cuento pasado de moda)

Una vez, en una primavera muy remota, había un Rey y una Reina...

El sol entra hoy como entraba por el vitral roto en aquella mañana de mayo —que ya está tan lejos...—. Entraba igual, cortado en triángulos y círculos sobre la alfombra florecida, sobre el sillón tapizado de claveles mustios, deshilachado junto a las manos nerviosas, junto a la cabeza inquieta...

Una vez, en una primavera muy remota...

¡Qué remota aquella primavera con cuentos de princesas y con sueños a medio abrir!... ¡Qué fácil era vivir, y qué fácil saber y no saber!...

Había un Rey y una Reina que tuvieron una hija, a cuyo bautizo invitaron a todas las Hadas.
Pero a una se olvidaron de invitar, y la olvidada se presentó al final de la fiesta sin que nadie la llamara...

El sol entra muy afilado por la hendidura del vitral roto. El libro abierto se llena de sol y de primavera.
Se avivan los colores de las láminas, y el azul empolvado del cielo, volada por el aire la pátina de polvo, empieza a brillar como un cielo de verdad, bañado de sol. El ocre ceniciento de las almenas y las gárgolas se torna reluciente, se aclara y resplandece como si acabaran de pulir las piedras... Luce la piedra fresca y pasa un temblor obscuro por detrás de las láminas, agitando el papel que se afina entre las manos.

Ya habían desfilado junto a la cuna de la Princesa las buenas Hadas, otorgando a la recién nacida: una, la Belleza; otra, la Inteligencia; aquella más inquieta y viva, los tesoros de la tierra...
Ya sólo faltaba hablar a la última de las madrinas, cuando el Hada desairada se atravesó bruscamente y, acercándose a la niña, dijo con la huesuda mano puesta sobre su frente:

—Yo no puedo impedir la realización de los dones que se te han hecho; pero tan poderoso como los demás será el mío: Yo te deseo que al cumplir los quince años un huso hinque tu mano y caigas en un sueño que dure cien años...

El viento revuelve atropelladamente las hojas. Ha pasado como un soplo de tormenta por la estancia. La estancia de artesonados techos, de cuyos ángulos en bóveda cuelgan estandartes guerreros.

Ha pasado como un soplo de tormenta, y enmudecen laúdes y clarines... Crujen las sedas de los vestidos, se cierran y abren las puertas; el Rey se ha puesto en pie... Aún tiene su diestra extendida sobre la cabeza de la niña el Hada Mala. Brillan sus ojos como los ojos de los gatos en la sombra, y su barbilla tiembla preceptiblemente bajo el peso de la reciente maldición.

La Reina se ha desmayado en su sitial de oro, y algunas damas le hacen fresco aleteando sus abanicos precipitados. Los pajes de plata y púrpura corren de un lado a otro; gruñen los lebreles con la cola pegada al vientre, avanzando hacia la desconocida sus hocicos húmedos y fruncidos; se oye un ruido de cristal roto...

La niña se despierta y sonríe; su mirada es como una estrella perdida en la tempestad.

Las demás Hadas, desplazadas por la intrusa, retroceden recogiéndose las colas, replegándose despacio junto a los cortinajes del fondo... A una se le desgrana el collar de perlas, que hacen al caer un ruido singular en el silencio. Melancolía de fiesta interrumpida.

Y sucedió que la Niña fue creciendo, y en ella todas las gracias otorgadas generosamente por las madrinas en el día de su bautizo. Era bella como la aurora, sagaz como la corza y dulce como la miel...

Pero en el corazón de los padres crecía también un torcedor inconfesado. Cuidadosamente se ocultó a la Princesa lo acaecido en el día de la fiesta, y asimismo se ordenó la destrucción de todos los husos que hubiera en el Reino; ni uno solo quedó como curiosidad o como recuerdo en todo el país. Dejaron de esquilarse los carneros y de tejerse las telas raras y exquisitas, y se promulgaron penas terribles para aquellos a quienes se sorprendiera hilando. Y así iba la hija del Rey acercándose a la edad fatal entre juegos inocentes y canciones...

Así iba la hija del Rey... Las páginas siguen volteándose. Un tenue olor antiguo viene del revuelo de papel al viento... Olor vago a rosas incipientes o mustias ya, a pañuelos doblados mucho tiempo. Olor a cabellera de niña deshecha en el juego, cabellera húmeda y tibia; olor a fruta mordida en la misma rama.

Pasa la Princesita entre rosas y risas. Tiene los ojos azules y el cabello de un oro tierno, un poco descolorido. Viste rico traje de seda carmesí y lleva una banda de *moaré* cruzada al pecho. El *moaré* azul hace lánguidas aguas de río en miniatura.

De la estancia vecina llega la música apagada de un clavecino. La Princesa canta las primeras notas y se interrumpe para dar de comer a unas palomas...

Por entre las celosías de palisandro hay ojos que vigilan con tristeza y con miedo...

El día en que la Princesa cumplió quince años, subió al terrado del castillo y sorprendió una habitación en la que nunca había estado.

Era aquélla una especie de buhardilla, con el techo muy chato y una sola ventana cruzada de barrotes.

La puerta estaba entornada; llamó suavemente a ella, y nadie contestó. Entonces empujó una de las hojas y entró con pie ligero.

El libro se ha quedado abierto frente a la tarde. Las figuras se borran en las páginas y vuelven al pasado en alas del viento, en escalas de sol...

Escalas, escalas... Hay que subir mucho; pero estos peldaños no son de luz, sino de piedra dura. La escala se retuerce en la sombra como una serpiente a la que apretaran con fuerza.

La cola fatigada de la Princesa de quince años se arrastra por los escalones rumbo a su destino.

Adentro estaba muy obscuro, y ella no pudo al principio distinguir cosa alguna. Y se quedó en pie junto a la puerta, sin atreverse a avanzar. Luego, sus ojos se fueron haciendo a la obscuridad y pudo fijarse en el lugar donde se hallaba.

Viejos muebles de formas desusadas y cubiertos de polvo alhajaban la estancia.

Del techo colgaban nubes de telarañas de color gris. En el centro de la habitación estaba una anciana hilando.

Nunca la Princesa había visto hilar, y sintió mucha curiosidad por aquella larga aguja de oro que brillaba en las manos de la desconocida. Acercándose entonces a ella, le preguntó el nombre de aquel instrumento.

La anciana levantó hacia la curiosa sus ojos, ojos verdes, relampagueantes, y dijo:

—Es un huso. ¿Quieres aprender a hilar?

Asintió la Princesa y, sonriendo, alargó su fina mano ensortijada para coger el huso que le extendían; pero no bien lo hubo tocado, cuando se traspasó un dedo con él, y al instante sintió un sueño tan grande que se dejó caer a los pies de la hilandera.

En las hojas, últimas hojas en blanco, se queda una sombra de melancolía. Nadie volverá a escribir en ellas, nadie volverá a pintar princesas y castillos encantados, nadie volverá a contar un cuento tan amable y tan dulce y tan lejano...

¿Quién se acuerda de la Princesa herida por el huso? Las niñas de mañana no la conocerán, las de hoy oyeron hablar de ella vagamente, las de ayer apenas la recuerdan y no la reconocerían aunque ella misma les tendiera su fina mano punteada de sangre.

Y, sin embargo, ella es inmortal e inmutable como la Belleza. Ella no puede morir; duerme otra vez, acaso a la sombra de los rascacielos, murallas de cemento armado que la vedan al mundo.

¿Quién se acuerda de la Princesa que durmió cien años, para decirnos el color de sus ojos, para contarnos de sus palomas y de sus canciones?

¿Quién vendrá a despertarla dentro de nosotros mismos, dormida tras de la selva que va creciendo?

¿Cómo era la Princesa de quince años? Tendría los ojos azules, trasunto del cielo de la policromía, y la cabellera de un rubio pálido de mies recién segada.

Sí; y llevaba en el vestido bordadas cien abejas de oro acendrado y en la cabeza una corona de pedrería.

El día que entró en el cuarto de la hechicera lo había marcado con flores y con estrellas; no había hecho caso de los rostros compungidos, ni de las miradas vigilantes, ni de las protestas de la dueña reumática, y se había escapado hacia el terrado, hacia el sol, hacia la Vida...

Cuando entró en la desconocida alcoba estaba tan alegre, que no reparó en las telarañas grises, ni en la vieja tristeza de los muebles polvorientos, ni en la sombra de las paredes, ni en la hondura de los ángulos, ni en los ojos de la hilandera, que brillaban en la obscuridad como ojos coléricos de gato.

No vio más que la aguja de oro entre las guedejas de lana, semejante a un rayo de sol traspasando nubes, y fue hacia él con la mano alargada, con la boca sonreída...

Apenas sintió la pequeña herida... No fue más que una gota de sangre en la rosada yema de su dedo; no fue más que un poco de sueño, y no, como dice la leyenda, un súbito y pesado marasmo.

Así lo sintió ella, como un poco de sueño, porque la noche anterior no había dormido, esperando el cumpleaños.

Junto con la Princesa cayeron en el largo, profundo letargo, todos los habitantes del Palacio: hombres, mujeres, niños, animales y plantas.

La vida se interrumpió de pronto en aquellos dominios, poco antes prósperos y bulliciosos. Todo participó de la contagiosa somnolencia para acompañar a la Princesa en su largo viaje hacia el Reino del Sueño, vecino al Reino de la Muerte; todos se durmieron a fin de que la pobre Princesa no durmiera tan sola.

Y aquel mismo día, una maleza de espinos creció a la altura de una muralla en torno del castillo, y de ella huyeron temerosos los caminantes extraviados y las aves y las fieras.

El libro se ha cerrado. Descansa en el atril de ébano, junto al vitral roto por donde ya no entra el sol.

Libro cerrado para siempre. Ya no te abrirán en los largos crepúsculos de estío, mientras vuelan las mariposas en torno tuyo, para que el sol te llene y resucite tus reyes y tus princesas sobre las páginas impregnadas de un tenue olor antiguo.

Ni en las friolentas mañanas de enero lloraremos sobre ti la muerte de las Hadas...

Ya duerme la Princesa un sueño de cien años; ya duerme entre sus rosas y sus palomas. Se han plegado las rosas, y las palomas han hundido el pico entre las alas.

Crecida la muralla de espinos, cerrada la sombra de treinta y seis mil quinientas noches, el silencio y el polvo van cayendo lentamente, mientras la Vida se nos huye afuera.

Y pasaron los años y los años; vinieron otros tiempos y otras gentes, y sucedió que un día, en un país lejano, el Príncipe heredero oyó hablar de la Bella Durmiente del Bosque de Espinos.

Y concibió desde ese momento un deseo tan vehemente de desencantar a la Princesa, que decidió ponerse de inmediato en camino, rumbo al país en que dormía su gran sueño.

En vano se le mostraron los peligros de la aventura y se le enumeraron los temerarios viandantes que habían perdido la vida entre las agudas y fuertes púas de la muralla; mientras más se le encarecían los riesgos de la empresa, más sentía él removérsele dentro del pecho la brasa de su deseo. Y el Príncipe partió solo, como había querido, y al cabo de un viaje de cuarenta días con cuarenta noches, se encontró frente al bosque de espinos que era ya la muralla que rodeaba el castillo encantado...

El Príncipe debió de parecerse al rubio adolescente del retrato... Rodete de encaje bajo la barbilla ligera; rictus voluntarioso en la boca muy pálida, sin labios casi, trazo fino en el aire...

Llevaría tal vez un tahalí de cuero teñido, como el que luce el Caballero Cruzado del vitral, y, como él, dejaría también posar en su hombro un halcón amaestrado.

Cuando el Príncipe se encontró junto a la Bella Durmiente, cayó en la cuenta de que se había olvidado de consultar en sus viejos códices miniados la fórmula para desencantarla.

Pensó entonces en su largo viaje, en los peligros afrontados, en la angustia de los suyos, en su país tan lejano...

La Princesa continuaba durmiendo en su gran lecho real, y de pronto al Príncipe le pareció tan hermosa que por un momento se interrumpió en sus pensamientos, lo olvidó todo ya, e inclinándose sobre su rostro, le dio un beso...

Entreabrió ella los ojos sonriendo, y en el mismo instante despertaron todos los que dormían en el castillo; el Rey y la Reina se incorporaron en sus tronos, mirando con azoramiento en torno suyo, y el enano favorito, desperezándose y haciendo sonar sus cascabeles, se adelantó a recoger de la alfombra el cetro del Rey, que se había desprendido de su mano...

Levantábanse las damas de honor, con ojos de sueño aún, componiendo los pliegues de sus vestidos y mirándose furtivamente unas a otras... Hormigueaban ruidos confusos abajo, en el patio, donde los escuderos, bostezando, empezaban a bruñir los arneses enmohecidos entre sus manos; y los caballos, sacudiendo sus colas para espantar las moscas, relinchaban alegremente.

Un despertar de palomas clareaba en lo alto de las aspilleras y en el hueco de las fauces de las gárgolas; y junto a las palomas de la Princesa, despertaban los mastines del Rey, estirando sus patas traseras, y el gato de la Reina, tras de enarcar el lomo, saltaba sobre una mariposa.

Afuera, en el jardín, entreabría la rosa que se quedó en capullo; y en las cocinas reales, el cocinero de gorro almidonado, impaciente porque el jabalí cazado la víspera no había acabado de dorarse, pellizcaba al pinche rubio, medio dormido aún ante las escarolas y las berenjenas...

Roto estaba el encantamiento. Y aquel mismo día se celebraron las bodas del Príncipe y la Princesa, con grandes fiestas y regocijos en todo el Reino. Y fueron muy felices y tuvieron muchos hijos, y reinaron otros cien años.

A pesar de todo, el primer amor de una mujer se parece siempre al Príncipe de este cuento.

Se parece como un póstumo a su hermano mayor, como un fantasma a otro fantasma, como un cuento a otro cuento.

Trae un tahalí de cuero teñido, que oculta cuidadosamente entre sus ropajes de moda, y trae también, como el Príncipe a quien se asemeja, un beso de milagro en la boca.

Parece siempre que viene de muy lejos, aunque sólo de nuestra propia inquietud venga; y la sonrisa de despertar con que se le saluda es una de esas tantas cosas bellas que todos los días pierde el mundo.

Algún día, cuando el libro por mucho tiempo esté cerrado y el amor no haya venido aún o haya pasado de largo junto a la puerta, el Príncipe de la vieja leyenda, amado por todas las mujeres del mundo aun sin saberlo ellas, se levantará sobre las páginas empolvadas a recobrar sus rasgos dispersos en los rostros que llegaron y pasaron, en los rostros de los hombres de la tierra que se le parecían, pero que no eran él mismo.

Debajo de la carátula dorada, debajo del corazón que siempre se equivoca, el Príncipe volverá a hacerse de sus ojos nobles, que fueron vanamente regalados y prodigados. Ha de recuperar su halcón perdido y sabrá arrancar de los labios extraños el beso que era suyo.

En tanto, deja que crezca el jardín, deja que duerman cien años tus rosas y tus palomas...

Capítulo VI

RETRATO DEL PRIMER VESTIDO LARGO

La Niña está creciendo. Sube sobre sus piernas hacia el sol, clavados aún los pies a los zapatos de hebillas como un rosal a su maceta. Sube la Niña, se prolonga de sí misma por lo alto; alcanza a Laura, pasa cerca de los espejuelos de Laura sin tocarlos, rebasa a tío Andrés, sobrecogido; se empina sobre tío Alonso... Deja abajo todas las cabezas obscuras, que se van borrando poco a poco en el alba inexplorada a que ascienden sus ojos... ¡Hacia arriba la Niña! Se le ha puesto más dulce la boca, y la cintura, fina como un tallo de rosa... hacia arriba con la premura de sus incipientes senos ahuecando el vestido almidonado... Hacia arriba por arriba del silencio y de la sombra. ¡Hacia arriba la Niña imantada por un norte de estrellas!

En este último retrato, ella nos luce su primer vestido largo.

Turbadora delicia del primer traje largo, confusión de pena por lo que se deja, de ansiedad por lo que se empieza... Quien lo sintió no lo olvida más nunca...

Emoción del primer vestido de mujer guardando ya celosamente las piernas que añoran todavía las piruetas y las correntinas infantiles...

El vestido largo es un símbolo, es una iniciación obscura que conmueve sin comprenderse bien; un primer paso en un misterio que dejará de serlo, ¡ay!, demasiado pronto...

Nunca se dirá todo lo que puede decirse de la dulzura de este primer vestido largo de todas las niñas del mundo; el que se espera primero que la fiesta, primero que el amor.

El que se sueña en el lecho compartido con la muñeca, el que se mira con una alternativa de celos y admiración, de nostalgia y esperanza, en las compañeras mayores, en la muchacha rubia de la clase superior que el mes pasado abandonó el colegio...

Muchachita rubia vestida de largo, que ahora pasea muy comedida por la Alameda, cuidando de que el tenientillo de los galones dorados no la vea saludar a las niñas que juegan al aro, y de que el viento, travieso, no le rice la falda, como si hasta hace treinta días no le quemara las piernas libremente el sol...

Lindo vestido de seda o algodón, siempre insignia de la juventud, bandera de los sueños... Siempre nuevo y siempre viejo para el corazón...

Primer vestido largo, suspirado desde la tarde en que un juego agitado puso fatiga en el pie hasta entonces ligero, y en que un valsecillo vulgar nos llenó el pecho de suspiros... Primer vestido largo, anhelado mucho antes, guardado mucho después, añorado siempre...

Para tornarla quieta y comedida,
voy a vestir de largo mi tristeza,
que ya va crecida...

Trajecito largo, cosido ligero, más lindo que el traje de novia, que el traje de reina...

La mayor tristeza de las niñas que se mueren pronto es no estrenar un traje largo, un traje misterioso, tejido distraídamente en la trama de los juegos, en el devanar del sueño, y luego en la hora de la fiebre, por el Hada Madrina de Cenicienta o con el huso afilado que hirió el dedo de la Bella Durmiente...

Y por cada niña que muere en el mundo, queda un traje inconcluso, un traje imposible que llora en la sombra. Un traje largo frustrado, vacío, y la tela fina con que lo hubieran cosido no querrá ya ser otra cosa que lino de altar.

El traje para las niñas que van a vestir de largo se cose cantando con agujas de oro...

Si es en la primavera, las flores saltan de los prados a la urdimbre de seda, para quedar tramadas entre los hilos, estiradas por los carretes giradores.

Si es en invierno, los copos de nieve con que el cielo viste de largo la tierra vienen también sobre el tejido cristalizando en finas agujas orientadas en mosaicos y rosetas.

El hilo de seda que servirá para el primer traje largo de las niñas, los gusanos lo hilan con más amor. Hacen de él un hilo brillante, más brillante que todos los otros hilos, más aún que el hilo de luna que viene a tejerse entre los suyos, y que ellos copian pacientemente en las noches de un país lejano, oyendo el rumor de los arrozales doblados por el viento y el vuelo de las garzas entre el humo azul del té...

Este brillante hilo que tejen con más amor los gusanos para el primer traje largo de las niñas hará estremecer a la ágil devanadora, que mientras mueve el pie e impulsa la rueda, irá pensando en muchas cosas idas y en otras muchas que no llegaron nunca...

Y pensará que ella también fue niña crecida y tuvo un sueño que se olvidó y un primer traje largo con un lazo azul o rosa... Y ahora devana un hilo interminable con rueda presurosa y con pie ágil...

Este hilo brillante, el que tejen con más amor los gusanos, el que tiembla en los dedos de la silenciosa hilandera; este hilo lavado por los ácidos purificadores, por el agua jabonosa que lo hará más suave para el roce con los menudos pies que van a encarcelar pronto...; este hilo que copiará la forma de un cuerpo frágil, no acabado de crecer, se enreda a veces, en la torsión de los dedos, con otro hilo fino que el corazón —gusano al fin— no cesa nunca de tejer para que se le arrolle como cárcel.

¡Hilo de amor trémulo! Tan débil y tan seguro, tan fino y tan apretado...

Hilo de amor vivo, cárcel de seda tibia, tan difícil de romper...

Y así, el hilo hilado con dulzura, devanado con pie ágil, lavado con pureza ardiente, enredado en otros hilos vivos, se va torciendo en una urdimbre delicada, por donde surgen sueños y flores al paso de los rodillos giratorios, al sabio toque del volante, al impulso de los émbolos rítmicos, al calor de un verano eléctrico condensado en las cámaras de aire caliente, en los tubos de acero de las enormes plegadoras...

¡Alegría, alegría de las máquinas que hacen los trajes de las niñas del mundo!...

Nadie, nadie sabrá comprender esta alegría gigantesca, ruidosa, precisa; esta alegría infatigable de cilindros, ejes y bielas trabajando todos por una maravilla del hierro animado con fuerza viva, con inteligencia humana, para hacer un vestido de niña, un primoroso vestido con flores y con sueños.

Nadie sabrá comprender el alma obscura y gigantesca de las maquinarias del mundo. Titanes amansados cuando hacen una cosa pequeña y tierna como ésta, con una humildad conmovedora de animal grande, a la manera de los paquidermos de índole suave, de los elefantes y los camellos dóciles...

Y la máquina es bella. Tiene la belleza de todo lo que es grande, de todo lo que es fuerte.

Las hélices de acero fino tienen gracilidad de ala, cuerpo de pájaros. Son como pájaros presos en un nudo de acero.

Los enormes tornillos sin fin recuerdan el torcido de una columna salomónica. Los menudos piñones, enlazados con las horquillas y las arandelas, harían la más fina viñeta para una inicial de pergamino gótico. Las ruedas dentadas con que suelen representar a algunas santas del martirologio cristiano, ¡qué bellas láminas dibujan en los libros de Horas!

Pero la máquina no necesita parecerse a nada bello para serlo ella también. Y si se ha hablado del pájaro preso y de otras formas que son simplemente eso, formas, ha sido por huir del fondo moral, de las significaciones alusivas que el mal gusto en boga se ha encargado de imponer como gabela a su belleza.

Aunque no fueran los piñones, calados de viñeta, ni evocaran las catalinas, martirios de vitral coloreado, las catalinas y los piñones serían igualmente bellos, y lo serían como tal vez no pudieran serlo el vitral o la viñeta despojados de la gracia de su inutilidad, puestos a servir los fines prácticos del hombre.

La máquina es bella por la tersura de su acero, por el equilibrio de su masa, por el ritmo de su movimiento; es bella porque es precisa con la precisión de lo atinado, de lo que sale de una vez y como en bloque, que es como sale siempre la obra hermosa, aunque tarde mil años en producirse; es bella porque sobrecoge... Porque pone en el alma aquel respeto que sólo inspiran la Belleza y el Misterio, el respeto que mueve al de espíritu fino a descubrirse en un templo, aunque no crea en su rito; a apartar del camino la flor que se cayó...

La máquina es bella y tiene también su alma obscura, rudimentaria; alma mineral contaminada de pronto en la fiebre de la vida que hierve en torno suyo, alma mineral alcanzada en su lenta órbita por este remolino de inquietud, por esta inteligencia de los hombres, por esta inteligencia y estas manos y estos pies de los hombres...

Las manos y los pies de los hombres...

¿Nadie comprenderá tampoco lo que habrán sentido estas manos y estos pies al contacto de la tela volandera que van tejiendo?

Manos que saben del impulso y de la presión, manos que saben de la vuelta precisa en el tornillo desajustado...

Pies que se marcan en el pedal poderoso y que conocen por dentro el zapato roto que se ata al coche de los novios para dar felicidad...

Pies hechos a las piedras y al fango de la calleja de barrio, donde al atardecer hay juegos y palabrotas de niños anémicos... La calleja por donde el sol pasa de prisa, sin querer calentar las ropas lavadas que imploran el sol con sus mangas en alto prendidas a la melancolía de las tendederas...

¡Oh, manos; oh, pies!, gracias por la parte que lleváis en la alegría de las niñas del mundo... Gracias porque aún podéis hacer este primer traje largo, esta pura alegría que por serlo es ya como una generosidad, sí, como una gran generosidad para con la vida...

Gracias, ¡oh, manos; oh, pies!, porque habéis traído regocijo a los corazones de las niñas, gracias porque habéis trabajado —y acaso cantando...— en esta alegría, porque cantando y trabajando os habéis fatigado en esta alegría...

Pies, manos... ¡Ágiles que sois!...

¡Muévanse los émbolos, crúcense las lanzaderas, giren las voladoras tejiendo sin cesar alegremente el primer vestido largo de las niñas de la tierra!...

¡Broten las espigas estampadas, luzcan los festones de estrellas al golpe del rodillo entintado, al calor del verano que bulle en las calderas trasudadas!...

(¿Quién será el impaciente segador que corte en flor estas espigas juveniles? ¿Quién el aturdido cazador de estrellas que apunte con sus flechas al festón ondulado en el ritmo de la primera danza?)

¡Vibren los telares nuevos, pase el cable brillador y tenso, corra la rueda de la devanadora pensativa!... Que no se detenga un instante por las cosas huidas, que no vaya a malograr la espiga que brota o la estrella que apunta por lo que ya está lejos y no vuelve... ¡Que se está haciendo el traje largo de mi Niña!...

(Los pies son ligeros, las manos son ágiles... Bien lo sabéis. Y viene de no sé dónde un derretir obscuro de emoción petrificada...)

¡Giren los carretes, prenda el chispazo breve... Destreza, olvido, alegría, amor... Amor para el primer traje largo de una niña del mundo!...

¿Ha habido todo eso en este vestido demasiado ancho que se adivina hueco por los lados, que se alarga sobre unos pies medrosos y muy juntos?

¿En este vestido cerrado y obscuro, con tantas flores de tarlatana y tantos golpes de pasamanería?...

Extraño vestido largo el de este retrato; extraño vestido largo, por donde asoma una cabeza fina con ojos asustados, con boca sonreída artificialmente al imperativo fotográfico...

(Los fotógrafos son los infatigables fabricantes de tantas sonrisas feas que invaden el mundo.)

¿Miran el mundo aquellos ojos hipnotizados? ¿Qué mira la Niña? ¿Qué piensa la Niña? Apenan su sonrisa y sus brazos estirados, desarmados del cuerpo que no se voltea con ellos, que permanece rígido mientras ellos se doblan absurdamente, como si sólo estuvieran cosidos a las mangas.

Se siente lástima por la mirada atónita, por el vestido sin pliegues, sin gracia, que sólo la aprisiona como una cárcel más...

¿Qué piensa la Niña, qué mira la Niña colocando con gesto desgarbado, en una jarra de cartón, las flores de la heterogénea provisión de los talleres fotográficos?...

¿Piensa ella las cosas que piensan las niñas que estrenan un traje largo? ¿Espera la fiesta? ¿Espera el amor?...

El amor...

La Niña no espera nada, no sabe nada. Ella mira nada más. Mira sin parpadear, con ojos atontados donde se adivina, más que se ve, un vago terror.

Qué feo ha sido el primer traje largo de la Niña...

Parece un vestido de mujer vieja recortado. Es feo como si el gusano hilador de donde procede no hubiera sorbido el jugo de las más frescas moreras, como si a la devanadora se le hubiera cansado el piel ágil y el corazón nostálgico... Feo como si las manos y los pies que lo trabajaron lo hubieran tejido con odio, sin saber que era el primer traje largo de una niña muy buena... Sin saber que había en un lugar del mundo una niña calladita que iban a vestir de largo...

Y la mano fue brusca, y el pie fue tardo, y el rodillo fue torpe, y la cenefa de estrellas no acabó de cuajar entre la trama, y las espigas, por quedar desdibujadas, no querrá ya segarlas ningún segador impaciente...

Y el amor se perdió por el camino. (El amor gusta de caminos cortos...) Y la fiesta no se hizo para ella. (La fiesta se hace con vestidos claros, con flores de jardines y con sonrisas gentiles, muy distintas a las sonrisas que colocan los fotógrafos como si colocaran dientes postizos...)

Feo vestido, feo retrato. Vamos a tirarlo por la ventana...

Pero antes...

¿Qué piensa la Niña?

¿Qué mira la Niña, como si nunca más pudiera desprender los ojos de lo que está mirando?

Ya ella no cree que va a salir una palomita volando de la lente... ¿Por qué luce su mirada tan fija, por qué quedó tan inmóvil en la temblona gelatina de la placa?

Aquí, a la luz del sol, hay rasgos imprecisos, hay rayas cruzadas sobre la cartulina... Se sienten miradas, otras miradas, otros ojos sombríamente asestados en la cabeza fina, blanca, mal erguida todavía, como un lirio naciente...

Otros ojos se sienten, muchos ojos acaso, que no se ven en el retrato, o más bien que están en él, que no aparecen junto a la imagen, porque deben estar enfrente de ella, cercándola, acorralándola, junto al telón de sombras que se desenrolla al fondo...

Muchos ojos, o más bien dos ojos cuyas miradas se multiplican, cruzan y cintilan en todas direcciones, brotan de todos los ángulos, se reproducen en la lente, giran, vuelven, acechan... Le han dicho que se esté quieta y que sonría...

Siempre dicen lo mismo.

Y el telón que tiene un jardín pintado se agita levemente...

Detrás de él, como detrás de una careta, está el jardín, el verdadero jardín obscuro por donde pasa un turbador viento de risa...

Capítulo VII
RETRATOS REPETIDOS

Todos los retratos eran de la misma criatura en el mismo paisaje...

El mar, la casa, el jardín... El jardín, la casa, el mar Sucesión de grises en todas las gradaciones... Hastío de las viejas sales de plata, que van llevándose a la Niña en un polvillo fino, sobre el viento.

Ata la cinta azul a una niña, una casa y un jardín... (¡La cinta azul vuela muy lejos!...)

La Niña desatada huye... Bárbara la ve perderse cada vez más pequeña por el cielo plateado...

Ella quisiera ir a donde va la Niña; quisiera ir con aquella Niña tan suavecita, tan formal, al país de los sueños perdidos...

Pero ha extraviado los caminos. Estuvo lloviendo toda la noche, y al despertar por la mañana se encontró los caminos borrados. Sólo tenía enfrente el mar.

Y el mar era bueno. Prometía siempre un camino; él mismo era un camino ancho, soleado, abierto a la inquietud del corazón; pero era necesaria la Fe para andar sobre él.

Algún día vendría la Fe, y el pie escaparía ligero por el agua...

Algún día...

Niña lejana, tan dulce siempre, tú sabías que el mar era bueno y que quiso mucho tu pie fino, tus ojos pensativos...

También los quiso el jardín... Pero el jardín era malo, tenía dura la raíz y el afán de envolver...

Y el jardín ya lo era todo... Sólo el mar resistía valeroso su invasión. El jardín era la casa, jardín blanco, petrificado, con flores de cal y aguas de espejos empañados... Jardín era la Niña... Jardincillo pequeño, con trabazón de raíces en los pies y sombra de ramas sobre los ojos...

Sólo el mar resistía sereno, y junto al festón de espumas de la orilla, la creciente selva tenía que detenerse con una rabia de raíces retorcidas y de tierra desmoronada en agua...

Y por eso todos los retratos iban del jardín al mar, del mar al jardín; pero el jardín estaba siempre más retirado o más cerca, más borroso o más visible...; aparecía junto al mar, junto a la casa, junto a la Niña. El jardín siempre...

En la casa le presentaba las ramas verdes por todos los huecos de las ventanas; en el mar, se derramaba por arriba de su verja de hierro, la alcanzaba con un perfume, la sorprendía en el agua, de pronto pintada con el verde de sus hojas...

Sólo el mar era bueno, y era grato ir a él como a un amigo viejo que escuchara sin cansarse una misma historia, siempre empezada y nunca terminada...

El mar no le había fallado nunca; siempre tuvo lo que esperó de él: libertad para sus ojos, caricias para sus pies..., visión amplia y clara, olvido de sí misma y una misteriosa esperanza... Y, sobre todo esto, su azul...

¡Y qué grande era el mar!

Llegaba hasta el fin del mundo.

Y allí, en el borde del mundo, en la línea redonda por donde se iba el sol, ¿qué haría el mar?

¿Se derramaría tumultuoso en el vacío, se volcaría con sordo estrépito en olas revueltas y cataratas hacia lo hondo de aquella nada, de aquel no ser de fuera del mundo?

Imaginando estas cosas, ¡cómo temblaban las finas aletas de su nariz, pequeño hocico rosa de animalillo salvaje!...

Y no era el suyo un lindo mar, lo que la gente llama un lindo mar...

Por un largo tramo, el fondo de rocas no debería de ser muy profundo, y acaso tendría la piedra cortada en diques superpuestos, porque el agua no se movía mucho, y las olas solían romperse en fugaces espumarajos antes de llegar a la orilla.

Allá un poco hacia adelante, había un remolino formado por la armazón de un buque naufragado, cuyos torcidos hierros alcanzaban a verse a flor de agua desde un remoto tiempo.

Parte del casco había sido arrastrado hasta el promontorio, y la Niña gustaba de trepar por el costillaje de madera, sujetándose a las enormes argollas enmohecidas, y penetrar así en la concavidad obscura y húmeda, ciudad de ostiones y cangrejos, valle tenebroso encharcado por el flujo y reflujo de las mareas; allí reinaba ella entre la pompa de caracoles y madréporas; allí prendía en sus cabellos las fosforescencias verdosas de las actinias y el palpitar estremecido de las estrellas de mar.

Ninguno de los pequeños seres acuáticos huía de la Niña; las tortugas se allegaban lentas y aletargadas a recoger pedazos de manzanas en su mano; los cangrejos la miraban largamente con sus ojos saltados.

Desde allí contempló muchas veces el baño del sol en el mar; el sol y ella eran los únicos que entraban en aquel mar, donde no se aventuraban barcos por la escasa profundidad del fondo, donde las aves marinas apenas se detenían un instante a tomar alimento para seguir sus éxodos.

Siguen pasando los retratos como una silenciosa procesión de sueños...

Cristales, turbios cristales de la casa...

¿Los recuerdas ahora? Son los mismos... ¡Y tan borrosos siempre!

Cristales de las vidrieras emplomadas con paisajes de países nórdicos, paisajes de paz con lagos y aldeanos de colores...

Cristales del invernadero, tan pálidos, guardando la ternura del verde, filtrándole un sol aguado como leche aguada para un infante...

Cristales de la casa... Pasan por los retratos como las claridades perdidas de remotas auroras... Y devuelven a la tarde el reflejo de un sol muerto y de una tristeza que pasó...

Cristales de la casa en los retratos... El de las urnas de los santos, el de las altas lucernas de los techos huidos, donde era grato ver caer la lluvia que no podía alcanzarnos... Cristales de la casa, a través de los cuales el paisaje tenía ya la inconsistente irrealidad de los sueños o de las vistas tomadas del fondo del mar. Cristales de la casa para filtrar el sol, para filtrar el ruido, para filtrar la Vida...

¿Los recuerdas ahora?

Cristales, cristales de la casa...

Este sillón de la biblioteca, este sillón de tapicería descosida por donde asoma el relleno de miraguano, ha sentido crecer el cuerpo de la Niña.

En él se ha moldeado, y quizás por eso tiene algo de su desgarbada rigidez.

Este sillón sabe de las historias obscuras que cuentan los libros cubiertos de telarañas en la humedad de los anaqueles. Sabe de la emoción de leer, de la voluptuosidad de la letra combinada, la letra que se anima, que cuaja en emoción, en sentidos nuevos para la vida. En vida...

Este sillón de tapicería descosida, como un viejo abuelo de barbas de miraguano, ha cobijado en él la vida de la Niña... La ha sentido crecer —río desbordado huyendo de la tormenta.

En esta parte de la casa, en este corredor olvidado, los cristales de la ventana no están bastante empolvados para impedir la entrada del sol, que a cierta hora del día se vuelca llameante y dorado como un vino sobre los desflecados hilos de la alfombra. Y es una cosa extraordinariamente mórbida, ver tanto sol en la soledad del corredor estrecho y largo: sol en polvo, sol en molde...

En esta casa nadie habla. El silencio se congela en una escarcha finísima sobre los cortinajes, sobre los muros, sobre los rostros. La Niña misma se siente, a veces, envuelta en su telaraña invisible; lo siente frío y cosiéndose a sus labios, y tiene que romperlo con los dedos, con la palabra que quiere venir...

Y ella hubiera dicho palabras bonitas, como todas las niñas del mundo; hubiera hecho preguntas deliciosas, y hubiera explicado conceptos nuevos, conceptos puros de niño, de la vida y de las cosas...

Pero su vida ha sido una lección de silencio. Y tan bien enseñada, que la Niña ha aprendido a callar, la cosa más difícil que pudiera aprender un niño. Y aprendió otras cosas; se habituó a prescindir, a escurrirse, a hacerse ella también un poco fantasma; supo de la manera de disimular su presencia, y por las presencias, las ausencias; anduvo de puntillas, y abrió y cerró sin ruido las puertas; supo de la manera de tener las cosas sin pedirlas, o de no tenerlas sin necesitarlas, o de no necesitarlas siquiera... Y la manera de hacer luz sin sorpresa para los ojos aletargados, fundiéndola poco a poco con las penumbras iniciales... Y hasta sus juegos eran lentos y silenciosos, como si jugara con sueños y con tristezas.

Retratos de la casa... ¡Qué bien se ve en este último, que Bárbara hace girar entre sus dedos, aquel extraño halo que rodeaba a veces los muebles de la casa, aquel halo que afectaba su misma forma, más alargada en los ángulos y de color indefinido, como los miasmas que se desprenden de los terrenos pantanosos...

Gas metano a que debió de oler toda la vida de la Niña...

Sería el aire que nadie respiraba, que se iba condensando —inmóvil— sobre los muebles, sobre los libros, sobre los muros que aparecían revestidos de una pátina fría de aire muerto...

Los retratos vuelven a llevarla al mar, al letargo del mar, al sopor azul del azul perenne y a la miopía del sol en la blancura de las rocas gastando la mirada, limando las pupilas en un deslumbramiento...

Bárbara se siente llevada por las mil alas de cartulina descolorida a la promesa del mar, a la bienandanza del mar, camino movible que anduvieron los ojos de la Niña hasta el filo del horizonte muchas veces..

Los ojos de la Niña que aún encuentra fijos allí, y alucinados... ¡Qué camino era el mar para estos ojos!...

Y ¡qué infatigables ellos para recorrerlo, para desentrañar el azul del azul!...¿Cómo no llegaron nunca hasta alguien que estaba del otro lado del mar? Del otro lado, donde las aguas se precipitan en una catarata enorme desde el borde del mundo; hasta alguien que estaba allí tejiendo una canción y que acaso, al sentirlos de cerca, se interrumpió muchas veces, extrañamente turbado, pasándose las manos por las sienes...

Otra vez al mar... ¿Y aquel ruidito peculiar, ruidito inflado de burbujas, *gluc-gluc* del agua entrando por la roca socavada, que la Niña se turbaba tanto al escuchar?...

Ya nada se oye... Hay un silencio de óxido y de nafta sobre el retrato viejo...

El mar se borra, quiere huir de la fotografía, y Bárbara lo sujeta por las rocas, lo recoge en el hueco tibio de su mano...

No te vayas... mar de la Niña... Si tú te vas, ella se quedará sola con el jardín negro... No te vayas... que hay muchos malos en el mundo; lo ha dicho Laura, lo han dicho... No, los tíos no pueden decirlo porque no hablan; pero no importa, el mundo es malo; está escrito en los libros forrados de cuero gris con manecillas de plata...

La gente hace daño. Está escrito, ¡oh, mar! Tienen cuchillos y venenos y palabras mentirosas...

¡Qué bueno ha tenido que ser para la Niña el estar siempre aislada, protegida de esta maldad por la segura reja de la cama, más fuerte que el mundo, más fuerte que el Mal y que el Bien!...

Pero quizás no hubiera nadie en el mundo más que Laura y los tíos... (El día en que la Niña pensó esto, sus ojos limpios, que no lloraban nunca, se empañaron mirando el cielo azul y los árboles verdes donde cantaban los pájaros...)

No, no; esto no era posible.

Entonces, ¿quiénes habrían hecho los libros de la casa y las cosas de que hablaban los libros; quiénes los habrían traído a los sombríos estantes de la biblioteca?...

¿Habría muerto toda esta gente. ¿Era todo lo que la rodeaba y aun lo que estaba lejos, el legado de una humanidad fenecida, de una extinguida generación de la cual eran ellos los únicos desolados supervivientes?...

¿Cómo saber dónde empezaba la vida o dónde acababa la muerte?...

¿Qué decía a esto el mar con sus mil olas, sus mil lenguas azules y espumadas?...

¿Qué decía el caracol sonando en su oído una misteriosa sinfonía?...

El mar quiere irse, pero no puede. Está sujeto por la palma de una mano sobre la cartulina desteñida...

Ahora van a limpiar el mar; lo van a limpiar con un pañuelo fino, de esta indecisa bruma de amanecer.

Ya van surgiendo las rocas y las sombras de las rocas proyectadas sobre el agua en reposo; grandes pájaros marinos salen de los huecos del casco abandonado, llenando el aire de graznidos...

La sombra del tiempo va dibujándose en el aire como un humo azul y perfumado; extraños reflejos brotan del agua obscura, mientras los pájaros desaparecen por el cielo agujereado de estrellas...

Luego, las estrellas desaparecen también, y el sol va apuntando muy bajo, de color marfil, sin dar luz alguna. Esta playa vacía, con su mar aperlado, hace pensar en paisajes vagamente irreales, paisajes de la luna, como los que pinta Fournier en las láminas de su *Astronomía elemental para los niños*.

Bárbara ha limpiado el mar con su pañuelo de encaje.

Del mar a la casa, de la casa al mar.

Y el jardín siempre...

Tiene raíces larguísimas, que no se ven en los retratos, pero que van seguras y precisas por debajo de la casa, por debajo del mar...

Tiene raíces que socavan los cimientos, que se entrelazan a las cabillas de hierro, a la fraguada costra de cemento, penetrándola bien, resquebrajándola en su mismo hueso. Raíces que se fijan por dentro de las paredes, suplantando el esqueleto de la casa, y raíces que van al mar, que horadan con paciencia vegetal el grano de la roca y lo atraviesan rumbo a la masa líquida.

Allí siguen creciendo todavía, husmeando las quillas de los barcos, poniendo en fuga peces y crustáceos; hasta los habitantes de las grandes profundidades del Océano, seres ignotos para el hombre, se sienten sorprendidos en su marasmo de siglos, turbados por el avance sigiloso del obscuro producto de la tierra.

No se detienen nunca las raíces; rodean las islas con brazos que no sueltan más, embisten con sus garfios la soldadura de los continentes.

Brotan unas de otras, se alcanzan, se desprenden, vuelven a enredarse... De Este a Oeste, de ocaso a aurora, su marcha va en progreso y no le serán obstáculo solsticios ni meridianos; no se helarán estas raíces al remover los polos descuajados en nieve crepitante; ni arderán junto al arco del Ecuador en tensión, pronto a saltar en bólidos de fuego.

El globo del mundo habrá de ser tan sólo una naranja, poco a poco exprimida a su presión creciente y sólo cuando esté vacío y flojo tal vez lo deje al fin rodar la íntima, terrible trenzadura...

Es la invasión del reino vegetal aliado con la piedra muerta, que triunfa de nuestra hermosa animalidad, de nuestro privilegio anímico, de nuestra inteligencia y nuestra voluntad y nuestra emoción de hombres vivos...

Es el jardín malo al que un viejo dios de quién sabe qué olvidada teogonía ha hecho nacer de pronto un alma obscura y torva.

Es el jardín obscuro invadiendo la tierra.

¿No sientes el jardín minando los cimientos del mundo, el jardín que taladra el piso por donde andas, que levanta imperceptiblemente las alfombras de los palacios, las planchas de acero de las fábricas de la civilización? ¿No lo ves agrietando el pavimento de las ciudades, el mosaico fino de tu casa? ¿No sientes como un cosquilleo — el de las más leves barbillas, el de las raíces últimas — que te sube por el pie, por el trémulo hilo tibio de la sangre, a sorprenderte — aguja ardiente — el corazón en plena sombra?

Es el jardín de Bárbara que viene sobre ti también. Que te busca y te encuentra para macerar tu vida entre sus piedras, para echarte en la boca su tierra blanda, para hacer una umbela de tu tristeza y un gusano amarillo de tu soberbia humana.

Es el jardín de la Muerte que te busca y que te encuentra siempre... Es el jardín que, sin saberlo, riegas con tu sangre.

Es el jardín que es malo...

Jardín fue el mundo en sus albores bíblicos... Jardín volverá a ser, pero jardín obscuro, con pecado y con muerte.

Puedes huir, puedes ocultarte, que la raíz que te está destinada te alcanzará al final, irá a buscarte hasta el rincón del mundo en que te refugies y te echará su leñosa garra. Puedes huir, puedes correr, pero este nudo no falla. ¡Como que lo llevas tramado ya entre las venas, y corriendo sólo lo alargas y lo ajustas más! Porque éste es el nudo que no se zafa ni se rompe.

Y algún día tendrás que morir por la raíz, por el remoto misterio vegetal que hizo nacer y morir esta humanidad nuestra, lejos, muy lejos de Dios...

Hay un jardín obscuro que viene sobre el mundo...

¿No lo has sentido en el silencio de las noches trabajando infatigable, urdiendo en la inconsciencia de los humanos sueños un gran sudario verde para el mundo?...

¿No has sentido correr por algún lado el latido de su arteria sorda, que pasa ya por todos los caminos de la tierra?

¿No has visto hincharse las montañas como vientres preñados al golpe vivo de su savia...?

¿No has tentado la herida del barranco donde él mordió hace tiempo, y por la que todavía se desangra el valle en un espeso arroyo coagulado?

¿No ves brillar en los hombros de las mujeres escotadas la húmeda blancura de las babosas muertas que se amontonan a la linde del sendero?

Tú no sabes que cuando marchas con pie derecho y seguro huellas la tierra (la tierra como la tierra del jardín). La tierra que tendrás un día sobre la cara, sobre los ojos tuyos que han mirado el sol... No lo sabes, no te sabes cercado, copado en el espacio que crees tuyo, en la hora que cuentas entre tus alegrías o tus tristezas, en el don que haces con sonrisa ligera, en la boca fina que besas; no te sabes acorralado por una selva en llamas que crece en derredor de ti...

Y hecho a rastrear todos los suelos, ¿no te reconoces en el nudo terco que no sube a la copa trémula de pájaros?... Y siendo todo ciego, no te recuerdas ni presientes en la inmensa ceguera de la tierra, sin ojos, sin corazón, sin amor...

Hay un jardín que viene sobre el mundo, que derrumbará, con el mortal abrazo de sus ramas, las casas de los hombres, con chimeneas, con banderas, con luces, con mentiras...

Y será entonces el triunfo antiguo de la selva sobre la faz del mundo; el triunfo de la selva primitiva, que recobra su tierra y la recobra con creces, abonada por el sudor y la sangre y el llanto de los hombres que edificaron inútilmente sobre ella y sobre ella lucharon y amaron y pasaron...

¡Jardín, jardín obscuro, jardín de las tinieblas, no viene, no, sobre la tierra; vuelve a ella agigantado y vengativo!

Y ni siquiera vuelve, no se ha ido... ¿No comprendes ahora que no se había ido, que no nos había dejado nunca?

El jardín no viene, no vuelve; estaba aquí, está aquí, en tu corazón que se turba...

Asoma ya sus ramas que cabecean por el horizonte, y yerbas menudas te crecen entre los dedos temblorosos...

Aquí está el jardín obscuro. Es agua encharcada en tus ojos, tierra en tu pensamiento, espina en tu corazón.

¿De qué huyes entonces, si estás huyendo de ti mismo, si el jardín eres tú?

Capítulo VIII
DESPUÉS DE LOS RETRATOS

Bárbara acabó de mirar los retratos viejos y, pasándose la mano por los ojos, se puso en pie en medio de la estancia.

Era alta, muy afinada, de contornos ambiguos, y llevaba un cinturón de piedras azules.

Se había hecho casi de noche y se olía un aire de lluvia. Ráfagas entrecortadas entraban por la ventana abierta y hacían volar los retratos sobre la alfombra.

Ella seguía en pie, como indecisa. La sonrisa que hasta entonces había conservado a flor de labio, cada vez más tenue, acabó de apagársele al soplo de la turbonada; no se quitaba las manos de los ojos, y a través de sus dedos, ellos parecían turbios, fijos, sin expresión, como ojos de muñeco o de pescado. Como ojos de vidrio para la gente sin ojos.

De veras se sentía muy cansada de haber andado tanto tiempo entre cosas muertas. El polvo que le quedaba en las manos era polvo de vestidos viejos, de sedas pasadas, de flores revueltas entre juguetes rotos y estampas de obscuros santos.

¿De qué mundo volvía con un deshecho fárrago de sueños?

¿De qué dolor regresaba adormecida, tendiendo a lo que huye una mano torpe que se cae?

Le pareció que desde el instante en que, después de pasear por el jardín, fue a sentarse, displicente y soñadora, a mirar retratos viejos, había transcurrido un tiempo que ya no podría contar por horas, sino por años.

Probaba a recordar el reciente paseo bajo la arboleda, y lo veía como una cosa muy lejana, sin detalles y sin relieves; se sentía torpe para pensar y para moverse, y sin dar todavía un paso, volvió los ojos instintivamente al gran reloj sobredorado de la consola.

Las largas agujas marcaban las seis y cuarto. Sin embargo, Bárbara sabía que no era ésa la hora; lo sabía ya desde antes de mirarla. Un resto de sol clareaba en la alfombra.

Desde hacía muchos años, las manecillas del reloj debían haberse detenido en aquel minuto, y ella no recordaba haberlas visto avanzar nunca.

Algunas veces le acometía un vago malestar al tropezar con esa hora gris, cuando era el mediodía y el sol flameaba por toda la casa, o cuando, cerrada la noche, el silencio se cernía sobre ella, lejos del amanecer...

Las seis y cuarto. En un tiempo, las manos de Bárbara habían andado sobre el resorte enmohecido de la cuerda; habían resbalado ligeras sobre los muelles y los tornillos, sin llegar, sin embargo, a removerlos.

Echar a andar el reloj sería como echar a andar la vida, y era mejor que siempre fueran las seis y cuarto...

El camino único y redondo de la esfera sólo conducía a la Muerte; tocar las siete no era otra cosa que acercarse a ella...

La Muerte. Se sentía llena de muerte, de una muerte tan terriblemente física y palpable, que le pareció que no podría ya, en adelante, pensar, andar, vivir, sin su presencia.

Sería por haber estado tanto tiempo mirando retratos de muertos; todos eran muertos. Hasta el adolescente de pelo claro. Y se limpió con gesto afectadamente escrupuloso los finos dedos empolvados.

Ensayó algunos pasos, llegó hasta la ventana y miró con una larga mirada su paisaje.

No era más que un jardín. Un gran jardín de arboleda recia y compacta, con senderos mal trazados y acequias por donde se escurría un agua turbia arrastrando insectos y hojas secas...

Era el jardín...

Su mirada soñadora perdíase en aquella masa obscura y olorosa; se había acodado sobre la ventana que el tronco del almendro no dejaba abrir del todo, y miraba ensimismada por el breve espacio cortado entre el árbol y la puerta.

Era el jardín... Las flores parecían reconocerla y la llamaban balanceando sus corolas sobre los tallos débiles, demasiado crecidos para este marzo; la enredadera de jazmines llovíznaba sus tenues capullos haciéndole una alfombra perfumada, blanda para pisar, para salir bailando sobre ella; las mariposas de alas brillantes venían volando a rozarle los cabellos y huían enseguida sin entrar, posándose apenas en las ramas, invitándola a su juego ligero y silencioso.

Era el jardín, su jardín; tan suyo, que era toda su patria, todo su espacio, todo su mundo.

Junto al jardín había vivido siempre. En él había crecido, y más que en él, de él mismo.

No hubiera sido posible conectarla a una estirpe o identificarla como la hija de *éste*, exactamente *este* amor de hombre y mujer. Nadie podría hacerlo nunca. Nadie en el mundo.

Se llegaba a ella de golpe, de súbito, o no se llegaba nunca. No había ningún camino para encontrarla, ni dato alguno para ir de ella al pasado o de ella al futuro.

En ella nacía y moría todo. Empezaba y acababa en sí misma. El que la hallara, la hallaría sola, aislada como un centro sin circunferencia, como una estrella desplazada de su órbita, a la cual ningún sabio podría ya clasificar en un sistema planetario.

Se le encontraba en un jardín, y en el jardín había que dejarla. Los que hubieran buscado más, no habrían encontrado más que tierra.

Venía del jardín y hacia el jardín iba; su camino era uno solo y bien marcado; no era fácil de confundirse. Sus bienes eran el sol y la lluvia, y no a la manera que los poseen los hombres, como una simple división de días y estaciones, sino como la fuerza viva, la alegría viva, la vida misma, que son para las criaturas vegetales.

Y como una planta era ella, tranquila, fría y silenciosa; como una planta movible —¡y qué poco!— sin flor y sin fruto.

Pasó un pájaro volando; pasó una pareja de pinzones que llevaban briznas de paja en los picos y el vuelo era tan lento, que Bárbara pudo distraerse siguiéndolos con los ojos hasta encontrar el nido a medio hacer, colgando del último gajo de un sicomoro.

El jardín estaba contento y se vestía con un traje de inocencia y de encanto, un traje de Primera Comunión, que lo volvía tierno y dulcísimo ...

Sonrió ella de un modo indefinido... El jardín quería ser otra vez el jardín de la Niña; quería infantilizarse él —tan viejo como era— y jugar con ella un juego, un juego tardío de mariposa entre flores, de barquichuelos de papel nadando en los estanques, de recolecta de guijarros brilladores e inútiles.

Era el jardín engañador como siempre, persuasivo, insinuante como siempre...

Las mariposas que iban y venían de la ventana a las flores recién abiertas le enseñaban el rumbo.

Los cálices cargados del agua de las lluvias iniciales, al inclinarse ante ella, le indicaban el signo...

Los jazmines que caían y caían como una infinita blancura, ¿no trazaban el camino?

Sin embargo, Bárbara retardaba aquel día su paseo de todas las tardes. Ya había bajado al jardín a la hora del mediodía y se sentía ahora fatigada. Amontonados en la sombra, los retratos seguían atrayéndola... Fue dando vueltas hasta llegar a ellos... Un deseo, una atracción, era algo tan insólito en ella, que necesitaba disimularlo ante sí misma. Dejó caer una mano lánguida sobre el túmulo de cartulinas, y furtivamente separó una que deslizó sobre la sábana de hilo...

De fuera llegaba el murmullo dulzón del jardín sugiriendo sus delicias de sombra y fresco, el encanto de sus rincones húmedos y el gotear lento de sus fuentes para la hora de la siesta.

Dio unos pasos más por la alcoba; sacó un hilo deshaciendo una rosa del *crochet* prendido al sillón. Pronto volvió a rondar el lecho. El retrato estaba allí; lo cogió, y se puso a leer en alta voz y muchas veces, la apasionada dedicatoria a una mujer llamada como ella misma.

Saboreaba su nombre escrito en una tinta antigua, con una letra trémula de enamorado... Volvía a ver al adolescente del fleco pálido caído sobre los ojos muy claros...

Aquellos ojos debieron de ser azules; ojos de un azul vacilante y desteñido como un azul de flor.

Tal vez habrían mirado esta cruz de filigrana que ella llevaba al pecho; tal vez la habían amado cuando descansaba sobre otro pecho, sobre otro corazón joven y apasionado como el suyo.

Ahora, él estaba muerto y ella estaba viva. Viva y sola en un jardín...

Y el jardín seguía cantando su misma canción en tono menor, su cantinela primaveral de dulzuras renovadas, de cosas repetidas...

Alzó ella los ojos nublados de ensueños... ¿Qué quería el jardín? ¿Qué quería aún?...

Puso a sus pensamientos el mismo ritmo exterior, la música adormecedora que la cercaba, y fue pensando, con imágenes que la próxima verdura le prestaba, en los ojos de un desteñido azul de flor que hubiera sido grato mirar en aquella hora; otros ojos que mirar que no los mismos suyos reflejados en un espejo. En la palabra *apasionadamente*, tan extraña y tan familiar... — ¿familiar había pensado? — . Aquella palabra, aquel «apasionadamente», escrito con una fina letra de colegial al modo inocente y pulcro del jardín entonces...

Y la bella palabra le olía a selva virgen, a un verde más íntimo todavía... ¡A huerto cerrado le olía, de tanto pensar en ella! Olía a huerto, a fruta, y sabía entre los labios a fruta pulposa, anticipo, en la primavera, de toda la grave dulzura del otoño...

¡Y así sería el que la escribió, huerto cerrado!... Así sería, silencioso y alegre como un huerto de convento pequeño... Así sería su boca, como la fruta anticipada en la primavera...

Bárbara hizo un gesto vago con la mano. Era alta y muy afinada, con el pelo en trenza floja enroscado — culebra parda y húmeda — alrededor de la frente. Llevaba un cinturón con piedras azules.

SEGUNDA PARTE

A la orillita del mar
hay una casa de campo,
una casa solitaria...

(*Antigua canción japonesa*)

Capítulo I
DESPUÉS DE LA LLUVIA

Por aquellos días, los primeros de abril, fuertes lluvias cayeron sobre la tierra y precedieron en la vida de Bárbara a lo que siempre habría de quedarse en ella como una cortina de niebla, como un irisado miasma de pantano que no acierta a subir ni a desprenderse.

Había pasado largos días mirando la lluvia por los cristales, viendo el jardín derretirse poco a poco, licuado, desleído como una pastilla en el agua.

Aquella degradación monótona del verde, aquel golpeteo con sordina de la lluvia igual, inacabable, durante días y noches, cuya cuenta había ya perdido, terminaron por anestesiarla, por sumirla lentamente en una suerte de letargo similar al de los animales hibernantes.

Como bruma se tornó su pensamiento, y como bruma se deshizo en el incierto ambiente en que flotaba. Había amado los libros con un amor casi voluptuoso, y, sin embargo, hacía algunos días que el libro escogido por la mañana se le quedaba hasta la tarde abierto por la misma hoja, mientras sus ojos permanecían absortos en un objeto insignificante, que era el dibujo de un mueble o la peregrinación de unas hormigas, como si sólo en aquellas cosas simples y ligeras pudiera ya pensar sin fatiga y sin miedo.

¿Sin miedo? Bárbara no tenía miedo. Era serena y fría como las flores a la luna. A sus pies crecía el jardín.

Un día no llovió más. Venido de no se sabía dónde, se encontró con un fugitivo rayo de sol, refugiado entre sus manos.

Los cristales de la ventana habían amanecido empañados, pero secos; un gajo negro, sin hojas, llamaba a ellos tímidamente, y Bárbara abrió la puerta.

El aire de fuera se entró de golpe en la estancia. Más sol cayó sobre sus manos, sobre su cara, sobre su pelo húmedo aún... Y ella hizo un gesto parecido al que hacen las mujeres para rechazar a un amante.

Pero el sol seguía entrando y se deslizaba con tiento sobre las paredes estriadas de filtraciones, sobre los cortinajes amasados de sombra allá en el fondo. Y era un sol nuevo, recién salido del horno y tibio todavía sobre el jardín estremecido...

El aire y el sol entraban a bocanadas en su alcoba. Un pájaro entró detrás, pero se fue enseguida, después de un revuelo aturdido por entre los dragones del friso.

Llegaba la primavera a la casa de Bárbara. Los pájaros embalsamados la reconocieron desde dentro de sus fanales y probaron en vano a sacudir sus alas atravesadas por alambres.

59

El gajo seco no entró; se quedó en el marco de la ventana, haciendo con leves movimientos señas a Bárbara, que miraba sin emoción el desolado cuadro del jardín, deshechos sus canteros bajo el agua que la tierra no podía ya absorber y en la que nadaban flores sueltas, pedazos de raíces y mariposas ahogadas.

Los senderos habían desaparecido, y la enredadera de aucarias, desprendida en tierra, yacía mustia con sus racimos por madurar, aplastados entre las piedras.

Bárbara se sonrió imperceptiblemente y, envolviéndose en su chal de seda, salió a recorrer el jardín.

El cielo desteñido, roto en jirones de nubes, parecía ondear al viento a modo de bandera después del combate. Grandes concavidades negras se le abrían, como si por tramos hubiera llegado a derretirse en las recientes lluvias; cielo descarnado y lúgubre, imagen invertida de aquel paisaje sin luz que ella recorría infatigable chapoteando entre el lodo, esquivando los derribados bancos y los troncos de través que obstruían el paso.

Algunas veces le fallaban los pies en los desniveles del piso y tenía que sujetarse a las ramas más próximas; otras, improvisaba con los gajos frágiles puentes para cruzar por encima de los charcos, de uno a otro cantero.

De pronto, ya porque el agua y el fango borraban los caminos o porque el continuo llover cambiara la perspectiva de lugares, acaso por la misma vaguedad de su pensamiento, Bárbara se encontró perdida en el jardín y se detuvo.

Un airecillo frío removía la hojarasca y rizaba ligeramente la superficie de los charcos; dos ranas le saltaron al vestido. Ella sintió a través de la tela su repugnante viscosidad, y pensó de un modo vago en los muertos.

Miró en derredor. A sus pies, algunos macizos de heliotropos despedían un fuerte y pesado aroma. Arrancó entonces un puñado de sus flores y lo dejó caer por dentro del vestido, junto a su piel, que se erizó levemente. También las flores estaban frías; frías y blandas. Ella las sintió resbalar por su carne con una aterciopelada lentitud de gusanos.

A lo largo alineábanse las grandes manchas violáceas de los heliotropos, brotando como islotes entre las corrientes de agua perdida que huía sin destino, de un lado a otro, por la tierra hidrópica.

Bárbara empezó a saltar las islas de una en otra sin rumbo fijo, atenta sólo al equilibrio. Por encima de su cabeza, la arboleda se curvaba en un túnel espeso.

Un sopor de hambre y sueño la iba invadiendo, que no alcanzaban a apartárselo las hojas secas rozándole al caer la cara, y los vagos murmullos que venían de la espesura, y que ella oía como muy a lo lejos, como deben de oír los moribundos el rumor de los rezos y las conversaciones en voz baja en torno de sus lechos.

Se dejó caer sobre los heliotropos, y su cara fría no se movió más, pegada a las flores como una cosa muy triste.

Caía la tarde, y los pájaros ensayaban un olvidado canto en el jardín obscuro; agujas de aire helado se cernían entre las ramas de los abedules, y Bárbara, respirando con ansia aquel aliento de la convaleciente primavera, cerró los ojos y quedó dormida.

Cuando despertó, ya el sol había vuelto a salir por el otro lado del jardín, y en algunos sitios, el agua desaparecida dejaba ver la tierra negra, desbaratada, regada de lombrices y babosas.

La mujer se asombró de haber podido dormir en aquel sitio, de no haber sentido el frío de la noche ni la humedad del agua. Sus vestidos estaban secos y sentía como si no le tocaran el cuerpo.

Trató de pensar, de recordar, pero su pensamiento naufragaba en un mar de aguas obscuras, que crecía durante días, meses, años, por detrás de ella.

¿Quién era ella, tan fina y tan blanca, con sus manos estriadas de un azul doliente y su cinturón de piedras brillantes?

¿Qué había hecho antes, qué hacía ahora entre las flores de un jardín?

Se incorporó ligeramente y se puso en pie. Sus pies no parecían tocar la tierra, como sus vestidos no parecían tocar su cuerpo. Había una confusa inmaterialidad de las cosas o de ella misma, que le dio una sensación semejante a la de estar rodeada de un aislador, de una sustancia transparente y laminada de talco, o más bien de algo incorpóreo que la mantenía enhiesta, a manera de un filamento eléctrico en una bombilla de cristal.

Tendiendo la mirada en torno suyo, creyó volver a la realidad al distinguir de pronto un pedazo de muro blanco que asomaba no muy lejos entre el ramaje...

—Es la casa —dijo en voz alta, pero sintió su propia voz como si viniera de otro lado.

—Es el eco —volvió a decir, y la voz retornó más despacio, como fatigada por una lejanía de caminos.

Entonces no dijo nada más, y probó a andar en dirección al muro.

Era ciertamente singular haber estado tan cerca de la casa y no advertirlo: había dado vueltas por todo el jardín, para venir a pasar la noche junto a los muros de su propia alcoba entibiada.

Pero a medida que se iba acercando, le parecía la casa más extraña, más desconocida. Comprendió entonces que no era su casa aquel paredón blanco que cortaba como un tajo de hacha la espesura.

Ya a pocos pasos de ella, pudo notar Bárbara que se trataba de una construcción de tejado a dos aguas, hecha a manera de pabellón, de glorieta de jardín, ya abandonada y medio oculta por la vegetación del paraje.

Enormes enredaderas arrancadas de cuajo colgaban de las paredes, y entre las piedras se clavaban aún restos de raíces y leños. Sobre el techo crecían yerbas y hasta arbustos de mediano tamaño en la fecundación obstinada de tantas repetidas primaveras...

Bárbara miraba en silencio. No recordaba haber visto nunca aquel pabellón del jardín ni haber estado en aquella parte de su selva.

Y aunque hasta allí hubiera llegado en sus errabundos paseos, tampoco le hubiera sido fácil advertir aquella especie de cenador envuelto, como debió de estar, por la trabazón de las ramas y a medio enterrar entre los arriates.

Habían los recientes aguaceros desgajado las plantas trepadoras y barrido poco a poco la tierra y la hojarasca, entresacando de ellas las paredes enmohecidas.

Bárbara alcanzaba ya el montículo de tierra levantado al pie del muro y que debía de ser la que por mucho tiempo la cubriera, antes de removerla y arrastrarla el golpe de las lluvias.

Observó las paredes, y encontró que las mismas estaban aún enterradas cerca de un metro bajo el nivel del suelo, y entonces trató de buscar un hueco que sirviera de entrada al extraño recinto.

Sólo dos paredones en ángulo habían quedado al descubierto, y eran lisos, sin ofrecer abertura alguna.

Bárbara se depojó de sus ropas y empezó a tirar con fuerza del matorral adherido aún a la tercera pared, que ella calculó como lo que vendría siendo la fachada.

Las plantas desarraigadas crujían ásperamente, y a cada sacudida se levantaban nubes de escarabajos y cigarras precipitándose sobre el rostro de ella, encendido de fatiga y de emoción.

Un vago asombro le dilataba las pupilas. No sentía miedo alguno, y sus delicadas manos parecían haber cobrado fuerzas imprevistas.

Probaba en aquellos instantes un gusto secreto y del todo nuevo para ella, que era el de sentirse fuerte, poderosa contra algo, y tan vibrante de energía en su misma intangibilidad...

Ahora tiraba furiosamente de las enredaderas, arrancando la trama de helechos monstruosos, arrasando la última capa de vegetación, que salía ya con terrones de cal pegados a las raíces. Ladrillo a ladrillo, iba brotando la pared, bajo la costra de tierra desmigajada por sus uñas, mientras las lagartijas, sorprendidas, salían de los resquicios de la piedra que por muchos años les sirviera de guarida y despensa; los mismos ladrillos, flojos por la humedad y el tiempo, empezaban a ceder...

Bárbara sujetó con todo lo que abarcaban sus brazos una masa compacta de yeso y raíces revueltas y, abrazándose a ella, tiró por la vez última; se oyó un ruido seco, resquebrajado, y la capa vegetal y pétrea al mismo tiempo, ya desprendida, acabó de caer pesadamente, envolviendo a la mujer y derribándola con ella.

Menudo rocío de sudor regaba su rostro; Bárbara apartó un poco las hojas y, limpiándose los ojos de polvo y briznas, trató de mirar desde el suelo la descubierta pared.

Era un muro negruzco, también hundido por mitad en tierra, con restos de antiguas molduras dóricas y una puerta claveteada de bronce; encima de la puerta había una inscripción en un latín borrado, donde creyó leer el mote tan del gusto de las antiguas quintas italianas: *Parva domus, magna quies.*

Gran cerrojo de hierro, forjado en una forma antigua, juntaba las dos hojas de la puerta vanamente, pues los tableros que le hacían de recuadros, ya podridos por las lluvias de muchos abriles, empezaban a caerse en pedazos.

Bárbara hizo esfuerzos por incorporarse, sin conseguirlo. A cada tentativa suya, las ramas le golpeaban el rostro y la agarraban, rígidas, a la tierra; algunas lagartijas rezagadas la miraban suspensas en las hojas, entreabriendo sus gargantas llameantes... Ella ensayó entonces arrastrarse bajo la enramada, y así logró alcanzar la puerta, que medio descolgada cedió pronto a la presión de sus manos.

Un olor denso y sofocado vino de adentro; sus ojos miraron y lo vieron todo obscuro.

Afuera, las últimas lagartijas empezaban a marcharse a pasos lentos, muy rítmicos, a lo largo del muro. Hacía calor, y nubes de moscas se abatían sobre el jardín enfermo.

Bárbara hizo un gesto de fatiga; aquel olor a tumba recién destapada empezaba a producirle vértigos, a repertirle acaso el mismo sopor de antes.

Volviendo entonces la cabeza, no hizo más esfuerzo por desasirse del abrazo de las ramas, que pasaban ahora muy levemente por sus mejillas en un como traidor cosquilleo...

El sol había dado ya casi la vuelta al jardín y comenzaba a asomarse por entre los abedules del fondo. Cantaban las cigarras en los huecos de los árboles, y un calor húmedo venía de la tierra encharcada que aún calentaba el día.

Bárbara sentía su espíritu desprenderse también e incorporarse a aquella reverberación de la tierra en reposo, tan íntimamente ligado a esa tierra, como si le estuviera traspasando en aquellos momentos toda su sangre joven, que huía, que se iba para abajo a teñir las rosas de mañana...

La sangre se iba abajo, y el espíritu ascendía; ascendía ya sólo atado por aquella vena azul que le temblaba en las sienes... Flotaba ahora aletargado en el éter, ingrávido y libre como una estrella solitaria...

De pronto habían desaparecido su fatiga y su impaciencia de un minuto. Tampoco sentía curiosidad y aunque nada la sujetaba ya al suelo, no pensaba en trasponer el umbral de aquella puerta arrancada con fatiga a la tierra y al tiempo.

Por encima de ella, el cielo azul pálido se iba llenando de estrellas, y las estrellas, muy apagadas todavía, parecían más bien jazmines entreabiertos en la claridad del crepúsculo. Los pájaros cantaban y cantaban...

No tenía idea del tiempo, no intentaba levantarse. Libre otra vez de las ataduras materiales, conservaba todavía una vaga sensación de no poder moverse.

Sentía el cuerpo como una pesadumbre ajena a ella misma; como una cosa fría y caída de plano sobre la tierra. Aquella tierra húmeda que se le pegaba a la piel, al pelo, a las orejas...

Por encima de un brazo suyo empezaban a deslizarse las orugas. Bárbara volvió a pensar en los muertos... ¿Y ella?

Percibía claramente todos los mil ruidos ocultos de la tierra; los ruidos que no llegan a los que caminan con pie despreocupado sobre ella; el paso tumultuoso de la savia recién colada en las raíces nuevas, el mínimo taladro de las hormigas junto a las raíces, el ligero resquebrajarse de la semilla hinchada de hidrógeno y carbono...

Ella sí, ella... ¿Qué había sido de ella? Su cuerpo estaba allí, lo sabía tirado sobre la tierra como una cosa de la tierra; aquél era su cuerpo rosa-lila, fresco siempre, sus manos marcadas de arterias, sus pesados cabellos olorosos...

Pero lo que no era su cuerpo y era, sin embargo, ella misma..., ¿dónde estaba?

Trató en vano de alcanzar lo que se fugaba; tenía miedo de perderse de ella y quedarse sola con aquel cuerpo frío, manchado de tierra...

Quiso pensar, recordar. Procuró evocar todo lo que más la había conmovido en su vida; era preciso fijar sus sensaciones para poder encontrarse; necesitaba una emoción, una sola, para revelarse a sí misma.

Y removió con esfuerzo casi doloroso su pequeño bagaje de recuerdos, pequeños recuerdos que eran pocos y gastados, como ajuar de muchacha pobre.

¡Si pudiera volver a sentir el ansia —aquella ansia viva y tremante— que rememoraba haber tenido una vez por presenciar un eclipse de sol!

O más bien aquel dolor fino, que traspasó su pecho en otra tarde al ver morir un pájaro de frío...

Pero no, el corazón seguía insensible y el cerebro, vacío. Los dos se le desmoronaban muy quietos entre la tierra blanda, y aun eso era lo único que quedaba de su ser, una materia pesada que empezaba a fundirse con la materia...

Y he aquí que, de entre aquella confusión de elementos, Bárbara misma se fue alzando lentamente, como un vapor de agua, como una emanación de agua estancada.

La brisa casi la hacía ondular, la empujaba suavemente hacia el hueco de la puerta, cargada de sombras.

Y hacia dentro fue ella, siempre en su vaivén de onda, mecida en su hamaca de aire; hacia dentro, hacia ella misma otra vez.

Capítulo II
PAPELES

Al entrar, Bárbara se sorprendió de que no la afectara aquel olor a humedad y a moho que casi le había desvanecido un poco antes.

Tenía los pies ligeros y se encontraba como más alta. No le costó esfuerzo alguno saltar a la hondura donde estaba el piso, y miró en torno con sus ojos que veían en la tiniebla helada y blanda.

Estaba en un extraño recinto, donde lo primero que impresionaba era el puntal desmesurado. El techo en dos vertientes lo formaba un entrecruzamiento de vigas de roble chamuscado.

Se asombró de detallar con tanta precisión la naturaleza de la madera...

¿Cómo sabía ella que el techo era de roble?

Pero ahora había perdido el camino por donde sus conocimientos le llegaban; sabía cosas extrañas y olvidaba otras que debían serle familiares, y era como si su pensamiento no tuviera ya cohesión y siguiera pensando todavía.

Del techo descendió hasta las paredes patinadas de la misma lámina de humo, donde antiguas telarañas, sin arañas ya, colgaban grises e inmóviles como encajes rotos.

Probablemente el pabellón fue abandonado después de un incendio, que no llegó a destruirlo, sin embargo. Tal vez no hubo incendio alguno, pero de todos modos muchas cosas se quemaron dentro de él, que estaba todo impregnado del mismo tizne y la misma sombra ahumada.

Algunas sillas de montar, de extrañas formas, pendían amarradas a las vigas del techo o a enormes clavos, de que estaban acribilladas las paredes.

Confundidas en un rincón, yacían armas anticuadas, pistolas finamente fundidas en acero y plata, espadas que no se habían enmohecido, con empuñaduras de oro pálido, estoques damasquinados, dagas en cuyas vainas se embutían almendras de cristal, y otras muchas de formas desusadas; todas ricas en relieves y calados, como de un tiempo en que hasta la muerte se daba adornada...

Bárbara seguía desmenuzando el breve paisaje muy despacio; sus ojos se detuvieron largo rato en dos grandes arcas de caoba, colocadas una frente a otra en el centro de la estancia. Tenía la vaga impresión de haber estado ya antes en aquel sitio, de haber mirado muchas veces aquel techo alto, con un hueco desolado en el centro, por donde ahora sólo se veían las entrañas del jardín colgado hacia adentro en un obscuro amasijo de raíces, de telarañas y de líquenes...

No pasó por alto el clavo en la pared donde oscilaba aún, como acabado de poner, un latiguillo de caña de Indias, en cuyo puño, tallado en una sola piedra de color, alcanzaba a ver una *B* de turquesas incrustadas... ¿Era Bárbara un nombre de las mujeres de la familia? ¿Se llamaba así la bisabuela de las adelfas?...

En el pabellón abandonado se espesaba el silencio; era uno de esos silencios que toman cuerpo vivo, que todos tendríamos miedo de herir con una sola palabra...

No había muebles en la estancia; en el piso de tierra gris se alineaban, por la orilla, una suerte de tableros o divisiones cortadas a flor de suelo, y en ellas, cuidadosamente colocadas, veíanse cientos y cientos de mazorcas de maíz con la paja ya negra, y negros y secos los duros granos, que sonaron extrañamente al removerlos...

Lejos estaba el estío en que fueron los labriegos cantando a recoger estas mazorcas... Muerto el verde de aquel prado y dispersa la canción sin labios hacia todos los vientos...

¿Le tocó aquel estío de cerca? ¿Puso flor en su vida y claridad en sus ojos —estos ojos que ahora miran sin comprender— aquel estío que pasó dorando las mazorcas vanamente?...

Bárbara descolgó el latiguillo del clavo y probó a manejarlo, a hacerlo voltear varias veces en el aire...

Como quien se empina por el brocal de un pozo, se doblaba sobre ella misma, se volvía sobre su sombra, buscando, desentrañando aquel momento en que ella había estado en ese sitio, la manera de haber llegado allí antes que entonces.

Se remontó hasta sus paseos de niña por el jardín, sus cacerías de mariposas con redes de seda, que solían llevarla a sitios inexplorados; logró alcanzar con precisión de datos, recuerdos de cosas y sucesos que nunca había vuelto a rememorar y que salían ahora del agua turbia de la subconciencia, sin orden y tampoco relación con el extraño paraje, del que, sin embargo, tenía ella la sensación ambigua y persistente que deja el buen perfume desvanecido, de no haber entrado por primera vez.

Volvió a repasar detenidamente las cosas que la rodeaban... La memoria esforzada se iba tornando angustia del pensamiento. ¿Cuándo había estado ella en el pabellón del jardín?

¿En qué época de su vida fue, y con qué propósito?

Si había estado ya, ¿por qué no acababa de tener la certeza del hecho por sí misma, aunque faltara el momento y la circunstancia? Y si no había estado, ¿por qué todo aquello se le aparecía revestido de ese aire singularmente familiar con que volvemos a encontrar las cosas que estuvieron alguna vez en nuestra vida?

Lisa y blanca era su vida, y fácil de hallar en ella cualquiera cosa perdida, por pequeña, por insignificante que fuese...

Bárbara se sentó en el suelo y reclinó la cabeza en la pared; las telarañas se le quedaron enredadas en el pelo.

Allí parecía borrarse el último rastro de la vida orgánica; y ni yerbas ni insectos ni musgo se miraban en parte alguna. Tan sólo unos manojos de hongos pálidos abrían sus diminutas sombrillas de seda entre la tierra y la pared.

Cerró los ojos... La sensación de intangibilidad persistía, pero ahora la sangre le circulaba de prisa por las hinchadas arterias, y le agradó sentirse las manos más tibias y aligerados los párpados...

Creyó alcanzar una música muy a lo lejos, más bien el espíritu de una música...

Abrió los ojos, y la música desapareció; enfrente de ella estaba la pared altísima.

Se quedó mirando a la pared... Pegados a lo largo había pedazos de papel amarillento... Entonces Bárbara, extendiendo la mano, arrancó uno con aire distraído.

El papel estaba impreso en letras de imprenta; letras como las de los libros, muy negras aún por algunos lados en que el pegamento no tocó.

Bárbara no leía. Sus ojos corrían ahora a lo largo de los muros, abriéndose paso entre la capa de papel rasgado, nublándose aprisa bajo la honda arruga de la frente.

Un pensamiento vago y ligero, una espuma de pensamiento, le cosquilleaba en las sienes azuladas... Y revolvía sus ojos entre aquella picadura de papel que, a manera de escamas de reptil, se insertaba en el yeso...

Los ojos de Bárbara cambiaron de repente; se miró las trenzas, que tenía zafadas y adheridas de telarañas, y empezó a entisárselas muy despacio, canturreando en voz baja.

Imprevistamente, soltó las trenzas y se puso en pie de un salto. Acababa de comprender... Había apresado, al fin, un recuerdo, que era como la llave cierta y perdida.

Aquellos papeles en la pared, que le sirvieran de clave, correspondían a un remoto pasaje de su infancia.

Muy remoto habría de ser, porque nada recordaba antes que él, ni siquiera algo cercano a él; era más bien la memoria aislada de algo insignificante, como lo son corrientemente las cosas que impresionan a los niños. Se trataba de un detalle cuya explicación quedó fuera del alcance de su inteligencia infantil, pero dentro de su memoria grabado de tal suerte, que, aunque no lo recordó más y los años le echaron sombra encima, había bastado, sin embargo, la presencia del objeto para escarbar un poco y encontrarlo otra vez, fresco e inmutable.

El recuerdo era sencillo, hasta la simpleza, y ella sintió algo parecido a una decepción después de hallarlo. En aquel lugar, en aquel pabellón, estaba ella una vez... —y qué pequeña habría de ser, que la visión le venía muy borrada, como a través de un velo de nieblas y de años—, estaba ella y llegaron unos hombres de blusas azules con brochas y cubetas y muchos papeles escritos, que fueron desdoblando y pegando por la pared hasta no dejar espacio en blanco.

Sí, le parecía volver a ver el cuadro; lo reconstruía ahora con asombrosos detalles. Los hombres tenían barbas negras, y las blusas no eran azules, sino más bien grises. Esto había ocurrido en un día poco nublado, día de invierno probablemente; llegaba a precisar ya hasta el hecho de haber sentido frío. Sólo no alcanzaba a verse a sí misma; percibía claramente el paisaje; pero su persona se le escapaba, acaso por alguna confusión de perspectiva...

Dar con aquel recuerdo, por insulso y nimio que hubiera al fin resultado, ¿no era siempre una identificación? Se sentía ahora más segura de sí misma, más libre, más confortada.

Con mano ligera empezó a arrancar las tiras de papel, tratando ya entonces de leer lo que decían.

Las letras se conservaban bastante bien, y aunque Bárbara nunca había visto un periódico, dedujo que aquello lo era.

Los periódicos tienen siempre fechas, y por la fecha, ella pondría en limpio muchas cosas... La fecha que llevaran esos periódicos podían señalarle la edad que ella tendría cuando ocurrió el singular empapelamiento.

Bárbara leía, pero las frases eran vagas y se quedaban cortadas siempre; la palabra *libertad*, escrita con mayúscula en la inicial, se repetía con frecuencia, y entre renglones se adivinaba a veces como un reflejo de rebeldía juvenil que se perdía pronto por los agujeros del papel.

Sin saber por qué, el corazón de Bárbara latía con violencia inusitada, y las manos se le habían puesto de pronto muy frías; las hojas de papel temblaban en ellas como lirios batidos por el viento.

Las palabras no decían nada, sin embargo. Había nombres de países y de hombres, alguno quizá leído anteriormente en la Historia encuadernada de cabritilla azul; la palabra *libertad*, para cobrar más trascendencia, se escribía ya toda con mayúsculas... Pero las cejas seguían enarcándose hasta formar dos ángulos agudos, bajo los que temblaban sombríamente las mariposas fatigadas de las pestañas...

El piso se había llenado de una leve llovizna de papel picado; una llovizna que seguía ondeando en el aire melancólicamente...

De pronto, uno se le quedó apretado entre los dedos... Uno que decía:

EL FARO
Diario ind...
Jueves, 10 de septiembre de 184...

La fecha no venía bien con su recuerdo; no podía saber, no podía recordar ella nada entonces. No vivía, no existía en aquella época. No había nacido todavía...

Se había equivocado.

Hizo ademán de soltar el papel; pero el papel seguía prendido entre sus dedos, pegado a sus uñas, como si todavía tuviera fresco el pegamento... Sacudió con furia la mano en el aire.

La mano pálida, enflaquecida de súbito, era por un momento un pájaro herido debatiéndose en la sombra.

El papel cayó, y la mano también cayó como cortada.

Bárbara inició unos pasos lentos, rumbo a la puerta... De pronto, echó a correr despavorida...

Fuera, en el jardín ya obscuro, siguió corriendo sin saber a dónde encaminar su fuga, perdida inmensamente entre la noche.

El jardín era una cosa interminable: un camino salía de otro, un árbol de otro, una sombra de otra; de vez en cuando, los murciélagos le rozaban el rostro con el frío raso de sus alas.

Una vez cayó y no se levantó más. La tiniebla más negra que cuantas ella había hendido, como si todas las noches del mundo se hubieran derrumbado sobre sus párpados, una tiniebla que no la rodeaba ya, sino que se filtraba goteándole en el corazón, humedeciéndole los huesos, penetrándola toda en cuerpo y alma; una tiniebla que le pesaba en la frente, que le dolía en los ojos, le había caído encima desde una altura de siglos.

¿Ya no habría día nunca más?

La tierra, dando vueltas de loca, ¿se habría perdido del sol y no sabría encontrarlo ya en sus tumbos por el vacío?

Habíamos perdido el sol, y ahora los hombres, necesitados del día, tendrían que fabricarse un sol artificial, un sol de nitro o de tungsteno, patentado en el Palacio Industrial de Massachusetts; un sol que colgarían luego en la torre Eiffel, acorándolo finamente entre unas nubes de papel crepé...

Algo habría que hacer para recobrar el sol... ¡Por ahí vienen las luces de nitro para hacer el nuevo astro!... ¡Los hombres de la tierra, los hombres de esta generación, van a gozar la emoción aún no gustada de estrenar un sol!... ¡Suben las luces, se multiplican, corren a la desbandada, chocan unas con otras, se apagan y vuelven a encenderse!...

Ya se están fijando... Se buscan unas a otras y se insertan en línea... Pero no figuran un sol, sino una, dos hileras apretadas, superpuestas una a otra en forma de herradura.

Gira la herradura sobre sí misma... No es una herradura tampoco... Es más bien como una mandíbula, como una dentadura fantástica...

Es una dentadura de gigante que se mueve en un torpe abrir y cerrar de sus goznes...

Es una dentadura comiendo y mordiendo...

Comía y mordía, sí... Cada vez que sus dos bordes se ajustaban, ella sentía como una encendida pinchadura en la masa derretida de su cerebro... El dragón, el dragón... Los dientes de fuego que la buscaban siempre en la tiniebla...

Sacudió los brazos, y los dientes del monstruo desaparecieron, se apagaron brevemente, como si se evaporaran; y ella probó una primera sensación de alivio.

Sintió también que subía poco a poco, que la remontaban por los aires, suspendida en el vacío...

Le pareció volar en una substancia fría y tenue, cuyo frescor percibía claramente debajo de los brazos y en las plantas de los pies...

Creyó pasar entonces por encima de un frondoso jardín, que no era tal vez el suyo o que no lo reconocía desde la altura; percibía vagamente la sombra de las ramas, el cuadro de los senderos y las copas de los árboles... ¡Qué sensación tan rara la de ver los árboles por la parte de arriba!...

¿Era eso la Muerte?

Un olor suave de tierra y hojas se le untaba como un bálsamo. Se figuró encontrar también flotando el ramo de rosas que Laura había puesto por la mañana en su alcoba; pero las rosas se veían ahora enormes, crecían y se inflaban, y los pétalos, cada vez más ensanchados, empezaban a vacilar por su peso en lo alto de los cálices. Si uno solo se desprendiera sobre ella, la aplastaría de un golpe.

Y crecían las rosas, y crecían las rosas, y eran ya unas flores monstruosas que le producían un extraño malestar, una cosa indefinible que le dolía en el cielo de la boca —algo semejante a la sensación que provoca el tomar una bebida demasiado fría...

Un pétalo cayó sobre ella, que quiso huir sin lograrlo; pero por un enervante absurdo físico, estaban en contradicción la dimensión y la gravedad. Aquellos pétalos anchos, gruesos como pedruscos rosados, no pesaban nada... Llovían sobre ella sin doblarle un cabello, sin desviar su rumbo... Y era algo indeciblemente angustioso compartir el instante con una cosa tan grande, que no pesaba, sin embargo; sentir que se le desplomaban encima corolas enteras, corolas monumentales, y sólo alcanzaban a producirle un leve cosquilleo en la carne erizada.

Quería huir de las flores, escaparse... Había interferencia de murmullos, de cosas de la tierra, de formas borrosas que alcanzaba a columbrar moviéndose de un lado a otro...

Probó a llamarlas, pero la voz se le apelotonaba en la garganta sin salir de ella... Y tenía voz, sin embargo; la sentía dentro revolverse tumultuosa como el fuego en la entraña del volcán, sin encontrar el cráter...

Los rumores eran cada vez más cercanos; pero ella los percibía siempre en un titubeo de entresueños, sin poder alcanzarlos, sin despertar aún a la realidad en que ellos vivían.

Una dulce, fatigada resignación la fue invadiendo poco a poco y acabó por dejarse hundir blandamente —náufrago que se rinde— en el mar de tinieblas ancho, coagulado, onduloso...

Y por encima de aquel mar pasó el tiempo: meses, años quizás...

Hasta que vino una extraña claridad; amanecía en su tiniebla.

Bárbara, tranquila, con las manos cruzadas sobre el pecho, vio acercarse el sol:

—¡Al fin, el sol!

Un sol pálido y rubio, sin luz casi... ¿El sol artificial?

El sol, el sol...

Una cosa redonda y vaga. Sí, el sol...

Bárbara, tranquila, con las manos cruzadas sobre el pecho, miraba fijamente una de las bolas amarillas, una de las bolas de ónice que remataban las columnas de su lecho.

El sol...

Capítulo III
EL DIABLO DENTRO DEL CUERPO

Los días transcurrían con una aletargada lentitud. Las semanas, los meses, eran sólo una luz única y gradual, proyectada por un foco lejano. Una sola luz amarillenta, en donde se quebraban las tardes y las noches, una sola luz brillante a veces, otras debilitada, que resbalaba sin agotarse sobre los muebles, sobre las sábanas, sobre la alfombra.

De toda la enferma, los ojos eran lo único que seguía en contacto con la vida. No olía ella, no escuchaba, no sabía de nada más que la luz, el hilo de luz fluyendo desde el mundo...

Y aun la vida le era más que un color, un contorno indeciso; la vida no era más que el rayo de sol que se allegaba por las mañanas a su almohada.

Como vivía por los ojos, los ojos se le habían agrandado, se le ensancharon durante la enfermedad por los rosados bordes de los párpados, dilatándose la mancha azulosa de la córnea hasta volver traslúcida la pupila.

Ahora se sentía bien.

La ancha cama recogía blandamente su cuerpo de niña, hacía un hueco para su cabeza fatigada y se estiraba ondulosa para sus brazos laxos.

Empezaba a comprender vagamente, y un sentimiento de consuelo la invadía al verse viva.

Quería vivir, pero vivir así, tan suavemente que la vida no le fuera más que un tenue deshojar de luces y de sombras...

Tan suavemente que pudiera acercarse mucho a la Muerte sin tocarla sin embargo, como ya había sucedido... Acercarse a la Muerte en un inocente juego de mariposas en torno a una flor, para eflorarle sólo su fragancia, su perfume de paz y de silencio, sin ir más allá del perfume, más allá de la gota de miel; ese más allá irremediable, no intangible, sino bien tangible en su destrucción, en su dolorosa, en su inconmensurable tragedia orgánica...

Vivía, vivía ella... Tenía manos finas y blancas para espigar las rosas...

Tenía claros ojos que veían la Vida... Que la veían de lado, como al margen de ella, sin mezclarse con ella; que la mantenían aún en una orilla encantada, como una cosa muy tierna y muy débil, a la que no se puede imponer la responsabilidad de vivir...

¡Hilo de plata fina, hilo de plata de su mirada, que la balanceaba sin romperse, equidistante de la Vida y de la Muerte!...

Por fuerza ahora sus pensamientos habrían de ser pequeños y livianos como pájaros recién nacidos.

Pensamientos infantiles, rosáceos, de niña semidespierta en una confusión de alba...

¡Qué dulce era la convalecencia! Estas convalecencias largas, en que volvemos a nacer a la vida con una segunda inocencia; en que todo nos es nuevo y grato, y en que nos interesamos por el vuelo de un pájaro o por la trama del *crochet* de las sábanas... Convalecemos, y la vida se nos penetra de alborozo; convalecemos y nunca juzgamos mejor, ni comprendemos mejor, ni amamos mejor. En las convalecencias todas las cosas nos revelan sentidos desconocidos antes, secretos insospechados de armonía y de gracia... Algo semejante, pero en grado más intenso, a lo que sentimos a la vuelta de un prolongado viaje, reconociendo las cosas dulcemente familiares, de las que casi creíamos no acordarnos ya.

Días imprecisos, ligeros, de la convalecencia... Días de pompas de jabón irisadas y volanderas. (La mareada fatiga de un ramo de rosas... El hacer y deshacer de un mismo sueño lánguido...)

Aún duran estos días como dura la luna en la mañana por los cuartos menguantes... ¡Hasta que la plenitud del día la venza, la reduzca a polvo sobre el cielo!...

Con el avance de la estación irán viniendo también la lucidez, la agilidad y la salud. Sí, la salud, que será siempre en ella cobardía de vivir...

Se limitaba también esta paz, esta tregua de su destino; irremediablemente habría de llegar el día, cada vez más próximo, en que le pusieran de nuevo en los hombros la carga de la vida —de la real vida, pesada y tangible— y le dijeran: «Anda...»

Por días, por horas, se iba sintiendo más precisa, más dentro de su cuerpo que empezaba a teñirse de rosa, a entibiarse con un calor de primavera tierna. Su cuerpo, donde la juventud imperiosa triunfaba demasiado, con un hinchar de sangre nueva las arterias, con un vivo relumbrar de hoguera el pensamiento...

Tenía que vivir. Ir por la vida del modo que la vida quería que se la anduviera: con pie ágil, con manos buscadoras, con pensamiento terco e infatigable. Así había que vivir...

Ya no vacilaba su cuerpo al incorporarse en la cama; ya su mano era firme al apurar el vaso, al levantar las almohadas... Ya sus pensamientos adquirían forma y consistencia, se consolidaban en los repliegues de su cerebro dolorido por la invasión extraña, y podía escuchar claramente los rezos ásperos de Laura y el canto de las aves por el jardín.

Vio con angustia que su paisaje, de una pureza visual casi absoluta, se poblaba de ruidos y de olores, de impresiones en que se les daba parte a los demás sentidos, y sufrió aquello como una profanación, como la presencia indeseada de un advenedizo, de un intruso.

Paralelamente a sus pensamientos, sus movimientos adquirían también, sin ella pensarlo, sin quererlo, un impulso, una fuerza que ya nada podría contener.

Y así fue como Bárbara, robustecida y taciturna, con gesto manso de animal que obedece, entró de nuevo en la Vida.

Se levantó de la cama lentamente. Se miró los pies blancos, menudos, veteados de azul... Y un ancho suspiro voló de su pecho.

Los ojos, ensanchados todavía, parecían juntar los puntos lagrimales a través de la nariz transparente. Una claridad inmensa fluía por la ventana, a cuyo fondo el jardín extático, adornado de mariposas y flores nuevas, yacía reclinado en ademán de espera.

Y fue al jardín. Con paso lento y aire distraído, deteniéndose unas veces indecisa, volviendo atrás en otras con gesto de fatiga, contando luego los parterres y separando las ramas, marchó por las veredas sin cuidarse ya de ordenar sus impresiones que volvían en tumulto, un poco torpes, un poco obscuras, sin saber dónde posarse...

A un extremo del cielo, el sol se hinchaba encendido en una risa contenida...

Ella continuaba absorta, ensimismada, y en sus movimientos había algo de mecánico, de regular, de que antes carecían.

Dijérase que se movía por reflejo, y a pesar de ello, su misma inclinación al suelo delataba una búsqueda imprecisa.

Llegó a las rejas del jardín. Vio por primera vez, después de su enfermedad, el mar verde claro que se movía entre las ramas con una alegría de esmeraldas en un plato. Ella sonrió dulcemente, pero pronto volvió a su caminata, a internarse en la arboleda obscura.

No era, no, el mar —su amigo el mar— lo que buscaba.

Era ya a fines de septiembre, y el otoño matizaba el jardín en toda la gama del amarillo: desde el pálido ámbar de los ojaranzos hasta el oro bruñido, casi bermejo, de los citisos en flor.

Un aire pesado, cargado de olores distintos y sembrado de insectos voladores, se condensaba bajo la tibia humedad del ramaje.

Bárbara se detuvo y apoyó su cabeza en el tronco de un sicomoro. Un profundo abatimiento se desprendía de toda la figura inclinada y vacilante; un desconsuelo etéreo le fluía y parecía materializarse en torno a ella, en un vapor de agua contenida.

Estuvo mucho tiempo así, fundida en la vida obscura del jardín, adentrada en aquel silencio de selva, donde se percibían distintamente un sinnúmero de pequeños ruidos, el zumbido de una abeja al pasar en busca de su colmena, el salto de los grillos sobre las hojas secas, el rumor de un ojo de agua que manaba allá lejos...

De pronto se volvió con gesto casi brusco... Y sin mirar más el camino, inició el retorno apresurada, arrastrando su desaliento por los senderos donde la noche comenzaba a cuajarse.

Cuando llegaba ya a la casa, en seco se detuvo, como si hubiera tropezado contra una muralla invisible... Allí, en el umbral de la puerta, estaba Laura, la vieja criada, la fabulosa criada... Allí estaba, de pie en la escalinata, tan rígida y tan negra que, a no ser por el ligero temblor de su rosario de semillas de aguaribay, se la hubiera confundido con uno de los figurones de tallada cantería que, enmohecidos por la humedad, sostenían angustiosamente los arquitrabes del portón.

Bárbara se quedó mirándola muy fijo...

Hacía ya mucho tiempo que no la perseguía la curiosidad inquisitorial de Laura. Con los años, sus ojos habían perdido la maligna expresión espiadora que aún recordaba ella con rencor, y se apagaban por días en el hoyo legañoso de las cuencas.

Parecía ya vivir en otro mundo; a veces gesticulaba extrañamente, como discutiendo con alguien que era invisible, y en otras, más escasas, pronunciaba entre dientes palabras entrecortadas, que fermentaban en Bárbara un vago malestar.

Pero de un modo regular, casi no se la veía, y era raro encontrarla a la vuelta de un pasillo o tropezar con ella en un rincón olvidado de la casa, medio confundida entre los viejos muebles en desuso, llenos de polvo y sombra.

Por eso, al verla allí, al aire y a la luz, teniendo por fondo el crepúsculo mismo y bajo aquel cielo claro de septiembre, un ligero tinte de animación bañó las mejillas de la convaleciente.

Se acercó más a ella, y muy suavemente apoyó su mano en el huesudo hombro de la bruja.

—Laura... —empezó a decir.

Pasó una mariposa.

—Laura, Laurita, óyeme... Quiero decirte...

Se detuvo asombrada ante el sonido de su propia voz.

Una caravana de hormigas que subían el botín de una cigarra muerta por los florones de la cantería hizo un alto en la ascensión; las rosas más cercanas giraron sobre sus cálices, ayudadas por el viento... Una paloma torcaz dio una vuelta en redondo y vino a posarse en el hombro de la que hablaba.

—Laura, ¿me oyes? ¿Quieres oírme?...

Y las palabras temblaban, se desgranaban en el aire, caían en el silencio ancestral de la casa con un cantarino ruido de cristales... Tal si hubiera de pronto brotado allí mismo un surtidor de milagro...

Eran palabras vivas, palabras dichas por unos labios frescos... Y los muebles arrinconados en la penumbra de los desvanes desde una época olvidada; los retallos de la porosa cantería, en cuyas grietas anidaban escorpiones milenarios; los santos rajados de los vitrales góticos, medio ocultos por la ardorosa vegetación del jardín invasor, todo el jardín mismo, toda la casa entera, debió de estremecerse al júbilo, a la fiesta de aquella voz, de aquella voz juvenil que había sonado como una llamada de la Vida, como una clarinada de la Vida en aquel silencio de la Muerte.

—Laura, óyeme: ¿sabes tú, por favor, por amor, dónde, en qué punto, bajo qué árbol, al final de qué sendero, en qué sombra del jardín está escondido el pabellón?...

Los ojos pétreos vacilaron incrustados en el fondo de la córnea; luego giraron pesadamente, muy despacio, muy torpes, hacia la boca trémula de Bárbara, en busca de aquella boca quemada todavía por palabras temerarias...Quisieron quizás los ojos pétreos alzarse hasta los ojos de agua a sorprenderles la mirada anhelante que más diría que las palabras...; pero no pudieron, no pudieron pendientes de su propio peso, y se quedaron allí fijos, inmóviles, como desplomados...

Ella vio las redondas pupilas muy opacas, muy duras, vueltas hacia ella, asestadas en ella; pero no sintió la mirada sin luz y sin expresión.

Entonces los labios acartonados fueron los que a su vez se abrieron y se cerraron:

—Tienes el diablo dentro del cuerpo; lo tuviste siempre... desde hace cien años.

Y la voz no sonó, sino que se deshizo, se desmoronó en el aire como un puñado de tierra que se arroja.

Capítulo IV
LOS LIBROS

A aquélla siguieron otras vanas peregrinaciones por el jardín, de las que volvía con la cabeza baja, arrastrando pesadamente la cola de su vestido, enredada con hojas secas y bichos de la floresta.

Y ya caída la noche, sentada a la ventana, mirando sin ver a través de los vidrios la masa neblinosa de la arboleda, se preguntaba Bárbara si lo que había estado buscando todo el día sería sólo el sueño de una noche de fiebre.

Con paciencia de orífice encargado de hacer una joya de reina, con paciencia de orífice puesto a escoger ante una bandeja de gemas, iba ella ordenando sus pensamientos dispersos aún, como bando de torcaces en donde el gavilán ha hecho presa; y en estas largas horas de reposo, con los ojos cerrados, laxo el cuerpo y el espíritu, probaba a entresacar despacio sus ideas, a limpiarlas de la bruma en que salían envueltas...

Nada venía a turbarla en aquella tarea. Jamás su vida había estado tan vacía, tan verdaderamente vacía como en aquel otoño nacarado, trémulo de amaneceres y de pájaros.

Bárbara era menos que la primera mujer, que el primer ser humano en los albores nebulosos de la Creación.

Sola estaba. Sola con su juventud temblorosa, con su instinto vacilante; sola con el ímpetu de la vida en germen, apretado todavía con las manos sobre el corazón.

Sola en la soledad del mundo y rodeada indefinidamente por una atmósfera que sentía prolongarse día tras día; una atmósfera cargada, electrizada, como la que precede a las tormentas.

Cada mañana, al despertar, era el primer pensamiento que rompía en su alba: «¿Será hoy?...»

Y no sabía ella lo que sería, ni lo imaginaba siquiera. Y no era nada luego; pero el cielo se le apretaba obscuro, y el corazón rumiaba por lo bajo una angustia sin nombre.

¿Quién la había alejado de la vida? ¿Por qué sombra anduvo, que perdió su camino para siempre?

Allí estaba, extraviada en un jardín, andando y desandando un jardín, devanando un jardín infinitamente...

Los recuerdos de Bárbara llegaban; llegaban rezagados, sueltos, en un vuelo torpe de aves mucho tiempo presas.

Arrancaban de su infancia obscura, oliente a medicinas y a cuarto cerrado; se veía niña, con las trenzas bailando al viento del mar...

¡Correrías silenciosas por la playa estrecha, cada día más estrecha; comida por el mar, comida por el jardín!... ¡Comida por su corazón ansioso!...

Surgían, a relámpagos, imágenes que se le apagaban antes de reconocerlas, y otras más quietas surgían también, pero turbias y deshechas, como si las contemplara en el fondo de un lago de aguas muertas...

Más que los pocos seres reales, prendidos esporádicamente a su vida, percibía los imaginarios seres, las tropas de duendes y demonios con que la vieja Laura pobló sus largos insomnios de niña enferma.

Después venía a las lecturas, aquellas lecturas mezcladas, tormentosas, las más irregulares que el azar pudiera producir... La vida leída, trenzada íntimamente a la otra vida, los días consumidos en la humedad de la biblioteca, doblada sobre los empolvados libracos que poco a poco le sorbían el jugo tierno de su visión de la Vida, su visión virginal en la que anticipaban inquietudes, náuseas prematuras y abatimientos de vejez obscura y agria.

Deshojado el mustio ramo de su infancia, la vida suya —espejo gastado sin usarse— se le iba empañando, se le cubría de manchas, perdía sus pocas imágenes...

Y las siluetas que se movían dentro de ella se obscurecían, se esfumaban por los bordes hasta sólo pasar de tarde en tarde, muy ondulosas, muy vagas. Paso de sombras de un crepúsculo interior.

Laura ya no la miraba con su mirada cargada de sospechas.

Laura la dejaba quieta; ella también se huía, la abandonaba sumergiéndose en aquel obscuro letargo donde iban cayendo poco a poco todas las cosas de su vida..., hacia donde ella misma se sentía fatalmente arrastrada, como el río ciego, como el río sin ojos que rueda entre las piedras...

Había ella visto a Laura solidificarse, plasmarse en un proceso semejante a la petrificación; había visto cómo, de no vivir, la vida se estancaba en ella —agua podrida que se quedaba atrás del río.

Montoncillo de carbones era ya la vieja bruja, pero manchándole siempre su paisaje.

Y, a veces, en su abatimiento, Bárbara llegó a añorar la mirada avisora y desconfiada que le traía siquiera un eco de las humanas pasiones.

Porque era cosa de pesadilla aquel revolverse en una jaula invisible, en una envoltura incorpórea que sujetaba, sin embargo...

¡Y qué segura!... ¡Impalpable red de nudos que no podría nunca desatar!...

Veía las cosas que le enseñaban los libros, hacia las que tendía su mano guiada por el instinto; pero al querer tocarlas, se le deshacían entre los dedos o se desvanecían a lo lejos.

Estaba en la vida, pero como dentro de una muralla de cristal; ella sabía que si gritaba, nadie oiría su grito, que tendría siempre, entre el mundo y ella, aquella fina, frágil muralla que no se atrevía a romper, a pesar de todo. Aquella transparencia fría y aisladora...

Hasta los libros se fueron quedando atrás; hasta los libros zozobraron en la sombra insaciable que esperaba. Al principio, ellos le fabricaron un mundo que, aunque ficticio y malsano, era al fin suyo y donde ella se movía muy a gusto.

¡Cuántas veces conversó en los arenales del desierto con San Jerónimo, el Santo terrible, el Santo atormentado, ardiente, trágico!...

San Jerónimo. De él arrancan y se birfurcan, a manera de ríos desclavados de la misma cuenca, los dos Franciscos... El de Asís, divino; el de Borja, divinamente humano.

De él tiran los dos en un desgarramiento de alma ensangrentada, que se da roja y blanca como una flor viva...

Deteníase en la Biblia, simple, negra, jugosa... Más de una vez hizo restallar su odio sobre los habitantes de las ciudades malditas, y más de una vez arrojó piedras a la rútila estatua de la mujer de Lot.

Deshojaba los libros, rebanaba montañas de libros, se comía las letras negras, los espacios blancos; la palabra parida con dolor y con muerte...

Libros, libros... Era el libro negro, pastoso, que sabe a retamas pisoteadas; era el libro de plumaje fino que nos vuela por dentro... Y era el libro que es como un ventanal abierto por donde se nos vuelca el sol...

Libros: Héctor y Andrómaca en una polvareda de oro... Libros: Otelo y Desdémona... Libros, más libros: el incendio de Roma, las estatuas perfiladas sobre el fuego... Libros. Creciendo de sus hojas, se desplegaba la llanura castellana donde podía saltar brevemente y seguir al caballero visionario bajo el sol de los largos mediodías en busca de gigantes y princesas...

De pronto, la llanura se cubría de árboles y sombras; pájaros del trópico la traspasaban agitando en el aire su plumaje metálico. Una dulzura húmeda y caliginosa fundía su lengua en la boca entreabierta...

Los libros... Abría éste y caía por el valle del Cauca... ¡A llorar las tristezas olorosas a raíz de vetiver de María, la de las trenzas castañas, las trenzas que sólo llegarían a Efraín envueltas en un delantal!...

Luego, el bosque perdía color y frondosidad; se volvía un bosque nórdico, de enhiestos pinos; y al pie del bosque se llegaba a la pequeña ciudad gótica, entredormida como una heroína de Goethe... Allí estaba Carlota esperando todavía por su primer baile, y Bárbara prendió lazos azules en el vestido de la *Fräulein* dulcísima y vio temblar los lazos puestos por ella en la simplicidad del vals alemán.

Alguna vez, y furtivamente, se adornó con las joyas mefistofélicas de Margarita; pero las dejó pronto, las guardó de prisa en su cofre prohibido... Se volvía a los santos, los santos la obsesionaban, estaban detrás de ella siempre... Entre todos prefería a los viejos santos paternales en la obscuridad de los Evangelios, en el mar espeso de miel y ceniza de las Epístolas...

San Mateo: Era como un amigo huraño, parco y sereno; el que se encuentra cuando se necesita.

San Juan: Misterioso, inquietante, no podía morir...

Pero ninguno como San Agustín. El análisis rígido, la sintaxis rutilante como un tisú de oro de sus *Confesiones*, la deslumbraba largamente.

Kempis solía asustarla de pasada, como un viejo que le hiciera muecas en el fondo de un espejo.

Pero ya hacía tiempo que su mundo se desmoronaba y sus habitantes emprendían una lenta fuga hacia el Poniente.

Volvía a quedar la casa fría y desmantelada. El jardín negro y el silencio... El silencio.

La vida se le apareció entonces tan triste como nunca la había sentido; triste con la tristeza de un teatro vacío. Sintió la tristeza desmesurada y morbosa que se siente en un teatro de día, entre las hileras de lunetas muy negras, bajo claridades inusitadas que cuelgan aquí y allá a jirones, filtradas por las grietas del proscenio, del techo, de las puertas mal cerradas; con silencio interrumpido de vez en cuando por ruidos de decoraciones rodadas, de bastidores que se quitan, de todo un bosque de cartón desarmado en las tablas del escenario...

Hizo mucho porque volvieran los fugitivos: María, Jack, Fabiola, Agustín... A todos los llamó por sus nombres, y los llamó en vano: ellos no volverían más.

Bárbara no era ya una niña.

Su soledad fue entonces tan pura como la soledad del caos antes de la creación del mundo.

Y sobrevino un adormecimiento suave, un lento olvido de sí misma, una muerte sorbida en dosis infinitesimales. Desde ese momento, Bárbara vivió sin vivir. Era como si de toda ella fuera quedando un polvo en el camino, que ya no se podría recoger para reintegrarla nunca.

Se había perdido a sí misma, y por mucho que quisiera saber, recordar, comprender, sentía que un paso más y su memoria naufragaba, le fallaba el terreno y se precipitaba en un mar de tinieblas.

Salía de él, pero a la otra orilla, dejando un trecho en sombra. Y era en esta orilla donde estaba ahora rechazando y asiéndose alternativamente a un pensamiento obsesionante: «*El Faro*..., diario independiente...»

¿Qué edad tenía ella?

Había perdido un poco la cuenta, aquella cuenta de los años marcada con piedras que guardaba como un tesoro, que sabía que no podía perder sin perder con ella el hilo de su laberinto.

Pero no, no la había perdido. Ella tenía veinte años. Tal vez uno menos.

Tomó un espejo de mano y se miró en él con gesto distraído.

Sus mejillas lucían pálidas y frescas como carne de uvas tiernas; los ojos eran, en verdad, exquisitos y raros...: brillaban con todas las luces del cielo.

Se sonrió finamente. Un rayo de sol cimbreaba sobre su pecho como un dardo de oro...

Capítulo V
LOS PINZONES

Era una plateada tarde de fines de septiembre. El azul del cielo se tamizaba a través de un encaje de nubes de donde, enredada, no acababa de caer en su mano una brizna de luna.

Bárbara, en el sillón de la ventana, hacía un alto en la tarea de peinar su cabellera; aún sostenía en la mano el peine de oro, y aún la doblaba atrás el pelo suelto, el pelo espeso y húmedo que era como una masa de musgo. Una atmósfera tibia la envolvía, la acariciaba más bien, y la paz era tan perfecta que casi se aceptaba la soledad.

Bárbara, mientras se peinaba, creyó entender sentidos nuevos de las cosas; creyó mirar con buena voluntad aquel ambiente conventual, casi místico, en que debía de serle grato vivir, aquel inocente paisaje de verdura y reposo.

Grave el silencio y grave la tristeza; había suspirado cerrando los ojos soñadoramente. Se sentía tocada de gracia y plena de unción, se sentía buena y mansa. Humildemente y delicadamente mansa.

Y amó entonces la pureza de su vida en la estrechez de su paisaje, en la magrura de su cuerpo, en la vaguedad de todo lo de ella, fugado desde la primavera hasta la primavera.

Bárbara era buena en aquel momento; le era ajena hasta la pequeña vanidad de las criaturas superiores a quienes los hombres hicieron daño. La vanidad de perdonar, a cuyas dulzuras tan difícilmente se renuncia. No recordaba que le hubieran hecho ningún mal; no sabía de eso. Si ella era cosa que se perdía, a nadie ni a nada había que culpar. La rosa que se deshoja y la estrella que se apaga sólo han cumplido su destino. Ésta es la estrella y ésta es la rosa... Y su corazón fue en aquella tarde como fruta cargada de dulzura.

Una llovizna ligera comenzó a deshilarse sobre el jardín; los diversos colores del otoño se acentuaban bruñéndose al contacto del agua.

Batido por las hojas secas, un cobre antiguo oxidaba a trechos la espesura, y, desenrollándose en espirales de senderos a manera de vetas de oro y plata, el jardín se extendía todo por arriba de la tarde como el traje de una emperatriz china.

La llovizna pasó pronto, y la tierra quedó oliendo exquisitamente. Era un olor a tierra mojada que transpiraba el jardín y hacía cerrar los ojos a Bárbara.

Aquel olor la enervaba, la doblaba como una flor sobre sí misma.

Al modo de algunos animales salvajes, ella olfateaba la lluvia; la sentía venir frunciendo el entrecejo y apretándose las manos.

A veces, distraída en una lectura o semidormida en la penumbra de su lecho, saltaba de súbito y corría a la ventana, abriéndola de golpe y escrutando el cielo con ojo turbio y boca palpitante.

Podía mostrarse el cielo sin nubes, no moverse una hoja de los árboles, que ya ella se quedaría inquieta, sin reanudar el sueño interrumpido, sin volver al libro abierto, enviando por la ventana, una tras otra, miradas exploradoras de las primeras nubes, de los próximos relámpagos.

¡Cómo se resentía ella de la lluvia! Cerca del agua inmanente se tornaba hiperestésica, podía acaso percibir en la atmósfera sensaciones tan tenues como el perfume de una flor que ya era marchita, como la pena de un niño que muriera en algún rincón de la tierra...

¡Aire de agua!... Nubes que bajan, torbellinos de hojas secas bailando al viento... El relámpago breve que se enciende, las gotas de agua que se arrancan salteadas como notas de un arpa, con un escapar de pájaros, con un rizar de olas...

¡Amor, amor obscuro de la lluvia: quien te ha sentido, te será siempre fiel!...

Nada importa que avientes la semilla o que la ahondes; nada vale que dobles o malogres la cosecha.

Ya propicies la prolongación de un dulce encuentro, ya frustres la cita amorosa, ya colmes los graneros y las arcas del codicioso labrador o te lleves la modistilla tísica que sorprendiste en la calle, huidora, apresurándose hacia el taller, para quien te ame serás siempre la misma...

Todo puedes hacerlo, todo lo puedes, como el amor; tienes todas las generosidades y todos los despotismos, como el amor; das castigo y merced sin discernir merecimientos... Como el amor y como al amor, se te ama por ti misma, fuera del tiempo, fuera del lugar y fuera de la criatura o de la tierra que te recoja.

¡Crecen las gotas de agua, golpetean a manera de latiguillos de mil puntas estrelladas la superficie del mar, las copas estremecidas de los árboles!... Crecen las gotas, descienden ya unidas en flecos de vidrio que sacude el viento; se espesan más, se funden en una cortina de agua neblinosa. Y el agua se desata, se precipita sordamente, mientras la mujer, de súbito tranquilizada, se detiene a pegar la cara a los cristales, respira con fuerza y se entisa las deshechas trenzas.

Ya escampó; a través de los vidrios empañados, por donde ruedan aún las últimas gotas, un mustio rayo de sol intenta en vano reanimarse.

Bárbara se ha sonreído ante aquella pobre claridad moribunda, y una exquisita ternura -la ternura por la luz— inunda su corazón.

Ha abierto la ventana y ha dicho en alta voz:

— Ya no llueve.

El sol doliente se derrite en coágulos sobre el jardín negro de agua, y es ya sólo un reflejo fugitivo que pronto acabará de ahogar la tiniebla.

Ella ha sentido un vago deseo de recoger el sol y apretarlo junto a su pecho, como ha hecho muchas veces con los pájaros que se mueren de frío... Aún guarda su corazón calor para revivir un pájaro, para animar un sol... Y así, ha extendido sus manos transparentes en la transparencia del ocaso.

Pero el sol se le resbala, brilla un momento y se apaga entre los dedos.

¿Ha muerto el sol?... Parece que vuelve a brillar más allá, en una rama que lo mece.

Bárbara sigue con los brazos tendidos. No se sabe si va a alcanzar algo o si ha dejado escapar algo...

—Una flor en el jardín —ha dicho.

Luego, unos pinzones ligeros han atravesado el aire como flechas obscuras. ¡Quién pudiera volar con ellos en esta fresca tarde de septiembre!

Los pájaros vuelan en grandes círculos, van de un punto a otro del paisaje con una fascinadora brevedad. Los ojos de Bárbara los siguen sugestionados...

Ya no piensa en el sol que se desangra; piensa en el ala nerviosa, en el ojo agudo. Piensa en el ala que conduce, en el ojo que ve.

A todos lados pueden ir. El Norte y el Sur, el Este y el Oeste, son para los pájaros cuatro estrellas aptas para picotearse sobre el cielo.

A todos lados pueden ir y todo lo pueden ver, tan alto como suben... ¡Hasta la escondida glorieta del jardín!...

¡Pájaros, pájaros de alas ligeras, cortadoras de azul, tijeras de infinito!

(Tuvo que bajar los ojos nublados de ensueños. El peine de oro había caído sobre la alfombra, y el sol muerto yacía abandonado sobre el jardín.)

Alas, alas... Ella quería alas, necesitaba alas, sufría una nostalgia infinita de alas.

¡Qué bueno sería tener alas hasta para poder regalarlas: alas para ellas, alas para las rosas, alas para Laura... (Alas membranosas de murciélagos...)

Se había levantado y caminaba hacia el corredor contiguo, en cuyo extremo, enraizada, crecía revuelta una escalera.

Volcada por el ventanal de arriba, la tarde iba rodando en cascadas de sombra por los escalones.

Capítulo VI
LA CIUDAD

El día en que la Princesa cumplió quince años subió al terrado del castillo...

La ventana se ha quedado abierta frente a la tarde. Los pinzones suben al cielo por escalas de sol.

Escalas, escalas... Hay que subir mucho, pero estos peldaños no son de luz, sino de piedra dura. La escalera se retuerce en la sombra como una serpiente a la que apretaran con fuerza.

Igual que la Princesa de quince años, Bárbara tiene una cola fatigada que arrastrar por los escalones, rumbo a su destino.

Igual que la Princesa de quince años, ella sube sobre sí misma, se prolonga de sí misma hacia la altura —la sombra de la escala no es sino su propia sombra—, se empina sobre su vida para mirarla mejor.

Cuando llegue allá arriba encontrará una viejecita hilando, y como Bárbara tampoco ha visto nunca hilar...

Es parte de la historia que el huso hinque su dedo y ella caiga en un sueño que va a durar cien años.

Cumplido el tiempo, vendrá un príncipe de remotos países a desencantarla con un beso de milagro aleteándole en los labios. La historia es vieja y simple. Se puede repetir hasta el infinito.

Ya van los pasos de Bárbara escalera arriba, sueño arriba, vida arriba. Ya resuenan sus pisadas en el Tiempo, largamente.

Esta escalera parece de elástico: se alarga a medida que ella sube; los escalones se van estirando por arriba y hacen interminable la espiral.

Si la puerta de arriba está cerrada, no ha de tocarla siquiera. En la casa, las puertas que se cierran no se abren más.

Pero no está cerrada la puerta, ni hay una viejecita hilando detrás de ella, ni hay un huso de oro destinado al fino dedo que tantea la luz.

La Princesa emerge blanca en el terrado, pero por esta vez falla y se rompe entre sus manos la vieja historia.

Ella mira cortada y confundida en torno suyo. Bárbara es una princesa desencajada de su cuento, desprendida de su lámina, que no acierta a moverse en aquella tersura de luz, en aquella desnudez imponente del cielo sin recortes de almenas, sin palomas, sin gallardetes...

Y el cielo se derrama a raudales por entre los calados de la balaustrada, sobre las piñas de piedra que lo sostienen vacilante encima del mirador.

Y el mirador es como una bandeja colmada de azul, de un azul que rompe a oleadas contra el rostro de Bárbara, contra la tarde, contra el jardín obscuro de allá abajo...

¿Quién se acuerda de la Princesa herida por el huso? Las niñas de mañana no la conocerán, las de hoy oyeron hablar de ella vagamente...

¿Quién se acuerda del jardín lejos de él, más alto que sus pinos, que sus nubes, que sus pájaros?

—Más alto que sus pájaros...

Allá van los pinzones en la tarde, picoteando la rosa de los vientos; allá van en bandadas sedosas, en rumores obscuros, a conocer la tierra que ella añora, a desflorar el mundo.

Lejos, ven ellos lo que cerca no se ve; lejos van desenredando la madeja del paisaje, desarraigando el paisaje mismo que se llevan en sus alas tumultuosas...

El paisaje de Bárbara: he aquí lo más ancho que puede ser su paisaje.

Helo aquí ensanchado, hasta casi poder cerrar con sus ojos los dos cercanos extremos del horizonte.

Ya no lo cortan ramas ni barrotes de hierro; ya no lo encapotan muros ni neblinas. El paisaje ha estallado sobre el jardín, sobre la casa, sobre el mar.

El jardín, que por dentro parece cosa interminable, por arriba no es mayor que una alfombra floreada.

Allí está tirado como alfombra sin relieves, sin honduras, sin estremecimientos, como selva desteñida de alfombra.

Sigue el mar reducido también: espejo azul para mirarse dos o tres estrellas.

Al descubrir la súbita pequeñez de las cosas que había sentido enormes en su vida, una obscura alegría fermenta en el pecho de Bárbara.

Sigue mirando más allá del jardín, lejos del mar; aborda unas praderas iniciales, unas blancuras incipientes, entretejidas aún al verde, pero pronto se espesa lo blanco y brilla duro al sol poniente.

Blancura de piedra es; blancura de sillares pulidos, de lascas de piedra viva cortada en ángulos, crecida en puntas...Un hilo de humo se va al cielo... ¡La ciudad!

—La ciudad —dijo entre dientes.

Volvió a decirlo. Había dicho esta palabra, había tenido ocasión de decirla; ocasión, modo, lugar, razón de decirla.

—La ciudad, la ciudad...

La palabra en sus labios era natural y sencilla; florecía en su boca con la sencillez y la naturalidad de la rosa en el rosal. La ciudad.

¿Cómo era una ciudad?

Las ciudades son la levadura de la tierra; el fermento que se va para arriba de la tierra bullidora, batida por el fuego antiguo.

La ciudad es un ardor plasmado, una espuma en que cuaja el dolor de crear; un hervidero donde laten millares de Bárbaras más leves y más grises...

Bárbaras urbanas puestas a hacer números, a hacer ropa de venta al por mayor...

Princesas desencantadas desde hace mucho tiempo, sin lámina brillante y sin historia que contar... ¿Cómo es una ciudad?

La ciudad tiene sus casas y sus calles y sus habitantes. Tiene un edificio del Ayuntamiento, con un alcalde pequeño sentado en un trono muy grande.

Por la mañana, los habitantes de la ciudad van al mercado a comprar lechugas de hojas rizadas, piñas de plumero verde y rosas frescas.

Allí esperan ruidosos y tenaces los vendedores de ostras, húmedas aún del mar de madrugada; más allá están los que traen de la costa los racimos de cocos donde el agua suena, donde suena, subida de la tierra, el agua secreta y virgen.

Allá los que trafican con hierbas misteriosas, hierbas de amor y de muerte, y los que trenzan en silencio aromáticas raíces de romerillo, buenas para las fiebres y las mordeduras...

Por el mediodía, las mujeres sacan al sol las alfombras, sacudiéndolas en el balcón; por la tarde, en la soledad de las plazas, un puñado de viejecitas dispersas por el viento van llegando al rosario de las iglesias vecinas... Iglesias del barrio, diminutas, obscuras, vacías, con ruidos de bancos rodados y flores de papel en los altares. Flores de la primavera pobre que pasa humildemente...

Iglesitas del barrio, invadidas por los niños del Catecismo, por los acordes desafinados de la serafina, donde el viejo sacristán ensaya un aire antiguo de Haydn o Cabezón.

Por las tardes, las familias subirán a las azoteas recortadas en la paz del crepúsculo, enfiladas unas tras otras, con su carga de risas y cantos de muchachas. Son las azoteas urbanas prendidas al cielo por el hilo tembloroso de los papalotes...

Ya anochece; ya van los faroleros por la calle, con el palo que tiene en la punta una estrella cautiva. Pasan de prisa encendiendo los faroles de la ciudad, muy amarillos todavía en la media luz del ocaso.

Por la noche, los habitantes de la ciudad van a pasear por la alameda del Puerto, a respirar la brisa marina y a ver los barcos que llegaron por la mañana... Los grandes barcos, embanderados, centelleantes de luces que se mecen majestuosamente sobre las negras aguas de la bahía, mientras sus marineros diseminados por los cafetines de los muelles, entre el humo de las pipas y el ruido de los vasos, cuentan extrañas historias de sus países tan lejanos; y marcando el compás con los cuchillos en las botellas, cansados de contar historias que nadie cree, se ponen a entonar viejas canciones en que se habla siempre del mar y del amor.

La ciudad, la ciudad... ¡Qué emoción, qué desconocida ternura se le cuajaba por lo hondo!... ¡Quién pudiera vivir en la ciudad y escuchar las canciones de los marineros y...! ¡Vivir!

Bárbara se siente ahora como iniciada en un misterio. Es el misterio humano tan próximo, es la proximidad humana que la llena de paz y de confianza en sí misma. Se siente cansada y feliz de haber participado, aunque sea de lejos, en el vano juego de la vida.

Hay vida cerca de ella, y tal vez no sea ella la que corra a la vida, sino la misma vida quien venga a buscarla, a rescatarla.

Ve crecer la ciudad; la ve crecer empujada por su viva esperanza; ve brotar, como espigas en un campo de milagro, chimeneas altísimas, racimos de chimeneas que obscurecen el cielo con su humo.

Ve afilarse las torres y rajarse las calles —heridas apretadas, venas túrgidas por donde corre la negra sangre de la ciudad—, ve los altos edificios metiendo la testa entre las nubes...

Se ve a ella misma muy atildada, muy gentil, saludando a la gente que llega y ofreciéndole tamarindos recién cogidos de la rama, y hojas de plata viva, arrancadas a la yagruma. Se han puesto a conversar del invierno y del mar y del gran lagarto negro que amaneció ayer muerto en el jardín... La vida es así; muy leve, muy fácil de aprender. No menos fácil de aprender que un juego nuevo.

¡La ciudad, la ciudad! ¡Ah, si creciera de una vez, si acabara de hincharse como fruta madura, y alcanzara con sus casas nuevas la vieja casa de Bárbara... ¡Y vinieran las casas sobre el jardín, y desapareciera el jardín devorado por la piedra, triturado por las enormes fauces de cemento de la urbe hasta no dejar de él más que unos pocos canteros de rosales podados y raquíticos!...

Su alegría se iba haciendo voluptuosa... Echó atrás la cabeza y respiró con avidez la tarde entera.

Sí, la ciudad vendría hacia ella, venía ya, clara, ruidosa, con la gloria de sus campanarios y sus cúpulas...

Arrancó un brazado de flores de almendro y lo arrojó a la ciudad, tan lejana todavía...

Las blancas flores voltearon en el aire, y en seguida cayeron melancólicamente.

Una vaga neblina de desencanto se quedó flotando junto a la balaustrada. Los ojos de Bárbara, hondos, reflexivos, seguían mirando la ciudad ennoblecidos de fe y confianza.

Allá abajo, el jardín se reía bajito con un retozo de savia entre los brotes nuevos, sofocando de prisa sus rumores bajo el viento encubridor.

Capítulo VII
LA CASA PEQUEÑA

¿De dónde, en esa altura, había ella arrancado aquellas flores blancas? ¿Fue más bien un puñado de estrellas lo que arrojó gozosa a la ciudad?

Si estrellas eran, se apagaron pronto; si flores... ¿Cómo llegaron hasta allí?

No nacen flores en las nubes, ni subes por sí mismas, sujetas como están a la tierra que las hizo.

¿Quién, entonces, habría suministrado las blancas florecillas en aquel Sáhara azul en que se hallaba?...

¿No se quedó el jardín abajo con su sombra? ¿No lo vio ella abajo como alfombra desteñida, apartada por sus pies?

Bárbara rodeó con sus inquietos ojos el mirador flotante entre la luz. Era la tarde; allá abajo, las copas de los árboles, colmadas de pájaros, sonaban como lejanas ocarinas...

Un reflejo violeta atenuaba lo negro de las ramas. Los túmulos de rosas de las nubes se desmoronaban sobre el mar, y entre los arrecifes de la costa, el sol se derretía lentamente como un caramelo tibio.

¡Pequeñez, insignificancia de las cosas! ¿No era el mismo jardín también pequeño?

¡Ay, no! Parecía pequeño, pero había que tentarle la hondura para saber lo que era infinidad... Él sería siempre el más fuerte.

Bárbara sintió frío. Se miró las manos. La noche se le venía encima en oleadas negras. ¿Qué había ido a buscar al mirador?

Sus ojos giraban ahora sin rumbo fijo, como mariposas atontadas por la luz.

Se le ocurrió que en ese momento estaba sobre el techo de su alcoba; podría marcar sobre el enlosado de la azotea, la disposición de las vigas en cuadros... El recuerdo de su cama —blancura desmesurada— le produjo una vaga sensación de disgusto. Fue a inclinarse indolente sobre la baranda; pero de pronto se echó atrás, como si la hubieran tocado con la punta de una lanza.

Una espiga verde violaba el hondo azul. Allí estaba el jardín.

Allí estaba...

Había trepado sigiloso hasta la altura de su sueño, se había trenzado a él íntimamente, y creció con él, y él asomaba ahora sus puntas de verdura.

Ella había creído dejarlo abajo como una alfombra desteñida, pero a él no se le dejaba fácilmente.

Ella lo creía y estaba detrás de ella, inmóvil, aguzado.

Él era quien había ofrecido el ramo de flores que sirvió de saludo a la ciudad. Él mismo se había apresurado a ponerlo en sus manos levemente.

Para eso nada más había levantado el brazo de un tronco, lo había hecho crecer años enteros — él era lento— vivamente incrustado a la pared, acanalándola, conformándola a sus nudos y a sus crispaduras, estrellándole sus ramas muy aplanadas, dispuestas en forma de abanico entre los rotos florones de la cantería.

En este mudo abrazo de la piedra y del árbol, ¿quién se desprendería el primero? Lenta era y tenaz la apretadura. La sangre del árbol chorreaba ya a lo largo del muro, y los rosetones de la archivolta saltaban en astillas bajo la presión del tallo crecedor y endurecido. Algún día el árbol desangrado, sin sol y sin agua, se secaría entre la cal ardiente o el paredón, comido en sus cimientos por la raíz voraz, vendría abajo, roto y desencajado de la tierra.

Bárbara tocó con la punta de sus dedos el penacho de hojas enristrado, que se estremeció ligeramente a su contacto. Una llovizna de flores blancas se desprendió sin ruido por el aire.

De súbito, los pájaros habían enmudecido; el sol era apenas un charco de luz turbia entre las rocas. El jardín.

— El jardín — dijo ella, tornando a inclinarse sobre la balaustrada.

Y el jardín negro, difuso, desigual, se iba creciendo con la sombra; parecía en la sombra el gigantesco dorso de un dragón dormido a los pies de la casa, cuyo alentar despacioso alcanzaba a percibirse en aquel hondo hincharse y deshincharse de su fronda.

— El jardín... Y siempre — volvió a suspirar, cerrando los ojos.

Su alegría había caído desmoronada silenciosamente, como los túmulos de rosas de las nubes; silenciosamente, como los capullos de almendro en el vacío.

Lejos huían los últimos pinzones en su inútil lección de vuelos. Bárbara buscó aún la ciudad para asidero de su tristeza y la encontró una vez más, ya con puntos de luz tenue y picada que se encendían a lo lejos en limaduras de estrellas.

(Los habitantes de la ciudad irían por la mañana al mercado...)

Bárbara dio la espalda al vacío y, separándose de la balaustrada, inició un regreso torvo y defraudado.

Todavía se detuvo unos instantes junto a un informe montón de hierros y maderas desteñidas; restos eran de juguetes y cosas que habían pertenecido a su infancia, desechos de su infancia breve y silenciosa.

Ella reconoció los pedazos de su coche azul, enmohecidos por la intemperie, y el caballo de balancín llamado *Veneno*, al que le colgaba del vientre roto el relleno podrido por las lluvias, y el silloncito de mimbre, despedazado y aún con un lazo de cinta descolorida prendido al respaldar.

Se vio a sí misma niña, niña y muerta entre los juguetes muertos, como una muñeca desechada sin pelo y sin ojos; una muñeca con la que nadie querría jugar, con el relleno de aserrín vaciado por el suelo...

Se fue, se fue de prisa. La noche se le venía encima en oleadas negras. Sus ojos eran como dos pájaros a los que sorprende la noche lejos del nido.

Enfiló la escalera. Por las mañanas, los habitantes de la ciudad irían al mercado...

¡Qué obscura estaba la escalera aquella!... (La sombra de la escala no es sino su propia sombra.)

Y se estrechaba mucho hacia abajo a manera de embudo. Sus pisadas resonaban en el Tiempo.

Irían al mercado y comprarían lechugas de hojas labradas y piñas de plumeros verdes...

Algo había ella olvidado. Cada escalón parecía querer recordarle algo, le sujetaba el pie y se lo impulsaba de nuevo hacia lo alto.

¡Qué obscura estaba la escalera!...

En el cuento, la Princesa que sube una escalera no la baja más. El Príncipe la encuentra al cabo de cien años allá arriba, dormida, y la hace descender de su sueño hacia la tierra en alas de un beso.

Pero ella está demasiado lejos del cuento y se le olvidaba una cosa junto a la balaustrada. Había visto la ciudad, la había saludado con unas flores. Luego... Nada más.

¿Qué se dejaba por arriba que los pies no seguían la escalera?

No sería la ciudad que no era suya, ni los juguetes que habían dejado de serlo, ni el jardín que la esperaba abajo.

Volvió los ojos al hueco de la puerta, casi lleno de sombra, y alcanzó a ver un último revuelo de pinzones.

Por las tardes, los habitantes de la ciudad... ¡El pabellón del jardín!...

Desanduvo a saltos los escalones, se echó por el hueco de la puerta, atravesó corriendo el mirador, se precipitó sobre la balaustrada...

Que la noche se detuviera en los filos del cielo, que le pusieran diques a la noche para que no acabara de caer sobre la tierra, para que no le ahogara aquel rincón perdido del jardín, que ella buscaba!...

Si no lo encontraba en esa tarde, no lo encontraría ya nunca, quedaría siendo la pesadilla de una noche de fiebre, quedaría perdido en la tiniebla del tiempo, en la tiniebla del jardín, apretado para siempre en el silencio pétreo de Laura.

¡Que regresaran raudos los pinzones que desenmarañan la madeja del paisaje, para desentrañarle la blancura de un muro en la arboleda —la blancura que se pierde en tanta sombra!

¡Que le presten sus ojos los pinzones para ver el muro hincado en tierra, donde ella entró como quien entra en vida ajena!...

Pero la noche se espesaba ante sus ojos, se condensaba en el aire sobre sus ojos en masas vidriosas, movibles, superpuestas...

Bárbara agitó sus brazos en el vacío rechazando la noche, defendiendo el paisaje de la sombra para sus ojos ávidos...

Y fue una carrera loca de los ojos con la noche... Y los ojos llegaron los primeros. Se les vio llegar y detenerse, girar sobre sí mismos, como corceles refrenados...; se vio llegar los ojos antes que la noche.

Bárbara se echó atrás, recompuso los pliegues deshechos de su vestido. Se quedó unos instantes tecleando con los dedos en la balaustrada...

Luego se encaminó de nuevo hacia la puerta. Al pasar junto al hacinamiento de juguetes, tropezó con ellos y estuvo a punto de caer; tuvo un gesto de impaciencia al apartar con el pie las ruedas y los balancines.

El caballo *Veneno* se quedó mirándola de soslayo con su único ojo de cristal... Ella seguía andando, dejaba atrás el hueco de la puerta, por donde se veía ya brillar a Venus como un zafiro en la punta de la piña labrada en la baranda.

Pronto se sumergió en la escalera torva y neblinosa.

También, brazado de flores de almendro, iba ella hacia abajo, blanca, leve, silenciosa.

Llegó al suelo sin pisarlo casi, abrió la cancela con un soplo apenas y salió al jardín como volando.

La noche estaba clara y relucían las hojas húmedas, la piedra granosa y vidriada de las paredes, la cristalería de colores de la casa encendida por dentro.

Le parecía a ella mecerse en un fluido mar de luz, deslizarse por el arco de la luna en creciente.

Encontró los senderos escarchados de florecillas de almendro que estuvieron cayendo toda la tarde. Aquella diseminada blancura le trazaba, en la noche, infinitos caminos de luz.

Pero ahora ya todos los caminos, como las puntas de una estrella, convergían en un solo centro.

Miró hacia arriba instintivamente. Desde abajo la balaustrada del mirador era ya una cosa tan lejana, tan alta, tan imposible, que el corazón se le oprimió y la cara se le llenó de angustia.

Bajó los ojos... Estuvo un rato tanteando con el pie el manojo de caminos de luz, abiertos, trémulos, desenredados ya de la nebulosa primitiva... Y no eligió ninguno. Lentamente, como girando sobre un resorte, se volvió y entró en la casa, tan abierta siempre y tan poco acogedora.

Adentro se encendían las luces una a una. En su cuarto había un plato con higos frescos. Bárbara los devoró en silencio.

Afuera se encendían las estrellas una a una.

Capítulo VIII
LAS COSAS DE LOS MUERTOS

Pasó el otro día y pasó el otoño, y Bárbara no bajó al jardín.

Era como si al lograr la certidumbre de su sueño o al convertir su sueño en realidad, hubiera de pronto dejado de interesarle. Acaso y más bien, ante la presencia de la cosa anhelada, se detenía con turbación sin acabar de extender la mano.

Su fatigada correría del mirador habíala dejado perezosa y andaba como gato friolero a la entrada de este invierno, procurándose sólo la tibia blandura de los almohadones y atisbando por detrás de los cristales la ruina del jardín deshecho en brumas, despojado poco a poco de hojas y de pájaros que le iba llevando el viento del mar.

Se iniciaban crecientes turbonadas, y la casa cobraba, en esa época del año, una leve dulzura de refugio. Era grato, entonces, mirar la hosquedad del paisaje desnudado por el viento desde los vidrios bien cerrados, donde morían el agua y la neblina. Y, sin embargo, andaba Bárbara con tiento por la casa; presentía ella que en aquel invierno sigiloso, algo obscuro iba a pasar sobre su vida, e instintivamente se echaba atrás en los días, en las horas, en la distancia, esforzándose por detener —luz o sombra— lo que apuntaba por el filo del horizonte.

Había sido ella la mujer curiosa. Como la abuela Eva, había sido curiosa. Como la abuela Eva y la mujer de Lot.

Ella era la tercera mujer curiosa que tendía sus miradas tumultuosas sobre un mundo prohibido.

¿Qué era lo que estaba prohibido?

Nada, nada... Era el viento frío del Norte, que al pasar por los álamos le llenaba la casa de hojas secas y de sombras el corazón.

Ella iría al pabellón del jardín y desenterraría allí una vieja historia hecha de recuerdos y de olvidos, de cosas que se quedaron rezagadas en el tiempo; rezagos, fragmentos incompletos de otra vida humana que pasó cerca de ella.

Cerca de ella... Antes o después o siempre; pero cerca...

Andaría en esta vida con sus manos, revolvería su polvo, desentrañaría su raíz, respiraría su olor antiguo y melancólico...

Otra vida que traer a su vida. Otra vida quizás bella, quizás noble, que llevar a su vida tan vacía...

Y el corazón de Bárbara se puso de fiesta, como la casa pobre que va a alojar a un huésped de honor.

El tiempo y la distancia se enrollaban y se desenrollaban febrilmente entre sus manos... Un día los dejó caer y salió al jardín.

Fue en una de las últimas tardes de diciembre. El invierno, muy entrado ya, lustraba las avenidas de piedras blancas, y un aire colado y suave deshojaba a sus pies las últimas rosas. En el cielo incrustado de ópalos volaban aves negras.

Una tristeza gris, aterciopelada, tristeza de invierno sin nieve, pesaba sobre las cosas.

El jardín desnudo se arrebujaba en la neblina hecho una ramazón negra y torcida, un peladero miserable, con miseria de viejo flaco e hipócrita.

Nubes de moscas se mecían en el aire neblinoso, y en los estanques, el agua podrida exhalaba un vapor nauseabundo que envolvía los árboles a manera de velo; un velo sucio, roto a tramos por el viento.

Una gran paz se había hecho sobre el jardín enfermo. Bárbara se detuvo; una pena pequeña, suave, una lástima obscura, que ella no quería conocer, la turbaba como un escarabajo que le saliera al paso.

Se arrebujó más en su chal de seda y siguió andando por entre la obscuridad verdosa y húmeda del parque.

Rosales marchitos se amontonaban a orilla de los senderos y aún seguían cayendo, una a una, las hojas secas.

Las hojas secas, ¿vuelan o se caen? ¿O es que en cada vuelo la tierra queda esperando, y en cada caída hay como un estremecimiento de ala?...

Bárbara se ceñía más y más en su chal de seda, pero no dejaba de sonreír por el frío; la sombra de su sonrisa se proyectaba en el cielo como una pálida media luna que no era aún la luna nueva.

A ella le llevaban, ya, todos los senderos; todos, para ella, convergían en un punto como las puntas de una estrella... Bárbara iba segura, muy despacio, para no pisar las cigarras muertas.

—La primavera está lejos —dijo en alta voz.

El jardín desolado parecía como si se hubiera empequeñecido.

—La primavera está lejos —volvió a decir—. Y no volverá nunca más; ya no habrá más primavera.

Las hojas secas seguían cayendo tristemente.

La pena del jardín, pena raída de anciano, le producía una lástima desdeñosa, impaciente; una mezcla de compasión y rencor, de rencor y fastidio...

«¡Qué viejo está el jardín! —pensó—. Debe de ser viejísimo. Se está muriendo de vejez.»

Miles de años antes, sus árboles proyectaban ya esta misma sombra a esta misma hora, y sus helechos monstruosos se doblaban aplastados bajo las patas en tumulto de un tropel de dinosaurios...

Arrancó la rama de un eucalipto y la arrojó al suelo; después se volvió para mirar la casa y ya no la vio. Por un momento se quedó perpleja entre dos sendas... —puntas de estrella, todas convergen—, tomó una al azar y prosiguió muy despacio, mirando furtivamente la que dejaba.

No bien se hubo internado un trecho en ella, aparecieron los grandes macizos de heliotropos, los grandes coágulos de flor violácea, fragantes, pesados, más olorosos en su lenta marchitez.

Reconoció el lugar, y el corazón se le abatió en el pecho como el ave que se enreda en un lazo; se quitó el chal, lo arrojó sobre los heliotropos y siguió caminando.

Un pájaro chilló desde lo hondo del ramaje. Bárbara tropezó con una piedra que la hizo caer de rodillas en medio del sendero; se levantó en silencio y se encontró de pronto frente al pabellón del jardín.

El viento de octubre había acabado de desprender la espesa enredadera que yacía por tierra, arrugada y seca, dejando al descubierto las paredes.

Bárbara saltó por encima de la derrumbada puerta y entró en el hueco obscuro, donde el viento hacía ondular las telarañas.

Adentro había frío, y la luz lívida del crepúsculo atravesaba todos los resquicios como una incipiente llovizna de fuego.

Un sentimiento obscuro se había apoderado de Bárbara. Hubiera querido salir de allí, y, sin embargo, sus piernas rígidas, clavadas al piso de la tierra como si se hubieran vuelto ya de sal, se negaban a obedecer el mandato del cerebro conturbado.

Le acometió el confuso presentimiento de que algo terrible iba a ocurrirle si permanecía allí algunos instantes.

Miró hacia el hueco de la puerta y la luz de fuera le hirió los ojos vivamente. Tuvo que cerrarlos y quedarse quieta en el centro del recinto.

Cuando tornó a abrirlos, se halló súbitamente tranquilizada. Vio que su vestido estaba mojado y se le pegaba al cuerpo, dejando escurrir el agua en hilos tibios por el suelo. ¿Cuándo había llovido? El techo, de una altura desmesurada, le dio la impresión de que la levantaban por los brazos.

Nada había cambiado desde que estuvo allí en el pasado verano; acaso alguna que otra irrupción de la vaga vida de fuera, puntos negros de hormigas, hilillos de una baba tenue, abrillantados al sol, en cuyo extremo oscilaba una oruga...

La luz hacía temblar por los agujeros largas agujas aceradas. No habían acabado de desprenderse los papeles de las paredes renegridas; uno junto a otro estaban de nuevo a sus pies los dos cofres de madera estañada en las junturas, que ella no abrió aquel día. Había frío de piedra y de silencio.

Dio unos pasos. Las agujas de luz que atravesaban los resquicios chocaban con su cuerpo y se partían sobre él, casi sonando.

Descolgó el pequeño látigo de la pared y estuvo mirando mucho tiempo la *B*, de turquesas; como si fuera ciega o como si no se fiara de sus ojos, pasaba y volvía a pasar la yema de sus dedos por las dos curvas de la letra inquietante.

Restalló un latigazo sobre los cofres... Soltó el látigo, probó a abrir uno de ellos; el cerrojo no estaba corrido, y pudo levantar sin mucho esfuerzo la tapa de caoba, que crujió brevemente en el silencio.

Un olor obscuro, indefinido, salió de dentro. Sin detenerse a mirar, fue por el otro cofre y lo abrió también, quedándose luego inmóvil y de pie entre aquellas dos bocas, fauces del pasado abiertas frente a ella.

Algunos papeles amarillos se desprendieron de la pared; las agujas de luz se hacían cada vez más brillantes, y otras nuevas venían a atravesar los muros, el techo convertido en criba de sol.

Bárbara se levantó las mangas, se inclinó y, hundiendo una mano en cada cofre, sacó a la claridad dos brazados de brumas, dos redadas de cosas marchitas, incoloras, pronto deshechas a la luz.

Volvió a sumergir las manos, a revolver en aquel légamo del tiempo, a entresacar una fluida corriente hecha de blanduras, de palideces, de reflejos...

Instantes después, de cada cofre abierto corría un río turbio de flores disecadas, de abanicos, de plumas y de telas descoloridas, larguísimas, que llenaban el aire de un polvillo brillante.

Las manos seguían buscando, regresaban cargadas de más cosas fenecidas; un pequeño zapato de raso, unos gemelos de nácar, otras telas..., muchas cintas... Eran cintas pasadas que se rompían al salir; eran telas antiguas que se iban desdoblando poco a poco, algunas sin coser y otras hechuradas en piezas imprecisas, en formas ya en desuso.

Parecían vestidos flotantes, ligerísimos, evocadores de una elegancia antigua, que guardaban aún entre sus pliegues como un desvanecido perfume de espliego.

Vestidos de una moda lejana, de una mujer lejana...

Las manos estremecidas ahondaban en los remolinos de sedas y pasamanerías... Y subían luego las joyas toscamente trabajadas en plata, mazacotes de plata embutida de piedras sin tallar, vasos con esmaltes de colores, frascos de esencia sin esencia ya, encajes que no llegaban a la luz, pulverizados al primer roce de sus dedos, pañuelos de seda amarillenta pasados por los dobleces, zapatillas bordadas con escamas de pescado, pieles de animales nórdicos, cinturones de cuero policromado, abanicos de marfil y pergamino, con palabras de amor escritas en el paisaje...

Y este cofrecillo, este cofrecillo fino de palisandro con la misma *B* de turquesas incrustada en el fondo de la tapa... ¿Qué había dentro? Nada, sino utensilios de costura, tijeras y dedales delicadamente trabajados en oro y concha, y también un pedazo de encaje aún sin terminar...

Todo estaba recogido, preparado como para un largo viaje; un viaje tan largo que había que llevarlo todo, hasta el vaso en que bebían los labios delicados... Un viaje tal vez del que no se hubiera querido volver nunca.

Un viaje, una fuga quizás. Pero una fuga lenta, medida, bien planeada. Todo se quedó preparado para el viaje, las llaves sin echar aún, en previsión de los olvidos de última hora... Todo se quedó allí; la mujer que se iba no llegó a irse o cambió de rumbo... Un rumbo para el cual no precisaba ya tanto equipaje. Viaje interrumpido.

Aquí hay otro cofrecillo. Éste es más simple y parece hecho de una sola madera obscura, excesivamente pulimentada. Está cerrado y no se puede abrir con las tijeras de oro. En la casa las cosas que se cierran... ¿Qué ha hecho Bárbara?

Ha tirado con fuerza el cofrecillo al suelo, y la cerradura ha saltado, echándose a rodar un montón de cartas amarillas que quedan esparcidas por tierra.

Una vaga emoción se ha hecho en el corazón de Bárbara, que mira las cartas con ojos infinitos.

Las agujas de oro traman encajes irreales con su pelo suelto. Hay una inmensa paz de amor dormido.

Bárbara sacude el sol de su pelo, y el sol se espacia por el cuarto como un humo de oro... No despertemos al amor.

Ella, con las manos llenas de sol todavía, se inclina y recoge una sola de las cartas, una nada más...; pero de pronto se encuentra con que no sabe leer, con que se ha olvidado de leer.

Y las curvas cejas se hacen rectas, y una nube se extiende sobre su frente, y los labios tiemblan como rosas agitadas por el viento... Ha visto, ha sentido más bien, su nombre escrito en el papel.

Bárbara... ¿No es ése su nombre?

¿Quién le puso ese nombre viejo y usado? ¿Quién le puso ese nombre que está escrito en todas partes, ahora también aquí en el papel?... Está escrito y claramente escrito, y ella sí lee; lo ha leído ya.

Qué elegante letra inglesa la que escribe su nombre... Qué correcta en la repetición de las aes, qué aristocrática en todo...

«Bárbara»... No quería ella leer nada más. Nada que se dijera sobre Bárbara, nada que la acariciara o le hiciera daño; que la escamoteara en el tiempo o la dejara ver demasiado.

Y las demás letras se movían ante sus ojos, bailaban y se cambiaban entre sí, diciéndole disparates, palabras sin sentido y sin pronunciación.

Revolvió todas las cartas por el suelo. Entre ellas encontró un pedazo de vela cuya cera, amarilla por el tiempo, le pareció ligeramente perfumada. El pabilo negro y los goterones derretidos por el borde dejaban pensar en una llama prendida mucho tiempo de su punta.

¿Leyeron o escribieron las cartas a la luz de esa vela? ¿Tanta sombra habría en la vida de la mujer muerta que así tenía que alumbrar su amor?

Alumbrar o quemar. Quemar acaso...

Se había quedado con las cartas en una mano y la vela en la otra, y acercaba furtivamente las cartas a la vela para volver a separarlas luego...

Por unos instantes le pareció que esas manos no eran suyas; las sintió desprendidas de su cuerpo, surgidas torpemente de la tiniebla... Manos turbadas, irresolutas, cobardes.

Bárbara tiró la vela lejos y guardó de prisa las cartas en su caja; pero al deslizar los dedos por el fondo tropezó con algo frío y duro, algo como una lámina pesada envuelta en un papel.

Rompió el papel y vio una hoja de acero en cuya lisa superficie creyó observar contornos y figuras borrosas.

Fue con la lámina al hueco de la puerta para mirarla a la luz, y halló que los trazos, que en el primer momento se le confundían, empezaban allí a reconstruir una pequeña imagen, a fijar unos rasgos humanos, a dejar entrever una nariz delicada, un cuello de encaje... Claramente emergía a la claridad la bruma de unos cabellos lacios, muy flojos, el cono de sombra que proyectaba un sombrero de copa encima de los cabellos...

¿Dónde había visto ella ese rostro? Aquel pelo incoloro, como fluido; aquella boca fina, un poco imperiosa...

Su memoria vagaba. Tan escasos rostros como había en su vida y no reconocía en ninguno de ellos este rostro juvenil que le era, sin embargo, familiar. Dulcemente familiar acaso...

¿Sería en la lámina de un libro favorito?

De súbito, Bárbara entreabrió la boca estremeciéndose ligeramente.

¿Habría recordado ya? ¿De quién era, pues, el suave retrato?

¿Qué hacen sus manos que vuelven a guardarlo apresuradamente dentro de la caja, debajo de todas las cartas?

¿Qué hacen sus manos que cierran la caja, que prueban a ver si la caja quedó bien cerrada?

¿Quién es el jovencito del retrato, Bárbara pensativa?

Tú lo sabes ya; tú lo has reconocido. Y como contestando a la pregunta que nadie puede hacerle, ha dicho:

— Es Alberto o Armando. Acaso sea Alfredo o no..., más bien Armando, por la *A* tan redonda. Si no fuera por la redondez de la *A*, se diría que es Adolfo. También puede ser Antonio, o puede ser Arturo...

Y se ha puesto de nuevo a mirar los vestidos.

Crujen los brocados bajo sus dedos, vuelan briznas de seda en el aire muerto...

(En la semipenumbra, los ojos se entornan apagados como soles de invierno.)

Capítulo IX
MODAS ANTIGUAS

Melancolía de las modas antiguas...

¡Qué impresión tan desagradable y extraña causan las elegancias de los que han muerto!...

Los vestidos de los muertos, que se van quedando fuera de moda, fuera del mundo, como sus dueños. Los vestidos que ya no se usan más y se quedan guardados con los recuerdos, con las tristezas.

Viendo estos insólitos vestidos de cortes en desuso, de adornos impensados, se nos ocurre que los muertos los llevaron muy seriamente, y gozaron y sufrieron y amaron y pasaron con ellos puestos... Y nos dan ganas de reír y de llorar al mismo tiempo.

Vestidos de los muertos, rezagos de sus vidas que van dejando atrás, desarraigados en las nuevas vidas, muy pronto ya sin sitio en la corriente renovada y revuelta de la existencia.

Trajes de los muertos, vacíos, flojos, huecos. Adornos inútiles, lazos deshechos que nadie torna a hacer, pliegues que se escurren en la tela sin vida.

Ropas de los muertos con que nadie quiere vestirse. Son como cuerpos sin almas, más inmóviles, más muertos que los muertos, porque se nos quedan... ¡Se nos quedan fuera en la grande, terrible, suprema echadura!...

¡Vestidos de los muertos! ¡Vestidos vacíos de los que hemos amado, sus fantasmas, sus huellas, ellos mismos otra vez; pero, de pronto, la cabeza, las manos cortadas...

Vestidos de los muertos...

Una pena pequeña, suave, que no llega a serlo, se enreda al hilo de los abalorios. Una imprecisa languidez ondula en los flecos de la seda.

Los dedos de Bárbara rozan apenas las rígidas enaguas, recargadas de volantes aprestados; los justillos de lino amarillento, vagamente ahuecados... Las flotantes hopalandas, donde el moho hace coágulos de oro...

Saca luego un guante; saca una flor... Prendas encantadoras de una mujer parecida a ella. Leve teoría de cintas, de horquillas doradas, de encajes...

Chales bordados de pájaros y flores, aguas estancadas de los *moarés*, que su mano súbita revuelve... ¡Remota primavera muerta, encontrada de pronto en el fondo de un cofre abandonado!...

Lo habían recogido todo, como quien recoge sus cosas para hacer un viaje.

Unas manos femeninas, leves como las suyas, doblaron los vestidos, flamantes entonces, con mucho cuidado para no ajarlos, colocaron después las esencias favoritas bien acolchadas entre los vestidos, pusieron las joyas queridas en el fondo del cofre, debajo de los vestidos...

Unas manos femeninas, leves, nerviosas tal vez. Un blanco barco esperaba en la raya del horizonte... Y el humo la llamaba, la invitaba a un país nuevo, a un amor nuevo acaso... Todo estaba dispuesto.

Bárbara imagina la mujer en el trajín de los últimos días que preceden a un largo viaje. La ve inquieta, movible, borrándose a cada instante en las aguas de sus espejos descolgados... Aún no sabe el color de sus ojos. La ve luego doblarse con la angustia del que salió tarde y se encuentra, de improviso, cogido por la noche...

Todo estaba dispuesto. La vida dulce y muelle de la dueña de aquellas fruslerías habíase plegado entre sus manos como uno de sus pañuelos de seda, como una de sus diáfanas telas historiadas, pronta a desplegarse bajo otro cielo.

No tuvo tiempo, sin embargo... Algo le cerró el paso, algo le salió al paso, cerrándoselo. Una nube; una voluntad imperiosa, inevadible... Una nube le cerró el paso. Una nube se le enredó a los pies ligeros, demasiado ligeros... La vida se le quedó enrolladita como una de esas telas diáfanas que sus intrusos dedos van desenrollando ahora vanamente...

Delicado bagaje de mujer bonita, de mujer joven y refinada que había ya cerrado los cofres con sus manos furtivas.

Después de estas manos, ninguna otra debe de haber tocado las cosas de la muerta; después de aquellas manos, sólo estas suyas osan traer de nuevo a la vida las cosas que ella guardó.

Alfileres de oro puro para clavar el sombrero ladeado...

(Este sombrero pequeñito, donde un pájaro quiere cantar...) Alfileres de oro para clavar un amor que quiere irse.

Guante de ante diminuto. ¿Era así su mano? ¿Eran tibias como palomas, o frías como pececillos?... Guante de ella... ¿Dónde está tu hermano?

¿Fue a él a quien regalaron entre risas y suspiros; a él a quien rompieron en una noche de cólera?

Este breviario de nácar: *Oraciones para la Misa del domingo*. Una de ellas está marcada con una mariposa desteñida.

La mujer estaba tejiendo un encaje. Aquí está el encaje a medio hacer, con las agujas aún ensartadas de hilo..., ahora iba a venir un clavel; le faltan sólo dos o tres pétalos... ¡Y este clavel que no acabó de florecer había sentido cerca el paso inútil de no se sabe cuántas primaveras!...

La tejedora había doblado sin terminar el encaje; algo pasaba que no podía terminarlo... Lo acabaría lejos en paz...

En paz...

Bárbara se ha puesto pálida como otra muerta... ¿Qué ha pasado, Dios mío? No ha pasado nada; es que ha visto, ha creído ver en uno de los vestidos unas manchas obscuras, un cuajarón negro que así de repente, en la sombra, le pareció como sangre. Pero no es sangre, no...; es moho, es humedad, es tiempo, mucho tiempo...

Los dardos de sol se clavan en la tierra y se quedan luego temblando... Desde fuera llega un desesperado croar de ranas.

«Es muy tarde», pensó ella después, y enseguida se dio cuenta de que para ella nunca era tarde ni temprano. Se sonrió en silencio.

Ella podía dejar el lecho a medianoche, o comer por la mañana, o cortar una flor a las seis y cuarto de la tarde. En realidad, todo lo hacía a las seis y cuarto, y en realidad, todo era lo mismo.

No tenía citas que concertar, ni visitante que aguardar, ni viaje que emprender... Aunque luego se lo interrumpieran.

Se encogió de hombros. Despacio, muy despacio, comenzó a vestirse el traje manchado; su carne, ligeramente erizada, encontró la seda tibia, como si otra mujer acabara de quitárselo.

Otra mujer joven y triste como ella...

El vestido se le ajustaba al cuerpo con una insospechada precisión de medidas; sus brazos se deslizaban sin dificultad por las largas mangas engoladas, gozosas de recobrar unos brazos, ávidas de sacudirse y de estirarse.

Esbelta y fina, Bárbara dio algunos pasos.

Los espejos, empañados, deshechos en aguas muertas por el suelo, recogían presurosos su imagen, la sorbían como una dulzura nueva y vieja, como una luz, una madrugada venida después de tanta sombra.

La cola del vestido —ola pesada, ola sorda de mar en tempestad— se desenroscaba lentamente, arrasando las flores y las plumas.

Surgía de entre esa cola —ola negra, marea desencajada por la luna— un temblor de reflejos encendidos, un parpadeo de estrellas muertas, ahogadas entre el polvo, que el aire iba reanimando poco a poco...

Plata triste, oro triste: ¡A brillar de nuevo en la cola de una mujer bonita!

¡A fulgir en la cola de una mujer-cometa prolongada, alargada en la seda rumorosa!...

Y Bárbara era como una joven reina que avanzara entre una corte silenciosa. Una corte de fantasmas despertados, sorprendidos, inclinados a su paso... Entre ellos iba caminando, brillando, rutilando, Bárbara, como una joven reina fatigada.

Sobre ella clavaba el sol sus venablos de oro. Afuera, las ranas chillaban locamente, y los heliotropos marchitos enviaban un pesaroso, enervante perfume...

Probó Bárbara el destapar los frascos de cristal donde quedaba un sedimento amarillo de la antigua esencia; pero en vano sus dedos pasaron y repasaron sobre las bolas talladas en cabezas de sátiros o cortadas simplemente a bisel... Tuvo un gesto de impaciencia al golpear con el cabo de las tijeras un pomo que se quebró en sus dedos como una estrella. Un olor vago de primavera lejana se quedó mucho tiempo en el aire. Bárbara sintió dolor en la mano y la sacudió hacia lo alto, escarchada de vidrios...

Suspiró ella, y al moverse en el suspiro, su corpiño sintió que tenía dentro de él un corazón. Un corazón que latía con un rumor bien conocido, y toda la vieja tela se reanimó, se saturó de vida, de vida nueva, de nueva juventud.

Y los dobleces rígidos se fueron desbaratando uno a uno, y de entre ellos se volaban los grumos de polvo; y las cintas, tiesas de no jugar en tantos años con el viento, recobraron prestancia y agilidad, y los lazos cayeron con esa gracia de los lazos acabados de hacer, y los pájaros despertaron en los encajes, y todo el traje relució con una tersura y una flexibilidad de cosa recién usada, de cosa que no ha perdido aún el contacto humano.

Bárbara se paseaba triunfalmente por la estancia, y se animaban los fantasmas a su paso de reina que entra en país conquistado.

Eran los fantasmas del pasado, de un pasado borroso, indeciso aún entre las puntas de su sonrisa; eran los huéspedes de otra vida, surgidos imprevistamente de un cofre que se destapa...

Era la suya una corte de muertos, los dueños de aquellas cosas, que vivieron aquellas cosas, que las dejaron allí y ahora se volvían atónitos a su llamada.

Como reina joven iba ella, y el recinto se poblaba de seres vagos, de un fárrago de sueños resoñados que no querían desvanecerse, que se asían a la vida, a la palpitante cola de su vestido.

El traje de la muerta. ¡Cómo lucía en ella! ¡Nunca pudo parecer más seductor en la otra!... ¡Nunca, nunca sus pliegues cayeron con aquella gracia, ni su azul fue más violento, ni su cola rodó tan majestuosamente por la alfombra quebrada de luces de una sala de baile!...

Ella también era hermosa... No lo había sabido hasta aquel momento. Los espejos estremecidos le devolvían una imagen suya que aún no conocía. Se veía con el asombro virginal y extático de una flor que se abre sobre el agua...

Bella era, y joven y erguida. Se saludó a sí misma.

Las claridades filtradas por el techo ya no eran lluvia de fuego ni saetas de sol. Luces eran de una araña gigantesca, derramadas entre las estalactitas de los canelones sobre la alfombra de un salón de fiestas. Ella barría las luces con su cola. Las luces y las sonrisas y las miradas.

Sonrisas afectadas de las mujeres, floreciendo a través del varillaje de los abanicos; ardientes miradas de los hombres, quemándole los hombros desnudos. Todo se iba envuelto en su cola, todo volvía a salir de ella al desenvolverse a manera de ola interminable...

Las flores desteñidas tornaban a ser flores recientes, flores todavía húmedas del rocío de la noche; corolas que recuperaban su aroma perdido, que reunían sus pétalos dispersos, que se coloreaban al conjuro de un abril mágico y colgaban en guirnaldas del techo, de la puerta, de las paredes, velando su requemada desnudez.

De entre las hojas del breviario abierto salió la mariposa volando. Bárbara la vio; la vio bien cómo se posaba un instante sobre las mazorcas secas, y escapaba enseguida por el hueco de la entrada hacia el verde, hacia la luz...

Hasta el vaso incrustado con piedras de colores se llenaba de burbujas doradas; alguien venía a acercarlo a sus labios, y ella empezaba a sentir la embriaguez de un viejo vino.

Apartó el licor imaginario, lo apartó con brusquedad, con dureza casi, y creyó derramarlo sobre el vestido... Había manchas de un rojo vivo sobre la tela. Eran las manchas que antes le parecieran de sangre.

Pero ahora las manchas se veían frescas, húmedas. Eran de sangre, eran de vino...

No había vino alguno. El vaso seguía en el suelo y estaba lleno de polvo, polvo nada más. Hacía cien años que no escanciaban vino en él.

Las manchas eran de sangre, sólo que la sangre brillaba en esos momentos bermeja, viva, como acabada de verter.

Avanzó un dedo tímido sobre la mancha y lo retiró con ligereza, manchado también...

Bruscamente se arrancó del cuerpo el traje a pedazos. Tenía ya la cara, las manos, los brazos embarrados de sangre. Y era sangre nueva, sangre fresca, recién derramada...

De momento se echó a reír y se quedó riendo mucho rato, cubriéndose la boca con un jirón de tela que aún tenía en la mano.

Se había dado cuenta de que aquella sangre provenía de su misma mano, herida unos minutos antes con los fragmentos del cristal roto, del pomo de esencia astillado entre sus dedos... Eran sus mismos dedos heridos, andando y desandando por el traje, por el pelo, los que la habían asustado terriblemente...

Se reía ahora con una risa alegre y sonora, una risa de niña que acaba de descubrir alguna pequeña trampa que quisieran hacerle.

Dijo en la alta voz del que da a conocer que está en el secreto:

—Era mi sangre...

Pero al decir estas palabras, dejó de pronto de reírse. Ya no brillaba el sol por las junturas de las puertas; la tarde se había ido apagando afuera, y desaparecían en la sombra las arañas prendidas de mil luces, las saetas de oro cimbreantes, la lluvia bíblica y tremenda.

Sólo quedaban en el jardín las ranas croando tristemente.

TERCERA PARTE

*Ahora que estoy en tu poder,
apiádate de mí. Mañana, cuando
no seamos más que un poco de
arcilla..., ¿dónde encontrarás
para apiadarte las lágrimas del
penitente?*

Hafiz

Capítulo I
LA PRIMERA CARTA

Bárbara, la de los ojos de agua, la de los ojos de agua honda de estanque...
Bárbara, serena y majestuosa como una nave antigua en un mar latino.
Bárbara, luz, salmo, arco iris... ¡Amor mío!...
Bárbara: sólo decir tu nombre es ya sentir una embriaguez de vino de Grecia,
del vino amatista de las viñas sagradas de Eleusis... Encanto de tu nombre, alegría
de tu nombre, alegría de mi corazón...
Tu nombre es mío, y tus manos llenas de piedades infinitas, y tus pies, suaves
pies de gacela que el cazador no ha acosado... Míos también son tus ojos, por
donde veo pasar tus pensamientos como peces rojos en un acuario de oro... ¡Y
mías tus pestañas azulosas, y tus trenzas perfumadas, y el inclinado lirio de tu
cuello! ¡Mía toda eres —tan blanca y tan fina—, mía toda, con tu claridad y tu
dulzura, Bárbara, miel, cielo, eternidad, amor mío!...

Bárbara dejó de leer... La luz se había puesto de pronto como muy vidriada, y ella miró con angustia el sol próximo a ocultarse. En sus ávidos ojos había una imploración de planta por la luz...

Era entrado el estío, y el calor abatía sobre sus tallos las corolas de las avicuarias, que al marchitarse exhalaban un penetrante aroma, un perfume intenso y enfermizo de que se iba llenando poco a poco la tarde...

¡Mía toda, con tu claridd y tu dulzura, Bárbara, miel, cielo, eternidad, amor
mío!...

En el cielo palidecido —cara de enfermo— volaban como sonrisas de despedida gaviotas en fuga, curvo el cuerpo, arquilladas las colas... Bárbara se había reclinado en la ventana y miraba el paisaje, el único paisaje de su vida.

Y el paisaje era uno sólo, pero cambiaba a cada hora como cambia el mar, como cambian las nubes en el cielo... Los mismos elementos que lo formaban podían combinarse en él, siempre de manera distinta, al igual que se combinan en los catalejos de los niños los mismos y pocos cristales reflejados por diversos espejos.

El paisaje de aquella tarde aparecía coloreado por una luz extraña; una luz puesta por detrás de él, que lo transparentaba en vagas opalescencias, que le daba consistencia y delgadez de hoja de papel de arroz o de calcomanía traspasada a un vidrio antiguo.

Pero Bárbara no pensaba en el paisaje. Sus ojos sólo hubieran querido taladrarlo —tan delgado como era...— para encontrar más allá de él, en el espacio o en el tiempo, la razón, el destino y el misterio de una carta de amor...

La carta que llegó tarde, y por llegar tarde no debió haber llegado nunca; la carta acaso equivocadamente entregada a otra —la otra primera en la distancia, primera en la hora, primera en el amor...

La otra, la otra, a pesar de todo..., fina, blanca, con rosas en el pecho. La otra Bárbara, dormida todavía en ella misma, remisa y lánguida como siempre... Persistente en ella como la sombra del paisaje en el agua del lago, aunque la noche no la deje ver.

Y era aquélla su primera carta de amor. Sólo que la carta no se escribió para ella, ni ella sabía quién la escribiera, ni había suyo en el papel otra cosa que su nombre vivo, su nombre fresco y palpitante, como acabado de escribir... Pero el amor es un nombre, y el corazón de Bárbara, un tembloroso corazón de cierva acosada por los lebreles...

Bárbara, la de los ojos de agua, la de los ojos de agua honda de estanque...

Dios mío, ¿a quién hablaba aquel hombre, a quién decía esas palabras de amor, tibias aún, con calor de alma, de boca apasionada; palabras que se encendían en la tarde, que eran como brasas arrastradas al golpe del viento, desprendidas del fuego mantenido bajo el rescoldo?...

Las gaviotas habían formado una cruz negra sobre el cielo de cuarzo; allá abajo, entre los citisos dorados, el sol iba rodando lentamente, como un poco de vino derramado.

Bárbara, serena y majestuosa como una nave antigua en un mar latino...
Bárbara, luz, salmo, arco iris... ¡Amor mío!...

Las finas manos se habían extendido sobre el papel cubriendo las letras; pero las letras eran llamas trémulas que escapaban por entre los dedos, que crecían turbadoras, enredándose a los brazos, corriendo a lo largo de ellos hasta alcanzarle el acosado corazón.

Bárbara; sólo decir tu nombre es ya sentir una embriaguez de vino de Grecia, del vino amatista de las viñas sagradas de Eleusis...

¡Embriaguez era la suya!... ¿Qué vino de dioses le quemaba el corazón y le prendía en los labios besos muertos?

...Encanto de tu nombre, alegría de tu nombre, alegría de mi corazón...

(¿Cuál era el nombre? El nombre era siempre el suyo. ¿Cuál era el corazón?)

Tu nombre es mío, y tus manos, llenas de piedades infinitas, y tus pies, suaves pies de gacela que el cazador no ha acosado... Míos también son tus ojos, por donde veo pasar tus pensamientos como peces rojos en un acuario de oro...

Bárbara había tomado un espejo y se miraba lentamente en la redonda luna. Sus ojos eran inmensos y no tenían color alguno; el paisaje los llenaba siempre, y en aquella hora llenos estaban de la tarde, del cielo aguado; llenos del vuelo, de la fuga y del silencio...

Y los ojos querían seguir leyendo, pero no podían ya; las nubes se arremolinaban sobre el jardín; la luz vidriada se agudizaba hasta traspasar el papel, hasta traspasar las manos sobre el papel...

Colocada por delante de aquella luz, Bárbara parecía también traslúcida; y nadie hubiera podido decir qué fuego de afuera o de dentro la iluminaba. Titubeo de la doble luz en que ella era el delta pálido, la mínima confluencia...

Encendida estaba de un fuego que sus manos avivaron y que no podían ya apagar. De fuego y de luz se había vuelto, aunque se viera blanca, aunque la llama no se prendiera para ella y el corazón del amante fuera polvo perdido para su corazón...

El corazón del amante... El corazón que amó en otro verano ya remoto a la que tenía en los ojos el agua soleada de los estanques a la hora de la siesta; el corazón que en esa tarde hacía latir el suyo con un ritmo nuevo, era sólo un poco de tierra entre la tierra.

¡De tierra se había vuelto el corazón que sintió la alegría del nombre de Bárbara! De tierra de cementerio, de camino, de jardín...

Las palabras de amor estaban allí, en sus manos; pero el corazón, en cuya tibia hondura germinaron, apenas podría ser ya para ella un matiz nuevo en el lirio de ayer, una desconocida dulzura en la fruta de mañana...

¡Qué poco o qué nada! Todo estaba perdido; miró de nuevo el retrato de aquel amante imposible, y le pareció que hasta el aire deshacía entre sus dedos la expresión infantil y melancólica de los ojos.

Capítulo II
EL AMOR DE LOS MUERTOS

Algunas cartas tienen fechas extrañas y hablan de sucesos que parecen muy lejanos; otras se refieren a cosas que ella no entiende bien.

Sólo se le deja adivinar el lugar, que teme conocer demasiado... El que escribe las cartas es el muchacho del fleco pálido sobre los ojos, el del retrato dedicado con una fina letra inglesa, la misma de las cartas donde olvida o no cree necesario poner su nombre.

Ella es la figura más borrosa, la más difícil de identificar... Sin embargo, a veces, por las frases entrecortadas que él le copia en sus epístolas y por sus mismas descripciones, quizás demasiado apasionadas, se cree adivinarla como en un sesgo fugaz, como en un poco de sol tamizado por una vidriera gótica, pasando lentamente, muy fina, muy señorial, muy grave... Un poco misteriosa acaso.

Las primeras cartas, suntuosas y poemáticas, parecen más bien salmos paganos, cánticos a una rediviva sulamita. Aún la amada se ve envuelta en una rosada neblina de aurora... Aún no se materializan los pliegues de su vestido, y retiene en la frente el oro de los dioses. Aún no se piensa en besos, o por lo menos no se habla de ellos, y sólo la unción las caldea como una llama solitaria.

Un gran amor, un extraño amor vive en todas estas cartas amarillas; ha quedado vivo en ellas cuando todo entró en la muerte. El amor quedó atrás; tan grande era y obstinado.

La muerte no pudo llevárselo, y él triunfó de la muerte, de la tierra y del tiempo. Triunfó de la muerte como había triunfado de la vida. Y allí estaba vivo, tibio aún, como si lo siguiera manteniendo una corriente de sangre joven no agotada, un vibrante hormigueo de células escapadas por los resquicios de la tumba.

Bárbara tenía miedo de aquel amor. Lo sentía conturbada de hallar entre sus manos lo que no era más que un despojo hecho a la muerte.

Por un milagro de la estación florida, este amor volvía a vivir entre sus dedos tibios, junto a su joven corazón acogedor.

Volvía a vivir; el aire se llenaba de vibraciones nuevas; las palabras se animaban al temblar entre los dedos finos que eran hermanos de otros finos dedos, con parentesco de pétalos de una misma flor.

Y ella asistía anhelante al reflorecer de aquel amor tardío, a la resurrección de aquel amor extraño y doloroso, sobre su mismo jardín, sobre su misma tristeza... Extraño y doloroso amor el amor de un muerto...

Bárbara, miel, cielo, eternidad, amor mío...

Bárbara... ¿Quién era Bárbara?

Siempre había creído que Bárbara era ella...

¿Quién era la otra así llamada? Tan parecida a ella, que había que decir, por no tener color sus ojos, que eran como las aguas del estanque...

Y, ¿de qué estanque?...

En su jardín hay un estanque...

Hay muchos jardines en el mundo, hay muchos estanques en los jardines...

Y ojos... ¿Habrá muchos sin color y sin reflejo? ¿Los habría ya en otro tiempo?

¿Estaría cierto el que así escribió, que los ojos eran de veras, como el agua del estanque?...

Hay cartas que no tienen fecha, ni lugar, ni firma; pero todas tienen amor —aun las más sombrías—. Ahora el amor es de ella.

Puede hacer con él lo que quiera: tirarlo al viento, como la otra tarde...; besarlo un momento..., como la otra tarde...

¿Lo besó aquella tarde? ¿Qué cosa besó ella? ¿Acaso este desteñido retrato de un muerto?

¿Lo besaría entonces así?...

Y ella posa sus labios —mariposas fatigadas— sobre la cartulina, y los labios se van apretando lentamente. ¿Esto es un beso?

A Bárbara, las tardes se le llenan de amor...

Tuvo amor antes que amante. ¿Y acaso no es así siempre?

Las hojas de papel deben de estar en hechizo.

Ella se siente hechizada, como si le hubieran dado a beber zumo de mandrágoras recogidas a la luna llena, junto a las tapias del cementerio.

Bárbara está hechizada: tiene los ojos más turbios y las manos más frías.

Hay maleficio en las cartas... Estas viejas cartas que le traen el legado de amor de un muerto, un legado de amor que Bárbara no sabe qué hacer con él... ¿Lo dará al viento, o lo dará al mar?... (Que no lo dé a su corazón...)

El amor de los muertos es muy triste. Por mucho que se hable del amor de las almas; lo cierto es que el amor necesita siempre un cuerpo, aun el amor más puro.

El amor del hijo se agudiza, se representa siempre —quizás por eso mismo— en la fase en que el pequeño objeto de amor es sólo un muñeco apto para recibir caricias y cuidados, una materia gruesa y sonrosada, sin pensamiento, sin sentimientos; que más tarde, al surgir, a pesar de que anuncian la presencia del espíritu en esa materia amada por sí misma hasta ese instante, resultan muchas veces los que comienzan a alejar...

El amor a la Divinidad, que es el culto a lo que es o debe ser esencialmente espíritu, tiende también a materializar, a dar cuerpo en el ídolo, en el templo, en el nombre... Es el único modo que tenemos de sentirnos cerca de lo que adoramos.

Para ello hemos inventado el altar, accesible a nuestra oración, que acaso no tenga alas para volar más lejos.

Si no fuera por la dócil, por la humilde, por la incomprendida materia, ¡cómo íbamos a sentir el vértigo de lo abstracto, de lo infinito!...

La humanidad tiene miedo del vacío —abstraer es hacer vacío—, de las cosas que no puede definir, medir y tocar. Y lo que no toca ni mide le parece que está vacío.

La humanidad necesita el cuerpo siempre, y no puede idealizar de un modo absoluto.

La humanidad tiene miedo de lo abstracto, y las religiones demasiado inmateriales perecen por serlo. No se nos quite el icono. La fe es bella, pero se ayuda con las sedas recamadas —que también son bellas—, con los perfumes quemados, con los oros trémulos, con la música emotiva, con todo lo que es fiesta, gracia y vida de los sentidos.

La rosa no es el perfume; es la rosa misma, porque en la rosa hace pensar el perfume aún desprendido de su corola. El amor es una energía —un perfume—, pero el punto de proyección es siempre material: amante, amado. Y no hay luz sin lámpara, ni perfume de rosa sin rosa. Por eso el amor de los muertos es triste y dura poco. Faltan las manos que oprimir, la frente que besar. Nadie querría el amor de un muerto, aunque este muerto haya dejado tras sí un gran amor.

¿Cómo es posible que los padres, teniendo hijos vivos, amen a los hijos muertos?

A un muerto no puede amarlo ni una madre, y si lo ama es porque lo ama en el vivo que se quedó recordándolo o en el que vino luego, como si fuera el mismo ausente que regresa después de salir un rato...

No hay que amar a los muertos. Y, sin embargo, ella, que no es madre, que no es novia, que no es nada, tiene que rebelarse contra la obscura piedad —amor incipiente— que la invade, a pesar de ella misma, por aquel muerto cuyo amor nadie querría.

Las primeras hojas secas entran por la ventana.

Allá abajo, el jardín enmudece en los pájaros y en el viento. Una sombra pasa estremecida por la arboleda... El jardín, paralizado y solemne, espera algo, echado a los pies de Bárbara, súbitamente humilde y amansado con la insólita mansedumbre de los leones que lamían las plantas de las vírgenes cristianas; enternecimiento de león que olfatea el milagro...

Bárbara recoge las cartas con gesto fatigado. El adolescente la mira a través de sus ojos borrosos, que ella pierde poco a poco en la luz...

Los ojos son ya dos puntos en un papel; menos que dos rosas en la tarde.

Bárbara quisiera llorar, pero tiene los ojos más secos que las hojas. Y para distraerse va pasando las cartas de una mano a otra...

Nada hay —ni ojos, ni labios, ni corazón—. Los ojos color del viento se fueron al viento, y sólo han quedado estas cartas de amor que su dueña olvidó en una caja, sorprendida por algún viaje precipitado, por alguna imprevista catástrofe... Acaso por la Muerte. Las cartas sólo son una historia de amor inconexa, que ya ella no puede reconstruir, interrumpida por el destino; rota a tramos, con vacíos obscuros, con letras desaparecidas, letras que el tiempo ha borrado en su afán de borrarlo todo.

Y Bárbara se encuentra en esta suave tarde de fines del verano, próxima a los veinte años de su vida, con que no sabe qué hacer de unas palabras de amor dichas en otro siglo.

Hará un sueño turbio y borroso, para soñarlo en las noches largas de su casa...

Hará un sueño tan grande que se parezca al mundo, que sea como un mundo donde ella entrará con pie tembloroso y de donde tal vez no pueda ya salir nunca... Un sueño hará del amor encontrado de pronto entre las manos, un amor viejo, obscuro y tormentoso que vuelve...

Es de noche ya. ¿Qué es lo que vuelve? ¿Qué es lo que entra arremolinado por la ventana con todo el perfume de las primaveras muertas caídas sobre la tierra?

¿Es el amor, el viejo amor volviendo?

Ella ha muerto, ella ha muerto... Ella no es ella...

Tampoco es el amor. Son las hojas secas... ¡Ay, tus ojos color del viento!...

Bárbara dormita sobre las cartas y las hojas.

Sólo lo amarillo ha de ser suyo... Lo amarillo nada más; las cartas viejas, las que no se escribieron para ella; las hojas de la estación triste —las que caen— y las manos que se cruzan sobre el pecho...

No es que los padres no amen a sus hijos muertos... Ella no ha querido decir eso... ¡Quién va a saberlo mejor que su corazón!... Ella dice que se aman o deben amarse a los muertos en los vivos...

Todo el mundo quiere saber lo que ama; nadie quiere tener su amor disperso...

Una infinita tristeza va caminando con la noche...

El amor de los muertos.

Capítulo III
LA CARTA MÁS TRISTE

Hay un árbol que da la muerte con el sueño, envuelta en sombra y perfume. Muerte vestida de sombras y de fragancias que da un árbol. Muerte fresca y exquisita como el roce de una hoja verde en la cara; roce, sueño de muerte, sueño de amor...

Las cartas desprenden un letal perfume de amor y de muerte. Las cartas dan la muerte vestida de amor.

Hay muerte en las cartas; hay hechizo y veneno en las cartas. Bárbara se está envenenando con la palabra amarilla que nadie pronuncia ya.

Las palabras amarillas, las palabras de amor dichas a una mujer muerta hace tantos años, vuelven a sonar en sus oídos, vuelven a pasar ante sus ojos infinitamente abiertos..., vuelven a ella en una dolorosa y extraña exhumación.

Bárbara las miraba, las palpaba con sus dedos, sentía en sus dedos, penetrándole por ellos, el frío de las cosas idas, de las cosas que pertenecen a la tierra y se obstinan o nos obstinamos en hacer nuestras, en mantener apretadas sobre el calor de nuestro pecho.

Había como un sabor nuevo, como una desconocida y misteriosa voluptuosidad en saber que la mujer que pudo inspirar estas cosas había llegado a ser un cadáver, eso terrible con la muerte dentro, eso tan desesperadamente amado y desechado que es un cadáver; aquella mujer se había corrompido, se había desbaratado en el polvo, y aquellos ojos color del viento y del agua, aquellos ojos por los cuales él hubiera sido grande y suntuoso como los antiguos profetas, no eran ya más que dos agujeros llenos de tierra.

El mismo amor ya no era nada. Y, sin embargo, ella sentía en el aire, en el ambiente, en torno a su centro, que todo aquello vivía suelto, disperso en los días, agitándose obscuro y desolado.

Percibía voces confusas, palabras cuyo sentido se le escapaban; le surgían al paso imágenes entrevistas en sueños, y a veces tenía miedo de moverse para no despertar a los que dormían junto a ella..., dentro de ella quizás...

Y así fue como el amor —fantasma que se quedó rezagado en el cortejo de la Muerte— no la aguardó en vano, emboscado año tras año en el recodo de su senda. No la aguardó en vano. Y le salía de pronto al paso, tendiéndole las manos nunca cansadas de implorar, acercándole su boca desdentada de muerto...

Ella sintió que retrocedía en su vida, que la suspendían en el vacío y la volvían, saltando bruscamente por un río de tiempo, hacia un ribazo desconocido o dejado atrás en una época remota.

El amor volvía, ella volvía también, y se encontraban...

El uno se estiraba apresurándose; la otra se retardaba deteniéndose, y se alcanzaban los dos en un inaudito choque obscuro, un sordo choque de la Vida con la Muerte...

Extraño desplazamiento de las almas... Repetición inconsciente de seres y de cosas, de vivir los mismos días, las mismas palabras, las mismas tristezas que otros han vivido ya...

Nada nos pertenece, nada es nuestro de un modo absoluto y original.

Ni nuestro amor, ni nuestro dolor, ni nuestra alegría. Vivimos de lo que nos dejan los muertos, ocupamos el sitio que ellos han tenido que dejarnos; nada tenemos que ellos no hayan tenido antes; les copiamos hasta las facciones y los nombres.

Hastía este remedo vacuo de los que nos precedieron, y a veces parece como si robáramos a los muertos. Y fuera bello probar una cosa —amor u odio— que ellos no hubieran conocido, que no hubiera pasado antes por una interminable filtración de corazones sobre corazones podridos... Pero no podemos escapar de los muertos. No podemos...

Ellos nos cogen de la mano en la tiniebla de las noches; ellos nos dejan en la mano la ración de penas y alborozos de cada día: la cotidiana provisión que no se renueva ni se gasta nunca.

Nuestras emociones son como ropas de difuntos: a veces nos vienen cortas y a veces nos vienen largas... Pero nos las vamos poniendo y nos las vamos pasando de unos a otros con esta humildad, con esta paciencia, con esta mansedumbre atroz que es vivir.

La tierra es nuestro común patrimonio. ¿Nuestro?... ¡Qué falacia!... Más bien somos nosotros, muertos y vivos, el patrimonio común y confundido de la tierra.

Somos los prisioneros de la tierra. Ella nos deja salir para airearnos un poco y tomar el sol... Pero nos recoge de nuevo, nos guarda pronto, como si pudiéramos escapar.

Y ella sabe bien que no hay escapatoria posible, y si nos vuelve a ella, es porque nos necesita para alimento suyo.

Ella crece a nuestras expensas, ya lo dijeron los sabios; cada capa de tierra, ¿qué es, sino un sedimento de otra vida, de otra humanidad que pasó?... Ingenuos nosotros, que nos creíamos arriba de la tierra, cuando es ella la que se empina desde hace miles de años sobre nosotros mismos. Ingenuos los que creimos vivir por arrancarle el fruto duro, cuando tenemos que morir para que nos chupe ella la sangre...

Y como cosa suya, así la amamos...

¿Quién no ha sentido alguna vez el nexo que le ata a la tierra y ese extraño sentimiento que será tal vez su derivado, y que podríamos llamar la solidaridad con la tierra?

El instinto de solidaridad, que unió por la semejanza las tribus primitivas, nos une también por la semejanza, y por lo que haya de común entre ambos, con las cosas más bajas y más obscuras.

El creyente, en el ardor de su fe y de su amor, se regocija acaso de descubrirle al ídolo el relleno de barro... Es la materialización salvadora, y él sabe que por ahí es por donde está verdaderamente unido a su ídolo... Es lo único que puede haber de común entre él y su dios, y por el barro lo alcanza más que por el amor y por la fe.

¡Ah, la voluptuosidad de encontrar flaquezas en los que hemos amado mucho!... En los que pusimos tan alto, que los hicimos casi inaccesibles a nuestro amor. Voluptuosidad, amargo deleite que nos devuelve tranquilidad al corazón, porque aquel a quien creíamos adeudar, está en deuda con nosotros.

¡Y cómo atan estas deudas encontradas! ¡Y cómo unen por lo hondo aquello que no pudo unirse por lo alto!

La raíz es bella. Y es fuerte.

La flor es lo que se mustia, lo que se pierde; el ala es lo que se va.

Somos de la tierra y la amamos. Nos reconocemos en ella, nos amamos en ella. Cada hombre que cae es un índice que nos apunta, al inclinarse, la meta obligada de todos los caminos.

Pertenecemos a la tierra. La tierra es la madre terrible, la madre natural, la insaciable devoradora de sus propios hijos.

La tierra es la madre prolífica, fecunda, incansable, la madre perennemente horizontal recibiendo la simiente de la vida que son los muertos, pariendo los renuevos de la muerte que son los vivos.

La tierra. La tierra como la tierra del jardín... ¿El jardín? ¡Ah sí, el jardín! Ahí se está recordando su primavera.

Tiene todavía yemas verdes en el extremo de los tallos y agua limpia, recién cambiada, en la acequia cantadora.

¿Quién hablaba de los muertos? Vamos a leer una carta de amor. Una que diga así:

¿Recuerdas la otra tarde, Bárbara, cuando con la punta de marfil de tu sombrilla escarbabas la tierra del jardín?

Todo lo que tú haces tiene el don de interesarme más que nada en el mundo... Te pregunté la gracia de aquel juego, y tú alzaste los ojos y me miraste un momento...

—¿Qué es lo que buscas en el fango? —volví a preguntarte sonriendo, y tú me contestaste sonriendo también, porque tú sonríes siempre:

—Busco tu corazón... Pruebo a ver si encuentro tu corazón, que se me ha perdido...

Y seguiste escarbando con la punta de marfil de tu sombrilla...

Tal vez ya tú olvidaste el episodio; yo, no; yo no olvido nada, y, lo que es más grave, no te dejo olvidar... Como me dices riendo tantas veces...

Aún estás ante mis ojos como estabas entonces, con tu lindo sombrero de campesina, tu sombrero de paja prendido de espigas, tu sombrilla de encajes, tu vestido de vuelos un poco manchado de tierra... Y tu sonrisa larga, larga..., misteriosa, indefinida...

El sol te daba de frente y te volvía dorada... Había humo en los tejados de la aldea... ¿Recuerdas? Tú eras dulce como la miel aún no gustada, y yo te amaba apasionadamente... Pero ahora caigo en cuenta de que te estoy hablando como si esto hubiera acontecido en una época muy lejana, o como si nos hubiéramos separado por una pavorosa distancia.

No, no... Esto ha sido ayer, anteayer a lo sumo... ¿Verdad? Anteayer, viernes, 4 de marzo; hoy es 6, y domingo...

He tenido miedo de pronto... No sé, no me hagas caso... También tuve miedo esa tarde... ¿Miedo? ¿De qué? No sé; te digo que no sé nada... Tal vez de que de veras fueras a encontrar mi corazón entre el fango...

¿Por qué dijiste eso? Pero no, no te pregunto nada... Me ibas a contestar con otra pregunta, o al menos te daría el derecho de hacerme otra pregunta —la que no quiero que me hagas.— ¿Y tú? ¿Por qué has tenido miedo?... El miedo es así; no se sabe por qué se tiene, carece de razón y de lógica —cosa terrible para ti, que te mueres por razonarlo todo...

Pero ¿qué voy yo diciendo? ¡Si te estoy contestando lo que no quería que me preguntaras, lo que no me has preguntado todavía y que siento, presiento encerrándote toda en un interminable arco de interrogación!

Y es que tampoco te contesto a ti, sino más bien a mí mismo, que me he quedado pensativo desde que al oírte decir que buscabas mi corazón entre la tierra me pareció, temí verlo un instante bajo la punta de tu sombrilla..., roto y ensangrentado entre la tierra...

Sin embargo, yo te digo ahora a mi vez: Tú, que amas tanto la pureza y me hablas del lirio que mereció ser comparado al Maestro; tú, obsesionada de blancura, enferma de blancura, cuando tocas las corolas blancas y te recreas aspirando su perfume..., ¿has pensado alguna vez que todo viene de un nudo negro que se clava a la tierra, que se come la misma comida de los gusanos? No; yo sé que tú no piensas en eso, pero te ocupas en recoger las flores que te son bellas y gratas y que responden a tu ideal de belleza, aun viniendo de donde hayan venido...

La otra tarde buscaste mi corazón entre la tierra, y yo te digo, Bárbara, y te lo digo tal vez demasiado emocionado, que en la tierra o en el cielo, en tu mano o en el fango, mi corazón ha sido siempre para ti...

Capítulo IV
ALGUNAS CARTAS

He leído tu carta esta mañana, la primera del otoño. Había paz y silencio en la casa. El corazón te tuvo muy de cerca.

Antes de leer tus cartas, domino mi impaciencia unos minutos para mirarlas, para observar los trazos finos, nerviosos, un poco irregulares, de tu mano.

Son como las nirvaciones de una hoja seca guardada entre las páginas de un libro.

Dicen más cosas de las que dejan leer; cosas que no se leen, que se gustan con los sentidos aplicados finamente y por entero a ellas.

Tus «aes» son exquisitas; se abren como rosas, se abren como si quisieran verter en el papel toda la emoción con que se escribieron; tus «erres», en cambio, son adustas, inquietantes como un ceño fruncido... (Las dos rayas verticales que se te marcan en el entrecejo...)

Alargadas, resaltadas son tus «eles»; parece que se empinan sobre el papel para ver de más cerca los ojos del que lee...

¡Qué encanto el de tu escritura ágil, entretejida, finísima, cuando me trae la huella de tu mano, cuando se me extiende sobre el blanco papel como un encaje negro!...

Mira cómo una carta tuya me proporciona goces que tú no has previsto, goces que no están sólo en el sentido de tus palabras, sino en tus palabras mismas; tus palabras en su forma escrita, en su grácil cuerpo de tinta, que me endulzan los ojos primero que el corazón...

Yo gozo de tus cartas como tú misma, que las creas, no puedes imaginarlo; las he gozado con el alma y con el cuerpo. No es sólo, no, el placer espiritual —tan intenso— del intercambio emotivo, del recorrido de inteligencia a inteligencia; no es sólo eso; es el pequeño placer, los mil pequeños placeres ciertamente físicos que acompañan a una carta tuya, y que yo sé captar con esta hiperestesia de mis sentidos de enfermo, traduciéndolos para mí, en el ligero ruido del sobre al rasgarse —que es ya como un mimo de mi oído—, en el frote sensual casi de las yemas de los dedos sobre el papel de Holanda, aterciopelado y frío como tu piel; en el deslizar del dedo sobre la trama azulosa de tu escritura, que tan bien recuerda la de las venas de tus sienes...

¡Y el olor, el olor obscuro y húmedo de tu carta, olor a jaramago, a líquenes de pozo, a resina de árbol cortado, como si para llegar a mí hubiera tenido que atravesar toda una selva!...

No sé de deleite del corazón, de la inteligencia o de los sentidos que yo no haya encontrado —y más aún: conocido— en una carta tuya...

Y no sé cómo pueden resumirse o extractarse tantas cosas en este pequeño cuadrado blanco que vibra en mi mano y que vanamente quiere robarme el viento de septiembre.

Yo no te hablo de lo que dentro me dices; yo no contesto tu carta; la acaricio, la adoro.

¿Qué podré yo decirte de lo demás que ya tú no sepas o esperes? Mi amor no tiene más que un camino hacia ti... ¡Y es tan sencillo!... Si tu carta trae órdenes, nada tengo que hacer sino cumplirlas; si son razones, admitirlas; si son tristezas, unirlas a mis tristezas...

En tanto es mía la delicia de tu carta y nada hago con ella, ni siquiera lo que tú hiciste con la mía última: «un barquito para hacer viajar tu melancolía»...

Mucho buscó Bárbara la hoja que faltaba a esta misiva, rota de por mitad en una rígida, nerviosa rasgadura... Pero buscó inútilmente y se quedó sin conocer el final de ella y sin saber también por qué se había castigado así una epístola tan gentil, la más gentil, la más serena de todas acaso.

Había acabado por acomodar sus sentimientos a estas interrupciones, a estas incoherencias, a esta corriente que se le detenía de pronto, y de pronto se le agolpaba derramándose...

Unas veces, las hojas faltaban o aparecían arrugadas, como estrujadas mucho tiempo en el hueco de una mano. A menudo el papel se hacía polvo al primer roce de sus dedos... Y siempre las cartas aquellas, colocadas en el fondo de una caja, se desdoblaban llenas ya de agujeros, comidas por los insectos, infatigables devoradores de palabras tiernas y viejas dulzuras... Cuando no era la trama la que le faltaba en un hilo roto de renglón, en una vuelta confusa, era la sucesión de tiempo que se extraviaba en un largo y obscuro desvarío de cosas idas o presentidas, sin presente ni futuro, y ella era entonces la que tenía que suplir con su emoción nueva los pedazos de emoción vieja que se habían perdido, o pasar de largo, renunciando a reconstruir el paisaje cortado, la interrumpida ternura...

Y en este ceñir y desceñir de frases y recuerdos, Bárbara prueba el titubeo del amor, la prolongación de la espera indefinida. Prueba el encanto de alargar una fecha, de posponer una confidencia...

¡Inicio de un amor, lo más dulce, lo más bello de la Vida!

¿Sabrá Bárbara que el amor es más dulce en sus extremos? Cuando empieza y cuando acaba...

¿Qué sabrá Bárbara del amor?

¡Qué sabrá nadie del amor!...

Para ella, el amor es un nombre... ¡Ni un nombre siquiera, porque el nombre se lo comió la polilla hace mucho tiempo!...

¡El bello nombre sirvió para engordar el cuerpo de un gusano!...

El amor para ella es un perfume, el rastro de un perfume, la sombra amarilla que deja en el pomo la esencia evaporada...

Para ella, el amor es un perfume; mejor aún, el deseo de un perfume: deseo, nostalgia tal vez; el gesto instintivo que nos hace inclinar sobre una rosa.

Un perfume. Una vez ella pensó que él sería como un huerto cerrado... Y ¡qué fácil es ya imaginar este huerto, verlo trillado de senderos, con mariposas volanderas, con hilos de agua entreperdidos por la olorosa hojarasca!...

¡Huerto cerrado!... Y ella hubiera podido estar dentro...

Dentro de él, los caminos de la tierra y los caminos del mar ya hubieran podido borrarse para ella...

Porque sus ojos serían dulces y sus manos serían trémulas al escribir palabras de amor; nada más que por eso, nada más que por eso...

¿Qué más debió haber necesitado la que tuvo esas palabras, la que vio llorar esos ojos?...

¿Qué pie que reposa en cojín blando, no reposa siempre?

¡Pie de loco será si tienta la fuga!...

El nudo, si es de seda, nadie —por ser tan débil— querría romperlo...

¡Ah, si ella hubiera sido la otra!... Si pudiera empujarla, echarla atrás entre los bastidores del tiempo, suplantarla en su mismo escenario... Ponerse sus ojos, su gracia, su emoción, como se había puesto sus vestidos... Llevar entonces como llevaba ahora esa misma crucecita atada al cuello, y una sonrisa, más fina aún, sobre los labios.

Nada más necesitaba para ser como la dueña de las cartas; ella lo sabía bien. Tenía el dejo lánguido y ligero —tal vez un poco menos ligero...—, y el mismo corazón que ella tendría, remiso a veces y a veces impetuoso...

Si ahora él pudiera llegar de súbito, no se percataría del cambio, y la amaría igualmente, infinitamente, apasionadamente, como había dicho.

Si él pudiera llegar de súbito, le tomaría las manos sonriendo y le diría su nombre, el nombre de ella, el nombre de las dos...

Y aún creería que ella había estado allí esperándolo —esperándolo siempre—, con su última carta todavía entre las manos, adornada con la cruz que a él le era grato oprimir entre sus dedos.

Si algo de amor faltó en la otra, ella lo repondría ahora con premura, con larqueza; por el rictus de impaciencia, por el gesto de distracción que alguna vez esbozaría aquella mujer fina, nerviosa y huidiza, ella sería toda una ofrenda; por la palabra dura que acaso escapó un día de los labios fatigados de besar, ella haría correr de los suyos, frescos y puros, un largo río de miel...

¡Ah, si le fuera dable rehacer las cosas, volverlas al punto en que pudieron desviarse!... Y continuarlas luego, y concluirlas ya entonces bellas, armoniosas, perfectas...

¡Y ella misma! Y ella sola.

¿Qué impulso faltó a aquel amor de hombre, qué impulso para seguir viviendo, para alcanzar esta otra corriente de amor vivo, que ya iba ciega y predestinada hacia él?...

Él, pero ¿quién era él? Armando, o Alfredo, o Alberto... Era lo mismo.

Un nombre, un perfume... ¿Qué más es el amor?...

Ésta es una carta cortés, la más seria que te he escrito, y su lectura no turbará el agua dormida de tus ojos.

Es una carta para darte las gracias nada más por la premura que has tomado en complacerme en un deseo absurdo como todos los míos.

Cuando tú eres dócil —y no lo eres a menudo—, es como si aún pudieras adornarte de una gracia más, una gracia nueva y deliciosa que me hace sentir intensamente esta alegría de amarte. Dócil me pareces más joven, más niña, más mía quizás... *Dócil, y sin perder por ello tu prestigio señorial de siempre, eres como una reina niña, como una tierna reinecita de Pragmática, con los ojos pudorosos, con el perfil dibujándose sobre un cortinaje historiado, con las cándidas manos recogidas sobre una esfera de oro, al modo de los cuadros de Carolsfield.*

Entonces es cuando tu belleza un poco mustia se me esponja de imprevistas frescuras, y cuando tu serenidad un tanto fría se me torna franciscana...

¡Qué bella eres humilde y llevando hasta la humildad tus maneras aristocráticas, tus sonrisas que instintivamente hay que acoger como dispensadas mercedes!...

Nadie sabría como tú en esos momentos armonizar la obediencia sonreída para que no parezca esforzada, con la dignidad inteligente, que puede serlo sin apelar al desdén. Nadie tiene ese tacto, que parece tan natural en ti, de otorgar, de complacer con sencillez y con largueza, sin por ello extinguir el deseo que suavizas, sin dejar de mantener siempre vivo el afán, el interés por tu persona, por todo lo tuyo, que alcanza a lo que te rodea...

Pero dije que te iba a escribir una carta seria, y ya tú estarás pensando que pruebo a hacerte tentadora la obediencia, movido por solapados intereses particulares... Y ¡líbrenme tus ojos de poner en entredicho la alegría de mi corazón, que nada se propone, que nada necesita tampoco para serlo, pues tiene y le basta el saber que eres tan bella..., el pensar que no sé aún el color de tus ojos y ya puedo vivir y morir por ellos!...

— Es — ¿no lo comprendes? — la alegría de mi corazón adueñándose del tuyo, que busca en todos los minutos una justificación más a su locura.

Pero ¿será que no sé escribir una carta cortés, amada mía? Yo quería hacer una carta verdaderamente elegante, y sólo te envío unos párrafos inconexos y apasionados...

Estoy condenando tu buen gusto a la exclusiva del género inflamado, que, según parece, es el único que sé cultivar...

Debo poner ritmo a mi arrebato, como me aconsejaste la otra noche... Y no te diré más, sino que esta mañana, cuando pasé por tu casa — no para verte a ti, sino para ver sólo las flores que tú cuidas—, encontré muchos hombres con blusas azules manchadas de yeso, que estaban levantando las tapias de tu jardín.

¡Huerto cerrado va a ser ahora, con todo el místico perfume de las Escrituras!...

Sentí una alegría infantil — tú hubieras gozado y reído de verme— apoderándome, con estas manos de colegial que tú dices, de la cuchara y del balde, manejándolo todo muy diestramente y colocando por mi cuenta los ladrillos, altos, ¡más altos cada vez!...

¡Qué blanca me pareció la cal, y qué pura! Pureza ardiente y blanca, áspera y deslumbrante, hermana de tu pureza... Y ¡qué decir del cemento humilde y obscuro, pero fuerte como para contener la avalancha de la vida en los umbrales de tu casa!...

Cuando pasen los años y otros enamorados se paseen junto a esas tapias de tu jardín, que yo he querido más altas —ya entonces gastadas y verdosas—, no sabrán que de cada grano de arena que sujeta la piedra brota el ansia ardiente y sofocada con que yo quise sujetarte, que cada juntura honda del ladrillo rezume la apasionada obstinación que yo puse en tu vida, el desvelado afán de todos mis días de guardarte, de guardarte... Todo esto violento y atormentado, febril y angustioso, que soy yo mismo, y que aunque no lo sepan ni lo entiendan, se les irá hasta el fondo del corazón para fortalecerlos en la hora del desencanto y la fatiga, en la inesperada hora de la primera palabra impaciente, del gesto distraído, de la fecha olvidada... Allí estará entonces para reconfortarlos y traspasarlos de una imprevista savia desconocida, que sentirán de pronto borbotar por dentro, ante el asombro vago de ellos mismos... Y gracias a ti, gracias a ti...

Gracias también a ti he sentido hoy como si estrenara una alegría. Esta alegría, nuevo deleite, extraña voluptuosidad, que todo eso ha sido para mí cercar tu casa, amada mía...

Capítulo V
PEDAZOS DE CARTAS ROTAS

Bárbara ha recogido los pedazos de algunas cartas rotas y los va clavando con alfileres sobre el peluche azul que cubre la mesa. Cortado el vuelo, quedan allí sujetos al tedio de las horas, como si fueran mariposas muertas.

Hay mariposas desteñidas, y otras repiten el color de sus hermanas; pero todas dejan adivinar la selva obscura que un día traspasaron con sus alas, aquellas alas de papel tan leves, cargadas, sin embargo, de tempestad...

Bárbara las clava al azar, y al azar va leyendo su historia torva y monótona, con párrafos cambiados y lagunas que nadie podría llenar ya nunca, por donde el corazón salta de prisa con miedo de caer o de perderse...

¿Qué dicen los pedazos de estas cartas? Nada, sino el amor de alguien que amó. Allí está todo su amor temblando apenas en unas hojas de papel rasgado.

Y Bárbara lee en esta clara tarde de septiembre, asiste silenciosa a este lento desangrar de alma, mientras las mariposas vivas vuelan fuera.

Yo te escondería como el que lo ha cometido esconde un crimen; yo recogería toda huella tuya, todo hilo perdido capaz de conducir a ti; yo pondría en rezumarte al fondo de mi alma la misma fuerza, el mismo afán con que se ahonda un remordimiento.

Mi inquietud es la inquietud de Caín huyendo del ojo de Dios.

No sé dónde esconderme contigo; no sé por qué resquicio, por qué puerta mal cerrada, me van a sorprender lo que he hecho mío; mío como un tesoro, como un remordimiento, como un pecado, como un dolor...

...y déjame espigar en todos tus pensamientos del día y en todos tus sueños de la noche; déjame recogerlos sin perder uno solo, y dime que tú también conoces esta ansiedad, esta sed, esta fiebre de mi corazón...

...pues si la Muerte pudiera sujetarte más que la Vida, yo moriría en este momento para que mi muerte pesara en tu vida como una losa de tumba y ya no te pudieras mover más, ni sonreír a tus palomas, ni escapárteme en las alas de las palomas ni en las alas de las sonrisas... ¡Y te quedaras conmigo para siempre!...

...dame esa cinta que han tocado tus manos... Dame esa estrella que han mirado tus ojos.

Con la cinta voy a sujetar la vida que se me va, tus ojos que se me quedan...

Con la estrella voy a hacer un signo para marcar en el cielo o en la tierra el lugar de tu primer beso...

Quisiera irme apoderando de ti de tal modo que, absorbida, bebida toda, no quedara de ti gota alguna para la sed de nadie...

...y yo te quisiera esclava, amarrada a mí, necesitada de mí con esta necesidad, con esta hambre, con esta miseria con que yo necesito de ti. Miserable y pobre te quisiera, despojada de todo lo que es mérito y prestigio en ti, para que nada tuvieras, supieras o esperaras más que a mí... No te comparto ni con los ángeles del cielo.

No levantes los ojos... Está bien, no añadiré más dislates a esta carta; bella, fina mujer, que sabes hacer la sensatez tan deliciosa... Ella, tan larga como es, no te dejará comprender nunca cómo la sola idea de que algo ajeno a mí te distraiga, te alegre o te entristezca es ya bastante para que me sienta lleno de amargura el corazón...

La Vida o la Muerte, si tienes que darlas, dámelas a mí.

Para nadie más han de ser, porque nadie tiene derecho a tu amor o a tu odio — ni yo mismo... —; pero sólo yo puedo tomarlo.

Me encontrarás siempre cerca, siempre fijo y fiel para tu odio o para tu amor. Para lo que tú quieras.

Sumiso a la Muerte, si tienes muerte en la mano... Igual, si tienes la Vida.

Nada necesitas buscar fuera de mí, porque yo te lo ofrezco todo: lo que hay de bueno y de malo en mí. Y de todo hay mucho.

Mayor rendición no tendrás nunca; yo tengo la humildad, que puede hasta arrastrarse, del esclavo. Y tengo, tengo también la fiereza de los reyes antiguos, omnímodos y crueles... Seré lo que tú quieras.

Por ti, todo me es fácil y sencillo; nada extraordinario hago haciéndolo en tu nombre. Contigo la Vida se me aclara y no tengo miedo de nada, ni siquiera de la Muerte — tan cerca que me ronda... —, porque contigo es tan fácil vivir como morir.

Sólo tú eres precisa, indispensable, imperiosa, y fuera de ti no deseo, no comprendo, no entiendo ni sé nada...

Por eso verás si tengo que andar sobresaltado, si es locura imaginar abismos sin fondo, muros que lleguen al cielo para guardarte.

Y así te guardaré, amada mía; pues que no lo hay, seré yo el muro, yo seré el arca segura...

Y ¡qué dulce cosa es guardarte, tenerte como un perfume raro, como una planta exquisita, como una joya sagrada!

¿A dónde iré a esconderme con mi tesoro?... ¿Cómo podré hacer inadvertida mi felicidad; cómo disimular ante los hombres, ante las estrellas, ante la miserable y rencorosa tristeza del mundo, esta turbación, este júbilo que se me salta, que se me escapa delatando la inaudita, la inmerecida, la deslumbradora riqueza?...

Capítulo VI
DESPUÉS DEL BAILE

Anoche, después del baile, hubo luz en tu alcoba hasta la madrugada. Yo me quedé fumando en el jardín.

Me había asustado la perspectiva de marchar entre el cortejo de tus invitados, y me fui quedando atrás, rezagado en la sombra cómplice de tu jardín, que es mi amigo.

Sin embargo, puedo asegurarte que no era mi intención pasar la noche en claro, contemplando la luna como un desteñido Pierrot trajeado de frac.

Una vez restablecido el silencio sagrado —o que al menos debiera ser sagrado— de tus frondas, busqué la verja y me encontré con que una mano tan prudente como ligera había tenido a bien cerrarla bien cerrada. Me vi, pues, preso en tu casa.

Por cierto, recordé entonces algo que me dijiste una tarde cuando paseábamos juntos por la avenida de los eucaliptos...

—Debo mirar siempre un paisaje cruzado con líneas negras...

Yo te contesté que tu paisaje podía variar infinitamente, tanto como tus mismos ojos lo quisieran; pero tú repetías siempre lo mismo, sin mirar para mí, con una voz apagada y sin expresión...

El paisaje podría ser más claro o más obscuro, más animado o más vacío... Tendría casas brillantes, o verdes colinas, o mar tempestuoso... Pero tú lo veías siempre cruzado de listas negras.

—Mi paisaje es así —terminaste sonriendo.

Y ya no pude ni supe decirte nada más.

Anoche yo vi también tu paisaje. Por la verja cerrada miré hacia la puerta. La calle estaba obscura y desierta; luces errantes se movían en lontananza; las de los últimos coches que se alejaban. La charca de la esquina se había llenado de luceros, y las barras negras lo cruzaban todo verticalmente.

Entrelazándose por anillos, cerrándose en los vértices, estirándose en las puntas, alcanzándose unas a otras, todas alineadas y erguidas, aquellas lanzas me cortaban la mirada en cuadros y rombos... Acaso me pareció tu paisaje pequeño y cuadriculado como el de un rompecabezas... Encendí un cigarro y me adentré en el jardín. En vez de esto, hubiera podido saltar la tapia fácilmente o subir por tus barrotes negros; ya conoces mi agilidad de gato montés; pero, a pesar de eso, no soy un gato, sino un caballero, y no salto tapias; ni de fuera hacia dentro, ni de dentro hacia fuera. Bien entendido esto, ¿qué hacer entonces? ¿Llamar de nuevo a tu casa para que me abrieran la reja? Hubiera sido atrozmente grotesco, y no se me oculta que tú, tan dulce y propiciatoria siempre, lo que perdonas con más dificultad es el ridículo...

Te cuento estos detalles para explicarte bien, a ti, tan enamorada de todas las consignas, por qué pasé la noche en tu jardín.

¿Conoces tu jardín a esas horas? ¡Qué grande, qué imponente es!... La luna no tiene luz bastante para alumbrarlo, y se quedan rincones de tiniebla tan espesa, que una mano delicada como la tuya la notaría al moverse.

Tan espesa como debe de ser la sombra del corazón por dentro...

La del corazón cerrado antes que el amor le haya abierto luz en una herida.

Amo tu jardín, que es como una continuación de ti misma...; pero no, más bien tú te prolongas de él... Tiene tu obscuridad y tu misterio; tiene tu silencio apasionado.

Tu jardín en la noche me hace soñar cosas exquisitas, que no son, por cierto, divagaciones del ocio; siento en él lo que siento algunas veces, cuando tú me miras largamente: como crecer una selva en derredor.

Tu jardín es sagrado; así lo eran las frondas de Eleusis en la Grecia antigua; así el bosque de Neith, en las riberas del Nilo rosa turbio... Más aún, porque los dioses han muerto y no vendrán ya los sacerdotes de túnicas tejidas con lino virgen a animarlos con cánticos y ritos misteriosos... Y en él se ha confundido ya el silencio de la Eternidad con el silencio de la Muerte.

Tu jardín es frío como tú, infinito como tú, y como tú, tan hondo y tan sombrío.

Amo tu jardín como amo tu pelo, como amo las flores de encaje que brotan de tus manos.

Tú y el jardín; ¡qué bien se armonizan y se completan! El jardín sin ti sería un páramo de muerte; tú sin el jardín..., no sé lo que serías.

A veces, viéndote en el marco verde, erguida en lirio entre los lirios, se me ocurre que por bajo de tus pequeños pies se alarga una raíz fina y nerviosa, invisible para mis ojos mortales, que te sujeta —pálida— a tu tierra...

Bárbara, flor mía, que no te arranque nadie de este jardín donde yo te he amado... Bárbara, hada de la selva, ninfa cristiana, espíritu animador del agua, del verde y de la piedra...

Nunca dejes tu andar reposado ni tus maneras ambiguas... Si te movieras mucho, el jardín sufriría de tu paso acelerado, de la brusquedad desusada de tu gesto... Sería como si tiraras de él, como si le removieras la entraña, y yo sentiría subírseme a los ojos la angustia de no poder seguirte, enfermo y débil como soy; como él, también inmóvil...

Y ni él ni yo perdonaríamos nunca... Te necesitamos tanto...

Qué cosas he pensado anoche en tu jardín, mientras por tu ventana iluminada veía desfilar lejos de mis ojos el prohibido deleite que me mostraban las aguas muertas de tus espejos, removidas lentamente por tu borrosa imagen, que se hacía y se deshacía, una y mil veces, azul, blanca, rosada, azul...

Deleite de tu traje de baile, mustio y caído como un nido de gasas, como un poco de blancura entre ramos de rosas y frascos de esencia... Deleite de tus zapatos blancos, pequeños hermanos juntos, cansados de jugar... Deleite de tus brazos enarcados —dos cuellos de cisnes triunfales para enmarcar un historiado escudo— deshaciendo la ancha trenza que ceñía tu frente, corona —la más sencilla y la más bella— de tu noche de baile...

Toda la noche hubo luz en tu alcoba; a través de los árboles, la luz brillaba extrañamente y hacía pensar en un sol enfermo que cuidaras allá dentro...

Tú pasabas muchas veces; no sé bien lo que hacías. Había como un ligero agitar de alas, como un revuelo de cintas y de pétalos... ¿Qué hacías con la luz encendida y sola a esas horas?

¿Sostenías uno de tus misteriosos diálogos con las estrellas? ¿Subías al país de tus sueños por una escalera de astros? ¿Me amabas entonces?

De cierto no sería el recuerdo de la contradanza lo que te impedía dormir, a pesar de que en la despedida tus ojos parecían cerrarse de sueño... Ni siquiera el guante que perdiste, y que distraídamente halló mi latiguillo de Indias en un bolsillo de ese pobre Fermín con pretensiones de abate rezagado... Nada, nada de esto sería, que tú estás por encima de estas cosas, a kilómetros luz...

Después saliste a la terraza; la luna acababa de salir también, y yo pude verte reclinada en la balaustrada, arrastrando la cola larguísima de tu peinador, muy blanca y muy diluida, tal otra luna descendida para mis ojos...

¡Y tanto sueño que parecías tener a la despedida!... Tanto, que no retiraste la mano, conturbada, como sueles hacerlo al sentir la quemadura de mi beso... Tanto, que se te olvidó cerciorarte —como de costumbre también...— de que la bufanda me cubría bien el cuello...

Pero ya no pretendo comprenderte; me conformo con mirarte, desde lejos a veces..., furtivamente, como anoche. Y aun esto, tal vez un día sea demasiado...

Allá al amanecer, el viejo jardinero asomó a la linde del ramaje, estirando los brazos al cielo y haciendo sonar sus llaves.

Miró mis pisadas locas en el barro, y se quedó un momento pensativo; luego volvió a estirar los brazos y se decidió por marchar semidormido a abrir la gran verja de hierro.

Cuando al fin se perdió con su carretilla por la alameda, yo salí despacio, mirando con pena para mi traje de etiqueta con su frac negro y sus calzones color heliotropo, tan irreprochable a las bujías de tu salón —como recién salido de las tijeras de Kupffer— y tan grotesco y descolorido en la paz de la calle soleada.

Me volví por última vez para mirar tu estancia. Ahora la luz estaba apagada y la sombra se había hecho dentro, como si la noche, perseguida, se hubiera refugiado en tu alcoba.

Un canto se acercaba desde el fondo de la calle. A lo lejos ya venía el farolero, distraído, apagando las luces.

Capítulo VII
CARTA OBSCURA

Esta mañana dijiste unas palabras que no he olvidado. No creas que las he olvidado, ni mucho menos que no comprendía por qué y para quién las decías.

Yo me había quedado atrás examinando, un poco apartado, el tejido a nudos transversales de un tapiz del siglo xv. *Tristán y la generala estaban contigo; después se acercó el gobernador.*

—Yo sí creo... —empezaste diciendo con una de tus misteriosas sonrisas.

¿Es preciso dar más detalles? Nada es preciso ya; realmente se puede vivir de cualquier modo.

Dijiste aquellas palabras y yo estoy aquí, con proyectos todavía, con deseos, con esperanzas tal vez... Dijiste aquellas palabras, y como las dijiste sonriendo, te quedaste muy tranquila después de haberlas dicho.

Yo también. Y sigo, de veras, muy tranquilo. Aquéllas fueron palabras inteligentes —lo fueron en verdad— y me han dejado la sensación de sopor, de inmovilidad, que tu inteligencia me produce siempre.

Tu inteligencia no es una fuerza; es más bien una materia: se puede tocar, podemos sentirnos de pronto comprimidos por ella...

¡Qué cosa tan sólida parece!... Tan sólida, que aun no estando sobre mí, me pesa... Me pesa hasta sentir deseos de arrojarla bien lejos, bien...

Perdóname, Bárbara. No sé lo que te escribo... Tus palabras están como incrustadas en mi cerebro; están sonando en mis oídos como si aún las estuvieras diciendo, como si no acabaras nunca de decirlas...

Y las dijiste, las dijiste... Están ya en el aire, no pueden recogerse del aire donde están, donde se mueven libres y ligeras...

Y yo las respiraré en el aire, y las beberé en el agua, y las besaré en tu boca... Sí, cuando bese tu boca, las besaré a ellas también —pérfidas, afiladas...— y allí mismo...

¿Por qué, por qué las dijiste?... ¡Qué sombra es la mía que ya no puede perdonarse, que ya te da derecho también a otra sombra...

Tú; la que yo he amado limpia y recta como un chorro de agua, como el surtidor que se yergue en el jardín...

No, no... Esto no es tampoco. ¿Qué era entonces? Creo que empiezo a decir cosas raras, y no debo decirlas... Yo estoy tranquilo.

En fin, no sé lo que es. Pero hay una cosa cierta, y es que tú empiezas a impacientarte y hasta —¡qué triste es decirlo!—, hasta a apelar a medios y subterfugios indignos de tu inteligencia y de tu corazón.

Sí, Bárbara... Eso no podía pasar inadvertido para mí. Puede que no lo comprenda, que haga mal en quererlo comprender y en aventurar palabras extrañas... Todo puede ser, pero no que no lo sienta; lo siento cerca de mí, estoy seguro de que existe, de que crece a mi lado.

¿No ves que soy todo una percepción viva que te cerca, que te vigila? ¿No ves que siento repercutir dentro de mí, con la sonoridad de una bóveda, de un templo, el más leve roce de tu mano, la pausa mínima de tu corazón?

Tú me esquivas; lo sé, lo siento. Tú huyes de mí.

Para hacerlo no retrocedes ante ninguna senda, por obscura y tortuosa que aparezca. Hablaste de estratagema. ¿Y no lo es haber recurrido al ridículo incidente de Carlota para haberme tenido un mes, un largo, inacabable mes de treinta y un días con treinta y una noches, rondando tu casa como un perro perdido, mientras tú, dentro, te entregabas tranquila a tus libros y a tu piano? Estratagema ha sido ciertamente; sólo que tú, por falta de hábito e inclinación, la has hecho tosca y desprovista de apariencias verosímiles. ¿Cómo es posible que me creas tan ingenuo, tan verdaderamente niño hasta el punto de suponerme capaz de aceptar esta vulgar comedia de celos?

¿Qué necesidad de retraimiento tan imperiosa habrá podido decidirte a desfigurar de tal manera tu persona, a envolverte en un disfraz banal —el que peor pudiera cuadrarte—, con tal de conseguirlo? Mejor hubiera sido decir sencillamente que querías dedicar un mes a estudiar las sonatas de Bach o a traducir un pasaje de Virgilio.

Pero si hubiera sido esto solamente... Son las mil pequeñeces, las oportunidades todas que aprovechas para estar sola, para alejarme de ti: el gesto de impaciencia con que acoges mis locuras, que ya hasta el don de hacerte reír han perdido, el silencio displicente en que te instalas cuando me quejo, cuando te pido, cuando me agito a tu lado...

No te lo había dicho. Tenía miedo de decírtelo; ese miedo obscuro y torpe que nos sobrecoge al hablar de posibles enfermedades o catástrofes, pensando que sólo de nombrarlas se provocan, se atraen... Y, sin embargo, ya todo existía, ya todo estaba hecho; mientras yo, con un miedo supersticioso, rehuía el hablarte de eso, aun siendo cada vez más necesario hacerlo, cada vez lo hacías tú más necesario...

Y ahora me doy cuenta de que ha sido como si tú lo estuvieras esperando, queriéndolo, provocándolo acaso...

¿Verdad que no te sorprende esta carta? ¿Y que de antemano sabías que tus palabras se quedarían enredadas en la trama de un estimable tapiz del siglo XV?

Tú estás rara; pareces como defraudada... ¿Qué es lo que he hecho yo? ¿En qué he podido fallar a tu sueño, a tu idea, a lo que esperabas de mí?... Te he amado tal vez demasiado; he sido en tus manos un producto de la presión de tus dedos; he vivido pendiente de tu palabra, de tu gesto... Aun de la que no has pronunciado y del que no has llegado a esbozar. Y, sin embargo, tienes fatiga en los ojos, tienes silencio en los labios... En los pies, inquietud...

¿Qué es lo que te propones? Tú das el amor, y al mismo tiempo tienes a mal que te lo acepten... Es más: estás tratando por todos los medios de hacerlo inaceptable; eso sí, sin retirar la mano, es decir, quedando siempre a salvo contigo misma, con tu conciencia, con tus maneras suaves, con tu espíritu de sacrificio, que tan bien se aviene a tu cuerpo frágil y valeroso de cristiana... Y andas buscando una fórmula maravillosa que te permita conciliarlo todo; fórmula que por ahora consiste en hacer oír lo que parece que no quieres que oigan... Pero yo no entiendo *tus sutilezas o no quiero entenderlas, que es lo mismo; con palabras falaces no me harás renunciar a lo que me dejaste considerar como mío.*

Pero, en tanto yo voy perdiendo apoyo en ti, voy perdiendo cada día un poco de ti... ¿Qué es lo que ha sucedido? Dime..., ¿no comprendes mi angustia?...

¿Será preciso que te traiga, que te arrastre a este horror en que me hundo para decidirte a hablar, a explicarme siquiera?...

Antes no fuiste así. Te he conocido triste, retraída, sombría... hasta cruel a veces. Pero nunca te vi impaciente, agria, hastiada acaso...

¿A dónde vas, a dónde quieres ir? ¿Y yo? Yo, yo, sí... ¿Qué quieres hacer conmigo?

¿Es mi violencia, que ya no puede soportarse? ¿Es, más que mi pobreza física, mi pobreza espiritual, moral tal vez?... Pero ya todo esto estaba visto y contado...

¿Será entonces lo que tú no sabes, lo que tú olfateas quizá en el horizonte?... Con tu nariz fina, fina..., con tu nariz de animal nervioso, de animal al acecho... No, eso no. Más bien lo que yo no sé, lo que no está en mí; algo que es de fuera y que viene... ¿Qué cosa obscura más fuerte que mi amor se acerca, te quiere también para sí?

¡Ah! ¿Qué haré yo, cómo impedir esto, cómo saber siquiera por dónde asoma, para salirle al paso y luchar con lo que aún no conozco, con lo que no sé qué es y es ya, sin embargo?

Y viene con la fuerza. Y viene con la dulzura y con la vida.

Y yo no tengo vida, ni dulzura, ni fuerza...

Viene, viene ya y te quiere robar... ¡Te roba!

¿Y tú lo dejas? Temeraria eres; sí, temeraria...

Temeraria y calculadora al mismo tiempo, hecha a los gestos furtivos y a las medias palabras. Menos generosa de lo que te crees tú misma y de lo que me diste derecho a creer; incapaz de una entrega sin reservas, sin cálculo, sin razón ni objeto; incapaz de ser como la lluvia, como la luz, como la flor..., las puras criaturas inconscientes de cuanto son y cuanto dan...

Pero no lo serás por mucho tiempo... Breve es mi vida y breve mi paciencia. ¡No eres tú la única impaciente en el mundo!...

Te haré probar la locura que fermentas en mis noches; te haré tentar la obscuridad que me revuelves, el légamo de alma a que no debiste descender nunca.

Eres tú quien me empuja a esta hondura. Y tú quien va a medirla palmo a palmo, pedazo a pedazo de tu pecho...

Pero..., ¿qué sombra se interpone entre los dos? ¿Qué cosa viene con la fuerza, con la dulzura, con la vida?...

Con la vida...

Capítulo VIII

LAS CARTAS DE LA ENFERMEDAD

Perdón, mi amada: ¡Si supieras cómo he llorado anoche!... ¡Cómo he llorado de desesperación, de vergüenza, de lástima por ti y por mí!...

Siempre tendré ante mis ojos tu rostro pálido como lo vi anoche, como lo vi después de esa carta, hija obscura del terror incurable de perderte.

Siempre, siempre estaré mirando tu rostro pálido y grave, que aún pudo sonreírme; sonreírme con una mansa sonrisa, una de esas infinitas sonrisas tuyas, llenas de dulzura y de comprensión.

Bárbara mía, perdóname y ámame.

No sé decir nada más; tal vez no tenga ya nada más que decirte en la vida.

Perdón y amor. Amor sobre todo; es lo que más necesito, es lo único que defenderé con alas o con garras.

Ámame mucho, que yo necesito tu amor; que todo lo que es desasosiego, pena y acritud en mi vida, proviene de pensar que puedo perder tu corazón o que no me lo has dado todavía... Y todo lo que aún pueda ser de miel y de pureza, vendrá de tu presencia salvadora... Ámame, Bárbara, la más amada de las mujeres, la más extrañamente amada de las mujeres... Ámame, que necesito tu amor; si no lo necesitara con esta rabia, con esta miseria imperiosa..., quizá no te lo pediría tanto... Tú has dicho que no es bello mendigar amor. Y yo te digo que tampoco es grato. Si el gusano tuviera las alas de la mariposa, de cierto que no se arrastraría por la tierra. Y si el gusano se arrastra o el mendigo lloriquea a tu puerta, su razón tendrán, y su derecho... ¡Su derecho, sí!... Pese a todas tus normas estéticas.

Pero yo no quiero hablar de derechos ni de deberes... Yo no te hablo más que de esta necesidad enfermiza, absurda casi, de tu presencia; no te digo más que esto, y aun así, no sé cómo puedes leer todavía una carta mía, ni cómo yo he tenido fuerzas para repetirte en toda ella, isócrona, entrecortada y torpe, lo que la mano febril apenas puede ya trazar.

Nada más sino que me ames, nada más sino que me ames mucho, que necesito tu amor y que me muero si me lo quitas... Que de todos modos me moriré pronto...

Que estoy enfermo y que te amo, te amo...

Ésta, la carta isócrona, entrecortada y torpe, era acaso, entre todas, la que más enfriaba sus manos, la que más pronto le ahuyentaba el rosa de la boca, la serenidad de los apasionados ojos...

¡Qué extraño debió de haber sido aquel hombre, que realmente, como había dicho él mismo, tenía la humildad del esclavo, que puede llegar hasta la villanía, y la arrebatada soberbia de un rey bárbaro!

Aquélla era una carta para pedir perdón, y, sin embargo, aun pidiendo, aun mendigando siempre, tenía el gesto magnífico, imperativo al ruego; pedía como mandando que se le diera, consciente de su obscuro derecho y al mismo tiempo despreciador de todos los derechos, sin excepción del suyo propio, del cual prescinde a veces con un arrogante aplomo, con una serena, admirable confianza en sí mismo, en su fuerza desconocida, en su fatal dominación de la mujer.

¡Y cómo debió de haberla dominado, absorbido, con esa sed, con esa hambre insaciable, que no tiene el pudor de disimular, que ostenta más bien, orgulloso de su esclavitud y al mismo tiempo como un habilidoso medio de atraerla por el instinto mórbido, por el vértigo de toda cima!...

Es el perfecto ladrón de almas; no es el vulgar conquistador, ratero de caricias o comprador de mujeres vendidas, persuadidas o asaltadas a la revuelta de un camino. No es el adocenado buceador de femeninos cuerpos blandos y temblones; es el exquisito, el cruel, el refinado acaparador de las fuerzas vivas, de los acopios nobles de la inteligencia y del espíritu; es el extraño violador del alma virgen, inocente, alucinada...

Para serlo no omite resorte escondido, rodeo peligroso, reptación obscura...

Él sabe, entre todas, la puerta que quedó mal cerrada; no olvida la piedra débil ni el ignorado atajo. Él sabe de la llave falsa, de los silencios propiciadores y de la eficacia del llanto a tiempo... Él tiene, del búho, el ojo penetrador de toda sombra, y el brazo lento, succionador, suavísimo, del pulpo...

Es el ladrón de almas; el que tiene sed del alma de alguien y por esa sola, por esa primitiva razón de que tiene sed de ella, se la toma... Y como la sed es sed de alma y no de cuerpo, nunca se extingue, nunca se acaba... ¡Lo que sí acaba es el alma, el agua viva sorbida hasta dejar reseco el fondo! La sed queda siempre infinita, como una gran sed flotando en el vacío, atrayendo por el vacío mismo de su órbita todo cuanto alcance a pasar a su vera... Es una implacable boca de cocodrilo, abierta interminablemente en el sopor del sueño, llenándose de pequeñas vidas, de un hormigueo de vidas que pasarán por ellas sin sentirse casi, sin satisfacerla ni hacerla descansar nunca, en un ligero imperceptible deglutir...

¡Ay de quien pase cerca de una sed de éstas!... Por grande, por poderoso que se sienta o se sepa, caerá como una gota, nada más que como una gota de agua en los labios de un beduino perdido en el desierto... Nada habrá dado, aunque lo haya dado todo; nada habrá remediado, ni siquiera aliviado. La gran sed seguirá pidiendo siempre, aun después que se ha volcado el corazón sobre ella, pidiendo siempre monótonamente, infatigablemente.

¡Cómo se habrá defendido la asediada de esta absorción, de este horror de sentir todo su ser convertido en simple alimento de otro ser! Su suerte era la suerte de la presa. Como a los bellos peces dorados, dueños del mar; como a los pájaros de plumas sedosas, que han poseído entre sus alas el azul del cielo, el hombre la destinaba a apaciguar un minuto de hambre... Cualquier hambre; hay muchas.

¡Cómo se habrá defendido ella de esta tiranía! Más que de la del rey déspota, de la del esclavo villano.

¡Cómo habrá recurrido a toda fuga, y cómo en todas sus fugas la habrá alcanzado esta mano fina, esta mano débil, enguantada, de adolescente suavísimo, dulcísimo, femenino casi!...

No hay cartas de ella; pero Bárbara presiente su loco dar vueltas en torno a la llama; su paso irregular, el paso que se marca entre cuatro paredes muy próximas; su miedo obscuro, inconfesado, pudorosamente recogido de continuo, en el pliegue de su fina sonrisa; la escondida ansia de escapar, frustrada siempre en los ojos llorosos de niño enfermo, en la palabra dulce y calculadora, en la calculadora confianza, tan bien descansada en su propia nobleza...

¡Qué lucha debe de haber sido la de la mujer!... ¡Qué lucha sorda, rencorosa y apasionada, tuvo que agitarse —¡y silenciosamente!...— entre esta mujer y este hombre, hasta desangrar a los dos, sin rendir a ninguno!

Si se libró ella, ¿qué haría para librarse, qué momento de tregua aprovecharía, qué minuto de fatiga en el que era infatigable, de sueño en el que no dormía nunca?...

El médico ha venido hoy a verme. Me pareció un poco silencioso y reservado. ¿Me ocultará algo? ¿Me habrá encontrado peor que en días pasados?

No sé. Creí notar una arruga en su frente cuando me tomaba el pulso.

Acaso fue la luz que entraba por la ventana hiriéndole los ojos.

De todos modos, a mí no me importa ya morir. De veras que no me importa; la muerte debe de tener dulzuras de remanso, y yo estoy ya cansado de la corriente.

Y, sin embargo, Bárbara mía, ni aun pensando en la paz de la muerte puedo dejar de verte siempre tan bella y tan dulce; tan turbadoramente bella y dulce; tan deseable... A mí, que ya ni tengo el derecho de desear nada... Tan amable, y yo que pronto no podré ni aun amarte...

Ni aquí, tan cerca de la tierra obscura, puedo descansar de la obsesión que tú eres para mí, de imaginarte entre borrada por el sopor de la fiebre, de luchar por alcanzarte en las brumas que me cercan el pensamiento. Dicen que la Muerte es descanso. ¿Lo crees tú? Sí; tú lo crees todo. Descansaré entonces; pero, ¡qué frío, qué frío!...¿Y tú? Tú arriba, con el sol. No, abajo... Tú siempre, siempre, en todos lados... ¡Ni aun así, arrebatado hacia la sombra contra mi voluntad y con la cólera de mi corazón, dejo de agarrarme rabiosamente, miserablemente, a la orilla de tu vestido; de asirme a ti, que eres la vida, a toda tú, que te quedas con tu alma tibia como un nido donde no me dejan abrigar mi alma entumecida; que te quedas con tus sonrisas y con tus palomas, con tus ojos de agua que yo no puedo llevarme!...

Que te quedas con tu cuerpo joven, armonioso, encanto de la naturaleza que lo hizo; tu cuerpo dulce y tierno hasta hacerme desfallecer de miedo y de emoción y de esperanza..., de esperanza aun aquí mismo...

Yo tiemblo ante ti como debió de temblar el primer hombre ante la primera mujer de la Creación.

Eres como un prodigio que no acierto a entender que haya salido de mí mismo y sólo para endulzar mi soledad.

Pero así ha sido y así tengo que entenderlo, y tú también conmigo, aunque te sientas ahora llena de fuerza propia y desprendida de mi costado.

Llena de fuerza estás, mientras yo me debato en el vacío; llena de salud, mientras yo me consumo día por día junto a tu floración espléndida...

Y alguna vez, aunque no quieras, pensarás en sacudir tu servidumbre si no acaba de sacudírtela el destino; pensarás en irte hacia la luz, tú que eres luz, en dejar que se pudra de una vez lo que se pudrirá de todos modos, aun con tu sacrificio y tu asistencia.

Pero no, amor mío, yo no he querido herirte, no te aflijas... Te he amado, me has amado y no importa morir. Mi vida se ha cumplido. Todo está bien.

Todo está bien. Hasta el lazo y la trampa; la trampa, sí, y el escudarse en las propias miserias, adornadas siempre con el prestigio de la Muerte. ¡Oh, los suntuosos brocados fúnebres! ¡Cuántas cosas cubren! Y podredumbre siempre. ¡Como si los que van a morir tuvieran derecho a todo!

Pero él no habla de derechos ni de deberes; él habla de su necesidad, y al hablar de ella, lo hace casi en son de reto, en ademán de amenaza... Sólo que la amenaza, para serlo mejor se viste de palabras humildes, de acentos agónicos, y como nada puede temerse del que está tan débil, del que va a morir, ella se acerca consternada; anuda ella misma y de prisa el lazo mal deshecho, renuncia con decepción al camino que sólo le libera la muerte, inclinando la frente a su destino, y aún ofrece sobre todo esto una de sus infinitas sonrisas llenas de comprensión y de dulzura...

Hasta su hermosa salud de alma y de cuerpo puede lastimar aquella sensibilidad siempre enristrada... ¿Por qué ella ha de ser la sana donde todo está enfermo y carcomido? ¿Qué habrá de hacer con su salud inútil sino atraer la desconfianza, el resentimiento, la envidia?... —esa envidia mezclada con amor, que es el peor de los venenos.

¡Pero no, no hay que ir demasiado lejos; no hay que poner las cosas peores de lo que ya son!

Además, él ha pedido perdón, aunque bien se ve que el perdón ha sido para él lo de menos... No es lo que más necesita, ya lo dice; y entonces lo debe de haber pedido por pedir algo más. Pero a él, aunque ha pedido perdón, no le preocupa el obtenerlo, o al menos piensa que lo ha obtenido ya, lo da por obtenido, y sigue adelante hablando de su amor, de su hambre, de su enfermedad, pidiendo nuevas cosas para terminar obscuro, colérico, más que por irse, por dejarla a ella con su alma tibia, con su cuerpo blanco...

Todo está bien. No sólo que se le perdone, sino que se le ame. Y no se sabe por qué ha de amársele si no es por lo mismo que antes hay que perdonarle.

Y pide perdón de un modo ligero, breve, como quien lo pide por haber tropezado con alguien en la calle... Pide perdón por una carta y tenía que pedirlo por una vida. Simple error el de haber confundido una vida rota con un papel que también puede romperse. Y es inconsciente, real y sinceramente inconsciente de todo lo que hay que perdonarle...

Y así se lo perdona ella, apta para todos los perdones, dispuesta y predispuesta a todos los sacrificios; así se lo perdona, sin que él alcance a comprender siquiera la magnitud de ese perdón, sin que él lo sepa casi, ni se dé cuenta de que está perdonado, santamente perdonado, absorto siempre en su idea fija, inconsciente de su enorme, de su obscuro pecado...

Estoy muy enfermo. Hoy sí creo que voy a morir... No me dejes solo. Ven, Bárbara; Bárbara, me amas, ¿verdad?

A pesar de todo, ella se siente fascinada; no puede —como la otra— evadir la atracción de la muerte, esa morbosa atracción de todo lo que es obscuro...

Abismo obscuro es él, y ella no acierta a apartar el pie resbaladizo de la orilla...

¿Ella? ¿Quién es ella?

¿Ella misma o la otra? Las dos acaso... Las dos acaso y una sola siempre...

Bárbara no quisiera leer ya más. Quisiera volver las cartas a su pequeño ataúd de palisandro y abandonarlo todo otra vez en el pabellón del jardín. Nada hay que ir a buscar con los muertos. Ya él murió de un vez, y no tiene que decirle palabras turbadoras. Porque es como si las dijese a ella...

Parece que habla con ella; la llama por su nombre, le descubre el misterio de sus ojos, le describe la forma de sus manos, la emoción escondida y el sentido que ella ha creído penetrar... Le conversa de su jardín y le recuerda el nexo.

Jardín, jardín también es él, y por eso confiesa que el jardín es su amigo. Es su mejor amigo ciertamente; es él mismo.

Sí; él es jardín con yerbecitas finas, con figuras dibujadas infantilmente...

Tiene la gracia delicada de un jardín femenino, cosa graciosa, cosa ligera, insignificante, bonita... Jardín para acuarelas sentimentales, para paseos de novios... Jardín de tallo tierno, de blanca gravilla encubriendo la tierra negra, la raíz tortuosa y tentacular...

Bárbara no quisiera leer más. Tiene miedo; el mismo miedo sordo, inconfesado, impreciso aún, que debió de sentir la otra... El miedo que no quiere serlo, que juega con los guantes e intenta sonreír... Así lo siente ella... ¡Y cómo debió de sentirlo la otra, para quien había no sólo palabras, sino también labios ardientes de fiebre y de amor que podían balbucearlas y que podían más, hasta besar... Y ojos imploradores, angustiados, fijos en ella, y tiernas manos de niño, imprevistamente fuertes y tenaces al sujetar!...

Si ella, en todo esto que ya no es nada, siente el vértigo; si roto el labio en la tierra y derretidos los ojos en un humor de podredumbre y aflojada la apretadora mano por la Muerte, se siente ella todavía acosada, acorralada en lo que no ve ni puede ver, ni sabe ni sabrá nunca..., ¡cómo no lo estaría antes la que se debatió aterrada en una cárcel viva!...

Bárbara no quiere leer. Mejor es no leer más. Las cartas amarillas desprenden un letal perfume de laxitud y acabamiento; huelen a cosas guardadas en humedad, a cosas húmedas y blandas, a lentas putrefacciones vegetales en la hondura tenebrosa de los bosques... Huelen con un perfume parecido al de la diamela marchita, anunciador de la Muerte...

El viento pasa afilado por su garganta, que se eriza suavemente... En el jardín hay un estremecimiento imperceptible, como si cambiara de posición en su larga espera... Pero no hay impaciencia en nada. Se sabe que todo es seguro y todo ya está previsto...

Bárbara no quiere leer, y lee, lee siempre...

La Muerte... ¿Esto era la Muerte, amor mío? ¿También tu mano lilial, todavía tus labios que son, como yo sabía, amargos y fríos? Había una amargura agreste en tus labios. Me supieron a selva...

¿Verdad que te he besado?

¿Y la estrella para marcarlo?...

Y ¿dónde he de marcarlo: en el cielo o en la tierra todavía?...

¿Dónde me alcanzó tu beso?

¿Por qué camino me llegaron esas primicias de tu amor?...

Esta vez yo no las he perseguido... Fueron ellas las que me siguieron, las que vinieron a mí, dóciles, dolientes, por un tembloroso camino de estrellas que aún pude descolgar para tus labios.

Y están conmigo dulces, tibias como palomas amansadas... Están conmigo, sobre mis hombros, sobre mis manos, sobre mi pecho. Están conmigo, no sé si en la Vida o en la Muerte, ni quiero saberlo ya...

Nadie me quitó tus besos; nada me los hizo dejar en el umbral desconocido. Me acompañaron fieles en la Vida y en la Muerte...

Yo no me hubiera resignado nunca a perderlos; yo hubiera apartado con rabia la tierra de mis ojos, hubiera sacado mis manos hacia la Vida, hacia el mundo que es tuyo, para sujetarlos, para traerlos a mí.

Pero ellos han venido solos, ellos no me fallarán nunca; saben que vivo o muerto los necesito, y los necesito tanto que, a pura fuerza de necesidad, de precisión imperiosa, a puro golpe de mi deseo encauzado, orientado a un solo norte, los hago míos... Te hago mía, Bárbara, a pesar de la Muerte, a pesar de la Vida...

Y eres tú, tú siempre, con tus ojos nacarados, con tus aladas sonrisas...

Eres tú, la flor más fresca del jardín, la flor de ayer, de hoy, de mañana... Todas las flores y un solo infinito perfume...

Eres tú... ¿No lo comprendes?... Tú nada más, una dulzura indivisible, una blancura inviolada, una luz única, aunque te repitas en cada punta de estrella, en cada amanecer, en cada muerte y en cada vida mía...

Eres tú... No lo comprendes, y es tan sencillo... Eres tú; no te reconoces, y yo te veo tan clara, tan igual siempre...

Has venido a mí. No te has huido esta vez en una de tus inquietantes, misteriosas fugas... Has venido a mí, y yo soy — vivo o muerto— tan feliz... Tan extenuadamente, tan desfallecidamente feliz...

¿Es éste nuestro ciclo?... ¿Por cuántos habremos pasado, y cuántos aún nos quedan por pasar?... Infinita tú eres; mi amor te hizo así para poder alcanzarte en cada estrella.

¿Te alcanzo o me alcanzas?... La cosa perseguida se confunde con el perseguidor... La tímida gacela se detiene, vuelve y se echa a los pies del fatigado cazador, que con trémula mano la acaricia y tienta la finura de tus tobillos huidores...

¡Qué bella cosa es la muerte si es esto; si es todavía la sombra de tus pestañas, el sabor de tus lágrimas!...

¡Qué bien huele si me huele a tu pelo deshecho en mi almohada, a tu mano abandonada sobre mi frente!...

Tu mano, tu pelo, tus ojos... Van conmigo por la Muerte como fueron por la Vida... Vinieron conmigo para siempre, fieles, puntuales a mi vigilia terca...

Y ¡qué feliz soy!... Es que me duele el pecho de tanta felicidad, y es la felicidad que tú me das, vencida, doblegada, entregada a mí... ¡Mía para toda la Vida y para toda la Muerte!

Bárbara estaba como alucinada... En el silencio de su vida, las palabras sin sonido caían, se cuajaban, fermentaban en un hervor de emoción confusa... Vivía ya extrañamente, voluptuosamente, el amor de un muerto; se contagiaba de aquella fiebre, de aquel inextinguible, doloroso ardor, que le hacía también desear el sacrificio para ella; quería ofrendarse toda, darse entera a lo que casi no podía entrever, pero darse, darse sin razón, sin cálculo y sin reserva, sólo por la belleza, por la delicia de ser toda para quien tanto la necesitaba...

¿La necesitaba ya acaso? Él había dicho que la necesitaría siempre. No había hecho más nada en la vida, ni pensado otra cosa en los linderos de la Muerte... Y aun así qué sacrificio humilde sería el que ni siquiera pudiera llevar contentamiento y bienestar al ser amado... Y era ella misma. Ella, repetida en cada estrella... Ella misma, aunque no lo comprendiera, aunque nadie lo comprendiera nunca.

Y ella se daría como la mirra a Dios, en humo y en fragancia; como el sol al cielo, en luz y en calor; como la lluvia a la tierra, anegándola, hinchándola y saturándola hasta lo más hondo de su entraña.

Era el suyo un apasionado deseo de inmolación. El mismo de los antiguos santos, que temblaban de impaciencia al oír el rugido de los leones en el *vivarium*, y se estremecían de fe y deleite, contemplando cómo se entremezclaban en el aire las chispas de la hoguera de los tormentos con el fulgor de los ángeles del cielo, enviados con palmas y con lirios.

Así toda ella se derretía en piedades infinitas, en dulzuras sin nombre. Estaba pronta a ser sacrificada; sólo faltaban el signo y el altar.

Y no era ya el ídolo, no era el rito; era el sacrificio mismo lo que la obsesionaba, lo que buscaba su generosidad tan soñadora, tan femenina, tan fácil de utilizar...

Esperaba desfallecida, transida de emoción y de piedad. No importaba que las palabras de amor sonaran a hueco, o que ni siquiera sonaran... Bárbara tenía la primavera para escucharlas. En su corazón virgen de emociones, de rostros y palabras, ya habrían de levantar un eco de selva antigua, de valle anochecido.

Me siento mejor; estoy mejor desde que me hicieron la aplicación de las sanguijuelas. Tan contrarios que éramos todos y, sin embargo, el acierto que ha sido... ¿Quién hubiera podido pensar que me sobraba sangre?... Ahora estoy más tranquilo y no sufró nada.

Sé que tu defraudado abate estuvo a saber de mí. Es, o muy generoso o muy..., impaciente. Tristán viene todos los días. ¡Qué bueno es y cómo me entretiene! Hasta la generala se apeó de su coche ayer tarde para interesarse, aunque no lo mereciera, por este chiquillo malcriado (empleo sus palabras). La encontré adorable, y casi nos besamos en la reconciliación...

Se ve que todos están contentos con mi mejoría. Porque estoy mejor, mucho mejor; sin embargo, no debo ocultarte que anoche me volvió a subir la temperatura unas décimas, y no se hicieron esperar los consabidos escalofríos... Pero esto no tiene mayor importancia; he amanecido sin fiebre, un poco cansado quizás, y el mismo Hipócrates que me asiste dice que todo irá bien..., si no surgen inesperadas complicaciones... ¡Cómo me molesta esta coletilla de médico excusándose de antemano, aliviándose de responsabilidades en la casualidad!... Más he confiado yo en su pericia que él...

No es el médico, no son los feos animalejos bebiéndose mi sangre que era tuya, lo que me salva una vez más.

Eres tú, son tus besos, tus lágrimas, tu rostro inclinado sobre mí toda la noche...

Tú creías que yo no te veía... Muchas veces tú crees que yo no te veo y te estoy mirando... Creías que no podía verte, y yo no dejé de mirarte un momento con mis ojos obstinadamente abiertos, que tus tiernos dedos probaban en vano cerrar...

No me cierres los ojos; aún no estoy muerto. Tampoco quiero dormir; ya dormiré mucho tiempo con la noche por arriba... No quiero dormir; quiero verte, no perder por un solo minuto el regalo de tu rostro lloroso... ¡Ahora sí que estoy avaro de la visión tuya! ¡Cómo la guardaré, cómo me la llevaré —si me voy— a donde vaya... Yo no quiero dormir!

Tampoco puedo escribirte más; el médico se ha llevado la tinta... Viene hoy erizado de prohibiciones...

Pero lo que aún queda en la pluma (y lo que en el alma queda) alcanza para decirte que me ames mucho, que quiero que me ames para vivir. Tu amor es la Vida.

La Vida...

Es bello que el amor de uno sea la Vida... A pesar de todo, es bello oírlo decir...

Es dulce que alguien nos diga que se siente tan feliz, tan extenuadamente feliz... Y saber que hemos pagado esa felicidad al precio de nuestra propia sangre... Así la apreciamos más y la admiramos mejor; es la felicidad cara, que regalamos con magnífico gesto, la que nos deja probar la voluptuosidad de ser también un poco gran señor, dispensador de mercedes...

Es poder iluminar un segmento de sombra. Es apropiarnos momentáneamente del destino del sol.

Bárbara se siente también más tranquila; su mano vuelve a ser lenta, su frente se serena y se le vuelven los ojos más claros, mientras se obscurece la tarde.

Hoy volvió el médico, ya de noche.

No sé qué me encontraría por la tarde, que unas horas después volvió a aparecer con su aire enigmático y sus modos reservados... No me dejó comer los lindos higos que me mandaste, y que envueltos en sus hojas me trajeron todo el perfume de tu jardín. Había de ser médico para ser tan cruel. La verdad es que yo me siento cada vez mejor. Apenas he tosido anoche, y hasta tuve fuerzas para dar esta mañana unas pinceladas a tu retrato.

¿Quién puede entender a los médicos? Le he pedido al mío que me recete de nuevo el guayacol, y me ha contestado que es inútil, que yo lo que necesito es reposo, mucho reposo.

Sobre todo, evitar los disgustos y las preocupaciones.

Dice que una emoción fuerte podría matarme. Posiblemente exagera. Y como lo dice con esa voz gangosa que tan poco puede impresionar, resulta que no le creo y no ha podido asustarme con su amenaza.

Tú tampoco debes creerle; además, te aseguro que estoy mejor y soy más feliz que nunca.

Muy feliz, porque tú me amas, ¿verdad? Porque me has dicho que nada puede separarnos ya y que seremos uno solo hasta la muerte.
No... Hasta la muerte es aún poco.

Siempre es poco, y lo único que él necesita es reposo.

Bárbara se moverá sin ruido o no se moverá nada. Eso es lo que se le pide ahora. Siempre ha sido silenciosa, pero lo será más aún para el que puede morir de una palabra brusca...

Es como un niño enfermo, como un niño sin madre que ha de cuidarse mucho.

Es como su jardín... No, más bien como un jardincillo de ciudad, al que hay que alcanzarle el sol en lo alto de las chimeneas, limpiárselo de humo y dárselo a pequeños sorbos, poco a poco...

¿Quién no haría otro tanto con una cosa tan frágil? ¿Quién no se conmueve ante este delicado adolescente recluido en el lecho, que sólo vive ya de amor, pidiendo amor con un balbuceo débil, monótono, inconsciente casi, de infante consumido por la fiebre?

Hay que darle amor. Hay que exprimírselo desde el fondo del alma ya gastada...

Y si no se encuentra, hay que inventarlo, mentirlo si es preciso...

Pero no es necesario mentir... El amor va viniendo luego, despacio, vago; porque el amor es, en ciertas almas, corriente inextinguible, corriente prodigada, desperdiciada por los barrancos y los pedregales...

¡Si él quiere amor, ya tendrá amor bastante para romper, para quemar, para morder!...

Pero no hay que hacer ruido, que está cerca un niño enfermo.

Un niño enfermo que se ha dormido... No está muerto; él no quiere morir...

Dormido nada más.

Cuando despierte encontrará su amor fiel, echado a sus pies como el más manso de los perros.

Cuando despierte...

Capítulo IX
DESPUÉS DEL AMOR

Amor mío: Aunque desde ahora me tocara llorar en cada uno de los días que formen esta vida mía, y no sólo esta vida que se sabe corta, sino las vidas sucesivas que aún quizás me esperen, todo ese río salobre, ese río de lágrimas pasando sobre él, no bastaría para quitarme la felicidad de aquel solo minuto.

Sean cuales fueren las desgracias que puedan todavía caber en este mi breve tránsito o en otro más largo, a todas me dispongo ya: me siento capaz de ser generoso con Dios mismo.

Sean cuales fueren. No sé imaginar una que no pudiera aceptar, acorazado como estoy en la felicidad última —eterna—, en la felicidad que me vuelve fuerte, seguro, temerario.

¡Que se abran sobre mi cabeza los diques de la amargura humana; siempre me quedará miel para endulzarla! En presencia de cada espera malograda, de cada palabra dura, de cada falacia descubierta; yo diré sin rendirme y sin cansarme: «Pero anoche ella...»

Lo diré mientras tenga voz para decirlo, amor mío; y aun cuando no la tenga. Lo pensaré donde piense; lo viviré donde viva.

Y al rodar de los años —si años llegan a ser—, estas palabras se irán limando y obscureciendo como se obscurecen y se liman las piedras del río; perderán acaso su acento, y del ronco resonar de himno salvaje con que salen ahora —como chocando unas con otras— del pecho sofocado de la reciente dicha, irán pasando a la vaguedad extática de los cantos en la tarde, a la tenue oquedad de las liturgias...

A todo llegarán, por todo pasarán al pasar de los días venideros; pero yo las diré siempre, una por una, en esos días, uno por uno, en esos días descoloridos, punteados de moscas, de las pequeñas vidas vulgares, como mi vida; días de la vida en que se siente caer uno como en un vacío de sol...

Palidecerán estas palabras —las más dulces, las más desvanecidas hacia las puntas de su estrella—. De la estrella sin nombre aún, se apagará aquel brillo virginal, trémulo de secreto nocturno, de nebulosa primitiva... Se obscurecerán tal vez estas palabras, como parece que se nos obscurecen las estrellas manoseadas por los sabios, como parece que se nos obscurecen las piedras debajo del río; pero yo las diré siempre, obscuras, mías, apretadas contra mi corazón.

Con una voz de mi garganta, con una voz prestada, con una voz deshecha en el viento de la cercana tormenta, las diré siempre, las diré aunque tú no me escuches, aunque yo mismo no pueda escucharme ya, perdido de ti, de mí, del sueño en que te sueño...

Las diré, amor mío... Déjame decírtelas...

Anoche, tú...

Anoche, porque para mí será siempre anoche; anoche, porque toda mi vida no será más que esa noche; anoche, aunque ninguna otra noche vuelva a serlo, y aunque entre esa noche y yo caigan amontonadas todas la noches del mundo...

Y como anoche te veré al decirlas, pálida, aún más que de costumbre; otra vez cortada por el collar de nácar en la sombra... Muy serena, muy grave, con esos ojos tuyos que se están cerrando siempre...

Tus ojos no cambiaron; conservaron en todos los momentos esa mirada inexpresiva que es tan tuya, y yo esperé en vano sorprender en ellos el paso de la nueva emoción.

Y no fue porque se entornaran púdicamente, ni porque se volvieran hacia arriba buscando la llamada de las estrellas...

Tus ojos no hicieron nada de esto; ni siquiera llegaron a cerrarse. Estaban quietos y me miraban tal vez demasiado fijamente... Me miraban sin asombro alguno, tal vez ajenos al instante y como si no acabaran de comprender...

Habría de ser así, y así te habría de ver sin menguados rubores, sin falsas resistencias. Así te vi toda blanca, toda muy tranquila, mirándome, mirándome siempre...

Y para siempre te veré así, solemne y misteriosa como en un rito del que fueras más bien la diosa inmóvil; desgajada en mis brazos y tan lejana siempre, aun allí mismo...

Vienen primero a mi memoria —tal vez por más ligeras— las cosas pequeñas y dulces que hiciste antes: el roce de tu mano delicada sobre mis ojos cerrados, los besos humildes con que querías detener mis manos que te buscaban... ¡Que te encontraban..., fina, blanca, tibia!...

—¡Mía todavía, mía siempre! —en tanta sombra...

¿Recuerdas cómo brillaban las estrellas por los cristales de la lucerna? ¿Recuerdas el croar de las ranas que venía del jardín?

¿Y el cántaro de barro?... El cántaro que te era grato para beber agua, el que daba a tu agua sabor de piedra y de hondura. El cántaro que yo rompí entonces con mis manos de loco...

Tu cántaro y la mariposa amarilla que no dejaste matar a la lagartija...

Fue anoche... Todo fue anoche. Un mitigado prefume de nardo —tu perfume...— se quedó flotando sobre todas las cosas, sobre toda la Vida.

Fue anoche; tú llevabas un collar de nácar. Me obsesiona el pequeño ruido que hicieron las cuentas al desgranarse... Quisiera romper otra vez muchos collares, pero sé que no sonarían igual.

La enredadera de rosas de la ventana ya no me huele a rosas, sino a tu pelo entibiado, a tu obscura cabeza que apoyaste en ella.

La ventana; luego la ventana...

Yo te dije que vinieras a la ventana, ¿verdad? Sí, te lo dije... El corazón era ya como un río dentro del pecho. La Vida toda era como un río, como un río que nos arrastraba...

Me había cerrado las manos vacías hasta clavarme las uñas en las palmas; yo no quería tocarte, quería agarrarme del aire, agarrarme de mí mismo; pero yo conmigo resbalaba poco a poco, roto, deshecho junto a tu pelo, junto a tu boca pálida, entreabierta...

Ahora está amaneciendo; llueve un poco, y mientras te escribo, los cristales de la ventana, aún empañados por tu aliento más que por la neblina de la madrugada, me devuelven un paisaje vago y exquisito, rescatado de la noche de Dios.

¿Qué amanecer es éste? ¿A qué día o a qué noche corresponde? ¿Y en qué día te hablo yo?... He perdido la cuenta del tiempo; me parece que he dormido mucho y que despierto...

¿Dónde estás tú ahora?

¿Dónde te encontrará otra vez mi amor, dónde te buscarán mis labios?... Cuando vuelva a besarte, ¿qué sentiremos los dos? ¡Qué cosa tan dulce ha de ser verte ahora, verte después!...

¿Te alcanza la ternura de este después mío? ¿Entiendes todo lo que de conmovido, ardiente, deslumbrado, te digo en este después que será ya infinito?

Después... Es como si la vida empezara en este momento, como si todo lo que fue antes no hubiera sido jamás. Después: de aquí partimos tú y yo; de aquí arrancamos firmes los dos, limpios y ligeros...

Después...

Dime: después... ¿Cómo serán tus ojos? ¿Siempre tan serenos y tan lejanos? Siempre... Pero ¿dónde empieza este siempre? O es que no empezó nunca y fue ya así desde el principio, desde ti, desde mí...

Y hablaba de tus ojos... Di: ¿me mirarán con su mirada fija, que no parece venir de ellos mismos?

Tu gesto... ¿Cómo será? Y tu voz y tu sonrisa... —tu sonrisa después...

¿Qué sal o qué miel pondré en esa sonrisa tuya; qué desconocido temblor en tus manos, que no me atreveré a besar?...

¿Verdad que tus manos temblarán en ese instante? Mira: las mías tiemblan sólo de imaginarlo, de escribirlo; tiemblan sólo de esperar desfallecidamente nuestro encuentro...

Y no sé, no sé qué voy a decirte... He cogido muchas flores para ti; luego, las he arrojado todas. Está amaneciendo, ya no llueve, y los pájaros cantan a la luz.

Pienso que voy a verte, y el corazón quiere cantar también...

Pienso que voy a verte... Y acaso no estés sola; pero este pensamiento nada resta al deleite del encuentro.

Podré hallarte entre las personas sensatas que te rodean siempre, o junto a tu amiga predilecta; y es bello imaginarte así sonreída y desdibujada, un poco lenta... Mirándome apenas y sin llevar ya el collar de nácar...

Sí, es bello también imaginarte de esta nueva manera, cercados por muchas personas, hablando los dos de cosas distintas, mirándote furtivamente y conociendo, sin embargo, tu pensamiento por el mío, siguiendo el ritmo de tu corazón con el de mi corazón.

No sabes, alma mía, qué turbadora emoción, qué fiesta, qué delicia fue siempre para mí compartir una cosa contigo; y ahora voy a compartir ésta, esta que nadie sabe, tan tuya y tan mía... ¡Tan nuestra! ¡Nuestro secreto dulce, amargo, maravilloso!...

Pasan los minutos, las horas tal vez, y el sol abrillanta ya los cristales, sube por mis pies, por mis manos, por el papel en que te escribo... Quiere ir a ti también; todo quiere ir a ti.

He mirado sonriendo los muebles y las cosas que me rodean... Y ni tú misma podrías interpretar esta sonrisa mía...

No he querido recoger del suelo el latiguillo que traías por la tarde; el latiguillo del frustrado paseo a caballo...

Hay flores sobre el piano, un poco mustias ya y muy descoloridas a la luz del sol. En el fondo del vaso está el resto del agua que bebiste con tanta ansia, la última escanciada de tu cántaro de barro... He buscado en vano, en el reborde del vaso, el sabor de tus labios febriles y amargos, como estaban cuando allí se posaron; pero no me he atrevido a beber del agua tuya.

El piano aún está abierto, y la música muerta parece vagar sobre el teclado inmóvil, tan inmóvilmente como si lo estuviera para siempre.

Sobre la alfombra quedó tu pañuelo perfumado — el tenue perfume de nardo, el perfume de la noche...

Quisiera que nadie volviera a entrar en el pabellón del jardín. Quisiera conservarlo todo como está ahora, como ha quedado después que pasó por él mi dicha.

Conservarlo con el afán, con la unción con que se conservan las alcobas de los muertos, para seguir viviendo algo en común con ellos, para no despedirse definitivamente de ellos. Yo no me despediré de lo que irá siempre conmigo; pero sería también una manera de eternizar un instante — de eternizarme a mí mismo... — y una obscura precaución para lo incierto del porvenir.

Tampoco puedo imaginar más ruido de pasos en este silencio que ha conocido mi felicidad; que nadie entre aquí después que tú hayas salido; que la puerta se cierre suavemente para siempre, y los días que vengan pasen apenas como una leve gradación de luz en este recinto, donde el tiempo debe caminar con sandalias de seda.

El tiempo... He perdido la conciencia de él, y no sé si ha pasado un minuto o un siglo. Tal vez lo que creí canto de pájaros era el canto de mi corazón, y lo que llamé amanecer era la claridad de tu vestido, que no acabó de perderse entre la sombra del jardín...

Pero ahora es de día; todo está claro. ¿Es que estás cerca? ¿Estás detrás de la ventana sin yo saberlo? ¿Habrás venido despacio, sin mirar las flores recién abiertas, sin pensar en encontrarme o a encontrarme tal vez?

Acaso no te decides a entrar y deshojas, fatigada, las rosas del rosal de la ventana...

Quizás sea preciso que te vaya a buscar, que te coja las manos en silencio y te alise despacio el pelo sobre la frente.

Me siento lleno de una ternura muy suave; una nueva ternura que aún no había tenido para ti.

No es, por esta vez, el amor necesitado de siempre que te busca a ciegas, a rastras casi; es un noble sentimiento de paz y de confianza, una consciente fuerza sosegada que me mueve, no sé, a ampararte, a protegerte, aun sabiendo que no estás en desamparo y que contra nada necesitas ser protegida.

No sé explicarte bien mis sentimientos; decirte que soy feliz no sería decírtelo todo, ni tampoco lo que es realmente. He sido feliz, pero aquella felicidad tan intensa, o, mejor dicho, aquella conmoción de la felicidad, no hubiera podido prolongarse sin matarme hasta este instante en que te escribo, feliz también, pero todavía de otra felicidad y, sin embargo, llenos de lágrimas los ojos...

¿Puede ser esto? ¿Crees tú que puede ser, amada del perfume de nardo, de las manos cruzadas sobre el pecho?

¡Cómo lucían las estrellas a través de los cristales de la lucerna! Tú las mirabas como alucinada; después yo te las oculté con mis besos y me miraste a mí; a mí ya para siempre.

Antes habías querido tocar el piano, y yo tampoco te dejé. Tenía la impaciencia del amor que ha esperado un siglo y no puede esperar un minuto... ¡Rompí la música empezada entre las notas blancas y las notas negras, ante el asombro vago de tus ojos, que por un momento — ¡uno solo!... — sentí sobrecogidos!...

Y tú no sabrás nunca cómo he amado luego esa música rota bajo mis manos, bajo el abandono resignado de las tuyas, que rodaron fatigosamente con las notas perdidas.

Tus manos me han quedado; pero las notas... ¿Dónde estarán? Las he buscado inútilmente en el canto de los pájaros que aún no sé si es de los pájaros o es de mi corazón emocionado; en las campanas de la lejana iglesia, en los mil pequeños ruidos del amanecer.

¿Dónde estarán las notas?... Yo las dispersé en una loca ráfaga de amor y ya no las encontraré nunca. Tendré otra vez tus manos, tus besos; pero la música que hice huir no la tendré más.

Si alguna vez tampoco tuviera tus manos...

Borraría lo que acabo de escribir, si no fuera por lo vacío, por lo absurdo que me ha parecido a la luz de este amanecer...

Al principio te dije que sería fuerte ante toda desgracia. Mi minuto de felicidad no me lo quita ya nadie. Ha sido y no puede dejar de ser.

Ahora estoy tranquilo y he podido olvidar la cara de la Muerte. Las palabras vienen al papel sin que yo las llame, impetuosas, adelantándose envueltas unas en otras como las olas a la playa... Y así te voy escribiendo, como las olas, como las olas...

En algunos momentos suelto la pluma, me cruzo las manos sobre el corazón y dejo que todo vaya llegando... Desde ahora sé que nada de lo que guardo en él podrá escapar jamás, aunque lo rompa, aunque se disgregue a todos los vientos...

Este recuerdo infinito que yo tengo de un instante, me tendrá a su vez cuando yo mismo no me tenga. En él viviré feliz y limpio, aunque sea cosa muerta y podrido en otros sitios.

Tú no sabes cómo puede uno salvarse por un recuerdo, por una emoción noblemente vivida y vivificada gota a gota de la propia sangre.

Así como este pensamiento vive en mí ahora, yo viviré en él para entonces; yo me eternizaré en él, tomaré vida y cuerpo en su sustancia inmortal, en lo que seguirá siendo él mismo, ya fuera de mí y conmigo dentro, porque alentaré en él, me alimentaré de él, así como lo he alimentado con mi cuerpo y con mi vida. Mi vida y mi cuerpo mortales, pero que, transmutados en él, cobran y dan inmortalidad... (¡Qué alquimia la del amor!...)

En él viviré, sí, y en él descenderé como un torrente desatado por los escalones de los siglos hasta alcanzarte viva y sobrecogida donde estés.

Tú querías tocar el piano, pero tu mano era como una alucinación en la tiniebla, era una mariposa que volaba siempre, volaba fascinando mis ojos, mi corazón, mis manos...

Era una mariposa, y tuve que romper la música porque había esperado un siglo y no podía esperar un minuto; porque estabas más pálida que nunca y tus ojos me miraban fijamente.

Era una mariposa, y yo tenía un río en el pecho... Y el río pasó ancho... Pasó.

Me duelen los brazos y tengo sueño. Me siento ahora sin pasado, sin presente y sin porvenir.

Me siento como el niño recién nacido, para el que la vida es sólo una gota de leche, la tibia gota que le tiembla todavía entre los labios...

Adiós, Bárbara, te amo. Adiós.

Capítulo X
LAS ÚLTIMAS CARTAS

Esta mañana, cuando, como de costumbre, me disponía a emprender mi paseo a caballo, me asaltó la tentación de ir hasta el lugar de que me hablaste ayer.

Pocas son mis tentaciones, y puedo permitirme el lujo de caer en ellas; así, pues, sin pensarlo más, me encaminé a la desembocadura del río, hacia el sitio donde comienza la empalizada de uvas caletas.

El aire fino de la mañana —ese aire recién nacido, incontaminado aún— penetraba tibio, soleado, en mis pulmones, con ráfagas azules de oxígeno y de vida.

Era un aire de salud el que yo respiraba; y ¡qué bueno sería tener salud ahora!... Ser fuerte, con una pura fuerza física apta para vivir, para sorber lentamente la vida...

Y, sin embargo, bien sé yo que si no me vieras enfermo no me amarías tanto... ¡Oh, no protestes, no levantes tus manos tan suaves para este otoño mío!... Me parece que debo muchas cosas a mi enfermedad; pero no vamos a echar cuentas sobre esto.

Solo, dejaba volar mis pensamientos en la mañana, cuando, de repente, a una vuelta del camino, mi caballo se detuvo, el cuello enarcado, móviles las orejas y el ojo avizor.

Quizás era el aire del mar lo que dilataba sus narices, y aunque no se veía el mar, yo lo adiviné tras el macizo de arbustos que flanqueaban la colina.

¿No te ha acontecido alguna vez esto que te digo de adivinar el mar?

Mira: tú vas por un camino largo y fatigoso; vas ajena al paisaje y a ti misma, mortificada tal vez por las molestias de la jornada... De pronto piensas en el mar; te sorprende la idea del mar, que no has visto aún, pero que presientes cerca, muy fresco, muy onduloso y argentado...

Te detienes a buscarlo en torno tuyo, y sólo ves un lugar árido de tierra ferruginosa o pardos yerbazales.

Sigues entonces; si tienes la dicha de haber olvidado tu geografía, no sabes si andas cerca de un puerto o te aproximas a un caudaloso río. Sólo te alcanza algo como un olor áspero, como una vaga reverberación que no viene directamente del sol, sino de todos lados, de abajo, del fondo, de los últimos ángulos... Empiezan a asomar rocas afiladas que se cortan frente al paisaje.

Luego, el rumor de las olas refuerza tus sensaciones; pero aún puede confundirte el golpe del viento encajonado entre la sierra; levantas la cabeza, miras, olfateas más bien... Y al descender la cuesta fragorosa, te encuentras con el mar entre los brazos.

¿Verdad que es así? Tú, que amas tanto el mar, sabrás mejor que yo adivinarlo. Y hasta atraerlo también.

A veces pienso que el mar te busca —¡como tantas cosas!—, que viene a ti por un camino de algas y madréporas... ¿Será necesario que te guarde también del mar? ¡Que tu jardín crezca obscuro, que se cierre apretado sobre ti y sobre tu casa!... ¡Que él te guarde del mar traidor!

Es él quien ha horadado la estrecha lengüeta de tierra en la desembocadura del río; el que ha abierto en ella esa grieta que tú has visto crecer.

El río come por un lado, roe más bien, con finos dientecillos de ratón goloso; pero el mar hiende y saja, se come la tierra nuestra.

¿Desapareceremos algún día entre sus fauces siempre hambrientas? ¿Tendrá fuerzas el jardín para resistirlo, para quedarse aunque sea roto y desprendido del mundo, pero encima de él?

Bueno, pensemos en el aire tan fino de la mañana, en tus ojos tan dulces, en...

Carta interrumpida. Soledad y silencio. En el horizonte, unas nubes muy bajas; ha empezado el otoño.

Bárbara: ¡Qué día más raro éste! Hace calor, un calor que sofoca y aturde, y, sin embargo, no hay sol. El cielo tiene un color ceniciento, y el mar está quieto y espeso; parece de almidón. No sé por qué, no he querido ir a verte; iré mañana tal vez; hoy me quedo en casa. Di a Tristán que ando de cacería.

El otoño se inicia con turbonadas y chaparrones breves. Bárbara duerme largas siestas y usa una rara esencia de lilas, cuyo residuo halló en un frasco antiguo.

Bárbara, te amo... Y he de decírtelo mil veces para que lo comprendas, para que lo comprenda yo mismo.

Mira: donde estoy, la noche es obscura, y apenas puedo decirte lo que te digo. He ensayado hablarte de cosas triviales en los últimos días; tenía miedo de hablarte de nosotros mismos, pero hay frío y ha llovido mucho.

Ahora estoy tranquilo, pero he necesitado otra vez repetir las mismas palabras...

Es que me figuro que no me oyes bien o que no te das cuenta de lo que te digo.

Me es preciso forzar el sentido de las palabras, que a veces temo que no puedan alcanzarte en esta lejanía.

Pero no estoy lejos; estoy cerca de ti... ¿No me sientes, no me sabes a tu lado?...

Entonces será preciso recordarte que anoche nos besamos junto a la Diana rota... Nos besamos... Tu boca estaba helada y olía a adormideras. Había muchas estrellas en el cielo...

¿No te acuerdas ya? ¿Dices que no fue anoche? ¿Cuándo fue, entonces? ¿Puedes tú decirlo acaso? No, di más bien cuándo volveremos a besarnos... Tal vez esta noche misma; tal vez la noche de esta fecha en el próximo siglo. No importa; mi amor ya ha aprendido a jugar con el infinito.

Ahora te escribo una carta confusa, que va a llevarte un poco de esta noche mía. Y pensar que estoy turbando tu sueño —porque debes de estar dormida—

para decirte una vez más que te amo... Te amo a ti. ¿Lo comprendes ahora? ¿Lo comprenderemos al fin?

Sí..., es a ti, la imposible aun en mis brazos; la lejana, la dolorosamente lejana; la irreparablemente imposible aun doblada bajo mis besos.

Te amo... Eres tú, con tus manos frías, con tus ojos en forma de almendra; eres tú la que yo amo siempre.

Son tus ojos los que me miran desde una obscuridad de siglos, los que se quedaron mirándome mientras la noche dura.

Es tu boca, tu boca siempre —más deseada cuanto más besada—, la que me hace temblar todavía con yo no sé qué cobardía de amor.

¿Te parece imposible que te ame de esta manera, que te ame así, en esta obscuridad que no sé si es de afuera o de adentro, que se ha hecho de pronto y donde pronto ya será difícil verme?

¿No lo comprendes entonces, no lo sientes siquiera?

¡Ay! Tú no sabes, tú no sientes nada; tienes los párpados cosidos con sombras, y en vano te muestro mi corazón, en vano te repito que son tus manos, que es tu gesto indeciso y tu fugaz mueca de disgusto, y sobre todo son tus mismos ojos, cerrados para no verme, para no verme...

¿Tendrás miedo, Bárbara? ¿Y de qué?

¿Tendrás miedo de mí? Siempre has tenido miedo; eres como una gacela que huye continuamente sin saber de qué.

Pero nada tienes que temer; todo es más sencillo de lo que imaginas...

Nada tiene la complejidad que tú supones y que acaso sólo está en ti misma.

Las cosas se suceden de una manera natural y prevista, y no debe haber siquiera sorpresa por ellas.

¿Dónde está el otro pliego de esta carta? ¿Se lo llevaría el viento, o se lo llevaría el mar? Vivir es aprender a perder.

Está muy entrado el otoño, y Bárbara llena los libros de hojas secas y mariposas muertas.

Parece que quieres volverte a ese dominio obscuro que es tuyo y adonde yo no puedo entrar; a ese recinto inaccesible, en cuyo umbral tengo que quedarme con los puños apretados, con los ojos sobresaltados que te pierden...

Parece que te vuelves de niebla y humo, que buscas los recodos y se te va haciendo el paso más lento.

Parece que juegas conmigo un extraño juego que yo no entiendo bien, que trato de seguirte, torpe y confundido, y que a pesar mío me pone yo no sé qué inquietud en el corazón.

Pedazos de cartas... Pedazos de cielo torvo, encapotado... Ayer apareció otro pescado muerto en el estanque. ¿Qué cosa hay en las aguas? Bueno; vamos a trenzar este cáñamo. Vivir es aprender a perder.

Bárbara: Te escribo con el corazón lleno de cólera una carta odiosa, la cual, quizás cuando recibas, me habré arrepentido de haber enviado.

Pero no puedo evitarlo; yo no sé evitar nada. Como ves, continúo sin poner ritmo a mi arrebato.

¿Por qué ayer, cuando caminábamos junto al mar?...

Las últimas cartas se van haciendo más borrosas, más obscuras. El otoño lo va poniendo todo así. No quisiéramos que hoy también apareciera otro pececillo muerto... En el horizonte, las nubes muy bajas presagian tormenta próxima.

Es necesario — ¿me oyes?— que midas tus pasos y que peses tus palabras; que te comportes, en fin, como si de cada acto tuyo tuvieras que rendir cuentas a un juez desconocido y vengador.

Preciso es ya que abandones tu actitud soñadora, tu silencio encantado, que tan bien han sabido preservarte hasta ahora de las preguntas asediantes.

Ha llegado el momento de asumir la responsabilidad de los propios actos, y no soy yo, es la Vida misma, la que quiere que tú elijas...

¿Quién ha hablado tan recio? ¿Hay alguien en la ventana? ¿Y qué ha de elegir ella?

Puede elegir una hoja o puede elegir una mariposa.

Para marcar libros, todo es igual. Esta mariposa es muy bella y tiene las alas punteadas de plata.

¿Cómo sería aquel otoño tan lejano, cuando las manos de ella eran suaves?... ¿Qué es lo que dice él, que quería la Vida?... ¡Qué triste está el mar!...

Pero, entiéndelo bien, no puedes disponer de tu cuerpo ni de tu alma; guárdate de hacerlo nunca, ni siquiera para probarte a ti misma que eres fuerte..., pues hay cosas a las que es malo desafiar. Eres mía, Bárbara, aunque ahora todo te parezca imposible, un sueño, una alucinación. Lo eras aun antes de que te me dieras tú misma, y cuando me diste tus besos y tus brazos no me dabas nada que yo no hubiera hecho mío ya con la superioridad de mi deseo, que es el espíritu que yo puse, sobre la materia, que es la entrega, lo que pusiste tú.

Y yo dejé que te creyeras generosa porque me sabía el más fuerte de los dos; más aún que la vida, ¡la cosa más poderosa que me ha separado de ti!

Sin embargo, hace tiempo que buscas palabras bonitas para ponerte en paz contigo misma.

Está bien, y no haré cosa alguna para impedírtelo. Prueba a ver si puedes desconocer ahora lo que te puso la quemadura en el alma. Eres hábil para persuadir y puedes persuadirte a ti misma.

Pero no me desciendas a los hechos.

Quédate en las palabras y en los elevados pensamientos.

Yo no tengo brazos musculosos ni labios rodeados de áspera barba; pero cuando beso y abrazo sé poner eternidad de por medio.

Los ojos de Bárbara han quedado muy abiertos en la tarde. Son unos ojos fríos y grises como un paisaje de Nüremberg. Por la ventana pasan pájaros tumultuosos que huyen de la tormenta. Uno de ellos entra y revuela, tropezando con las vigas del techo. En los ojos grises se ha rajado una veta de agua...

Ayer no te he visto. En tu jardín están las huellas de mis pasos por todos los senderos.
Después de lo que hablamos el sábado debía saber que no te veía, y, no obstante, fui, porque mi esperanza es dura de matar.
Tu puerta, cerrada. Tu corazón, cerrado.

Cartas rasgadas, cartas rasgadas. Unas, comidas por los insectos; otras, estrujadas, con letras que se borran como los perfiles de un paisaje anochecido.
Paisaje anochecido...

Bárbara: El mundo se me ha quedado sin luz. La vida, la poca vida que aún es mía, se me ha vuelto de acíbar y de veneno.
¿Te alcanza esta tristeza mía?
Esta soledad sin término ni principio, esta sombra más obscura que todas las noches del mundo, desde donde en vano tiendo hacia ti mis brazos —todavía y siempre, amor mío...

Hace mucho frío en la casa de Bárbara. Las puertas cierran mal, no ajustan las persianas, y los vidrios se han roto entre sus aros de plomo. El invierno va a ser muy duro.

Soy cobarde y te he llamado otra vez.
Te he llamado porque soy el menos valiente de los dos y tengo miedo de la noche.
Como los niños...
Te dije que quería tu tranquilidad. Te lo dije hoy mismo, ¿verdad?
Pues no, no la quiero, quiero la mía.
Quiero las dos cosas si es posible; si no, la mía.
Además de cobarde, soy también egoísta y cínico. Soy todo lo que tú piensas; pero no te vayas.
Yo no puedo querer una paz a costa del sacrificio que he luchado por apartar toda mi vida, que he rehuido siempre y para el cual me siento —tú sabes que es así— sin valor y sin fuerzas.
¿Cómo has podido creerme?
Me odio a mí mismo y no puedo librarme de mí. Hay quien se suprime de una vez o se rectifica; pero yo no puedo intentar ninguna de las dos cosas. Para una me

falta el valor que necesitaría para dejarte, que es lo mismo; para otra, me falta tiempo.

Ya no tengo tiempo de nada... ¿No te has dado cuenta? ¿No lo comprendes aún? ¡Qué cosa tan terrible!... Ya no puedo pensar en rectificaciones. Ni en hacerte feliz, como me atreví a soñarlo.

Pero acaso también ya tú estás demasiado fatigada hasta para ser feliz.

Tu piedad tan cristiana, largo tiempo en tensión, acaba de quebrarse —yo lo he sentido...—, acaba de quebrarse y bruscamente se vuelve sobre ti. Descubres que tú también tienes muchas cosas para ser compadecida y que, sin embargo, nadie lo hace, nadie piensa más que en su propio dolor. Y la Vida no es así; no puede ser así. Y te has puesto a cuidar tu corazón.

Pero yo digo: Si es que hay que llorar, ¿por qué hacerlo separados?

Sólo te pido que lloremos juntos.

Nada me des más que tu presencia salvadora: nada quizás pueda ya tener; pero no me eches de tu lado, no me huyas, no te pierdas para lo poco que abarcan ya mis brazos. Si es necesario pasar por todo, sacrificarlo todo por esa presencia tuya, todo lo sacrificaré, por todo pasaré; ninguna humillación me parecerá imposible de sufrir, ninguna villanía me lo parecerá tanto si me da el derecho de estar a tu lado.

Perdóname este amor tan miserable que te ofrezco... Te he dicho en estos días cosas absurdas; tal vez te las siga diciendo todavía... ¡A eso se llega en esta soledad y en esta tristeza! Te aseguro que no hay amargura que no haya sido mía: mía hasta la médula de los huesos, hasta la blandura hueca del corazón. Júntalo todo y quémalo. Que las palabras crueles que dije sin querer sirvan al menos para calentar tus pobres manos frías..., frías como las sintieron mis labios esta mañana; frías como aquellas palomas —¿te acuerdas?— que una vez encontramos muertas junto al cristal de tu ventana.

Dulce impresión de frío en mis labios y en mi alma; ¡qué cosa tan sedativa, tan refrigerante y suave fue! El dolor se me ha empezado a adormecer.

Tú eres la gran serenadora de mi corazón... No tienes más que mover las manos para amansar la turba desenfrenada en que, a pesar mío, me disgrego.

Por eso cuando no tengo tus manos siento miedo; siento miedo de muchas cosas... Ven. ¡Si supieras qué triste está todo sin ti!

Si tú vinieras, yo no tendría miedo a esta noche sin amanecer, a este silencio que me pesa ya sobre el pecho; el miedo de estar quieto sin ver, sin ver...

Si tú vinieras, tal vez yo volvería a ser bueno y tu corazón se sorprendería de encontrar lo que dio por perdido.

Ven... Quizá no estemos tan lejos.

Ven, mira que acaso no hayas andado tanto y estás a tiempo todavía...

Quién sabe si no he quedado tan atrás como te imaginas.

¿No te llega mi grito desolado?

¿No has sentido, de súbito, irrumpir en tus días, en tus libros, en tu jardín, la tristeza de mi corazón dejado de tu mano?

¡Sí te llega, sí te alcanza! La vida es breve, la tierra es pequeña siempre para encontrarte.

Ven ahora, en que para que puedan caber todas tus fugas, la misma fuga blanca que tú eres, he sabido ensancharme el corazón.

Ya la gaviota escapó. Sí, era una gaviota el pájaro que chocaba con las vigas del techo. Bárbara camina sin rumbo por el jardín en sombras. Camina interminablemente por un interminable jardín, dejando atrás una obscuridad de sendas y recodos. Los últimos días del otoño han sido muy tristes y amenazan tempestad. Bárbara camina, camina...

Te he llamado, y te he llamado en vano. Sé que rezas por mí, y que hablas de mí —cuando te hablan— con las dulces y pausadas palabras que se escogen al hablar de los muertos.

Posiblemente hasta me haces elogios inmerecidos.

Pero no estoy muerto, no lo estoy.

¿Por qué me das por muerto, por qué me tratas como si hubiera muerto y ya no pudieras hacer nada por mí, más que rezar y llorar?

¿Entra eso también en el programa de tus comodidades?

No estoy muerto, ni moriré todavía. Aún me siento con fuerza para doblegar tu vida, y ahora he rechazado la muerte con tanta sombra en los ojos que huyó lejos de mí.

Bárbara camina. Sus vestidos y sus cabellos vuelan al viento huracanado, y el jardín, súbitamente empavorecido, se agita en un arrebatado quebrar de ramas...

Aborrezco tu piedad: es la moneda falsa con que pagas el precio de mi vida.

Te aseguro que no es necesario que me compadezcas.

Un hombre que tú has besado no tendrá nunca por qué ser compadecido. Sea cualquiera cosa la que sobrevenga. Además, yo tengo sobre el beso, la lacra de cuerpo o de alma y el corazón obscuro de soberbia.

Tu generosidad te ha dado muchos derechos, hasta el de romper mi vida; y siempre podrás pensar que me diste más de lo que merecía, todo lo que tú podías dar, y que aun así no me pareció bastante. Más de cuanto merecía, porque no he merecido nada; todo lo que tú podías dar, porque lo demás bien se ve que no puedes darlo; y no me ha parecido bastante, porque siempre he pedido más.

Considera entonces si debo ser compadecido al disfrutar siempre de bienes robados —y ahora me parece que todo he tenido que robarlo— y vigilando todavía qué cosa se te cae de la mano..., aunque sólo sea una flor...

Te amo, Bárbara... Dios mío, te amo.

Bárbara no oye nada. Ha caminado mucho ya, y la tormenta que se abatió tanto tiempo sobre su cabeza va a estallar sin detenerla ni volverla atrás.

Tu suave razonamiento —suave como todo lo que aún viene de ti— no ha podido por menos que conmoverme.

Cierto es que tú no has querido comprar nunca mi vida con ninguna clase de moneda, ni mucho menos has pensado que yo tratara de vendértela, sino que te la daría simplemente. Y sin solicitud alguna por tu parte, desde luego, te apresuras a aclarar.

Me explicas después con toda gentileza tu despreocupación en este punto, diciendo con una mesurada, apenas incipiente sombra de ironía, que no podías imaginar que mi vida fuera cosa comprable.

Yo me permito completar tu frase — aunque no tu pensamiento, que ya presumo completado— añadiendo que, aunque lo fuera, no se te antojaría por cierto comprarla, ni siquiera con moneda falsa.

Continúa tu razonamiento correctísimo. Lo que tú has dado, moneda de plomo o de oro fino, en modo alguno puede tener carácter de pago. Podrá serlo todo, hasta un botín de mis robos —ya que confieso robar— o algo parecido, como una contribución de guerra impuesta por un poder mayor y terco. Pero tú no entiendes haber pagado nada, ni debido nada, ni has echado nunca cuentas acerca de esto.

Está muy bien. Pero es lo cierto que tienes mi vida entre tus manos, que juegas con ella, o, lo que es más amargo, que te has cansado de jugar y no sabes dónde abandonarla.

Es lo cierto. Y también que te haces la desentendida y que quieres ignorarme y que tienes muchas cosas en tu vida para disculpar la flaqueza de tu memoria.

Pero yo no olvido ni perdono. Y he sacado mis cuentas. Como buen ladrón al fin (ladrón apto, no bondadoso y mucho menos arrepentido). Y sigo rechazándote la moneda.

Ha estallado el huracán. En la tiniebla, hay árboles que se doblan y caen lentamente. Bárbara huye entre la lluvia que le azota los ojos y el barro que se hunde bajo sus pies. ¿Dónde estará la gaviota fugitiva? Un viento negro arranca las nubes y las arroja a puñados sobre el mar.

Pero ¿es que te he perdido? ¿Dónde estás? ¿Adónde vas sin mí?

Entonces, era cierto. Entonces, ahora, aunque yo quisiera, no podría tocar tu mano...

Y yo, ¿con qué mano escribo esto? ¿Tengo manos?... ¿Con qué mano desgajada, torpe, extraña, oliente ya a muerto...?

El viento vibra en un *crescendo* de angustia. Los ralámpagos rajan el cielo, que se desangra en chorros de lluvia tibia, electrizada, borbotante.

Bárbara tiembla y camina siempre; camina sin saber ya si va por el jardín o lo ha dejado atrás, enfilando los caminos del mundo.

Creí que ella estaba lejos, que había huido al ver la sombra de mis ojos; pero no, no se fue. Dio una vuelta despacio y se volvió sin ruido...

Ahora está aquí, y eres tú la que estás lejos y no podrás ahuyentarla como sabías hacerlo, como hiciste aquella vez, levantando tu mano.

Y todo tendré que dárselo, y todo será para ella, ya que nada has querido tú.

Bárbara va ahora por un lugar negro, todo de rocas negras. Las rocas se perfilan bajo el cielo lívido, exangüe, delgadísimo, de una tenue transparencia de tripa azul de gusano.

Y es que la vida es demasiado breve para amar, sufrir, odiar, perdonar y olvidar, todo en ella. Serían necesarias muchas vidas para vivir una pasión digna del alma humana.

No se nos da tiempo para rectificar, para comprender al menos, y nos morimos casi sin haber vivido.

El error mío fue creer que me alcanzaba la vida para todo eso; creer que te alcanzaba el corazón.

Ése fue mi error; el tuyo fue quizás más grave: fue entregarlo todo, menos lo único que verdaderamente se necesitaba de ti; darlo todo a cambio de no darte a ti misma, sin ver que faltando lo que retuviste, ya hacías nula y odiosa, por la intención, toda tu entrega. Quisiste vulgarmente entretener —y aún más: sobornar— lo que juzgaste un hambre indigna, pagándole lo que vendría siendo para ti un tributo de guerra —son tus palabras—, para poder así marchar tranquila, sin que se te detuviera. Apelaste a satisfacer los bajos sentidos, a granjearte su favor para que, satisfechos y adormecidos, no te estorbaran la fuga... No contaste con el alma en vigilia.

Grave, falaz error fue, y los errores hay que pagarlos. Yo he empezado ya a pagar el mío.

Bárbara ha llegado al mar. En lo alto del acantilado, su silueta se dobla al golpe del viento.

Los relámpagos iluminan el horizonte, apenas entrevisto entre una cortina de lluvia y espumas.

Una ráfaga arrebata el velo que ella se había llevado cubriendo su cabeza. El velo vuela un instante y cae al mar. A la luz de un relámpago se le ve aún, enredado en la cresta de una ola; al otro relámpago, no se le vuelve a ver.

Tú quieres ser libre; tú quieres mover los pies y ensanchar tu horizonte, y para eso te pesaba mi amor, te fatigaba mi súplica perenne, mi insistencia en llamar a tu puerta con una pesadez repugnante de mendigo.

Desde el principio sólo has estado pensando en escaparte, o mejor dicho, escapándote ya... Cuantas veces he creído que al fin te tenía, me he visto aire en las manos y sombra en el corazón... ¡Qué bien has sabido esfumarte, escurrirte en tu silencio con tus maneras suaves, con tus sonrisas inexpresivas, aunque yo, engañado y violento, cerrara todas las puertas y levantara todos los muros!

No has sido mía nunca, aunque yo te haya apretado hasta sentir el crujido de tus huesos, aunque yo no haya hecho otra cosa que ir recogiendo tus gestos, bebiendo tus palabras, errando como un alma en pena para no perder un minuto de tu presencia, una mirada tuya, para que no se me escapara ni una sonrisa... Inventando la manera de hacer mías cosas absurdas, como tu nombre, como los flecos de cabellos que te cortabas en los cuartos crecientes... No, no lo has sido nunca, como si yo no hubiera vivido, luchando, manteniendo esta existencia insoportable hasta el último de sus miserables días, sólo para que lo fueras, sólo para no irme como me voy, con la amargura cierta, sin nombre y sin fin, de saber que no lo has sido jamás.

Yo he pasado toda la vida tejiendo inútilmente lazos y cuerdas; tú los has esquivado todos, con pie ligero, con ojos puros y desconcertantes.

No has caído en una sola de mis trampas: ni en la del amor, ni en la del dolor, ni en la del espíritu, ni en la de la carne. Has reunido el olfato del ciervo, la ligereza de la liebre y la elasticidad del tigre. Y más inteligencia y cautela que todos ellos. ¡Oh, tú, la inteligente, la cauta por excelencia!...

Virgen prudente, no en tu carne, que no es lo más importante y que ya desprecian tus Evangelios —y triunfaste y tuviste consciencia de tu propia superioridad desde que comprendiste esto—, sino en ti misma; virgen en tu espíritu, en tu corazón cerrado y misterioso.

¿Para quién te guardas desde hace mil años, hermética y sombría?...

¿Para qué esposo es tu llama tan cuidada, sobre la cual se estrellarán en vano todos los vientos?...

Quién sabe si para nadie; para ti misma siempre, femenino Narciso, absorto en tu reflejo hasta morir en él... Quién sabe nada ya...

Mucho hemos luchado y mucho hemos sufrido. Ahora llegamos a este mar sin riberas, donde es preciso embarcar. Tú te quedas todavía, y todavía miras con ansiedad furtiva el horizonte.

Es de noche y nada vemos. Y es mi voz la que te habla siempre.

Entre tú y yo queda una cuenta pendiente, una vulgar tragedia, que es la misma de la mariposa que quiere volar y de la lagartija que se acerca con el vientre pegado a la tierra; la tragedia de la mariposa que vuela y de la araña que teje, de la mariposa que vuela y del alfiler que clava.

Tú eres siempre la mariposa.

Yo tengo la tierra cerca, y por cerca, su alianza; soy infatigable para tejer y certero para clavar.

Tu habilidad está en huir, en esquivarme, en haber logrado no enfrentarte nunca conmigo. Pero yo cuento con un medio obscuro, un medio extraño y lento —no te asustes...—; es el mismo de la araña o de la lagartija: te atraigo.

Te atraigo y no perdono, como tampoco perdonan los animales que se me asemejan.

Ellos no saben de perdón, no entienden tu filosofía cristiana.

Ellos cumplen con su naturaleza y con su ley, que les manda vivir por la presa. Mi naturaleza eres tú, mi ley eres tú y también mi presa.

Cumplo con mi destino y no tengo responsabilidades. Tú, mientras puedas huirme, húyeme.

Y ten presente que soy ciego, más que la araña o que la lagartija. Como el alfiler que clava las mariposas impulsado por una mano que no conoce.

Quizás constituya especulación novedosa y útil, digna de tu mentalidad ya liberada, el investigar qué mano me mueve, qué mano me impulsa —segura— hacia tu corazón.

Para mí ya nada es nuevo ni viejo, y no tengo que hacer investigaciones. Me limito a clavar...

Bárbara lo vio venir y cerró los ojos.

Pero lo había visto ya retorciéndose en el viento de la tormenta, girando, compulsando, enfocando con la certera puntería el blanco eterno y fatal, súbitamente inmovilizado, de su corazón.

Él estaba allí, había estado siempre.

Y ella había creído en su muerte; él mismo había dicho que iba a morir, la había fatigado hablándole de su muerte, pero no se había muerto nunca, no moriría jamás; mientras creía en su muerte, lo había estado reanimando con su propia vida, nutriéndolo con su propia sangre, cebándolo con la dulzura esquilmada de su corazón.

Había creído en el tiempo, y el tiempo se le deshacía en las manos, como un poco más de niebla entre la niebla; había creído en la Naturaleza, y la Naturaleza misma parecía abrirle paso desgarrando el cielo, revolviendo el mar. Y él quedaba solo.

Era él siempre, él eternamente; él, invencible; él, obstinado, terco, odioso.

Bárbara sacudió las manos y abrió los ojos.

CUARTA PARTE

*Estaban frente a frente los eternos
enemigos: el Hombre y la Naturaleza,
la Tierra y el Mar.*

Michelet

Capítulo I
EL ENCUENTRO

Traído por la tempestad, sobre el lomo del mar, venía ya a buscarla. Venía, sí; muy lento y muy seguro; muy lento para flecha, muy seguro para hombre. Venía sin forma aún, apenas moldeado por el viento. Ella lo había visto aparecer y desaparecer a tramos, entre las cortaduras de las rocas; lo había visto subir el promontorio y hundirse en la hondonada para volver a surgir más cerca, más grande cada vez, más enfilado a su corazón.

Lo veía ahora, agudo como flecha o clavo; medido como hombre. Más hombre que flecha lo veía, y que clavo; y menos la hubiera sorprendido una flecha que un hombre. Aunque lo había dicho, todavía el hombre no se había hecho dardo clavador.

Venía hombre, hombre vivo y muerto, imposible y realizado, reunido en todos sus átomos dispersos, moviéndose, tal vez, como un muñeco de artificio, de cuya cuerda alguien tirara por detrás de él mismo.

Había venido y avanzaba poco a poco sobre el filo del acantilado, por encima de un inmenso paisaje de mar y de piedras. Bárbara se puso en pie y esperó.

Era después de la tormenta. Un sol viscoso y reblandecido nadaba entre jirones de nubes, goteando una pulpa de luz demasiado aguada aún para alumbrar los ángulos en sombra y la masa de agua inmóvil en el fondo.

Todavía no acababan de pintarse los colores sobre las cosas; pero el viento aquietado rezongaba cada vez más lejano, y por minutos el agujero negro que abriera la tormenta se iba cubriendo de un cielo tierno y traslúcido, un cielo que pronto sería rosáceo como la piel nueva que se forma por encima de la herida.

¿Era de cielo o de tierra, de sombra o de carne, el que venía despacio, erguido finamente por un camino sin trazar y que sin trazar conducía siempre a su corazón?

Tampoco había color en él; estaba hecho de tonos neutros. Era blanco y negro, fundiéndose a veces en grises ligeros.

No era flecha, ni acaso era un hombre. Era un informe, incoloro producto de la tormenta; era una reverberación eléctrica de la atmósfera, una emanación fluida de la tierra.

Llovía aún, no mucho; y había puntos brillantes en los contornos de las rocas. De vez en cuando llegaba un olor áspero a mariscos muertos.

A tramos iban clareando racimos de charcas, en cuyas aguas estancadas la luz del sol empezaba a descomponerse en amarillos de azufre y en grises de perla.

Era después de la tormenta, y él venía; aún rezongaba el viento en la soledad de la playa, y el mar, apaciguado y roto entre las lajas de granito, se replegaba despacio babeando espumarajos.

Bárbara volvió a sentarse. Su corazón se había serenado de pronto, y se preguntaba ya vagamente cuál era su espera, cuál su deseo y qué cosa hacía allí. Era después de la tormenta, y él venía. ¿No era eso lo que estaba sucediendo? Sus ojos seguían desentrañando al hombre de las brumas, limpiándolo de los miasmas de las pocetas, librándole de la pesadez rocosa del paisaje que parecía comprimirlo, soldarlo como una arista más a su flanco.

Lo veía bien ya. Distinguía sus piernas y hasta la tela de sus ropas, una tela blanca y rígida. Imprevistamente le pareció el hombre muy pequeño; demasiado pequeño para la inmensidad de su paisaje, hecho sólo por tres cosas que parecían infinitas: el cielo, el mar y la piedra.

Bárbara se ha puesto a recoger unas conchas de formas extrañas que la marejada ha dejado en torno a ella. El sol está muy alto y alumbra mejor; las masas de sombra, como rebaños empujados, se van rodando al fondo del paisaje.

Barrido con las últimas nubes el hálito sobrenatural que las dotó de sentidos nuevos, las cosas van recobrando su primitiva naturalidad, su aspecto cotidiano y vulgar.

Aún vuelve ella los ojos al que se acerca. No tiene aire de niño, el niño que ella imaginó violento y enfermizo, el de las manos finas y firmes, el de la boca cruel; no lleva un fleco caído sobre los ojos, ni luce frac color de embeleso, recién salido de las tijeras de Kupffer. Hasta ha olvidado el ramo de lilas blancas o lo perdió en la tempestad...

Bárbara va colocando despacio los caracoles en el repliegue de su manga; luego, la agita un momento y los caracoles chocan unos con otros, produciendo un sonido singular.

El que ha venido está ya muy cerca, sus facciones pueden vislumbrarse. Los ojos de Bárbara miran sin expresión; no se parece a nadie que ella haya visto o soñado.

Y lo ve detenerse, inclinarse por el borde del acantilado; lo ve tender sus brazos hacia otros brazos que asoman desde abajo, seguidos de una cabezota sin pelo, de unos hombros en arco, de toda una otra figura humana semejante a la anterior.

Hay hombres en la playa de Bárbara. Se hacen gestos, se hablan tal vez... Un obscuro terror quiere hacerse en su pecho, pero no llega a serlo tampoco.... Ella mira en torno suyo buscando acaso una fuga y, no obstante, sigue en la roca, sin acertar a hacer movimiento alguno.

¿Cómo habrán llegado esos hombres hasta allí? ¿De dónde los habrá arrastrado el huracán, que vienen con palabras, con ruido, con pasos osados?...

Y llegan cerca ya... En vez de huir, Bárbara quisiera gastar los pocos minutos que la separan del que llega, recordando unos párrafos entrecortados, rememorando el sombrío rencor apasionado de las últimas cartas, aquella cosa ancha y obscura que la estremeció y la envolvió en una ráfaga de tormenta...; pero no puede eso tampoco; no sabe ya, no recuerda...

No recuerda ni huye; no se da cuenta de que haya pasado nada obscuro. La alegre luz del sol le cabrillea en los ojos y tiene que formar con los dedos, junto a las cejas, un abanico para seguir mirando.

Y el que viene, el más joven, que es el que va delante, tiene el pelo negro y rizoso; aún cree ella distinguir el color de sus ojos, azules o grises, azules más bien, con un azul desteñido de flor... Bárbara ha pensado en un viejo grabado en cobre que representa al almirante Nelson en la batalla de Trafalgar.

Ya pasó la borrasca, ya el sol se recobra briosamente sobre las nubes. Y Bárbara sonríe a los recién llegados, que aún no pueden ver esta sonrisa.

No la han visto aún, porque miran más bien hacia el camino difícil de rocas y líquenes resbaladizos.

Pero ella sí los mira largamente... Ninguno trae sombrero de hebilla, ni ramillete de lilas. No es a su corazón...

Ese hombre que viene no debe de haber llorado nunca; se ve que no va a pedir nada; no llora, se ríe, está riéndose ya, con una risa espesa y dulce de melado, una risa un poco ronca que ella alcanza a oír, dejando caer todos los caracoles.

De pronto se corta la risa. Él se ha detenido, y tan bruscamente que, más que detenerse, retrocedió. La ha visto.

Una nube de gaviotas se precipita graznando entre ellos. Por un momento, desaparecen uno a la vista del otro entre un remolino de alas grises y ligerísimas.

Y el aire batido por las alas se queda como vibrando, y ella, apenas entrevista en un abrir y cerrar de alas, se hace y se deshace, maravillosa y blanca...

Bárbara no se ha movido. Los había visto venir desde hacía largo rato, y la emoción del encuentro le llegaba como una fragancia desvanecida; no apartó de sus ojos los finos dedos abiertos sobre ellos a modo de abanico.

La emoción de los hombres no puede apreciarse mucho. Uno de ellos ha encendido un cigarro; el otro, el que venía riendo, mira a Bárbara de arriba abajo. La figura femenina le ha interesado vulgarmente y toca con el codo el brazo de su compañero.

¡Ya huyen las gaviotas, ya van lejos, y aún queda el aire estremecido, entibiado de plumas!...

¡Ya el sol rompe y quema los últimos grumos de niebla que arden despacio en la paz de la tarde!

El desconocido sonríe, avanza unos pasos y rodea tranquilamente con su brazo la cintura de Bárbara, que no se mueve ni deja de mirarlo con su ancha mirada inexpresiva.

Y es él quien viene a retirar, ligero, el brazo alargado.

Sus ojos miran ahora atentamente a Bárbara; ella los siente impregnados de un vago asombro, de una curiosidad inocente y dulce. La mira él pasándose la mano por la barbilla. La piel que acaba de tocar, impensadamente fría y como viscosa, había producido en el hombre una reacción contraria de estupor y disgusto.

No se cansaba de observar a la muchacha. Era pálida y de contornos mórbidos; trataba de hallar entre sus sensaciones físicas la semejanza de la piel que había tocado... Era una piel que no tenía propiamente la consistencia del molusco, porque carecía de elasticidad, ni era tampoco semejante al barro que trabajan los alfareros, ya que no se había aglutinado a la presión de sus dedos... Le pareció más bien su carne como una carne de hongos, húmeda y granosa... Ella misma recordaba un fino hongo brotado silenciosamente de la tierra...

Bárbara, a su vez, continuaba mirándolo por entre las junturas de sus dedos, como ajena a sus contradictorios movimientos, y a él le pareció que su mirada era, al igual que su carne, fría; la sintió verdaderamente caer sobre él, fresca y escalofriante como un goteo de agua rezumada entre piedras.

Se dio cuenta de que sentía la mirada, pero que no llegaba a percibir de un modo nítido sus ojos; ni sus ojos, ni su pelo, ni sus dientes. Era como si todas estas sustancias distintas se hubieran fundido y confundido entre aquella masa carnosa y pálida, entre aquella trenzadura de heladas fibras musculares; todo aparecía licuado, borroso, difuso en ella; era como una cosa homogénea y floja. ¿Qué hacía aquella mujer allí, surgida como un hongo? Tenía carne de hongo. Le disgustó.

Había una gran calma sobre todas las cosas. El cielo lucía limpio y despejado; apenas los últimos cirros quemados por el sol se esparcían como ceniza azul en lontananza. El viento se llevaba la llovizna cristalizada antes de tocar la tierra, y allá abajo, en el mar triste de después de las tormentas, flotaban mansamente brazados de algas, maderos y tablones, tiras de lona desgarrada, despojos obscuros que el mar traía a la orilla.

Un poco más a lo lejos, un fino barco se doblaba entre unos escollos; la afilada curva de su proa, revestida de planchas metálicas, brillaba al sol melancólicamente. Bárbara creyó comprender, y una leve sonrisa le entreabrió los labios...

Animado por la sonrisa que imaginó venir en su dirección, y ante el retraimiento de su amigo, el hombre más viejo se creyó obligado a romper el embarazoso silencio; frotándose, pues, las manos, se dirigió a Bárbara con un amplio saludo.

Al sonido de la voz humana, se estremeció ella ligeramente, pero nada contestó; entreabrió los labios, y sólo un suspiro pareció brotar de ellos.

Ante aquella singular actitud, y sin muchos ánimos para prolongar la escena, el desconcertado interlocutor decidió seguir de largo, y así lo hizo, no sin antes llamar con una seña al compañero. No se la hizo repetir éste, que sentía crecer en derredor una sensación penosa, un indefinible malestar, y se dispuso a seguirlo apresuradamente; mas apenas había andado unos pasos, los desanduvo en seguida, volviéndose a poner, de un salto casi, frente a la muchacha.

Sonrióse ella extrañamente, y sacando unos caracoles del doblez de su manga, se los ofreció en silencio. Él los tomó asombrado.

Los movimientos de la mujer eran rítmicos, tal vez un poco mecánicos, pero no exentos de gracia y hasta de cierta majestad. Le agradó más su visión dinámica que la estática.

Advirtió también que debía de ser muy joven y que aunque no era bella, ni siquiera estaba dotada de un rostro expresivo, la suavidad de sus gestos hacía olvidarlo. La misma ligera inconsistencia de sus perfiles se comunicaba a los pliegues de su vestido. Llevaba un vestido largo y flotante, que a él le pareció en extremo ridículo.

De repente, se preguntó por qué continuaba allí atónito y en pie contemplando a una mujer desconocida; trató de recordar cómo había él resuelto situaciones análogas; pero la rememoración no acababa de brotar, turbado por los grandes gritos con que su compañero le llamaba y turbado sobre todo por la fina sonrisa, tan aguda en las dos puntas, que él casi sentía que se le hincaban en la carne...

Pensó que lo mejor sería pedir perdón a la muchacha por su primera familiaridad; era un modo de decir o de hacer algo, a más de lo indicado en tales casos, y no dejaba él también, ante la sosegada actitud de la hembra, de sentirse un tanto arrepentido de su vulgar ímpetu.

Decidió entonces expresarlo así, escogiendo las graves y mesuradas palabras propias de las circunstancias; pero mientras él hablaba, lo miraba ella tan fijamente, no a los ojos, sino a los labios, moviendo al mismo tiempo un poco los suyos y pareciendo escucharlo con un rictus de esfuerzo tan marcado en la frente, que él enmudeció de pronto, contrariado, sin saber a punto por qué...

Los labios de ella se detuvieron también; pero los ojos seguían mirando atentos...

—¿Eres muda? —saltó al fin, mortificado, más que por la persistencia del silencio, por la de la mirada—. ¿Los ratones te comieron la lengüita, como a las niñas malcriadas?

Ella, con gesto rápido, se llevó los dedos a la boca. Indudablemente había comprendido, e indudablemente también, palpaba ahora su fina lengua pálida, sonriendo y cerrando los ojos.

La sonrisa infantil y pura de que se acompañaba el gesto desconcertó aún más al recién llegado. No sabía qué pensar ni qué decir; no recordaba haberle ocurrido nunca nada semejante... Se echó a reír.

Bárbara sintió otra vez la risa deliciosa, la risa que era como miel agreste, la que sonaba a metal bien timbrado, sin falsas aleaciones... La sintió y extendió las manos en el aire para coger la risa que se perdía...

Entonces él se le acercó y, sin tocarla esta vez, dejó de reír para decirle alguna de esas cosas deliciosamente anodinas que los hombres dicen a las mujeres bonitas.

Sin disimular su contrariedad, el compañero había proseguido su marcha, prefiriendo desentenderse de aquellas manías de seducción de su amigo, pues en tal extremo, sin duda, hallábase colmada su paciencia a juzgar por la ira que se alcanzaba adivinar en su lejana figura, ira tan patente y distinta que parecía rodearla como un halo.

La muchacha, en tanto, ajena a la atención y la desatención, continuaba sonriendo, con los ojos ahora fijos en el horizonte, con las manos vueltas a la boca, esforzándose en un indefinible gesto de infantilidad o coquetería, por sujetar en vano la sonrisa que se escapaba por la comisura de los labios a través de los dedos, por todo el aire hecho tibio y dorado sobre la playa.

Él consideró de rigor hablar de aquellas manos tan agitadas y volanderas casi junto a sus mismos labios. Pedían un beso, o al menos una palabra amable, y no bien hubo empezado a pronunciarla cuando ella se las tendió ya, entre grave y reidora aún.

Con gesto exageradamente apasionado se las tomó él, y aquel mismo frío de antes volvió a estremecerlo hasta la raíz de los cabellos.

Sin embargo, no soltó las manos, sino que permaneció unos instantes con ellas entre las suyas, súbitamente emocionado.

Las gaviotas regresaban tumultuosas, trazando arabescos sobre sus cabezas.

Como si la hubiera traspasado su obscuro sentimiento, él la vio turbarse por primera vez, rehuir sus manos y hacer un vago gesto de retirada.

La dejó ir. A medida que ella se confundía, él se recobraba, como liberado de aquella penosa sensación que acaso empezaba a recibir ella. Se inclinó, pues, ceremoniosamente, y hasta se acordó de entregarle una tarjeta, que Bárbara retuvo indecisa entre los dedos, sin hacer ademán de leerla; sintió él, de pronto, un vivo deseo de quitársela; se percataba ya de lo desacertado de todos sus gestos, cuando le vio hacer algo verdaderamente singular, como fue inclinarse, apartar la arena con su fina mano aún no besada y enterrar allí mismo la tarjeta, alejándose después con aire de misterio. Quedó él en pie, desconcertado y furioso, mordiscando las guías de su bigote... Hizo todavía un gesto de seguirla, pero desistió muy pronto, encogiéndose de hombros.

Luego, a la vista de su amigo, allá lejos, pacificado y consultando su cuaderno entre un círculo giratorio de gaviotas, terminó por reír de nuevo con su risa larga y sonora, la que era como un almíbar cuajado, como un batir de metales ardientes...

Bárbara, ya detrás de las rocas, se detuvo un instante para oírlo reír una vez más.

Se acordó entonces del ramo de lilas que había faltado en el encuentro, o más bien del verdadero dueño del ramo que no acudió a la cita; se acordó de los ojos pálidos y coléricos que no habían cumplido su amenaza, y entonces le pareció todo aquello muy lejano y se sorprendió como nos sorprenderíamos si al ir a tocar un objeto que creíamos cerca, éste, de súbito, se retirara a los últimos planos del paisaje, quedando ya separado de nuestro ambiente y nuestro alcance por una insospechada lejanía.

Se había equivocado: no era el que ella esperaba... ¿A quién esperó ella? Y continuó su camino sin pensar mucho y sin volver ya más a detenerse.

Aquella noche, entresacando brújulas y mapas, el joven dueño del yate varado por la tormenta se tropezó con los caracoles que una muchachita le había dado por la tarde, y como le estorbaran en el bolsillo, los arrojó distraídamente y continuó ordenando sus datos topográficos sobre la descubierta costa.

Capítulo II
OTRA VEZ LA PRIMERA CARTA

Bárbara, la de los ojos de agua honda de estanque...

Hay sol dentro de la casa. Ella ha abierto todas las puertas tantos años cerradas, y en los marcos se queda como un profundo surco amoratado.

Afuera, el jardín se adorna con flores recién abiertas y hojas nuevas.

Ya Bárbara conoce este delicado juego de todas las primaveras. Y ella parece más dulce que nunca; una alegría un poco lánguida le aclara los ojos perdidos horas enteras en las finas cresterías de piedra y en los artesonados de un nuevo oro con esmaltes azules.

Bárbara, la de los ojos de agua honda de estanque; Bárbara, serena y majestuosa como una nave antigua en un mar latino...

— Una nave en un mar...

Hay sol dentro de la casa; es el sol de la recién llegada primavera, que se entra despacio, rozando apenas los viejos muebles empolvados, deteniéndose todavía tembloroso en las alfombras donde se aplanan selvas desteñidas.

La selva de afuera, jardín recién bruñido de sol, se aviva y crece soltando sus mariposas, estallando sus botones apretados y túrgidos...

Bárbara, luz, salmo, arco iris. ¡Amor mío!...

¿Quién la ha llamado?

Nadie, nadie la llama, nadie la llamó nunca; sólo hay silencio y sol dentro de la casa. Ella ha creído que la llamaban, pero nadie la llamó.

Bárbara, sólo decir tu nombre es ya sentir una embriaguez de vino...

El jardín parece borracho, está borracho de sol y cabecea pesadamente en las copas más altas, haciéndole señas confusas con sus ramas abiertas tendidas lastimeramente hacia ella; es él quien la llama balanceando sus carnosas corolas sobre los tallos débiles, demasiado crecidos para este marzo; es él sacudiendo la enredadera de jazmines que sugiere una blanda alfombra sobre la tierra, una alfombra impalpable de menudas blancuras; él es siempre, manejando sus mariposas, echándoselas al rostro de una muda, insinuante invitación al mismo juego ligero y silencioso. El juego que él quiere... ¿Desde cuándo no es ella una niña? El jardín desea jugar, parece borracho de un vino de Grecia, el vino amatista de las viñas sagradas de Eleusis...

Es el jardín, que está borracho...

Y Bárbara se desatiende de él con gesto de impaciencia y busca entre las ramas el mar y lo encuentra más cerca, más azul, más ancho, triunfando sobre el verde, con una extraña contagiosa alegría...

Encanto de tu nombre, alegría de tu nombre, alegría de mi corazón.

No, no es el encanto de su nombre, sino el encanto del mar; no es la alegría del corazón de nadie, sino la alegría del mar. Sólo el mar, sólo el mar, ya para siempre...

Tu nombre es mío... (El jardín está ebrio.) *Y tus manos, llenas de piedades infinitas...* (El jardín está ebrio y se le echa a los pies, compungido, humildoso, sin dejar todavía de desplegar la inocencia de sus mariposas...) *Y tus pies suaves como los de la gacela que el cazador no ha acosado...* (Vuelan, vuelan las mariposas...) *Míos también son tus ojos, por donde veo pasar tus pensamientos como peces rojos en un acuario de oro...*

¿De qué ojos habla? ¿Y de qué manos?

Entre sus manos ha pasado libremente el viento, y sólo el mar, aquello que más ha mirado, pudiera reclamar sus ojos.

Ella no guarda memoria de tales ojos, ni de tales manos, ni de tantas cosas que habrían podido perderse en su vida o quedarse en ella como esas flores secas entre las páginas de un libro ya leído. La casa se va llenando de sol...

Y mías tus pestañas azulosas, y tus trenzas perfumadas, y el inclinado lirio de tu cuello...

Bárbara se sonríe levemente, y el sol animado acaba de entrar, tropezando con las cortinas, invadiendo los corredores en oleadas tibias y espesas...

El jardín teme quedarse sin sol y lo sujeta trémulo con sus gajos, lo exprime despacio a lo largo de sus troncos, que, perdido por un momento el baño de oro, vuelven a surgir fríos y negros...

El jardín tiene la angustia de un viejo seductor privado de sus tintes; es como si ya no pudiera teñirse los cabellos. Un viejo seductor a quien arrancaran de pronto su careta de artificio, su piel postiza de tinturas y cosméticos...

El jardín es como un galán trasnochado que prueba ya el fracaso de los habituales requiebros; como un Don Juan tardío y desairado, de retorno del baile, de retorno del amor. Es como amante viejo que no quiere comprenderlo, que se está allí, obstinado, un poco atónito, esperando todavía...

(La sonrisa de Bárbara hiende el aire como un látigo fino... Afuera, las gaviotas huyen por el cielo nublado.)

Parece como si todo el sol del mundo se hubiera entrado de golpe en la casa de Bárbara; como si todo el sol de los hombres, el sol que los hombres aman, el sol de los jardines del mundo, sólo quisiera estar con ella, sólo buscara sus quietos ojos somnolientos, sólo sus manos dulces, cruzadas sobre la inesperada primavera de su corazón...

Las gaviotas, en suspenso, han formado una cruz negra sobre el cielo de cuarzo... Aún el jardín sigue luchando con la luz, y la lucha es larga, silenciosa, apasionada... Allá abajo, entre los citisos dorados, restos de sol humean lentamente, ruedan despacio, como un poco de vino derramado...

Vuelven las mariposas, vuelven las flores, encogidas un instante, a incorporarse sobre sus tallos.

Y mías tus pestañas azulosas, y tus trenzas perfumadas...

¿Qué haremos con tanto sol dentro de la casa?

Podemos hacer un río de luz o podemos hacer un camino hasta el cielo... Hasta el mundo más bien, si nos parece.

Las manos finas palpan el sol, lo hacen y lo deshacen como una masa de miel, como una guedeja de miel rubia y caliente...

Y el sol, batido y esponjado, se derrama en llamas vivas sobre sus dedos, se crece turbador y corre a lo largo de sus brazos, alcanzándole el pecho, enroscándosele al corazón que se despierta...

¡Vuelve el sol, gira el sol!... Inunda los rincones con su oro derretido, traspasa los cortinajes, que empiezan a trasudar un amarillo lento; envuelve los viejos santos de los vitrales góticos en un radiante subterfugio de cielo y de luz...

Los pájaros embalsamados dentro de sus urnas de cristal, sienten hormiguear en sus gargantas cosidas de alambres todos los cantos muertos, todos los cantos de las remotas auroras fenecidas, que prueban a encender de nuevo...

Por las selvas desteñidas que se tejen en la alfombra pasa un oro, pasa un verde... ¡Pasa la primavera!...

También el jardín vivo reclama su parte de primavera; también tiende hacia el sol y hacia la vida sus pomas fruncidas, sus tímidas umbelas... Él quiere entrar en la fiesta de los colores, participar en la gracia de la luz...

Que también tiene él sus hojas nuevas y sus mariposas; y muestra el oro de sus abejas y el violeta de sus racimos, y sigue tendiendo a Bárbara sus verdes manos anhelantes, que ella parece no ver...

Y mías tus pestañas azulosas, tus trenzas perfumadas y el inclinado lirio de tu cuello...
Mía toda eres...

¡El sol, el sol!... Es que no puede leer con tanto sol; las letras se derriten, se pierden en el oro líquido que hierve en el aire...

Una nube pasa sobre el jardín pensativo... Una luz exquisita y doliente, como el fantasma de un sol muerto, es todo lo que ya queda sobre la arboleda callada.

Todavía las mariposas van y vienen de la ventana a las flores inútilmente abiertas; ése no es el rumbo.

Aún prueban los cálices, cargados de agua, a inclinarse acompasadamente ante sus ojos esquivos; eso no es el signo.

En vano los jazmines siguen cayendo como una blancura infinita. Ése no es el camino.

Bárbara, con gesto leve, ha doblado la carta que tiene en las manos, sin acabar de leerla.

De memoria la sabe, y ya no tendrá que leerla más. Luego, la ha reunido con las otras y empieza a hacer muy delicadamente un hacecillo apretado, por donde atraviesa una cinta de raso.

Las palabras de amor, sorprendidas y súbitamente aprisionadas, quieren escapar...

Algo ha habido de resquebrajamiento en el papel, sobre los bordes hinchados de las trémulas letras... Algo ha quedado roto dentro de ellas cuando esa cinta se ajustó a sus trazos.

Mía, mía toda eres... Mía... Tan blanca y tan...

La cinta de raso pasa y vuelve a pasar por encima de las letras. Y las letras, oprimidas cada vez más, se aprietan unas contra otras, se superponen y forman palabras absurdas, deshacen palabras bellas buscando el aire, buscando la luz tardíamente...

Mía toda..., blanca, fina...

Las palabras se ahogan, las palabras se mueren bajo una leve cinta de raso...

Afuera, apegado a la ventana, asistiendo a esta agonía, el jardín sobrecogido deja caer sus flores, deja escapar sus mariposas...

Mía toda, con tu claridad y tu dulzura...

Bajo el raso fino, las letras están tranquilas ya. Por un poco de primavera lograron un día reconquistar la luz y la vida; ahora, también por un poco de primavera, se vuelven a su tiniebla y a su silencio.

El jardín vacilante se va replegando sombríamente. Sopla el aire y desprende de un sicomoro un nido abandonado.

Bárbara no ha dejado de sonreír; pero en este momento parece que la sonrisa se le nubla un poco... Diríase que va a romperse la exquisita sonrisa, diríase que se le afina sobre los labios... (¿Se romperá, Dios mío?)

¡Que venga el sol a salvar la sonrisa de Bárbara, que venga a salvarla para siempre de la sombra de tantas cosas!...

Y el sol está ahí, vigoroso, ancho, nuevo. ¡Sol nuevo dentro de la casa!

¡Bárbara, miel, cielo, amor mío, amor mío...!

Ella se ha levantado; el sol la ilumina de lleno y la absorbe, la bebe lentamente, ávidamente, como una dulzura de fruta.

Amor mío...

Ella se mueve dentro del sol, que la aísla del resto de su mundo. Guardada por el sol, guarda las cartas en la gaveta de un viejo mueble, pasa de largo junto a la ventana.

Y el sol va con ella, sale con ella de la estancia cuando desaparece por el umbral de la puerta.

Ya el sol la acompañará siempre; será como su escudo de oro, como su espada de luz.

El cuarto se ha quedado solo, con unas cartas echadas en una gaveta. Vieja historia interrumpida que no se quiere oír más.

Capítulo III
RETRATOS NUEVOS

¡Retratos, retratos nuevos...

Como los misteriosos fotógrafos del año 1910, el joven marino tiene una cajita mágica, una cajita negra —más pequeña— donde recoge las más bonitas sonrisas de Bárbara, las tardes más claras, los vuelos más lejanos.

Retratos nuevos... Ella gusta de verse otra vez en el minuto que pasó, en la actitud olvidada, en el gesto que fue suyo y no lo es ya.

Un retrato es una pequeña resurrección, es un modo de eternizar un minuto, de retenerlo por encima de todos los otros minutos que pasan echando sombra, echando muerte...

Bárbara ama mucho los retratos, tan buenos, tan dulces para recordar...

Y estos retratos nuevos vienen a ser más gratos que los otros; son como más frescos, más puros. Nada hay en ellos de artificial o de forzado; reflejan la misma vida, y es la vida lo que se ve pasar mirándolos... La vida en su detalle simple, en su paso ligero, en la flor de un momento que fue grato desprender de la enredadera, en el salto que se dio a un picacho escarpado, en la dulzura ambigua de la otra tarde en que salieron a recoger ostiones y él cayó en la poceta...

Retratos nuevos... Las figuras se mueven, se animan, diríase que respiran tras de la cartulina grácil. No son muñecos tiesos cargando flores de trapo, ni apoyados enfáticamente —doblado un pie, rígido el otro— en sendas columnatas de cartón.

El fondo es claro y movible —un paisaje del mundo—, no un telón desteñido que falsifica cisnes y cipreses...

Retratos nuevos... Bárbara se siente más libre en ellos, se reconoce mejor y se sonríe a sí misma.

Retratos nuevos... En éste, su vestido ondula como una nube blanca que la envuelve toda...

Después ha sido necesario recortar sus largos vestidos, que dificultaban las deliciosas caminatas al aire libre y el manejo de los remos en la ligera barca, que tan serenamente puede surcar el agua de la tarde.

En este otro, aparece ella teniendo al fondo la verja del jardín... (¡Qué furtiva alegría sintió en hacer colocar las barras de hierro por detrás de ella, en libertar así alguna vez su figura de las barras!...) Él no ha querido entrar en su casa. No le interesa su casa, ni le interesa el jardín. El otro día preguntó si tenían jardinero, pues se veían mal atendidos los parterres. Es lo único que ha preguntado acerca de la casa, y a continuación le relató la historia de un viejo horticultor de su familia que había enloquecido buscando por los injertos el logro de una rosa negra...

¡Qué hermoso está él en este retrato, acorado en la proa de su barco! ¡Parece lleno de sol y de viento!... Él dice que su barco es el más ligero que ha salido de los astilleros de Niport o de Nuport... ¿Cómo es?

Dice que es tan ligero, que navegando una sola noche podría llegar al país que está al otro lado del mundo... No, una sola noche no dijo; dos noches, tres acaso. Es lo mismo; es ligero el barco, es ligero el barquero, es ligera su palabra y es ligera la presión de sus dedos en el brazo de ella, al saltar a la orilla...

¡Qué retrato más obscuro!... No ha salido bien; no se le distingue más que la negra masa de pelo que le volaba al aire. Es que había anochecido mucho; tanto, que no se sabía dónde estaba el mar; tanto, que él perdió el camino de su barco y tuvo que guiarlo ella, callada y ondulante, conocedora de todas las sombras...

Y ¡qué extrañamente dulce le fue el ir con su mano cogida en el aire, una mano dócil que se abandonaba a la de ella, confiadamente!...

—Así quisiera ir siempre —dijo él luego, ya llegados y sin acabar de soltar su mano.

¿Es esta una frase vulgar? Le parece haber leído palabras semejantes en los libros de la biblioteca. «Así quisiera ir siempre...»

De todos modos, a Bárbara le suenan muy bonitas, y hasta piensa a menudo en ellas; en ellas y en la expresión un poco nublada de sus ojos al decirlas.

«Tal vez no sea tanto como a menudo», pensó esta mañana al levantarse, mientras hacía transparentar al sol sus pies descalzos; luego volvió a recordarlas, al oír en el cristal de su ventana las piedrecillas con que él gusta de llamarla tan atrevidamente, imponiéndole, aun en estos detalles, su gesto voluntarioso y dominante.

Un día no bajará ella, aunque rompa los cristales...

Un día... ¿Será aún por muchos días?

Retratos nuevos. ¿Dónde está la niña del vestido almidonado? No es de seguro esta gentil muchacha esbelta, bien dibujada y casi bella.

¡Qué hermosas son las tardes en marzo! Nunca había reparado en que las tardes de este mes fueran tan bellas, y ahora ha visto que son las más bellas del año. Hay muchas cosas bellas de las cuales no se había dado cuenta antes; por ejemplo, los racimos de ostras pálidas sobre el verde tan obscuro de los líquenes, allá abajo en la Punta, bello es también el reflejo oleaginoso de las charcas que se quedan de noche a lo largo de la costa. Hay muchas cosas bellas en la Vida. ¿Quién dijo que no? Ella no lo dijo nunca...

A ver, a ver este retrato rezagado... Debe de ser el primero o uno de los primeros... Todavía no acertaba ella a comprender las cosas... ¡Qué absurdamente salvaje debe de haberla encontrado! ¿Cómo pudo seguir buscándola, procurándola a ella, que apenas sabía hablar?

Ahora es distinto. ¡Y qué fatiga fue al principio disimular sus vagos recelos, sus miedos obscuros, sus increíbles ignorancias! Coordinar la pregunta con la respuesta, sin atravesar la palabra, o prolongar demasiado las pausas después de la interrogación; amoldar sus pensamientos en frases, ligarlas unas con otras y dejarlas ir blandamente, recogiéndole el hilo a intervalos para la intercalación del comentario... ¡La sangre se le helaba en las venas cuando él se quedaba mirándola, fruncido el entrecejo, asombrado de un gesto extraño, de algún vocablo incoherente, de una vaga alusión a otras cosas!

¡Qué retrato tan gracioso! ¡Bien se le notan el aire cortado y la actitud remisa! En cambio, él, ¡qué sereno siempre y qué sencillo! Todo en él es así, natural y espontáneo como la rosa en el rosal o el agua en la fuente.

¡Qué cosa más buena es sentirlo cerca! Estar junto a él es como estar junto a un árbol o junto a un camino.

¡Él sí que guía y conduce! Ella no sabe más que de una sombra y un sendero. ¡Pero él tiene todos los caminos del mundo! Los de la tierra, firmes, y los mil caminos azules que se abren sobre el mar.

Caminos, caminos... Hay inquietud en sus pies... ¿Quién lo dijo ya? ¿Quién lo notó el primero?

¡Qué vieja inquietud le tiembla en los pequeños pies, tejidos por venas lilas, caminitos enredados! ¡Caminos también! ¡Caminos siempre!...

¡Qué brazo el de él para apoyarse y caminar! Un brazo que si se dobla parece que va a estallar en músculos, y si se tiende diríase que va a arrancar el sol.

¡Qué pies los suyos para andar infatigables y seguros; qué barco el suyo para huir!...

—¿Huir?...

Sigamos mirando retratos. Los retratos son ágiles, son frescos, y es bueno mirarlos para aprender a vivir... Pero ella quisiera que en todos apareciese él, porque sería como tenerlo más veces.

¿Por qué quiere ella tenerlo? Será porque le habla del mundo, o le habla del mar, o porque se ríe mucho, o porque se le asemeja al hermoso almirante Nelson de su libro de Historia.

Él parece poseer todos los bienes de la Vida: la Salud y la Fuerza, la Juventud, la Alegría y la Paz... Tenerlo a él sería tener todo eso...

¡Qué magnífico desdén el suyo por las cosas que en un tiempo impresionaron su mente de niña, hasta el punto de creer que la dominaban! Ha sido necesario que él viniera, que le enseñara que no tenía grillos en los pies ni un signo escrito en la frente.

Él es quien viene a interpretar las ígneas palabras escritas en su pared, cuyo misterio hubo de obsesionarla no una noche, sino muchas noches... Pero, milagrosamente para ella, esas palabras se traducen, a través de sus labios, en un claro sentido de esperanza y dulzura.

No eran palabras de vaticinios lóbregos, sino palabras naturales y sencillas... Para él todo es sencillo y natural, porque él lo es también, y en eso estriba ya toda su fuerza.

Él no imagina nada, lo sabe todo. Al menos cree que lo sabe, y ella lo cree también. Y ¡qué más puede saberse sino que el agua es un compuesto de oxígeno e hidrógeno y que el beso que no damos hoy no dura para mañana!...

Él lo sabe todo, y debe de saber también cuánto puede ser, cuánto está siendo ya en su vida... Lo sabe bien, aunque la otra tarde se lo preguntara de pronto, quitándole los remos de las manos...

Ella es tal vez la que no lo sabe o no quiere saberlo.

Realmente, no lo sabe bien todavía y se fatiga de pensar o de prever. ¡Que sucedan las cosas, que sucedan las cosas sin que nadie las impulse o las evite!

¿Preguntó que cosa era él en su vida?

¡Que lo diga el mar; que lo digan con signos las estrellas!

Los retratos van esparciendo en el aire restos de emociones dispersas, y Bárbara las recoge, las junta y va formando con todas, al azar, una sola emoción grande, extraña, indefinida.

Como los fotógrafos del año 1910, él tiene una cajita negra para guardarla a ella, pequeña y lejana, ya perdida para ella misma en cada minuto que pasa.

Ella quisiera también otra cajita mágica para guardar los ojos que la miran hoy y tal vez no la miren mañana; una cajita negra para retener la sonrisa que tan pronto pudiera pasar sobre sus labios, la dulzura de su sonrisa al menos, la de sus ojos, la de todo él... Una cajita para guardar las cosas que pudieran pasar pronto...

Pero ni esto es tampoco. ¿Qué quiere Bárbara? ¿Qué piensa Bárbara en esta linda tarde de marzo, hundiendo sus manos en una nebulosa de retratos?

¡Que lo diga el mar; que lo digan con signos las estrellas!

Capítulo IV
EL BAÑO

Azul, verde, rosa, amarillo. El pelo mojado luce azul entre las violetas que nadan sobre el agua. Del agua, Bárbara emerge fina y blanca como un jacinto sin hojas. El pelo mojado y espeso se pega a las paredes de porcelana de la bañadera.

Amarillo, rosa, verde, azul.

El sol se vuelca desde el techo agujereado de cristales, y se disuelve en grumos de plata sobre el agua.

El piso es de mármol; caída en el piso está la ropa de la que se baña. Los zapatos vacíos se van llenando de luces de colores.

Cada cristal embutido en el techo es un surtidor de luz. Los chorros amarillos, verdes, rosados, se cruzan en el aire y descienden en una lluvia fina sobre el baño.

El agua se tiñe de rosa; luego de un azul vidriado, que el rosa de antes quiebra y vuelve violáceo.

El aire ligeramente viciado se satura de agua de colonia, de jabón de olor, de transpiración de carne tibia que se moja, de pelo sudado que se abre bajo el chorro de agua...

¡Cómo acaricia el agua después de las caminatas a pleno sol sobre los arrecifes!

¡Cómo endulza el agua después del salitre quemado todo el día sobre los ojos, sobre los labios, aventado dentro de los pulmones por las ráfagas del mar!...

¡Cómo refresca el baño después del remo duro, de la arena caldeada, del vino salobre y seco de su barco!...

Baño, baño de agua dulce y de luz; baño de espuma de jabón y vapores de colonia; baño bajo los cristales del techo que filtran el sol y lo dejan caer ya enfriado sobre el desnudo cuerpo yacente, entre violetas maceradas...

¡Azul!...

Las violetas forman una trémula nata azul sobre el agua. La fiebre de Bárbara, como otro sol enfermo, se disuelve entre la frialdad líquida, sobre la frescura sedante de los pétalos. La fiebre deja correr su zumo de oro, que el jabón enturbia y deshace...

La pastilla de jabón tiene impresa en relieve la palabra *Euryanthe,* el nombre del barco.

Bárbara siente pena por el bello nombre que empieza a borrarse, que se derrite poco a poco entre sus manos...

Todo se pierde en el agua. Ella misma se siente desleír, aligerar bajo el chorro gordo que le penetra por el pelo, por la cabeza vacilante; que le clava, si se mueve, miles de alfileres vivos en la carne; que le desata la madeja de venas azules sobre el agua...

Él hizo ayer el elogio del baño. Dijo palabras hermosas sobre el jabón y sobre las toallas de felpa. Las toallas bien felpudas, estregadas sobre la carne para revolver la sangre y hacerla correr batida, hormigueante y tumultuosa...

Él ama el baño matutino, que disipa las neblinas del sueño y la pereza tibia de las sábanas, y ama el baño de la tarde, que limpia el cuerpo y el alma del polvo de cada día.

El baño es bueno. Bañarse es volver a vivir.

Ya se borró el nombre del barco que estaba en el jabón. Ya la fiebre del cuerpo y la del sol se hacen un oro único en el agua.

Y el sol sigue cayendo roto en luz, y en el agua se siente un hormigueo de oro, y al calor de la fiebre y del sol, las violetas con el jabón ya se amasan en puntas de estrellas...

Rosa, azul, verde. (Rosa, el de una boca joven; no quisiera ella otra rosa en el mundo... Azul, menos azul que aquellos ojos suyos. Verde, el mar libertador, él mismo hecho de mar, traído por el mar para su tristeza; fuerte, grande, simple como el mar.)

Rosa, azul, verde. El jabón se escapa de sus manos y las violetas mustias se le quedan pegadas a la espalda fina, ágil, en curva de arco entesado.

Y a cada movimiento y a cada efecto del sol, Bárbara es unas veces azul, hecha con la sombra azul de los pinos en el atardecer, o dorada como una moneda de oro, o gris, laminada de lejanías, o rosa, trémula de amaneceres... ¡Arco iris vivo es ella, arco iris tibio, tendido del cielo, doblado a la tierra amorosamente!...

Azul, rosa, verde. Sus pensamientos flotan con las violetas en el agua, no menos ligeros y perfumados.

Ella era una muchacha enamorada; él era bueno y tenía los dientes alineados y blancos como los guisantes en su vaina.

(Las luces caen en el suelo casi sonando. Se diría que desgranan collares de cuentas menudas en el aire.)

Él era bueno y le dio un ramito de albahaca y un pañuelo de seda.

(Las paredes de bruñido granito multiplican la danza de las luces.)

La otra mañana ella le miró a los ojos, y sin saber se puso triste y se quedó ya triste todo el día.

(El arco iris vivo se pliega sobre el agua.)

Triste todo el día y toda la noche, hasta que Laura trajo la vela y encendió la lámpara del lecho.

(¿Se habría derretido el arco iris en el agua, que se llena de burbujas plateadas?)

¿Qué pensará Laura? Laura no piensa, Laura no existe.

(El agua se agita levemente, y el arco iris emerge vívido y triunfante.)

El agua es un compuesto de oxígeno e hidrógeno, y el beso que nos damos hoy...

(Azul, verde, amarillo, rosa, rosa-lila...)

Él le ha dicho que la quiere, y ella cree que también lo dijo. ¡Qué sencillo ha sido todo, Dios mío!

Fue en uno de los últimos días de marzo, con viento de Cuaresma y mar picado.

Quemadas por el salitre, las hojas secas caían y caían...

(Azul, verde, amarillo, rosa...)

¡Qué bueno es ser una muchacha enamorada!...

Dan ganas de llorar y de reír a un mismo tiempo; los pies se ponen fríos y se mira mucho al cielo...

(Azul, verde, amarillo...)

¡Qué bueno es ser una muchacha enamorada y tener un barco cerca!... Un barco fino y ligero, el más ligero de los salidos de los astilleros de Newport. Y que se llame *Euryanthe*, un nombre que parece hecho de cristales: así tintinea y reluce... Es el nombre de la heroína de una leyenda nórdica; ya ella la había leído, pero ¡qué nueva le fue en los labios de él, junto al bigote de seda, que hacía a sus palabras una sombra turbadora!...

(Azul, verde...)

Será en una mañana de abril o de mayo. Será con un largo beso apasionado...

¡El barco, el mar, el mundo!

La cigüeña de sus cielos nublados, que trae a un hijo rubiecito...

(Azul, azul...)

Capítulo V
LA PARTIDA

Hace unos días, el joven marino habló de marcharse.

¿Cómo había empezado a hablar de su partida?

¿Con qué palabras lo había dicho? ¿Qué suaves, mesuradas, incoloras palabras, de las que ni siquiera guardaba ella memoria?...

El momento sí lo recordaba bien. El momento y el lugar. Estaban retratando al *Euryanthe* sobre le fondo rocoso del acantilado; fue cuando ella dijo que las rocas hacían mucha sombra sobre el barco.

¿Qué cosa contestó él con voz ligera?

¿Qué respondió a estas palabras? Porque entonces él habló de partir.

¿Deslizó que podían aplazar aquel retrato para cuando el barco se separara de ese fondo, el día de la partida?

No, no fue esto tampoco lo que dijo; dijo algo así, vago y trivial.

Tan vago y tan trivial, que ella, al principio, no lo advirtió. Ella, que lo estaba mirando entonces, no recordaba haberle sorprendido el más breve temblor en las manos, la más fugitiva nube por los ojos. Estaba atento a la cámara fotográfica, y dijo eso como pudo haber dicho que la lente estaba empañada; su aire era el mismo de siempre, plácido y cordial.

Ella no se dio cuenta en el primer momento. Recuerda que hasta se inclinó para recoger el ovillo de hilo con que estaba tejiendo unas zapatillas...

Pero no llegó a recogerlo; se incorporó bruscamente y, volviéndose rápida hacia él, le oprimió un brazo con fuerza...

—Moviste el retrato —dijo él, disgustado.

La mano de ella se soltó suavemente y se tendió otra vez hacia el ovillo que rodaba por el suelo. Así había sido todo.

Ahora ella estaba tan cansada como si hubiera caminado toda la noche, como si hubiera recorrido un estrecho y tortuoso camino, un camino interminable sin sombra y sin luz. Estaba tan cansada que no podía, en esa tranquila mañana de marzo, salir a su encuentro, como de costumbre.

Había querido ir a buscarlo más temprano que nunca, lo había deseado tan intensamente como no lo deseara los demás días; se había levantado al aclarar casi; pero de cierto qué horas empleó en andar desde su casa hasta aquella roca donde se dejaba caer en ese instante, antes de alcanzar, a unos pocos pasos, el bello barco que se lo llevaría...

El barco... Ahora comprendía ella por qué los hombres pasaron lustrándolo días y noches, sin descansar; por qué habían estado sacando brillo a sus metales y pintado sus costados de un color vivo y alegre; ahora sabía por qué echaban a girar sus ruedas y por qué tejían tan apresuradamente las jarcias de esparto nuevo, del esparto que ella había traído, jugando, la semana pasada...

Ahora lo comprendía bien, lo comprendía todo.

Su barco estaba ya reparado y dispuesto. Los clavos nuevos y la grasa fina con que renovaran sus maquinarias parecían haberle inyectado el hierro que da fuerza y no se sabe qué brío de juventud.

Las recias cuadernas del casco se abrían ahora con la amplitud de un tórax de atleta, de un tórax de gigante acostado que empieza a incorporarse...

Sus nervudos mástiles empuñaban con impaciencia látigos de jarcias recién tejidas y banderolas de países lejanos. Ella había visto las vetas de la madera cruda saltar en nudos y cimbrear su espiga hacia las nubes.

Desde entonces, ella lo ve en todos los minutos inquieto, impulsándose con un nervioso balanceo sobre las agitadas aguas; tirando de sus amarras tenazmente, con la ansiedad de un lebrel de caza que olfatea una pista.

El barco quiere irse; es lo cierto que quiere irse, y se irá. Encuentra fea su playa de arena escasa, de rocas parduscas y de charcos pútridos.

Deben de entristecerlo aquellas marismas interminables y aquel cielo sin color, que llamea todo el día sobre él como un fuego sin gradaciones, como un fuego pálido y eterno.

El barco no quiere ya el contacto de aquellas aguas que lo cubren de una lepra fina de sal y escaramujos. No quiere más las aguas, no quiere más a Bárbara.

Además, el otro huésped del *Euryanthe*, el compañero del joven marino, que también tiene un traje cosido de botones de oro, necesita estar para cierta fecha en una ciudad lejana; él mismo se lo ha dicho enseñándole un almanaque y muchas cartas geográficas, que ella no ha entendido bien.

Tal vez, el joven marino no quisiera marchar —sería el único que no lo quisiera—, pero parecía siempre tan alegre a su lado... Habían proyectado tantas cosas. Le había regalado un ramito de albahaca y un pañuelo de seda.

Si al menos prometiera el regreso, ella podría vivir con una promesa; pero él no promete nada, dice que toda promesa es un yugo para un hombre honrado, y, además, que es muy difícil dar con esa costa, y, aunque se encontrara, sería riesgoso alcanzarla. Dice que posiblemente las cartas de mar están equivocadas y que hay muchos escollos para llegar hasta allí.

Entonces tendrá ella que aguardar otra tormenta que se lo traiga; que lo tope en algún manso lago o en uno de esos balnearios elegantes de que habla a veces, y se lo lleve de nuevo por los aires en un torbellino de relámpagos. Tendrá que esperar... ¡No esperará, no! Se ha pasado la vida esperando, y ahora ya no hay nada que esperar.

El barco se ha levantado de un salto, sobre una ola... Bárbara se levanta también, tendiendo hacia él sus brazos. Todos los tablones han crujido, y las sogas, por la tensión, se tornan pálidas y finas.

Más fina y más pálida que todo, Bárbara sigue tendiendo hacia el barco sus manos...

Y el barco tiembla un momento, lucha y se desmadeja sobre el lecho de olas, que se arrollan unas tras otras muellemente.

Las amarras, distendidas, se van aflojando; las gaviotas se vuelven a posar sobre los mástiles.

Bárbara se sienta de nuevo y oculta la cabeza entre las manos.

(Sin sus ojos, las rosas que huela, el agua que toque... Sin sus ojos, las tardes inacabables del próximo mayo, los lentos paseos por la playa, el cercano estío inútil, aborrecido, sin sus ojos... Y se puede vivir sin esos ojos... Y se puede andar, y se puede comer, y se puede dormir, y se puede hallar el cielo brillante, sin esos ojos suyos... Se puede, se puede. Sin sus ojos violetas del río, sin sus ojos llenos de estrellas azules. Ojos de un color de cielo nublado, de un cielo del Norte, que se va haciendo muy lejano, con más gris que azul y más sombra que luz. Un cielo del Norte que añoran acaso, con que sueñan continuamente, aun cuando la miran a ella, aun cuando la tienen a ella. Sin sus ojos ya para siempre; sus ojos dulces, refrigerantes, sedativos para tantas tristezas...)

Bárbara se ha puesto de pie y rompe a andar con paso de sonámbula.

Ella, que estaba tejiendo para él unas zapatillas de felpa; ella, que le había dejado entrever todo el vacío, el desamparo de su corazón.

Si él consintiera en esperar hasta que se terminaran las zapatillas, ella tejería despacio, muy despacio... ¡Un solo punto por día!... No haría trampa, no, como la reina de su mitología policromada, que deshacía por la noche la trama urdida por el día...

Pero ni eso aún; no quería ella tener de continuo ante los ojos aquel fantasma de la partida, por muy aplazada y muy lejana, por muy imprecisa que se le hiciera. Desde que él habló de marchar, ya ella no ha vuelto a conocer sosiego ni alegría.

Por las mañanas, al despertar, lo primero que busca es el barco por la ventana. Por la noche, cuando al fin la rinde el sueño, la linterna del *Euryanthe* es lo último que se queda bailando dentro de sus pupilas.

No puede dormir ya en la cama. Ha situado un amplio sillón junto a la ventana, y allí duerme, dormita más bien, despertándose cada hora, con el corazón sobresaltado, rebuscando entre las lobregueses de la noche y del sueño la luz del barco.

Teme que él, por no apenarla, oculte la fecha de su partida; que él, por evitar una de esas despedidas patéticas que tanto parecen austarle, se vaya silenciosamente en una noche estrellada.

De día es mejor. Ella está en todos los minutos a su lado; anda con sus papeles, juega a sujetarlo con sus trenzas, con las cintas de su vestido...

A veces, la sana alegría, el gesto firme y sereno que en él no faltan nunca, parecen comunicarle a ella una absurda esperanza, un vago atolondramiento de amargor y dulzura...

No parece él resentirse de la marcha. Pasa los días ordenando sus cuadernos de notas, rotulando sus fotografías, probando la dureza de las nuevas planchas de cobre claveteadas a la quilla del *Euryanthe*, engrasando él mismo el enorme timón de acero reluciente, y todo lo hace bajo la mirada humilde de ella, junto al silencio de ella. La mirada humilde, pero obstinada; el silencio que lo dice todo.

Pero es como si él no creyera que fueran a separarse, como si no pensara en eso o no quisiera pensar.

Las pocas veces que ella ha iniciado el tema doloroso, que ha esbozado apenas la separación que es ya tan cercana, él la ha interrumpido, poniéndole un dedo sobre la boca y riéndose, riéndose sí, con esa risa suya espesa y ardiente, que es como un batir de metales al rojo vivo... Y esa risa es tan contagiosa, tan engañadora, que ella ha terminado riéndose también, con los ojos empañados aún, anhelantes, fijos en él...

Sí, de día es otra cosa; no importa que él dé vueltas y más vueltas al timón ni que se esté horas enteras sin mirarla, apuntando palabras vagas en sus innumerables cuadernos... No importa; está a su lado. Algunas veces, sin dejar de consultar sus apuntes, le tiende sobre las rodillas una mano tierna y ligera, una mano que ella sujeta emocionadamente...

Cuando él se vaya... ¡Cómo será el día en que ella se asome a la ventana y ya no esté el barco; en que ella se asome a la ventana y encuentre el mar solo, despojado, abandonado!... Las noches parece que no van a concluir nunca. El viernes, a la madrugada, le pareció que aquello había sucedido ya. Estaba soñando que veía el *Euryanthe* zarandearse y dejar la costa, y lo veía a él en el extremo de popa haciéndole señas para que se acercara, y ella no podía ir porque el jardín crecía y crecía, levantando una muralla verde, infranqueable, entre los dos... Entonces había despertado con dolor de cabeza, enteleridos los miembros y sudorosa la frente, y al buscar, como solía hacerlo, por la ventana el farol encendido del barco, no lo encontró ya.

Recordaba haber sentido como un golpe de maza en la nuca; recordaba haber estado mucho tiempo inmóvil, derrumbada sobre el alféizar, con los ojos abiertos, adoloridos de tan abiertos...

Luego, había entrado un poco de brisa, había movido las flores recién abiertas de la enredadera, y al moverse las flores, dejaron otra vez al descubierto el bien amado farolillo.

Había sido un juego del jardín. El jardín quería jugar con ella hacía tiempo.

Al día siguiente, Bárbara, con sus tijeras de plata, cortó toda la enredadera de la ventana.

Ahora los días se iban haciendo más largos, y un calor súbito brotaba de la tierra caldeada o venía del mar en los prolongados mediodías, hechos de sol líquido, exprimido gota a gota sobre la playa pantanosa... Había empezado la Cuaresma, y nubes de mosquitos se levantaban entre los miasmas de las pocetas donde se corrompían peces muertos.

El aire caliente, como un aire artificial, como un vapor de agua hirviendo, amontonaba en sus remolinos el polvo sobre los matorrales, en cuya sombra húmeda y caliente los lagartos empezaban a poner sus huevos. Bruscas tolvaneras hacían volar de pronto los papeles, las hojas secas, la arena áspera, deflagrada por los arrecifes. Cuando él se fuera...

¿Cómo sería el mediodía lleno de sol y viento, vacío de él? ¿Cómo sería esa hora de la siesta con tanto silencio? Buscaría un libro en la biblioteca, podaría los brezos en la soledad del jardín, muy quieto... Y la tarde luego, viendo volar las gaviotas, cuyos vuelos solían perseguir juntos. Y la noche, más tarde, ya sin el miedo, sin la angustia realizada de perderlo, sin el vaivén del desaliento y la esperanza.

Pasarían los días lentos, vendría el verano, quemando las rosas en botón y sacudiendo las viejas raíces bajo de la tierra. Tras el verano llegaría el otoño, con más sombra en los días y más amarillo sobre el verde. El otoño, el invierno. Vuelos de hojas secas sobre el paisaje, lluvias inacabables que lo borran todo, que todo lo llevan... Y la casa, sola. Y el mar, solo. Y el corazón, solo.

Una pesadez casi tangible se cernía sobre su cabeza. El cielo parecía haber descendido sobre la tierra y gravitaba sobre ella; aplastaba despacio sus nubarrones negros, estregándolos contra los picos del acantilado.

Contra los picos del acantilado apareció él. Venía solo y distraído, con una caña de bambú entre los dedos.

El corazón de Bárbara se detuvo en seco, y las venas azules de sus sienes se tornaron rosadas; siempre era así. Hizo ademán de correr, pero quedó inmóvil en el mismo sitio. Sólo agitó sus manos en un aleteo ciego por el aire.

Viola él y, arrojando la caña lejos de sí, corrió hacia ella y la alcanzó enseguida, levantándola en brazos.

En los ojos de Bárbara se prendió una lucecita.

—¿Cuándo te vas? —le preguntó en voz baja.

La puso él delicadamente en el suelo, luego apartó unos filetes de musgo adheridos a las suelas de sus zapatos.

Era la pregunta de todos los días; pero él no pudo reír como todos los días tapándole la boca con los dedos... A medida que la fecha se acercaba, también él, a pesar suyo, se iba sintiendo conmovido. Parecía que no iba a ser la cosa tan fácil.

En los primeros días de la semana, él estaba deseoso, impaciente por marcharse; no sabía bien por qué, pero quería marcharse. Sin embargo, ahora, en aquel momento al menos, se sentía desanimado y torpe junto a aquellas palabras suaves, impregnadas de humildad y devoción.

La miró dulcemente, vio que por abajo de las pestañas se le removía un fulgor apagado. Le cogió las manos, las atrajo hacia él, mirándola en los ojos puros, anchos, insondables...

¿De qué color eran sus ojos? No lo sabía de fijo. A veces lucían grises, como las alas de las aves marinas que los cercaban; a veces parecían pardos, como el paisaje de roca, o verdosos y fluidos, como un reflejo de agua.

Eran ojos los suyos que tomaban el color de las cosas que miraban, que cambiaban al paso de una luz o de una sombra; amanecían más claros, se obscurecían por la noche, se hacían húmedos, turbios o diáfanos, según el transcurso de las horas...

—¿Cuándo te vas? —volvió a preguntar Bárbara.

Qué extraña criatura era. Todo en ella aparecía como velado, como intangible. Era distinta a las demás mujeres que él había conocido... No decía las mismas cosas, ni miraba de la misma manera. No hubiera podido precisar si la hallaba superior o inferior; sabía que era distinta, y eso era lo único que podía asegurar sobre ella.

Aun en su femenino afán de retener, sostenía esa mujer su don exclusivo de intangibilidad, de inconsistencia más bien. Retenía sin sujetar, sin oprimir, sin tocar casi... Y retenía.

Más humana y más sencilla la hubiera él querido. Le faltaba vida, le faltaba calor de vida, músculo vivo, fibra íntima, vibración... No se sabía bien lo que le faltaba.

Pero era evidente que viviendo en aquel lugar solitario, en aquel caserón cerrado y antihigiénico, leyendo libracos viejos y respirando una atmósfera malsana, la mujer parecía más bien un fastasma. Había crecido como una brizna de hierba en el patio de una cárcel. Le faltaba sol, le faltaba movimiento, le faltaba algo en que ocuparse, le faltaba...

—¿Cuándo te vas? —preguntó ella por tercera vez.

¿Por qué insistía en la pregunta? Había preguntado la misma cosa ya tres veces. ¿Por qué, a medida que iba preguntando, se le animaba aquella lucecita brilladora en los ojos?

—Cuando me vaya —dijo él al fin, pero desviando siempre la pregunta— te dejaré, para que la siembres en tu jardín, la semilla de un árbol que tú no conoces; un árbol más alto que todos los tuyos, y que tiene las hojas cambiantes, como tus ojos, por las horas del día... Es un árbol que encontré en uno de mis viajes por las islas del Sur...

—En mi jardín no hay sitio para el árbol nuevo —dijo ella sin inflexiones en la voz.

Él besó sus manos suaves y frías, y continuó distraídamente:

—Te dejaré mi canario verde, el compañero de todos mis viajes, mi compañero siempre en el mar; es el pájaro que canta sobre el mar...

—Ni para el pájaro extraño —volvió a decir ella con la voz más quebrada.

Le soltó él las manos y, mirándola fijamente, pareció vacilar unos segundos.

—Entonces, te dejaré mi... ¡Bárbara! —balbuceó.

Y se detuvo bajando la vista.

—Te dejaré mi...

Y alzó otra vez la frente y siguió hablando resuelto ya y despacio.

—No, no era eso lo que quería decirte; es otra cosa; es... que vengas conmigo.

Los ojos de Bárbara se volvieron hacia el cielo:

—Verdad —suspiró con voz apenas perceptible.

Y ya no dijo nada más.

Un cangrejo asomó por el hueco de una roca; él lo espantó con una piedrecilla. Estaba tranquilo y como aligerado de un peso. ¿Por qué no lo había dicho antes?

Había calor y silencio. De los pantanos subía un miasma ligero, un olor tenue y nauseabundo que se mezclaba con el olor del limo, húmedo aún y ya caliente por el sol.

Los ojos de ella seguían inmóviles, clavados en el cielo.

Inesperadamente, él la besó en la boca. Era la primera vez que lo hacía, y le encontró en los labios un sabor amargo y frío, como de fruta verde o como de fruta conservada en nevera; de pronto le pareció haber mordido un pedazo de aquel limo que abundaba en la playa.

Echó la cabeza atrás instintivamente, mirándola a los ojos con un vago azoramiento. Ella también lo miró, pero de un modo extraño, en su mirada licuada y vacilante no hubo asombro alguno. Sonrió él y le dijo, pasándole la mano por los cabellos:

—Es que tu boca sabe amarga... Sabe tal vez a lágrimas... ¿Has llorado?

Y ella negó con un leve gesto, ladeando la cabeza neblinosa.

—¡Mujer valiente! —dijo él de nuevo, y entonces la volvió a besar, y la besó muchas veces ya, con un despertado y tumultuoso ardor, hasta rendirla toda como un deshecho túmulo de rosas...

Capítulo VI
VIENTO DE CUARESMA

Era ya avanzada la Cuaresma, y el viento del mar se llevaba las hojas del jardín en torbellinos ardientes.

Zumbaba el aire cargado de olores sofocados, de insectos que despertaban de los largos sueños hibernantes.

El cielo, lívido y sin nubes, llameaba sobre las rocas desnudas, sobre el mar turbulento, sobre el jardín encogido; en el estanque, el agua inmóvil y turbia, con coágulos grasientos, era como el ojo de un muerto.

Un trágico silencio se había espesado a lo largo de los senderos, donde la yerba comenzaba a crecer; un vaho letal se adhería a los árboles macilentos, a los muros, a las piedras, sin que de fijo se supiera de dónde emanaba, si del cielo muy bajo, con grumos de nubes, o de la tierra, siempre recién movida, como la tierra de los cementerios.

Bárbara quiso bajar al jardín por última vez.

Un sentimiento extraño la había invadido todo el día, y ahora caminaba despacio, con los brazos escurridos a lo largo del cuerpo, evadiendo las hojas secas, con la falda recogida para no tocar una flor, para no despertar el jardín.

No era ya el invierno, y, sin embargo, la primavera parecía estar aún muy lejos; hasta tenía la rara sensación de que ya no habría primavera nunca más, de que la tierra se quedaría detenida en aquella luz y en aquella atmósfera, como si atravesara una indefinida estación propia de otro planeta.

El viento batía su débil cuerpo envolviéndolo en ráfagas calientes y tolvaneras de polvo. Se detuvo mareada junto a un rosal, asiéndose a una rosa.

Era aquélla la última rosa del invierno o la primera de la estación florida; la rosa de nada, más bien, y la rosa de nadie; enjuta y pálida, todavía en capullo, se mecía en el viento sin deshojarse.

«No la veré abierta —pensó Bárbara, y las finas aletas de su nariz se dilataron con ansia—. Mañana abrirá la rosa; pero mañana... ¡Mañana!»

Pronunció en alta voz la palabra, y el filo de las sílabas pareció cortar algo, sonar con algo de cosa desgarrada en el silencio casi corpóreo del jardín, sin que ella lo advirtiera, toda deslumbrada por lo que había de magia, de milagro, en aquella palabra.

Porque milagro había, a pesar de lo sencillo que había sido todo; milagro en la misma sencillez, en la propia simplicidad y en lo ligera, lo veloz que había andado la vida para ella últimamente. La vida, que siempre le fue agua estancada de cisterna, libertada de pronto, volcada por una imprevista pendiente en brillante y tumultuosa catarata.

—¡Mañana!

Sería ya mañana... ¡Qué pronto! ¡Y qué tarde! (El jardín agazapado parecía no comprender.)

—¡Mañana, mañana! Mañana...

Dijo esta palabra tres, veinte veces. La dijo hasta perder, por un vicio de acústica, el sentido de las sílabas ordenadas. Mañana...

Arrancó la flor y la echó al viento. Hacía un gran esfuerzo para volver a comprender, para abarcar nuevamente y de un golpe todo lo que significaba para ella esa palabra.

—Mañana...

Mañana era azul y blanco, mañana era hermoso y grande y reluciente, mañana era como una flor de oro, como un pájaro de luz, como un esmalte de oro acendrado; mañana era el Amor, el Amor fuerte y claro, la palabra buena que no tuvo nunca y la caricia que se perdió siempre antes de llegar a ella; mañana era la sonrisa y la lágrima, era su boca, su boca tibia, deseada hasta la angustia, hasta el dolor casi físico, su boca donde lo encontraba todo, su boca que no dejaría de ir sin ella, que no dejaría perder aun a costa de perderse a sí misma.

Mañana era él, nudo seguro de sus brazos, refugio cierto de su pecho; mañana era él, paz de sus ojos, bienandanza de su presencia.

Mañana era lo sano por lo mórbido, lo real por lo absurdo, lo natural por lo torcido...

¡Lo natural, lo natural sobre todo! Lo natural de todo él, bueno, armonioso, limpio.

Sí, mañana era el mar; el mar inmenso y libre. Era saltar el trampolín del horizonte para caer en una colcha de rosas y de plumas.

Era prenderse al sol y, con el sol, irse allá muy lejos, a donde el sol va rodando. Mañana era la Luz, la Libertad, la Vida...

Más que la Vida, la Resurrección; mañana era como nacer de nuevo, limpia de recuerdos, limpia de pasado y con el alma encantada de inocencia y alegría.

Mañana era la salud del corazón, la aleluya de su corazón, la risa, la risa de su corazón. Mañana era la Vida, más que la Vida...

Y trémula, vibrante, impulsada por un demente júbilo, alzó la cabeza y cantó.

Su voz fuerte, aguda, extraña, mitad música y mitad grito, se elevó en el aire y, rebotando en los muros, fue a agujerear el cielo acartonado...

—¡Mañana, mañana, mañana!

Su canto no era más que eso: Mañana... Remolinos de viento seco pasaban junto a ella y la envolvían sin apagar la llama sonora de su voz. Mañana...

Un poco antes del alba, ella dejaría su alcoba en silencio (había aprendido bien a no hacer ruido), atravesaría el jardín en tinieblas, hasta llegar a la cancela, que abriría despacio, sin precipitarse, y saldría sin mirar atrás, y ya fuera rompería a correr hacia la playa donde él la esperaba, donde él la levantaría como un brazado de margaritas y saltaría con ella en brazos a la cubierta de su barco, ya andando, ya enfilado derecho al horizonte...

Un pájaro graznó en el aire. Bárbara dejó de cantar, se detuvo y miró extrañada en torno suyo.

El jardín negro y aromático, crujiente de hojarascas, le echaba un aliento febril a la cara.

De pronto le pareció absurdo encontrarse allí. El banco junto a las bignonias y la Diana de arco roto le fueron, en aquellos momentos, cosas desconocidas.

Se asombró de las proporciones casi deformes de las bignonias, y como una persona que visita por primera vez un paraje, se fijó en él con atención casi cortés...

Una sombra, húmeda y caliginosa comenzaba a cuajarse en los senderos; aullaba el viento lúgubremente, trayendo en torbellinos un olor áspero a salitre, a resina, a yerbas mustias.

—Mañana...

La mágica palabra aún le subía a los labios; pero los oídos no la percibían bien...

—Mañana... —volvió a decir levantando la voz, esforzándose en apresar de nuevo la visión gloriosa.

Mañana la luz, la vida... ¿La vida?

El tamaño desmesurado de las bignonias la distraía vagamente, le llevaba la atención...

—Mañana, sí, mañana...

¿No era mañana cuando él se la llevaría en su barco hacia la felicidad, hacia el amor?

Sí; era mañana ya; hacia el amor...

¿Por qué serían tan grandes las bignonias?

Nunca le habían parecido tan grandes; más que la última vez, parecía serle la primera que se encontraba en aquel sitio.

Estas bignonias monstruosas, este olor a madera podrida, a hoja mustia...

Bárbara se pasó la mano por los ojos y trató de pensar en los dientes de él; aquellos dientes blancos y apretados, como los granos de guisantes en su vaina.

Una pesadez extraña le oprimía las sienes; el vaho ardiente que rezumaba el jardín parecía pegársele, penetrarla poco a poco. Sentía que el viento se le agolpaba a los ojos, a la nariz, cegándola, ahogándola con una lentitud de pesadilla. Era un vaho agrio, nauseabundo, de cosa muerta, que se le filtraba por las ropas, por la carne azul, por entre la red de venas y la sangre lenta, y por los huesos. ¿Hasta dónde, hasta dónde?...

Tuvo la mórbida sensación de estar formando ella también parte del jardín. Se sintió verde, blanda, soleada, atraída por la cabeza hacia arriba y con los pies leñosos, pegados a la tierra siempre. Comprendió la tragedia vegetal, se sintió más, se sintió prolongada por abajo del suelo, apretada, empujada por las otras raíces, traspasada por finos hilillos de savia tibia, espesa, dulzona...

Quiso volverse atrás, desprenderse de la tierra, y, apartando precipitadamente las malezas, rompió a andar con paso torpe y vacilante.

La noche descendió sobre el jardín, y del fondo de las tinieblas, los árboles alzaban sobre ella sus gajos retorcidos como crispados puños, como muñones renegridos goteando resina por sus grietas...

Bárbara recordó vagamente viejos sueños... Él, yéndose en su barco, llamándola desde lejos, y la muralla verde que crecía entre los dos...

Otra vez había sido una mano enorme, cuyas falanges estaban formadas por los florones de cantería de la casa, sembrados de un ralo vello de musgo, y que la agarraba, la oprimía despacio, la mataba sin sangre y sin tumulto...

—Mañana —quiso volver a decir; pero la palabra buena le tropezó en los dientes apretados y se le hundió en el corazón sin ruido, como una flor que cae en un pozo...

Sintió miedo. El ave volvió a graznar ya más lejos; de lo alto de un limonero se desprendió una lagartija amarilla.

Bárbara se detuvo de nuevo. La arboleda se hinchaba, se cerraba compacta y negra en torno suyo.

Una cosa extraña, sombría, como amenazadora; una cosa sorda y siniestra parecía levantarse del jardín. Bárbara se irguió súbitamente.

También a ella, una imprevista fiereza le torcía la boca y le ensanchaba la frente. Como la masa de agua subterránea que rompe un día la horadada hoja de roca que ya la separa de la superficie de la tierra, así la vieja cólera de su corazón saltó de golpe.

Acorralada, se revolvió; hostigada, se abalanzó y, llena de ira, con sus pies, con sus manos exasperadas y trágicas, arrancó los arbustos, pisoteó las flores, destrozó las ramas, arrojó piedras al estanque, a los árboles, a los muros; derribó la Diana, que cayó aplastando las bignonias y poniendo en fuga los murciélagos, y hasta las yemas incipientes; los retoños para la primavera próxima fueron triturados con rabia entre sus dientes...

El jardín la seguía mirando; la seguiría mirando ya para siempre con su ojo impasible, su ojo turbio de muerto.

Capítulo VII
LA ÚLTIMA NOCHE

La noche se había inflado como globo de sombra, y dentro de él, la casa de Bárbara flotaba silenciosa y blanca con sus paredes azules de luna y sus árboles escarchados de sereno.

Ella había sentido aquella noche última una distinta repulsión por la luna, una repugnancia de su luz lechosa y dulce; y aunque cuidadosamente había cerrado las puertas y vendado los resquicios de la ventana, hilos de luna aguada resbalaban por el techo y por los muros, haciendo crecer en el piso un charco de luz tenue y fría.

Bárbara hubiera preferido la sombra, la tiniebla absoluta de otras noches; sentada en el borde de su cama, miraba hacía rato aquella claridad sideral y morbosa. Había ya probado el cerrar los ojos; pero a través de los párpados sentía colarse la misma luz helada y opalescente.

Se levantó, encendió la lámpara, y aun la pequeña llama azulosa y vidriada le pareció prolongarse de la otra luz.

Se acostó entonces, y entre las frías sábanas trató de esparcir sus pensamientos tendiendo la mirada en derredor, recorriendo lentamente, sin pena y sin alegría, todas las cosas de aquella alcoba que era suya y que iba a dejar muy pronto para siempre.

Eran las cosas de su vida, las que habían proyectado una sombra alargada sobre su vida, una sombra que enderezaba la curva y prolongaba la recta; eran las cosas que ya veía como irreales, como legendarias y que, sin embargo, habían tenido parte en sus juegos silenciosos de niña, en sus sueños olvidados, en los largos insomnios de sus enfermedades. Cosas obscuras, inanimadas, sin vida ya y aún dentro de su vida...

Desde las consolas, los pájaros embalsamados en sus urnas de cristal, tensa el ala y el ojo brillante, ensayaban hacía siglos un vuelo imposible.

En el reloj de pórfido, en el que siempre eran las seis y cuarto, grises arañas del color del tiempo habían apresado entre sus redes aquel minuto de la Vida que no podía escaparse: las seis y cuarto... ¿En qué amanecer o en qué ocaso se detuvieron las agujas fatigadas? ¿Qué mano le faltó para otro impulso? ¿O qué mano temblando paró las frágiles ruedas para marcar una muerte, una fuga, una alegría, una cosa cumplida o una cosa fallida?...

La luna hacía clarear la esfera del reloj; las horas de oro brillaban en la penumbra y parecían hacer signos misteriosos a Bárbara, y ella casi creía comprender. Cortando un ángulo de sombra, el espejo empañado colgaba tristemente como un astro muerto.

El más puro de los silencios, la paz más honda sobre todas las cosas; ella se asombró de lo fácil, de lo turbadoramente fácil que era huir. Se asombró, a pesar suyo, de que nada ni nadie la detuviese.

Diríase que era ella la única criatura viva en aquella noche del mundo; y se sintió rodeada toda de cosas muertas.

Siempre había sido así, pero nunca había percibido tan clara y tangible la sensación de su supervivencia. Pensó que los muertos no podían detenerla más y que ella, que era viva, iba hacia la Vida.

Todo era natural y simple, no había siquiera por qué asombrarse de ello. Iba hacia la Vida como quien va hacia un río, hacia un amigo.

No sentía el más incipiente remordimiento, ni la más pasajera debilidad. Sabía que nadie la detendría, que podía marcharse, irse libremente sin que el piso se abriera a sus pies ni las puertas se cerraran a su paso. Se daba cuenta ahora de que había abultado algunos volúmenes y cargado algunas sombras; posiblemente, todo había dependido de un error de perspectiva. Sin duda, tenía ella una visión atrofiada de la Vida, y esto podía haberla conducido a atribuir absurdamente a cosas, a meras abstracciones, fuerzas y sentidos humanos que, desenvueltos en una materia impropia, degeneraban obligadamente en formas monstruosas.

Tal vez había hallado una explicación; tendría tiempo luego de seguir buscando otra. Lo cierto era que podía abandonar su casa en el momento que quisiera, en la seguridad de que los árboles del jardín no la sujetarían con sus tentáculos crispados.

Pero la luna seguía molestándola; embarrando las paredes con su luz serosa, babeando ante sus ojos una claridad gruesa y blancuzca que ella sentía pegársele a los dedos, aglutinarse entre las sábanas.

Quiso pensar que la luna de esa noche, amarilla y enfermiza, sería para la noche de mañana un camino de luz en el agua brilladora, un encaje azul prendido entre las jarcias de su barco, un reflejo de amor en sus ojos apasionados.

Sonrió Bárbara lejos ya de la luna, lejos de los pájaros embalsamados, de los libros marcados con flores recogidas en remotas primaveras, de las horas doradas y misteriosas; las puras horas inviolables que las finas agujas no osarían tocar nunca.

Sí, ella quería ser libre; quería mover los pies y ensanchar el horizonte. Le pesaba hasta el pétalo de una flor si con él quería detenérsela; no soportaba un hilo de seda si con él se le hacía un nudo. Que el amor le fuera ala y no cadena. Que le fuera camino en vez de puerta cerrada cuya enmohecida llave se arrojó al mar.

Se detuvo en sus pensamientos. Por un instante le había parecido sorprender un movimiento en la cortina; se quedó mirando hacia aquel punto y volvió a ver una ondulación apenas perceptible: la que produciría un aliento, una respiración, una respiración por detrás de ella.

No corría un soplo de aire; las puertas estaban cerradas. Bárbara se levantó, fue hacia el cortinaje, y de un tirón lo hizo caer desprendiéndolo de los anillos, que sonaron con un tintineo de metales chocando unos con otros. Nada había detrás de la cortina.

¿Qué estaba ella pensando?

El mar, el mar...

¿La luna en el mar era?... La luna en el barco fino, en los ojos de un azul pálido, el mismo azul de esas florecillas sin nombre que crecen a la vera de los caminos...

¡Y los caminos!...

Sí, qué fácil era huir, mucho más fácil de lo que había imaginado. Y así habría de ser, sin embargo... ¡Allí, a unos pasos de ella, estaba el Amor, estaban la Paz y la Libertad!... Y sólo tenía que abrir una puerta y atravesar un jardín para alcanzarlos, para reunírseles alegremente, sencillamente, como a amigos que se van de fiesta... ¡Sólo atravesar un jardín para tener en su mano lo que por tantos años habíala obsesionado con el afán, con el delirio exacerbado de las cosas imposibles!...

Sólo atravesar un jardín...

Sus ojos ebrios del mismo sueño, ávido de paisajes nuevos, de horizontes amplios, giraban por el techo, tropezaban con las vigas cuadriculares, iban de uno a otro ángulo, a lo largo de los labrados frisos...

—Aquel dragón obscuro, el primero a la derecha...

Hay un guerrero que le antepone su escudo. El dragón tiene alas enormes y escamosas, que despliega en ademán de abalanzarse.

El caballero guerrero sigue oponiéndole su escudo... No saltará, no... No saltará jamás.

Los ojos de Bárbara se han quedado quietos. La luz de la luna sigue manando lenta, invadiendo los rincones, creciendo hasta espaciarse sobre las sábanas, sobre la inmóvil frente pensativa...

El dragón, sí. El primero a la derecha... ¿Cuándo?

Ella era entonces una niña...

Llegan imágenes confusas, se superponen unas a otras, irrumpen ecos de palabras pronunciadas mucho tiempo atrás o no pronunciadas nunca... Eran palabras en que vibró una angustia, una emoción, una ternura ya inexistente y que volvían, sin embargo, absurdas, secas, vacías; vacías ya, como caja en que se pudrió un muerto.

Son fragmentos de recuerdos distintos que no llegan a formar uno solo; que ella se esfuerza en recoger, en reunir penosamente, y sale una cosa absurda, semejante a un rompecabezas mal formado.

Proyección del sol a una hora en ciertos ángulos de la casa; el ruido de la lluvia en los altos lucernarios, el vuelo de los pinzones al atardecer... Una vez que jugando perdió en la playa su sortija de la estrella, y otra en que enterró un canario en su taza de plata... Algunas caras borrosas, pocas y extrañas: las de sus tíos, muy afinadas en la barbilla; la de los pájaros embalsamados, con sus picos agudos, y las de los Siete Demonios que fueron a tentar a San Damián...

Más caras todavía, que ella reconoce vagamente: son las de los personajes de un viejo libro cuyo nombre no recordaba y que leyó una tarde de invierno, medio dormitando, en el sillón de la biblioteca...

Bárbara se ha llevado las manos a la cabeza; su pensamiento, como un pájaro loco, se debatía furiosamente en su jaula de huesos empujándole la hinchada frente hacia delante. En las paredes, la luna cuajada afectaba formas extrañas, vagas formas de flores y animales irreales. Los pájaros embalsamados miraban fijamente a Bárbara desde sus polvorientos refugios.

Ella fue hacia la consola y levantó las urnas en un amplio e inútil gesto de libertar. Los pájaros seguían mirándola con sus ojos de vidrio. Algunos, empujados de pronto, quedaban por unos instantes moviéndose acompasadamente sobre el muelle de sus resortes... En otros, las plumas desteñidas empezaban a desprenderse al roce del aire...

Bárbara suspiró y se acarició una mano con la otra. Sin saber por qué, la invadía un insólito sentimiento de pena por sí misma, por ella, tan próxima a la felicidad...

No era aquél, sin embargo, un sentimiento desconocido; pero la sorprendía, sí, en aquella hora precisa.

Recordaba haber tenido ya esa misma sensación de pena, de infinita piedad y extraña dulzura por la criatura que ella era. Se le hacía el suyo un puro y doloroso sentimiento difícil de explicar y de rehuir...

Se besó las manos, se contuvo el latido de las sienes con los dedos aplicados suavemente.

Hubiera querido cantar un canto a sí misma y dormirse al arrullo de su propio canto. Y dormirse...

Se sonrió para ella con una ternura muy grave, solemne casi.

—La pobre, la pobre... —dijo en voz alta; de pronto sus ojos se llenaron de lágrimas.

Un olor tenue de sales inglesas, un olor antiguo y delicado, se diluía en la cerrada alcoba. Las cuatro bolas de ónice del lecho fosforecían como cosas muy lejanas en la sombra.

Bárbara inició la partida. Se quitó las ropas, destrenzó su pelo color de río, abrió una gaveta, cerró otra... Su cuerpo delgado y fino parecía en la sombra un abanico de nácar cerrado.

Sus movimientos eran más bien lentos que apresurados; parecía cansada.

Ya, por último, fue a la cama y descolgó de la cabecera la ramita de boj descolorida que por muchos años acompañó su sueño.

La luna deshecha en el suelo se quedaba detrás de ella como una fruta pasada, abierta, caída de su gajo y chorreando el jugo.

Empezó a andar con paso sosegado, pero se detuvo de improviso y retrocedió hasta el lecho.

Aún permaneció unos instantes frente a las sábanas, tibias todavía de su cuerpo; luego volvió a poner a la cabecera la ramita de boj que había quitado, y alejándose de prisa, abrió la puerta y se fue.

Capítulo VIII
LA FUGA

La estrechó en brazos, y alzándole el rostro al suyo, la miró largamente a los ojos. Los ojos de Bárbara, abiertos y fijos, se habían llenado de sombras que giraban dentro del globo transparente de su pupila, como los nubarrones por la convexidad de los cielos en las noches que preceden a las tormentas.

Le puso entonces delicadamente el pulgar y el índice sobre los párpados y se los cerró poco a poco; luego se volvieron los dos al mar y empezaron a marchar sobre las rocas de la orilla.

Un silencio expectante se había hecho sobre la playa, donde el agua espesa y viscosa se desenroscaba en olas negras, que parecían adherirse a los líquenes de los arrecifes.

La luna hacía brillar extrañamente las rocas recortadas sobre el obscuro fondo del paisaje, y en aquel titubeo de luz y sombra, sus siluetas fantásticas evocaban animales de una fauna desconocida, de otro país o de otro planeta, inmóviles en diversas posiciones, durmiendo pesadamente un sueño de siglos.

El lugar tenía una infinita y rara tristeza. Se sentía la inquietud de ser vivo en aquel paraje que era como el reino de la Muerte.

La llanura de piedra fosforescente y de agua muerta, iluminada por una luna enorme, casi monstruosa, un espectro de luna que apenas reconocía, produjo en el hombre un indefinible malestar; sintió frío y cansancio, tuvo la impresión de haber llegado al fin del mundo.

Su marcha se hizo más lenta. Miró en derredor y se encontró de pronto tan turbado, que las piernas comenzaron a doblársele. Se detuvo; parecíale ahora que arrastraba a Bárbara como si súbitamente se hubiera vuelto de plomo, y le acometió un deseo pueril, incoherente, ingenuo casi, de abandonarla sobre las rocas.

Una mancha obscura se movía en el suelo; se fijó, y pudo observar una miríada de cangrejos juntándose a sus pies, llegando desde todos los extremos de la playa a manera de ejércitos en fila para una batalla. Los había pequeños y grandes, óbscuros y de color traslúcido, y todos parecían mirarle fijamente con sus ojos sin vida ni expresión, enderezados hacia él, como pequeños puñales en la obscuridad.

Se detuvo y miró a Bárbara; sus ojos también lo miraban, mareados, cargados de sombras. Se le antojó de pronto que ella también tuviera ojos de cangrejo, proyectados de sí misma. Volvió a cerrárselos y reanudó la marcha interrumpida pasando de prisa por encima de los caparazones, aplastándolos con un crujido seco y singular.

A los pocos minutos alcanzó a ver la lucecita del *Euryanthe* multiplicada —lluvia de estrellas— en las aceradas ondas. Pronto, el mismo velero negro y delicado apareció nítidamente ante sus ojos, perfilando su quilla audaz, sus mástiles y sus jarcias sobre la masa confusa de mar y cielo.

Respiró con fuerza, como libre de un peso. La vista del barco había producido en su dueño una íntima sensación de bienestar y fuerza; se volvió bruscamente a la mujer y la abrazó.

Era todo muy extraño. Nunca le había dado ella una impresión tan lejana, tan ajena, como en aquel momento en que la tenía allí, mantenida, inerme sobre su corazón. Sintió la necesidad de apretarla hasta sentir en sus dedos la impresión de su carne, de su materia consoladora para un miedo irreparable, para un miedo inconfesado e íntimo, ahogado en lo más hondo.

La apretó hasta hacerle daño. Él, tan ecuánime y normal, se dejaba llevar por un deleite morboso en que no trascendía nada de sensual, sin embargo, porque en él no había necesidad de su cuerpo que estaba allí, sino de su espíritu, de ella misma, de lo que quedaba de ella, restada su materia, y que era lo que se perdía siempre, lo que se buscaba a tientas estrujando aquella carne fría y ligera, carne que parecía amasada de niebla y de estrellas.

La sensación de irrealidad, de cosa fantasmagórica que ella le había dado desde el primer momento, se le había acentuado entonces, y él lo comprendía así, y a pesar suyo se asombró de tener tan de cerca, en los mismo brazos, aquella criatura que parecía pertenecer a otro mundo, y que él iba a robar.

¿Qué sucedería luego?

¿Qué leyes desconocidas estaba infringiendo?

¿La cólera de qué dios obscuro y vengativo había atraído sobre su cabeza al hacer lo que hacía?

¿Qué castigo, qué pena insospechada aún, se le iba a imponer un día por aquel robo?... Algo sucedería, algo le costaría.

Por alguna sanción habría de pasar; algún remordimiento habría de conocer más tarde.

Si alguna vez en su vida llegara algo torvo, él sabría que sería por eso; él encontraría la raíz de la pena extraña e injusta en aquel minuto que estaba viviendo.

Y no lo había pensado antes. Y no se cuidó de las cosas raras que había visto en torno de ella. Sin preguntar su nombre la había tomado para sí, sin saber de su casa, ni de su gente, ni de su origen.

Le había gustado la mujer, y eso era todo. No podía decir nada más sobre ella.

Había procedido de acuerdo con métodos primitivos y toscos, haciendo exactamente lo que en caso semejante habría hecho hace diez mil años algún antepasado suyo, habitante de una caverna y cazador de mamuts, al cual hubiera caído en gracia una mujer de otra tribu.

Se sintió profundamente disgustado por su increíble ligereza. Cierto que siempre había pensado que llevarse a Bárbara era algo más que llevarse a una mujer, pero por lo mismo no debió proceder de aquella manera venal. Ahora se encontraba que hasta por un milagro de lucidez o de extravío, al robo se le descubrían imprevistas perspectivas, matices sinuosos de sacrilegio, de ofensa a un símbolo arcano, apenas entrevisto en los ojos de ella, cuajados, alucinados, vírgenes de todos los paisajes del mundo.

¿Qué había hecho más que eso mismo, arrancando a Bárbara a su tierra, a su soledad, a su destino?

¿Por qué pensaba aquellas cosas extrañas? Nunca había padecido de obsesiones, ni le habían atormentado ideas semejantes. Acaso su imaginación habría quedado morbosamente impresionada por una reciente lectura acerca de las Vírgenes del Sol, la misteriosa institución incaica, y en la que se pintaban con colores harto vívidos los castigos en que incurrían los transgresores del sagrado voto. Había personas en quienes los libros influían de modo singular; sería él una de ellas. Creyó diagnosticarse bastante atinadamente pero, a pesar de ello, su malestar continuaba creciendo y llegó hasta a tener la sensación angustiosa de que alguien le seguía; la impresión clara, precisa, de pisadas cada vez más próximas, de cercano chapotear de agua en los charcos de la orilla, de respiración jadeante, de mano crispada que se tiende...

Miró en torno suyo. La playa estaba desierta; sin embargo, a la luz de la luna, oscilaba a tramos una sombra pequeña de finos contornos, semejante a la forma de un niño.

Se interrumpió en sus pasos para buscar con calma el objeto que proyectaba aquella sombra; mas en vano tendió la mirada por el espacio libre que hacían el mar, el cielo y las arenas de la playa. No encontró en toda la extensión que le circundaba el pájaro extraviado ni la barquilla pescadora que debieran proyectarla. Abajo, el agua brillaba en remolinos obscuros; arriba sólo estaba la luna enorme y cóncava como un hoyo.

Siguió caminando. No pensaba ya en nada; sus ojos buscaban incesantemente el farol del *Euryanthe*, y sus pies parecían no sentir el filo de las rocas ni las espinas de los erizos.

La pequeña sombra también seguía avanzando, y los cangrejos huían ahora escurriéndose por entre los charcos pestilentes.

Todavía pensó él que la sombra era su misma sombra que lo seguía, pero no logró reconocerse en ella, tan pequeña y tan afinada. Luego, no pensó más y aceleró aún el paso sin tocar ya las piedras, saltándolas más bien, sujetando rabiosamente a Bárbara. Después corrió, corrió a la desbandada, hasta penetrar en el mar, casi sin ver el bote preparado que alcanzó como a tientas, refugiándose en su fondo sin pronunciar palabra, sin hacer movimiento, hasta que se vio dentro del barco, rodeado por sus hombres, que le frotaban las sienes con alcohol y le acercaban a los labios un frasco de licor ardiente.

Los rechazó con gesto sosegado. Ya en su reino y dentro de sus fronteras se sentía otra vez dueño de sí mismo, dueño de la mujer, dueño del mar.

Llevó a Bárbara, que aún guardaba aire de sonámbula, al dormitorio, la acostó en su lecho y la llamó tiernamente por su nombre.

Tardaba ella en responder, y él fue a abrir el cristal de la escotilla para que entrara el aire fresco de la noche.

Por el redondo agujero buscó, sin hallarla ya, la sombra que había imaginado persiguiéndola. Sólo alcanzó a vislumbrar los últimos cangrejos dispersos; eran los viejos amigos de Bárbara, que se quedaban en la orilla apretándose en fila frente al barco... El barco que parecían mirar con estupor.

Volvióse sonriendo hacia Bárbara, le apartó del rostro la masa obscura de sus cabellos y atrajo sobre ella la lámpara de la mesa, para mirarla mejor.

Su cara... Era su misma cara delicada, imprecisa, suave hasta casi no tener facciones; hasta ser semejante a un ligero pañuelo de seda desdoblado, un pañuelo de seda un poco amarillento.

Era su cara, que sin verla, él no podía recordar, no sabía imaginar ni cómo reconstruir, y que aun necesitándola cada día más —porque ya la necesitaba— y mirándola como la miraba, transido de emoción, le parecía siempre encontrarla por primera vez.

Le besó la boca, fría, entreabierta, olorosa a mar; le besó la frente, humedecida de un sudor salobre.

Se inclinó más aún sobre los cerrados ojos. Los párpados, un poco hinchados, temblaban perceptiblemente a la luz de la lámpara, y las pestañas proyectaban dos abanicos de sombra abiertos a lo largo de su rostro.

Siguió inclinándose; se inclinó tanto, que sus labios casi tocaban los ojos de ella; se inclinó hasta rizar con su aliento las pestañas ensombrecidas.

Bárbara abrió los ojos, y él se incorporó de nuevo, poniendo la lámpara sobre la mesa.

Pasaron unos minutos. Callaban los dos; pero él no pudo dejar de sonreír cuando oyó en medio del silencio el ruido de las máquinas que empezaban a moverse.

Hizo un vago gesto a Bárbara y se dirigió sin apresuramiento hacia la puerta. Estaba tranquilo, y su mano, aquella mano fuerte y tibia en que ella había puesto todos sus sueños, se apoyó segura en el picaporte, como se hubiera apoyado en la palanca del mundo, y lo hizo girar sin ruido.

Salió. Afuera se anunciaba ya la partida del *Euryanthe* por un crujir de amarras deshechas, un traqueteo de tablones, y un espeso borbotar de aguas barridas, cogidas entre el casco y las rocas.

El *Euryanthe* se movía lentamente, enderezaba con fuerza su quilla agudísima hacia el Oriente y giraba sobre sí mismo revolviendo el agua espumosa y silbante.

De pie en la proa y acodado sobre la borda, su fatigado dueño descansaba mirando el gran mar libre, el mar sereno y limpio hasta el horizonte.

Se despegaba el barco de los escollos, los evadía con agilidad y se impulsaba potentemente, desplazando columnas de agua que se derrumbaban ruidosas unas sobre otras.

Menudas gotas salpicaban el rostro del hombre inclinado sobre la proa. Aún perduraba en él un sentimiento obscuro, aún conservaba la sensación vaga de haber vencido contra un misterioso poder, contra una fuerza desconocida que por un instante sintió abatirse sobre su cabeza con un soplo de tormenta.

Y no había sido difícil llevarse a Bárbara. Casi era ella la que había venido a él.

No le observó en ningún momento la más furtiva sombra de vacilación o de duda; no había tenido que luchar con otros sentimientos arraigados en aquella naturaleza de suyo impresionable y apasionada.

Parecía como si ella le hubiera estado esperando hasta el día en que la encontró después de la tormenta, sentada sobre la roca como una nueva Ariadna inmóvil y absorta, con los ojos desvaídos de mirar tanto el mar.

Apenas había tenido que sugerirlo, y ya la había encontrado pronta a partir; no tuvo que convencer ni seducir; a eso y a todo estuvo siempre dispuesta. Y recordaba la suave docilidad de perro sin dueño que había tenido en ella desde el primer momento, su gesto casi humilde al entregársele sin recelos ni vacilaciones, y el creciente afán, la necesidad ya violenta que ella había ido sintiendo de sus palabras, de sus brazos, de su presencia, de todo él fuerte, joven, sano y bien seguro de defenderla contra la Vida y contra la Muerte.

Enderezado el barco, se alejaba de la costa, enfilando la ruta plateada que la luna parecía trazarle sobre el agua. Un airecillo fresco jugaba con las amarras sueltas aún, pendientes a babor y estribor...

Él seguía pensando. Desde el cielo lunado empezaba a descender una paz infinita sobre su corazón. Los recuerdos le venían ahora incompletos, deshechos, envueltos unos en otros como las breves olas que se acercaban a lamer la quilla reluciente del *Euryanthe*.

¿No es un hombre fuerte el que se apodera de otra vida? El que es dueño de vidas, transmutador de destinos... Sólo vencen los fuertes. Él había vencido.

¿Vencido contra quién?

La pregunta había surgido dentro de su propia sombra sin hacerla casi; había surgido ligeramente, escurriéndose como por un declive de su pensamiento debilitado en algún punto.

¿Por qué esa sensación de victoria, esa satisfacción de triunfo en lo que no había habido lucha, en donde no había tenido que gastar más fuerza que la empleada en levantar a Bárbara en sus brazos, ni desafiado más peligro que el arañazo de una piedra?

¿Por qué desde que pisó el barco no había dejado un solo momento de considerarse vencedor?

¿Vencedor de quién o de qué?

No sería seguramente de los tíos de Bárbara o de la vieja bruja que le servía de criada, personajes semifabulosos de quienes ella había hablado vagamente y a los que nunca vio, ni le interesó ver, ni pudo situar de fijo en tiempo presente o pasado, terminando por considerarlos, en parte, producto de la enfermiza imaginación de la muchacha.

Sin embargo, Bárbara no podía habitar sola aquel sitio, y era indudable que nunca había conocido otro.

Al principio había pensado él en alguna maquinación, en alguna intriga en torno a una herencia o a una bastardía suficientes para mantener el aislamiento y hasta la ocultación de la joven. Se trataría posiblemente de una de esas tantas menores de que habla el artículo 364 del Código Civil.

Los misteriosos tíos podían muy bien ser los tutores de tipo corriente que suelen aparecer en las novelas francesas... A la verdad que todo resultaba novelesco; pero, aun a pesar suyo, se había visto obligado a aceptar esta hipótesis por la simple razón de no encontrar ninguna otra. Y no era él hombre capaz de dejar nada sin explicación.

Una vez explicado, se despreocupó del hecho. No le interesaban las intrigas, ni se inmiscuía jamás en secretos de familia.

Bárbara era una mujer joven, bastante al alcance de su mano, y de quien había acabado —fuerza era convenir en ello— enamorándose muy seriamente.

Era lo único que sabía a fin de cuentas y, después de todo, lo único también que de verdad le concernía.

Miraba ahora, ya lejos, la casa de Bárbara, aquella construcción blanca y simétrica con algo de cárcel o manicomio. Y seguía recordando, a su pesar, cosas, detalles, que ahora comenzaban a extrañarle... Aquellos largos silencios de ella, aquella sonrisa rara con que lo escuchaba a veces, aquel azoramiento de despertar con que lo miraba cuando él le hablaba de pronto o le tomaba una mano de improviso... Todo aquello que sin duda era un contraste con ella misma, con su mansa actitud, con su aire tranquilo de animalillo silvestre.

Pensó hasta hacerse daño, hasta herirse con las aristas del pensamiento agudizado, en los ojos de ella, siempre perdidos para él, siempre vagando por otras lejanías, por otros mundos adonde él tenía la intuición subconsciente, pero segura, de no poder llegar nunca.

Se incorporó sobre la borda; uno de sus botones dorados quedó cogido entre los hierros de la baranda; tiró con fuerza de él y se le quedó en la mano.

Lo volteó entre los dedos un instante y lo arrojó al mar.

Entonces, ¿a quién había vencido, si había que vencer a ella misma? A ella, parte acaso de una unidad obscura que él había osado desintegrar.

Algunas gotas de espuma le salpicaron el rostro; tuvo gesto de despertar, a la sensación de frío. Miró en torno suyo. En el cielo, la luna hinchada e inmóvil alumbraba el camino de agua por donde el barco volaba, empujado por un loco viento de triunfo.

La playa se quedaba cada vez más lejos. Vista a esa distancia, no era más que un semicírculo de piedras negras, en medio de las cuales resaltaba muy clara una fachada blanca.

El semicírculo parecía doblarse, se estrechaba, juntaba sus bordes, mientras el *Euryanthe*, esmaltado de luna, corría hacia la línea del horizonte. Los ojos del hombre se resistían a retroceder más allá de la sombra del navío quebrada sobre las aguas, vuelta a formar con los perfiles cada vez más estilizados, más irreales, como si al mismo tiempo que la sombra, fuera el alma del barco.

Ya la playa había desaparecido; pero la fachada blanca, como desprendida de la tierra, se quedaba flotando en lo negro de la distancia.

Quería él alejarse, pero era como si un nudo invisible lo sujetara a la baranda, y le pareció entender vagamente que debía esperar hasta que la casa de Bárbara acabara de hundirse en lo más profundo de la noche.

Pero la noche iba a terminar, y la casa estaba allí todavía; se sostenía sobre las últimas rocas, se empinaba desgarrando la tiniebla, asida aún al último meridiano, tenaz, alucinante, odiosa.

Se pasó la mano por los ojos, como si la hubiera traído prendida a las pestañas y quisiera arrancársela, arrojarla de una vez al mar.

Cuando los abrió otra vez, ya estaba amaneciendo.

La línea rosa de una pequeña herida se había rasgado en el cielo. Sintió ruido de alas por encima de su cabeza, alzó la frente y vio una bandada de gaviotas que se abatía sobre la cubierta del barco, haciendo un alto en los mástiles con las plumas rotas por el viento y mojadas del relente nocturno.

La pequeña herida del cielo se ensanchaba, levantaba sus bordes abriéndose en muchos más, rajando poco a poco la noche tensa.

En lo que quedaba de más obscuro se había refugiado la casa de Bárbara, pero hasta allí la iba alcanzando la sangre aguada del alba, corriendo en tenues hilos desde el cielo hasta el mar súbitamente abrillantado.

La noche, ya resquebrajada, hundía lentamente en el agua sus jirones de sombra; del último de ellos se quedó colgando aún la casa blanca.

Ya los faroles del *Euryanthe* palidecían dulcemente en el amanecer; ya la luna deshilachada se derretía en un charco lechoso y coagulado...

Ya la casa iba a desaparecer para siempre, iba a rodar al mar, ahogada por el nuevo día...

Se la vio todavía unos segundos, tan clara y tan nítida como si sólo estuviera a unos pasos; tan firme, que él empezó a contar los huecos de las ventanas...

De pronto se hundió en el horizonte. El sol había nacido. Levantó el hombre sus brazos al cielo y echó a correr en busca de Bárbara.

Llegó hasta la puerta y, deteniéndose en los umbrales, la llamó en voz baja, obscura por la emoción... Se sintió un batir de alas en el aire. Venía ella leve, despeinada, sonriente. Parecía de súbito otra mujer.

Quedó él mirándola largamente, sin pronunciar palabra; ella no dejaba de sonreír, sujetándose con las dos manos el pelo que volaba al viento de la madrugada y azotaba, frío y negro, la cara de él.

Se cogieron las manos y fueron hacia la baranda. Estaban solos en medio del agua y debajo del cielo.

—Ha empezado el día —dijo ella con una voz un poco ronca, una voz íntima y humanísima que él le ignoraba.

Se quitó de los ojos, para mirarla mejor, el pelo de ella que le cegaba tumultuoso.

Sonreía Bárbara siempre, y el barco iba acercándose al sol ebrio de liberación y de esperanza.

Impaciente, él acabó de quitarse el pelo cegador, casi con rabia; el gesto fue tan brusco, que ella se volvió entre sorprendida y sonriente aún...

Mucho frío habría luego. Pero ya él no olvidaría nunca aquel frío del pelo de ella en su cara; aquel frío invencible, a pesar de su sonrisa, a pesar del fulgor ardiente que le brillaba, desconocido, en los ojos.

Capítulo IX
AL DÍA SIGUIENTE

Al día siguiente, el mar amaneció sereno; el *Euryanthe* había andado toda la noche, y la tierra estaba lejos.

Ligero y silencioso, el bajel desfloraba la espuma rumbo a la gran tierra desconocida que aguardaba a Bárbara como un regalo de otro planeta hermano; para untarla de sol, un sol que era limpio y nuevo para ella; para bañarla en sus frescos ríos, para sonrosarla en sus brisas de primavera o en su escarcha de invierno, para hacer desfilar ante el asombro vago de sus ojos la maravilla de los paisajes apenas presentidos; paisajes de verdes campos montañosos, paisajes de valles azules y paisajes de las grandes ciudades grises y macizas; de las pequeñas ciudades de barro encalado, de campanario con aguja de vientos y de paz...

Y de paz...

Un tenue oro de sol naciente brillaba sobre los gastados tablones de la cubierta, por donde él y ella se paseaban lentamente, aún cogidos de la mano.

El aire de la mañana entreabría vagas rosas en las mejillas de Bárbara y despertaba en sus labios canciones olvidadas.

Todo parecía brillar en aquella hora temprana. La luz emanaba limpiamente de las cosas, como si ellas fueran traslúcidas o como si hubieran acercado al sol la hoja del paisaje. Ya no había gaviotas revoloteando en torno a los mástiles, y el horizonte se cerraba libre y nítido en una circunferencia azul cuyo centro era siempre el barco. El azul infinito dominaba sin gradaciones; un azul puro, luminoso, fluido. Ni otro color, ni otra línea, ni otra vida. Estaban solos, perfectamente solos, en la perfecta soledad del mar.

Hablaba ella de cosas dulcemente triviales. Fuera de su hábito, la encontraba él conversadora y se complacía en ello; le invadía una plácida sensación de bienestar escuchando su charla sencilla, su risa inusitada al apuntar la necesidad de hacerse de vestidos en el primer puerto, los deseos que tenía de comprar un objeto cualquiera al azar, pero de pagar dinero por algo... Y de más cosas, muchas cosas de las que él no la había oído hablar nunca.

Se le contagió el calorcito íntimamente burgués de la conversación; cedió al nuevo encanto de paladear el sabor conyugal y dulzón de que empezaban a impregnarse sus palabras. Ingenuamente se alegró de tener que acudir a las pequeñas necesidades de Bárbara, de poner en su mano el dinero que ella deseaba gastar; se complació en tener que comprarle vestidos... El hecho de que ella dependiera de él en una cosa tan pequeña le satisfacía como un afianzamiento de su dominio.

Compraría a Bárbara ricos vestidos diseñados por las modistas más refinadas, por los artistas en boga; haría de ella una mujer elegante, una compañera agradable.

Vestida como las demás mujeres, como las demás mujeres sería también. ¿No es el vestido parte de la mujer misma? ¿No es como una prolongación de ella la tela breve y sedosa que ondula entre los dedos?... Una vez había confesado a sus amigos que una mujer enteramente desnuda le producía una vaga repelencia de cosa mutilada...

Al principio ellos rieron, y después se habían quedado pensando en sus palabras...

Sí, vestida como las demás mujeres, ella sería como las demás mujeres. Vestida a la moda, adornada con joyas vulgares y costosas, poco a poco iría perdiendo su expresión singular. Podía ello ser un prestigio de Bárbara, lo era seguramente; pero en la imposibilidad de abordarlo, prefería él que se perdiera; quería que ella le perteneciera de un modo absoluto, y ya que ella misma se le había puesto en los brazos, se consideraba con derecho a conformarla a su gusto, a traerla a un terreno firme, a un terreno llano y limpio, accesible a él también. No gustaba de divagaciones ni de efectos ambiguos, ni admitía dones que no estuvieran al alcance de su bolsa, por si fuera preciso echar mano de ella. Era orgulloso e inflexible como suelen serlo las criaturas superiores.

Miró a Bárbara por encima de su hombro. Caminaba ella a su lado, esforzándose en seguir sus largos pasos de hombre marinero. Vista de esa manera, le pareció su amiga extremadamente pequeña.

¿No era Bárbara más bien alta?

Hasta ese momento, si le hubieran preguntado cómo era ella, habría empezado diciendo: «Es alta...»; pero ahora veía bien que no lo era.

Diríase que se había encogido durante la pasada noche. Acaso la hallaba pequeña porque la miraba de lado, pero no consideró necesario comprobarlo volviéndose de frente a su persona.

Siguió caminando, alargando inconscientemente sus pasos. Ella se le quedaba atrás ahora, y él tuvo la complacencia de ayudarla impulsándola con su brazo pasado por detrás del fino talle un poco curvado. Seguía mirándola de soslayo; las dos trenzas humildes en que se había recogido el cabello la empequeñecían aún más, le daban aspecto de muchachita fugada del Orfelinato. Y él sintió la necesidad de inclinarse sobre su hombro con gesto protector, de infundirle un soplo de su propia fuerza, del aliento que le sobraba y que sentía como hincharle el corazón.

¡Qué gratamente se reconocía en el hombre que tenía un barco en el mar y una mujer en el barco!...

Era él grande y simple como el paisaje mismo; era ella criatura pequeña, criatura débil y tierna, a quien había que cuidar y defender.

Criatura pequeña, frágil; fácil de amar, fácil de morir... Y no parecía ella preocuparse por eso. Estaba cantando un canto medianamente entonado, aunque con una bella voz de contralto. Sus ojos brillaban y se cerraban mucho, velando con los párpados pesarosos ya no sabía él qué embriaguez...

Y qué contenta se la veía... Tuvo él un complejo sentimiento de lástima al verla tan feliz y tan débil... Criatura fácil de amar y fácil de morir... Le besó las manos, le besó las cándidas trenzas de huerfanita...

Pero Bárbara no mostraba señales de aquilatar todo su súbito enternecimiento... En aquel instante sólo estaba entregada a su alegría, a su júbilo de la fuga, y nunca la había visto él darse de tal modo a un sentimiento con olvido de su presencia y de sí misma; nunca la había sorprendido tan expansiva en una emoción... Ella, tan recatada de maneras, tan pudorosa de sus sensaciones, tan recogida siempre en sus orillas.

¡Y tenía sana y limpia la alegría!... Era, por decirlo así, una alegría de animal joven y libre...

Se sonrió ante sus propias comparaciones... Ella a su lado, ajena a los pensamientos que sugería, gozaba plenamente de ver el círculo del horizonte uniendo, sin obstáculos ya, cielo y mar; gozaba de cada soplo de viento, de cada gramo de agua viva que es la ola.

Los ojos de Bárbara, como dos pájaros libertados de pronto, giraban dulcemente azorados. Al principio, por los objetos más cercanos, deteniéndose en cada uno de ellos; en los eslabones que atravesaban los guardines, en los estribos del palo de mesana, en las rodelas del cintón de proa... Sobre cada cosa se iban posando con una timidez que se hacía por momentos turbadora delicia, hasta serlo completamente, lanzados ya por todos los ámbitos en un vuelo sereno e infinito.

También él estaba alegre. Todas las cosas parecían llenarse de aquella alegría de ella, de la suave, contagiosa alegría que fluía por su boca un poco grande, plegada exquisitamente como una media luna rosa.

Y sentía él deseos de reír y de jugar. Se le encendía el rostro pensando que, como los ilusionistas del circo, de una mano a otra había escamoteado a Bárbara en un excitante truco.

Llegó el mediodía y ella sintió hambre. Era algo particular y delicioso verla hincar los agudos dientes de fierecilla en el sabroso jamón de Liverpool.

—Pero, ¿tú comes, Bárbara?...

Reía ella, reían los dos y besábanse largamente...

¡Qué bella sabe ser a veces la Vida!...

Al mediodía —oro y besos, oro y rosa, rosa del jamón de Liverpool y de los labios frescos...— siguió la tarde —oro y besos también, pero más obscuro el oro y los besos más obscuros...— rosa de la tarde abierta sobre el mar...

Él mostró unos caracoles recogidos en la playa de Bárbara. Pensaba llevarlos al Instituto de Ciencias Arqueológicas; no había sido él propiamente el de la idea, sino más bien su amigo, que los había encontrado en la socavadura del risco donde crecen las uvas caletas... Eran ciertamente conchas muy curiosas, y ellos, que habían cursado estudios de Geología Comparada, creían reconocer en aquellas formas tubulares y arrolladas a modo de espiral, algunos ejemplares de los famosos ammonites perdidos de la era terciaria. Esta rara especie muy bien pudiera situarse correspondiendo a la formación de los grandes océanos posdiluvianos...

Bárbara no hacía más que reír; no entendía nada. Cogió los caracoles y los echó al mar.

No se movió él, pero palideció un poco y, fugazmente, un impensado gesto de dureza le contrajo el rostro. No fue más que un instante, se repuso enseguida, y ella no se dio cuenta de la sombra que le pasó rozando tan de cerca...

Continuaba riendo con una risa invencible y triunfal...

Iba y venía ella —rosa y nácar— con un loco desplegar de gasas al viento...
Parecía embriagada de un vino antiguo... Parecía cosida con mil alas de mariposas, cosida finamente con alas de mariposas que aún guardaran reminiscencias
de los viejos vuelos y probaran a volar agitándola en inauditos estremecimientos.

Era bella, realmente muy bella, con sus trenzas estriadas de reflejos metálicos, con sus ojos fosforescentes, con su carne granada de luna.

(Se olvidaron los caracoles...)

Ella se le escapaba riendo siempre... Iba y venía entre la espuma y los besos,
entre la espuma fría y los besos tibios, entre la espuma que la besaba y los besos
que no llegaban a alcanzarla, espuma de besos rotos aflorando sus vestidos...

El barco volaba en la tarde, embriagado también del mismo vino... Pedazos de
algas cruzaban de vez en cuando sobre las aguas espumosas... Un aire colado,
oloroso a salitre soplaba sobre cubierta.

La risa de ella era como vidrio picado que se removiera...

Sonaba como pedazos de vidrio cayendo unos sobre otros.

Y pasó la tarde a la música de esta risa, y cuando la luna asomó por el filo
del horizonte, Bárbara enmudeció de repente.

Era ya el plenilunio. Cielo y mar se unían ahora estrechamente, fundiendo
en una sola pieza sus confines.

Al azul obscuro y violento del crepúsculo sucedía un único negro aterciopelado y brillante, que parecía extenderse de arriba abajo como un telón de
sombras, ondulante al soplo del viento. Todo el paisaje se espesaba en una pulpa
fría de tinieblas, en donde el barco se adentraba más despacio ahora, con la
suavidad de una gota de sangre al penetrar en la masa obscura del corazón...

Bárbara se había quedado inmóvil, recostada a las amuras. Sus velos seguían
flotando al viento, y él, a su lado, miraba atentamente sus ojos.

La noche se inflaba como un globo de sombras...

Y era la misma luna, la misma luna blanca y helada, con grumos grasientos
de nubes. Era ella igual que ayer, y el ayer se le dilataba infinitamente; era un
ayer muy largo y muy remoto, cuyo principio no alcanzaba nunca, pero cuyo fin
se esforzaba en marcar.

Era la misma luna enferma de anoche, asomando entre cirros su cara
hinchada, agrietada, que destilaba por sus sajaduras un humor claro, una
claridad aguanosa y sin consistencia que rodaba a lo largo del barco sin
mancharlo. Era ella, trepando fatigosamente por los nubarrones del horizonte, apoyándose en las crucetas de los masteleros, bamboleándose por
encima de sus cabezas. Era la luna enferma, sombra de luna, fantasma de
luna sin luz y sin vida.

Él continuaba mirándola, fruncido al entrecejo.

Ella le sonrió y amó más que nunca el azul inocente de sus ojos... Y aún pudo
la luna ser, en estos ojos, un nuevo azul, como un azul desconocido todavía para
su ternura... Aún pudo buscarla en sus labios como una frescura recién brotada
para su sed insaciable y encontrarla en sus manos, deshilachada y blanquísima

como tiras de lino, como vendas inconsútiles para una vieja herida. Aún pudo todo esto...

Y la luna seguía brillando sobre el barco. ¿Cómo estarían entonces los pájaros embalsamados en sus pequeñas vitrinas? En cuarto menguante, cuando la luna salía, donde primero daba era sobre ellos. Les plateaba las alas muertas y hacía brillar en la sombra sus ojos de cristal.

Ahora sería lo mismo en la alcoba abandonada. La luna entraría igual por la ventana, seguiría el camino acostumbrado y se posaría silenciosamente sobre los pájaros inmóviles. Luego, se deslizaría por el mármol de la consola hasta alcanzar el espejo suspenso en la tiniebla como un astro muerto. Las seis y cuarto... Vamos a podar los brezos; ayer amaneció otro lagarto muerto a la orilla del estanque...

¿Quién la besaba en la boca?... ¡Ah, sí, el azul inocente de sus ojos!...

Pero la luna le helaba el beso en los labios y le cuajaba las lágrimas en las puntas de las pestañas; la luna se le filtraba por el desnudo pecho hasta gotear lentamente en su corazón extenuado.

Y era la misma luna que en aquella hora estaría brillando también sobre el jardín. No quería ella que la tocara con aquella claridad que había tocado las cosas muertas; no quería que le pusiera encima sus fríos dedos de luz, que aún parecían guardar el contacto que ella había dejado atrás. La luna era ya para ella como una cosa inmunda y contaminada.

Ocultó la cabeza en el hueco tibio del masculino pecho, donde se esponjaba un vello fino semejante a yerba de pradera aún no segada.

La luna seguía cayendo fría, dulce, desintegrada.

El hombre llevó a la mujer hacia dentro; la acostó en su lecho y la arropó cuidadosamente como a una niña enferma.

Ni al día siguiente, ni al otro, pudo Bárbara levantarse. Al tercero, tuvo fiebre alta, delirio y escalofríos.

Él se sintió acobardado, solo en el mar con una criatura enferma. La criatura fácil de amar y fácil de morir.

Pero algo había en el fondo de su subconsciente que fermentaba en un obscuro regocijo al verla ya por completo humanizada por la enfermedad, reconcentrada en su materia adolorida, accesible y patente en su miseria física... Lejos de desencantarse, asistió tranquilamente al espectáculo indefinible de Bárbara doblada por los vómitos, llena la cara de saliva y de sudor. La cuidó con una delicadeza impensada en él, tan primitivo y tan fuerte.

Sobrevino la crisis acercándose ya a tierra.

La rebasó ella, casi apoyada en sus brazos, en su firme voluntad de vivir, y él la vio conmovido resistirse jadeando, retroceder a su llamada imperiosa de amante.

Una mañana amaneció sin fiebre, y él la sacó a cubierta, al sol tibio y al aire del mar.

—¿Cuándo llegamos? —preguntó ella.

—Mañana —le respondió, vigilando en el rostro de la convaleciente el efecto de sus palabras.

Cerró ella los ojos y permaneció recostada en sus cojines con las manos cruzadas sobre el pecho. Seguía él mirándola; el sol la vestía de oro y se la imaginó como una joven reina lánguida y desterrada.

La enfermedad parecía haberla empequeñecido aún más. Una gaviota pasó volando entre los dos.

Bárbara abrió los ojos sobresaltada.

—Es que la tierra está cerca —dijo él, acariciando sus cabellos—. Vamos a proa, a ver si la encuentras tú la primera.

Fueron andando lentamente hasta el extremo del barco. Más gaviotas venían en bandadas sobre los mástiles, rodeaban el *Euryanthe*, lo llenaban de un rumor sordo de alas chocando contra las velas, tropezando unas con otras...

—La tierra está cerca... —dijo ella como entre sueños.

Un tonel con letras pintadas de negro se vio flotando sobre las aguas. Ella leyó en alta voz:

—«Perrón e Hijos. Compañía Vinícola Nacional.»

Él rió, diciendo con ligereza:

—Estás entrando en el mundo.

Bárbara lo miró de un modo indefinido. Lo vio contento; daba ahora gritos a los marineros y echaba cuerdas interminables por la borda.

Una creciente animación lo iba penetrando, lo alejaba vagamente de ella.

Bárbara empezaba a sentirse un tanto confusa. Se le arrimó, mirándolo con ojos azorados.

Diole él palmaditas en los hombros. Las gaviotas seguían pasando tumultuosas y acogedoras.

Ella no preguntaba nada, seguía mirándolo refugiada en la sombra de su alto cuerpo, que el sol proyectaba sobre la proa.

Era bello el cuadro; parecía la lámina de una edición de lujo de *La Ilíada*.

El perfil impecable del hombre recortado sobre el fondo del mar hacía pensar en los viejos mitos griegos. Ágil y bello como un joven héroe de la Hélade, como un legendario argonauta, se preparaba para escalar el más alto de los mástiles. Bárbara, a su lado, sin atreverse a tocarlo; se borraba, se escurría, seguía reduciéndose hasta no parecer junto a él, entre el ancla y la baranda, más que un angelito de viñeta, rodeando con las gaviotas la hermosa figura central.

El *Euryanthe*, regocijado como su dueño, acaso reconociendo como él las aguas que debieran serle familiares, avanzaba firme y sereno en la alegría del regreso.

El sol hacía brillar el mar como un joyel encendido.

«Perrón e Hijos. Compañía Vinícola Nacional...»

QUINTA PARTE

*Así es la Tierra ahora; una
vasta morada de enmascarados.*

José Martí

Capítulo I
INICIACIÓN

Y así entró Bárbara en el mundo. Así enfiló una calle, traspasó un umbral, encendió una luz eléctrica. Eso es entrar en el mundo.

Entró en el mundo, y a la luz de aquella bombilla que le pareciera un sol enfermo, pudo ver la porción de mundo en que se encontraba: una pieza cuadrada, alhajada con muebles cómodos y parcos, que sería en adelante su alcoba o una de sus alcobas.

Se sentó en la cama. Le dolían los pies como raíces desentrañadas. La luz eléctrica y el nickel le derretían los ojos mareados.

Sonó un timbre y surgieron de la pared, del techo, de la alfombra, multitud de rostros ambiguos, rostros de sonrisas fabricadas en serie; una mujer se apoderó de sus manos y le pintó las uñas con bermellón; un hombre trajo una bandeja con rebanadas de pan, cocimientos de hierbas mustias y frutas maceradas en almíbar; otro dejó sobre la mesa rimeros de papeles con números y series del Impuesto. En el fondo de los pasillos, muchos niños cosidos con botones de oro — ángeles enjaulados— hacían subir y bajar los ascensores.

Bárbara iba pensando: «El mundo, el mundo...»

Y veía estas cosas y lo veía a él, pulcro, ligero, recién afeitado. Lo veía con los cabellos que sus manos y el viento del mar gustaban de alborotar sobre la frente, muy peinados ahora, muy alisados y brillantes a la luz de la bombilla...

Eran sus mismos cabellos, sus cabellos obscuros donde veía brillar la raya blanca como un camino recto y pequeñito, imagen del camino por donde ya ella debería andar toda la vida...

Lo vio a él, inclinado con gracia, ofreciéndole un ramo de rosas compradas. Lo vio hermoso, dominador aun en su gesto de galantería, sin parecerse ya al Almirante Nelson de sus viejas estampas...

La luz eléctrica que ella prendiera al entrar en el mundo seguía brillando, y por un momento Bárbara tuvo la sensación de que no se apagaría nunca. Brillaba erguida en su casa de cristal, inmune a todo viento.

A su reflejo ictérico, nuevos espacios iban desdoblándose unos de otros: hileras de automóviles verdes y amarillos pasaban y repasaban siempre, como si por un truco de juguete se unieran en círculo por detrás del paisaje, para volver a salir del lado opuesto.

Despedidas del núcleo de la noche, iban viniendo las ciudades. Bárbara creía atravesarlas con la luz, pero más bien era ella atravesada por las casas, los árboles, los muros, cosas que la pasaban a través sin romperse, sin romperla a ella, inmóvil, asomada a los dinteles del mundo.

Ciudades con luces como aquella luz prendida en todas las ventanas, cielo invertido, espejo horizontal del cielo. Y los hombres también, los hombres de la tierra sin perfil todavía, moviéndose lentamente como si se miraran sumergidos en la densidad de un agua muerta, a través de muchas capas de agua superpuestas...

Luego, fue ella misma la que se sintió hundir con las criaturas circundantes en aquella luz espesa, en aquel líquido que no mojaba, brotado milagrosamente de la roca que ella apenas había tocado, con un azoramiento de involuntario Moisés, de forastero que equivoca los timbres de las luces...

Se vio junto a los hombres de esa manera singular en que se ve uno a sí mismo en sueños; pero ya dentro de su órbita, aquellos movimientos, que a la distancia le parecieran lentos y tardíos, cobraban entonces una velocidad impensada, una amplitud y un sentido convencional relativos a la densidad del medio, imperceptibles antes fuera de él.

Bárbara empezaba a hacerse de puntos de comparación —asiento y rudimento de este saber del hombre que parte siempre de la cantidad—, empezaba a sentir en su cerebro los indicios de una presencia que sería ya siempre inevitable, la presencia del cálculo, del número, del más y el menos... Bárbara se iniciaba en los albores de las Matemáticas; privilegio de la especie humana; Bárbara era ya humana.

Podía medir el movimiento animal, ella hasta aquel instante sin tiempo y sin distancia, dando vueltas en el vacío de una abstracción, y respirando un aire sin espacio.

La luz nacida entre sus dedos, ahora la envolvía como ola, se crecía como pleamar inflada por los astros y la arrastraba hacia las luces de los hombres. Las luces con que los hombres quieren defenderse de la noche.

Y el mundo desgarrado por su luz le dejó ver la entraña, le volcó ante los ojos mareados su relleno de barro y fuego muerto, sus hombres que se creían vivos porque comían fuego muerto y barro.

El mundo destripado la dejó pasar de antípoda a antípoda, y ella —tercera mujer curiosa— vio a las mujeres de la tierra, mujeres blandas como ella, de carne suave como su carne y de ojos dóciles como sus ojos.

Bárbara les tendía las manos; se reconocía en cada una de ellas. Todas eran ella misma repetida, deshecha ya sin nombre y sin destino.

Le pareció que su curiosidad, aquella curiosidad capaz de desplazarla de su elipse, acababa de estrellarse contra un espejo... Y ¿qué podría ser ella sino una hembra entre las hembras de su especie? Una hembra, animal blando y untuoso, vegetal más bien...

Comprendió entonces la tragedia, más física que de ninguna otra clase, de ser blando, de ser como el insecto que se aplasta, como el ostión sin concha, como el bulto hinchado de savia o el lindo cáliz próximo a reventar...

Las vio animar la obra del artista, la ambición del poderoso, la paciencia del sabio; chispa inicial en fraguas y crisoles, vientre donde la escoria cobra un alma.

Las vio también silbando al trasluz de las puertas entornadas, y luego por los quicios, una mano tendida y con la otra colgándose a los pechos racimos de niños famélicos, concebidos a la sombra de un portal, al abrazo fugaz del que pasó.

Hembras: el mundo os debe el amor y la prostitución del amor; la maternidad y la prostitución de la maternidad. Bastante os debe el mundo, hembra, animal blando, Bárbara sin jardín, Eva sin paraíso...

Las manos temblorosas se apretaban contra la bombilla... Apagar aquella luz, apagarla, regresar al claustro materno de la sombra sin nacer todavía, sin saber de las luces de los hombres...

Pero la curiosidad tres veces maldita la mantenía enhiesta sobre el viento, erguida como la luz aquella, mas no como la luz, erguida en un cristal aislador de la Vida y de la Muerte.

Se sintió empujada entre las masas del paisaje, entre el hacinamiento humano que se debatía preso en aquella agua estancada, visible aún para sus ojos nuevos.

Y ¿por qué se debatían los hombres? Para ella, que sólo se cambiaban de ropa... Pasábanse unos a otros sus vestiduras, las arrebataban también.

Unas veces eran trajes raídos con los bolsillos rotos o sacados del revés; otras eran levitas lustrosas con cartera de cuero bajo la manga y una brizna de seda en la solapa. Desfile de uniformes aderezados de oro, blusas manchadas de la fábrica, atuendos luctuosos o festivos... Cambiaban las ropas. Los hombres eran siempre los mismos.

Y de ser tanto los mismos, sus rostros llegaban a tomar la expresión seria y estúpida del maniquí de bazar; llegaban a desaparecer también, a deslizarse ellos por entre la tela como simples percheros, y los ojos de la mujer sólo veían ya las ropas, las ropas sin cabeza, moviéndose todavía...

Bárbara se impacientó. Quería ver hacer cosas nuevas a los hombres, quería verlos vivir, si era que vivían, o morir de una vez, sin devivir mansamente, inútilmente.

No vivir no es morir, como no morir tampoco quiere decir que se viva; entre vivir y morir hay un concepto algebraico, un valor negativo correspondiente a cada uno de estos dos valores positivos, que son: la ausencia de vida, igual a menos vida, y la ausencia de muerte, que, por llamarla de algún modo, también la llaman vida...

Bárbara quería ver vivir o morir a los hombres, no salir cada minuto tras un telón improvisado con distinto ropaje. ¿A quién podían engañar? Ni siquiera a ella, recién llegada, incontaminada aún, con su corazón de arcilla tierna.

Quiso ver trabajar a los hombres y los vio en la tierra humilde, donde la gente parece brotada de ella misma, alzada apenas del surco, amasada con los mismos terrones que se les desmoronan entre las manos; y en el mar, donde los hombres tienen que luchar con la ola que envuelve. Son los trabajadores que no cantan en su trabajo, los que están siempre silenciosos, como esperando la ola...

Por delante de sus ojos pasó la tierra, pasó el mar, pasaron sus criaturas grises y dolientes. Les vio los brazos sarmentosos como raíces, las caras de ahogados antes de serlo. ¡Y no sabe a sangre el fruto de la tierra, y no corta como espada el pez de acero con las branquias partidas por el aire!

¡Ay, el mundo, el mundo nuestro de paseo en torno al sol!... Paseíto inocente, vuelta de niña por la alameda, de juventud pueblerina en derredor de la glorieta con la banda de música...

El mundo en que los hombres trabajan fuera del jardín... El mundo de los hombres... El de ese blanco; el de ese negro; el de ese amarillo...

¡Y el de ella también ya!... El de ella, capaz de morder el mundo golosamente como una manzana... Morder el mundo. Tenerlo íntimo y pleno en un instante...

¿Acaso no se tienen en un instante las cosas que más se tienen?... ¿Y acaso no se tiene más lo que no se tiene; lo que es fuerte el deseo para recrear en sí mismo, para insuflarle —¡insuflar al polvo, al vacío!...— su hálito de vida?

Esta luz eléctrica no puede mostrarle un mundo mejor que el que ya ella había poseído en soledad, sólo con la fuerza de su deseo.

Esta luz eléctrica no puede alumbrarle más tiniebla que la que alumbró su corazón dentro del pecho.

Dios hizo el mundo en seis días, y ella lo hizo en veinte años. Veinte años o seis días, ¿qué son para esta fuerza de crear?

Ese hombre que arranca el diamante vivo de la tierra, aún tibio de las antiguas selvas calcinadas; ese que le arrebata al mar su gota de ámbar, su perla de codicia y de muerte; aquel que pinta la música sobre cinco rayas, y el otro que anda de noche por el cielo a la caza de estrellas nuevas, no podría ofrecer a sus ojos, a su olfato, a su oído, una luz o un perfume o un acorde que ella no supiera hacer suyos, que no hubiera hecho ya suyos por sentidos distintos o por un solo, fino, largo sentido... Un sentido aguzado en la sombra, semejante a todos y a ninguno, semejante quizás a este gustar lentamente una fruta... Transubstanciar la fruta, hacerse con la fruta toda la música y la luz y el olor... ¡Toda la dulzura del mundo!...

El hombre que manosea pensamientos vivos, que los sujeta a los moldes de plomo de la imprenta para que no vayan a volar como pájaros negros de tinta, no fijaría nunca el pensamiento de ella —de tanto que voló desde sí misma—, no encontraría la *R* de su rosa, ni la *M* de su mar.

Las manos que andan con pústulas y huesos quebrados, las manos olientes a desinfectantes que tientan el detener la Muerte y la detienen, la detienen a veces..., no han detenido más que lo que ella detuvo en el umbral de su jardín... La Vida.

¡Cómo había crecido la luz de aquella bombilla!... Era entonces semejante a un astro extraño, a un cometa iluminando el mundo que podía devorar...

A su monstruoso resplandor podían verse los países del Norte y los países del Sur; a un tiempo mismo contemplaba Bárbara a los que van por los témpanos pescando un rayo de sol que les dure su noche de seis meses y a los que mueren con la boca pegada a las arenas del desierto, devanando en la fiebre de su sed un surtidor imposible.

Veía el trigo que hace el pan del Padrenuestro y veía la hoja del asoka que se quema en las piras funerarias del Ganges. Veía filtrar el aceite en vasijas de barro salado y veía el barco que espera en la hediondez de los muelles, el pañuelo de la novia, la carta del amigo, la bolsa del comerciante de barbilla afinada, de nariz al acecho...

Hombres del mundo... Allá pisan las uvas en el lagar, aquí cortan las cañas cargadas de agua dulce con machetes calentados al sol.

Y esta hoja balsámica, esta... La que se guarda bajo tules blancos, la que va campo abierto camino de la fábrica, la que llega hasta los cuatro muros de cemento, hasta los diez dedos que la alisan, la peinan y le sacan las venas gordas y la arrollan sobre una tabla de cedro; la arrollan despacio... —promesa de humo azul, de trocar en humo esta gravedad newtoniana de la vida...

Y el mundo dando vueltas... Y los hombres dando vueltas. Todo era un voltear infinito, desde lo infinitamente grande a lo infinitamente pequeño.

Giraban seres y cosas... Volvía a ver el vino del lagar, el vino de los hombres que tienen bajo sus pies las alegrías de los hombres; alegrías falsificadas que pueden comprarse en el mercado...

Y otra vez el azúcar de la caña para endulzar la vida amarga, para endulzar el café amargo de cada día...

Azúcar de la caña... El que sale caliente, moreno, descascarado como estrellas de su nebulosa, como limaduras de sol tundido entre las centrífugas...

Azúcar a un minuto de las cañas volcadas en la carrilera trémula de verde vivo todavía... ¡Cómo hierve el melado rubio en los gigantes tachos!... ¡Cómo crepitan sus burbujas y huele a selva cocinada!... A selva cocinada y a mujer...

Bárbara sentía vértigos... La bombilla eléctrica, el cometa desmelenado y trágico, bailaba ante sus ojos una zarabanda de locura, y los hombres sucedían a los hombres, los oficios a los oficios, los paisajes a los paisajes... Pero no, no se sucedían; más bien todo giraba en torno suyo repetido muchas veces, como si ella estuviera en el centro de un carrusel fantástico que volteara con redondez de horizonte.

De pronto, un hombre se salía del círculo: quería cambiar la faz de la tierra, de la propia tierra que lo sostenía. Llamaba a otros hombres, les cargaba a la espalda piedra tras piedra, desencajaba lajas de las torrenteras, las arrastraba con sus maquinarias, las levantaba por el aire mordidas por sus grúas y las echaba una sobre otra, injertando montañas en la tierra, rompiendo la montaña verdadera, o agujereándola para ensartarle un tren veloz...

Había hombres que desviaban el curso de los ríos, que hacían trabajar el río en sus turbinas; y otros que lo cargaban en brazos como a infante dormido y lo echaban del otro lado, en el lecho recién mudado y fresco...

Ellos cegaban el lago bello e inútil, y, avaros de tierras, probaban fabricarla, rellenar la depresión de agua con piedras, con escombros, con fatigas de hombres... Y de todo aquel amasijo blando iba surgiendo una gelatina traslúcida, una capa débil y semisólida que era la tierra ya, la tierra recién nacida, caliente aún en la mano del hombre.

Y pronto se echaban otras casas sobre esta tierra, otros hombres sobre estas casas, otras fatigas sobre estos hombres y las piedras quedaban abajo; las piedras con el primer cansancio de cimiento a las piedras y al cansancio...

Que un hombre pequeño, un hombre vestido con ese traje impuesto que le da apariencia de escarabajo —plegadas las aletas por detrás— pueda horadar la soldadura de dos continentes y echarla a volar con unos cartuchos de pólvora; que pueda acorar los terrones de arcilla que se le desmoronan con murallas de cuerpos vivos, vivos todavía, abrazados por las calenturas y los tábanos... Que un hombre pueda echar un océano sobre otro y volcarlos sin ruido en sus esclusas...

Un hombre. Ése, aquél... Uno entre ellos, hombres siempre; hombres que se afeitan por la mañana...

Y en verdad no debemos desdeñar, junto a sus empresas de atlantes, estas minucias masculinas... Con la navaja y el jabón realiza el hombre la cotidiana apostasía de su origen animal y selvático. Cuando un hombre se afeita, se libera del Adán bíblico, humillado, expulsado de su propio reino, y del mono de Darwin, más humillado todavía, sin tentación en que caer, sin dios que desafiar...

No importa que esta liberación del hombre civilizado se haga a costa de la libertad del mamífero, porque el hombre es, sobre todas las cosas, un ente convencional.

Hombres hay que se llaman a sí mismos hombres libres porque pueden andar en los tranvías suburbanos y sentarse en el portal de sus casas a leer el periódico entre un pájaro y una flor.

Dicen que eso es ser libre. La libertad definida es ésa. Y la flor definida, también. Flor necesitada de su regadera; libertad necesitada de sus rieles...

¡Si no tuvieran esta manía de definir! Definir es limitar. Cortar la idea con la palabra, vaciar el éter en el molde. ¿Por qué tienen los hombres esta obsesión de las definiciones? ¿Es petulancia o es... inquietud? Preguntad a un hombre por qué la abeja sabe que la dulzura está en la flor y no en la hoja, y al instante dará alguna respuesta, lo explicará con tablas y con cifras.

Preguntadle luego qué es la abeja y qué es la dulzura, y contestará también, dirá su palabra de pesadilla.

Bárbara no preguntará nada. Se echará en la vida como en un agua de poco fondo, como se echaba de niña en el mar de sus playas. Se dejará flotar, se dejará vivir...

Pero ya habrá tiempo mañana... Hoy está muy cansada y sólo quiere dormir.... ¡Si pudiera apagar esta luz eléctrica!...

Su mano acierta al fin con el resorte, y todo vuelve a la sombra. Cesó el tumulto y el loco devanar de visiones.

La tiniebla, como una boca enorme, como una boca repugnante de perro, volvía a engullir todo lo que había vomitado: hombres, paisajes, «Perrón e Hijos, Compañía Vinícola Nacional», también... Todo. Ella misma, absorbida, succionada lentamente por la tiniebla...

Agitó los brazos en el vacío... ¿Quién la besaba en la boca?... ¡Ah, sí, el azul inocente de sus ojos!...

Deslizó sus manos entorpecidas sobre el cuerpo del hombre que se pegaba al suyo. Tocó su carne tibia en la tiniebla, palpó sus cabellos untados de una grasa fría y ligera... Era él, ya la gran realidad de su vida, la profunda, inmutable, serena realidad en que ella habría de vivir.

¿Se había olvidado de él, acaso? ¿Se había ido sola por los caminos del mundo, con aquellos pies que le dolían como raíces desentrañadas, que le dolían como si hubiera caminado con ellos un infinito de distancia sin distancia?

No, no... Sus pies estaban allí, colgando de la cama todavía... Y él estaba allí también, y también todavía en sus brazos. No había acabado de besarla... ¿Cuándo empezó aquel beso?...

Volvió a palparlo, a recorrer el fino cuerpo que se iba doblando sobre el suyo... De pronto, le pareció él mismo un desconocido, un extraño llegado al lecho extraño... Era como si no lo reconociera fuera del mar, desprendido por primera vez de la línea del horizonte, del fondo movible de su barco.

¿Formaba el barco parte del hombre, o era más bien el hombre como una arista viva de su nave? El hombre... Ella había querido a un hombre, y el hombre estaba allí... ¿Allí? Pero ¿dónde, cuál era sin la inquietud del barco perfilándolo sobre un mar de tinieblas?...

El hombre estaba allí: en su beso, en la luz apagada, en el mundo. Allí estaba, sólo que ella no acababa de reconocerlo sin el traje de Almirante Nelson, sin el fondo azul de gaviotas y de viento...

Se deshizo blandamente de su abrazo; sentía unos deseos enormes de llorar, de llorar por lo que ella había amado en él, acaso el barco —fuga ligera...—, acaso el viento —liberación y fuerza—, más bien el mar, el mar... —infinita esperanza.

Tenía que recuperarlo de algún modo; tenía que volver a ver sus ojos, dos gotas de mar azul con que ella había querido llenar toda su vida. Sus manos buscaron otra vez el resorte de la luz para encenderla. ¡Que hubiera luz de nuevo, pero no para ver el mundo, sino para ver sus ojos, para no ver más nada que sus ojos bien amados!...

Los vacilantes dedos avanzaron en la sombra, tropezaron con algo, se le apretaron rígidos, sin alcanzar ya más a desprenderse...

Un largo chasquido de metal quebró el silencio, traspasó la estancia, rodó a lo largo de los corredores...

Se abrió despacio una puerta, y por ella apareció una cara de cartón orlada por bucles oxigenados.

—¿Ha llamado *madame*? —dijo con voz meliflua—. La cena está servida.

Capítulo II
EL MUNDO ES REDONDO

El mundo es redondo. Cuando un barco se aleja por el horizonte, lo último que se pierde de él son los mástiles, el humo, el punto más alto...

(Cuando un barco se aleja por el horizonte...)

El mundo es redondo; eso prueba que el mundo es redondo.

(Cuando un barco se aleja por el horizonte, ¿qué es lo último que se pierde?...)

Bueno; no se pierde nada, se ha querido decir que el punto más alto es lo último que dejamos de ver, porque el barco desciende por la curvatura de la Tierra, y así, pues, al descender, desciende...

Comprendido que el mundo es redondo, se comprende ya todo lo demás. Hay que ser muy formales y muy aplicados en estas cosas del mundo para no asustar a las personas sensatas.

Se comprende, por ejemplo, que Bárbara, una vez en el mundo, compre un automóvil y se pasee en él. No es menos bella por eso. Por lo pronto, así le place al que la ama y le enseña su geografía.

Habíamos quedado en que el mundo era redondo. El dinero también es redondo.

El dinero con que ella ha comprado el automóvil de doce cilindros, el dinero que él dejó caer riendo entre sus manos, entre su pelo, entre su falda, al día siguiente de su llegada, era un dinero muy redondeado, muy pulido, muy brillador.

Es bonito el dinero. Una moneda de plata se parece a una estrella; una moneda de plata es como una pequeña hija de la luna. Una moneda de oro es más bella que una flor: brilla, tintinea, tiene música dentro.

Una moneda de oro es más bella que una flor y que una moneda de plata.

Además, una flor es pronto una cosa acabada, una cosa fofa, descolorida, inerte, que nadie quiere.

Y el dinero es eterno. El dinero es eterno, incorrompible, vertiginoso... No es cierto que se manche; si se mancha, se lava, se frota un poco y queda otra vez limpio y brillante. Mientras más corre, se bruñe más, se suaviza más.

Lo que no le complace a ella es ese papel grasiento en que representan con signos el dinero; pero este papel no es dinero. Dicen que es dinero, pero ella sabe que no lo es...

El dinero es redondo: como el mundo...

Lo mismo que se demuestra que el mundo es redondo, podría demostrarse que el dinero lo es también... Que tiene que serlo. Veamos:

Cuando un barco se aleja por el horizonte...

¿Qué es lo que pasa cuando un barco se aleja por el horizonte? Lo primero que se pierde es el miedo de vivir o el miedo de haber vivido lo que en realidad no pudo vivirse..., el punto más alto...

Hablábamos de dinero. Decíamos que el dinero era redondo y bello. Ella había leído en los libros cosas horribles acerca del dinero, del oro que corrompe al mundo; pero los libros, según va ella comprobando, se equivocan en muchas cosas. Es muy distinta la vida vivida a la vida leída. El dinero es la sangre bullidora que le circula al mundo.

Si le quitaran el dinero, el mundo, a pesar de ser redondo, perdería todas sus curvas, se desinflaría, se quedaría vacío y arrugado como una fruta seca, como una naranja exprimida.

El oro es la savia del mundo. La savia viva y poderosa de donde se alimentan los esfuerzos de los hombres; los arrestos, las energías, las esperanzas de los hombres.

Todos los hombres quieren el oro. Habrá hombres que no quieran el invierno o el verano, hombres que no quieran los reyes y otros que no quieran los pueblos libres. Hombres habrá que quieran la guerra o que no la quieran; alguno acaso que no quiera el sol... Pero todos quieren el oro...

¡Ella también lo quiere!...

¡Tocar el oro es como tentarle el pulso al mundo!...

Él es rico de oro. ¿Cómo no habría de serlo? Él todo lo compra; por eso tiene tanta confianza en sí mismo.

Ella es lo único que él ha tenido sin comprar... Por tenerla sin comprar le sube a veces, cuando la mira, como un nublado de inquietud a los ojos...

Y es que ella es el don por excelencia; el solo don, la única bienandanza adquirida sin convenir el precio.

—No sé qué precio tienes —le dijo aquella vez como jugando, mientras sembraba de áureas y pequeñas monedas su cabellera abierta sobre la almohada.

Él quisiera que ella tuviera un precio, quisiera que alguien le dijera: «Ella vale tanto; a cambio de ella tienes que dar esto, que pagar esto...»

¡Oh, lo pagaría, lo pagaría!...

Pagando cesaría toda ansiedad en torno a ella, todo temor al cobro inesperado, a la devolución irremediable...

Pagaría, aunque este precio fuera la mitad de su vida; aunque fuera toda su vida menos nueve, diez, once meses. ¡Once lunas que mirar en sus ojos!...

Pero nadie dice nada, nadie reclama nada. Ella misma no sabe qué pedir.

Se imagina que el mundo entero es suyo, no entiende de transacciones. Toma lo que le agrada y arroja lo que le molesta... Ella sí es feliz.

El otro día vio unas fresas en la cesta de una vendedora, y alargando sus manos recogió todo lo que en ellas le cupo de la perfumada fruta y siguió de largo... Sin pagar; olvidándose siempre de pagar...

Hay que pagar. Él debe pagar por ella de alguna manera. Y ella es cara...; debe de ser cara fuera de todos sus cálculos, fuera de todas sus riquezas...

Once lunas que ver en sus ojos...

En la vida del hombre que todo lo compra tiene que haber inquietud por este don inesperado; el don gratuito y misterioso que ella es.

Bárbara es el don que se recibe sin saber de dónde viene; el que se acepta ligeramente sin conocer a quien nos lo envía, sin recordar haber hecho nada para ganarlo o merecerlo.

Bárbara ha llegado al mundo, al mundo que es suyo, sin factura, sin sello de procedencia, sin nota aclaratoria del envío.

Su arribada le evoca vagas sinuosidades de contrabando; su tenencia en esas condiciones, sin haberlo concertado con nadie de antemano, sin haberla él pagado o que se la hayan pagado a él, tenencia sin origen y sin precedentes, se le asemeja, así de pronto, a un hurto.

No la quisiera él así en su vida. Muy limpio, muy recto, muy sano de corazón es este hombre que todo lo compra, para que no le alcance el cosquilleante malestar de ser dueño de algo cuya procedencia no puede explicar, de que le sorprendan en las manos algo recogido al azar en un recodo del mundo, como el transeúnte que levanta del suelo una cartera y mira en derredor...

Tal vez el símil sea un poco duro, un poco violento o violentado... En fin, como el mundo es redondo, todo se va rodando en él... Muchas cosas se encuentran y otras muchas se dejan, y otras muchas vuelven a encontrarse sin pensar, sin saber.

Con todas sus dudas, Bárbara no es, no puede ser en su vida, más que una cosa desusada, una cosa fuera de costumbre, de la que su inteligencia disciplinada se resiente.

Pero si todo se va rodando en el mundo —que es redondo...—, ¿le rodará ella algún día de los brazos?...

Bárbara no le ha costado nada, no proviene de nada, no hay cuentas sobre ella.

Nadie se la dio y es suya; y del mismo modo que apareció en su vida, podría desaparecer sin dejar huella, sola, extraña, ajena a todo.

Aparecería y desaparecería sin intervención de nadie, sin intervención de la sociedad, de la familia, del Estado o del Municipio...

Aparecería y desaparecería silenciosamente, como una estrella en el cielo; una de esas estrellas que una noche descubre un sabio con su telescopio, le da un nombre sonoro, la apunta en un mapa celeste, y a la noche siguiente, cuando la va a buscar, ya no la encuentra...

Así es Bárbara, inconexa, imprecisa, esporádica. Se sale de su buena lógica, de sus principios, de sus costumbres... Es un efecto sin causa; un efecto claro, dulce, fresco...

Un efecto de luna sin luna; una corriente de agua sin mar en que perderse, sin roca de que brotar.

Guardar esta corriente entre sus brazos... Sostener esta luz fuera del viento, fuera de la noche de los hombres que la aplastaría...

Pero nada puede guardarse ni sostenerse en esta implacable redondez del mundo.

¿Cómo beben su agua, cómo prenden su luz, cómo aman su amor los antípodas, que caminan de cabeza para abajo, pegando y despegando los pies en la curvada corteza de la Tierra?...

Capítulo III
BÁRBARA EN EL MUNDO

Así entró Bárbara en el mundo. Cogida al brazo musculoso del hombre, sin soltarse ya nunca de él, adentró sus pies un poco torpes, que sólo conocían las veredas de un jardín, por el dédalo sinuoso de calles, de encrucijadas, de templos, de casas, de lugares llenos de gente viva, movediza, ruidosa.

Y él había pensado con razón: Vestida como las demás mujeres, como las demás mujeres sería ella también.

No había nada exótico ni nuevo en su abreviada persona. No era ella, por cierto, de las que hacen volver el rostro al pasar; o a las que es grato hablarles en voz baja.

Más de una desilución produjo en el grupo de personas de imaginación algo exaltada, que se habían dejado sorprender por las contradictorias cuanto fantásticas versiones que al principio circularon acerca de su origen.

Una vez en presencia de la criatura, se vieron con una mujercita bastante bien parecida, que hablaba poco y sonreía mucho.

Mirada con cierta atención, acaso intrigaban ligeramente los anchos ojos incoloros, que parecían derramarse por su cara como dos cuajarones de un líquido turbio y espeso. Nada más.

Sus facciones eran correctas y fáciles de atribuir a cualquier derivado de la raza aria.

Hablaba sin acento particular muchos idiomas, y todos parecían serle asequibles enseguida, como si los hallara familiares, como si en vez de aprenderlos los fuera recordando solamente.

No gustaba de las flores, y a veces mostraba un exagerado apasionamiento por cosas vulgares, como el asfalto derretido con que se pavimentan las calles o los lápices de colores, que coleccionaba por docenas en el escritorio, donde no escribía nunca.

Encargaba sus sombreros a Marcel et Soeurs, y sus libros de misa a Père Naziancennes. Cenaba los viernes en el Claridge.

Realmente, no había en todo ello nada de particular. Alguien dijo que el *Euryanthe* la había traído de una de esas islas que salpican los mapas del océano Índico como una lluvia de oro. Más tarde se aseguró que pertenecía a una familia de casta sacerdotal, consagrada a un antiguo rito olvidado, en las cercanías del golfo Pérsico.

No faltó quien creyera reconocer en ella un vástago decadente de los vikingos, cuyos restos se diseminaron por el norte de Europa a la caída de la dinastía bárbara. Otros más sensatos se encogieron de hombros, diciendo que habían comprado mangos a muchas criollas semejantes, que iban descalzas a recibir los barcos en los puertos de La Guayra y Pernambuco... Luego, no se habló más del asunto.

Comparada a las rarezas y curiosidades con que el joven dueño del *Euryanthe* acostumbraba sorprenderlos al retorno de sus largos y ya famosos viajes, aquella muchachita callada y sonriente no constituía por cierto ningún hallazgo. Más interesante era el árbol cuyas hojas cambiaban de color por la tarde, traído del archipiélago malayo, o el enorme carbunclo arrancado al ojo izquierdo de la diosa En-Ayamba, que adoran los antropófagos del África Oriental. De todo lo cual se alegró bastante el enamorado marino, que de ese modo se sentía más libre en sus sentimientos, más dueño de hacer de Bárbara lo que mejor pluguiera a su capricho.

Así, pues, sin que nadie protestara, ni ella misma, hizo cortar sus largas trenzas color de río, de igual manera que ya había hecho cortar la cola de sus vestidos. Mostraba una singular antipatía por las cosas prolongadas. No satisfecho con esto, la llevó él mismo al gabinete de los peluqueros, pintado de rosa, y con adorno de cabellos postizos y sin cuidarse mucho del silencioso y obscuro terror que le licuaba más los ojos, hizo que colocaran la femenina cabeza entre los tentáculos escalofriantes de una monstruosa araña de metal. Y el pelo de Bárbara, lacio como la lluvia que cae de noche, se encaracoló de súbito y tornóse áspero y chirriante bajo el peine.

Se ocupó personalmente del grado bermejo de su lápiz de labios, la atavió con los trajes diseñados por las modistas más refinadas, por los artistas en boga; hizo sonar sus pulseras de fantasía, más de moda y más costosas casi que las legítimas, a la música feble de los casinos nocturnos, y sólo no consiguió, entre tantas complacencias, que ella probara sus magníficas dotes de nadadora en las playas de veraneo y baraja francesa.

Él, tan viril, tan entero de ánimo y amplio de inteligencia, no desdeñaba el atender a estas minucias de la mujer amada; era un homenaje a ella, y al mismo tiempo una nueva actividad, una forma graciosa de entretener sus ocios en tierra, sus largos ocios de hombre marinero, y también — ¿por qué no? — una manera más de amar a Bárbara, tan pequeña, tan débil, tan necesitada de él en todas las cosas, desde las más pequeñas a las más grandes.

Y en todas habíale asistido. No tendió una sola vez su mano de niña que no encontrara la suya pronta, firme, segura. Le agradaba el papel de salvador que los dos, de acuerdo, habíanle asignado. Si salvador parecía un vocablo demasiado novelesco, podía sustituírsele por mentor, que resultaba, desde luego, más discreto. Las palabras eran lo de menos, lo cierto era que ella lo necesitaba, que moriría si le faltaba su presencia, como muere la rosa desprendida de su tallo. (Le pareció ajustada la idea de comparar a Bárbara con una rosa; más que muchas otras, merecía la comparación. Y caballero gentil y noble que era, se prometió a sí mismo no ensayar nunca las tijeras en el fino tallo espigado.)

Ella, por su parte, pensaba poco. No tenía tiempo. Se sentía vagamente aturdida, y por la mañana la acometían vértigos y mal sabor en la boca. Algunas señoras ingeniosas aventuraron ciertas conjeturas acerca del particular; pero ella sólo entendía que tal vez el mundo era menos grande de lo que había imaginado y la gente demasiado apresurada.

La prisa de la gente fue lo primero que la sorprendió; una prisa tiránica, inexplicable, contagiosa. Parecía la enfermedad del siglo.

Tenían prisa para comer, prisa para beber, prisa para dormir, prisa para despertar, prisa para reír, prisa para amar. Iban apresurados al baile, y no menos apresurados a las oficinas públicas. Se les veía andar casi corriendo por las calles, atropellándose unos a otros a la subida de los ómnibus, volverse a atropellar a la bajada, adelantarse a alcanzar justamente el tranvía en marcha y comprimirse, ahogarse todos en el primer ascensor, para no esperar el segundo.

— ¿A dónde van tan de prisa? — había preguntado ella al principio.

Después no preguntó más, porque la respuesta era siempre la misma o parecida: Iban al trabajo, a la fiesta, a un entierro muchas veces.

Entonces, Bárbara evocaba vagamente los días lentos de allá lejos. Se acordaba de haber empleado días enteros en trenzar un cestillo de esparto, en recoger los primeros albaricoques del otoño... ¡Qué bien olían aquellos albaricoques septembrinos!...

Casi siempre se privaba de comerlos para poder perfumar con ellos la ropa blanca de su armario... Recordaba también otra vez en que estuvo, desde la mañana a la noche, observando una peregrinación de hormigas que juntaban provisiones para el invierno.

¡Y las distintas sensaciones, los mil y un pensamientos que ella había devanado de aquella cosa pueril, aquella cosa sobre la que hoy pasaría imperturbable, de prisa también, elevada dos pulgadas más por encima de la tierra en sus flamantes tacones Luis XV!

Sí, había pensado cosas, había hecho comparaciones con la vieja fábula tantas veces leída: la cigarra cantadora que muere y la hormiga laboriosa que vive...

¡Oh, las deliciosas moralejas de las fábulas, con las que a menudo estaba ella en contradicción!... Siempre había tenido lástima de la pobre cigarra loca de primavera, embriagada con su propio canto; pero aquella vez la prefirió definitivamente, y odió a la hormiga egoísta, cuidando tanto de su vida insignificante y vulgar, y hasta pensó por un momento en barrer de un solo golpe de su mano vengadora la hilera negra y delgada que se movía en el piso a manera de sierpe finísima...

Pero no lo había hecho; se había quedado pensativa, turbada por una ambigua mezcla de desprecio y de lástima, de lástima y de respeto, sí, de un obscuro e inconsciente respeto por las cosas que sin razón quieren vivir...

¡Qué cosas!... Frente a la vida de aquella gente, sus veinte años eran sólo veinte días breves y nublados.

En una reunión de personas de su edad, a la hora del té, esa bella hora nacarada que parece haberse inventado exclusivamente para hablar e ingerir cosas insulsas, entre mujeres jóvenes y elegantes como ella, se encontraba con que no tenía nada que decir, nada que contar.

Sobraba ella en el terreno de las confidencias y las aventuras; su misma fuga en el *Euryanthe* no emocionaba ya a nadie, había perdido todo interés. Dentro del mismo género, ya bastante manoseado, de las escapatorias, podían encontrarse otras más nuevas, más movidas, más escabrosas que la suya.

Se sintió desairada y se volvió a otros rumbos.

Tomó parte en fiestas de caridad, vendió chuletas condimentadas con sonrisas de vampiresa y propuso con bastante donaire una nueva marca de sorbetes. Luego, pareciéndole todo aquello demasiado frívolo y ruidoso, a imitación de la bella reina Santa Isabel de Hungría, descendió muchas veces a los barrios bajos, cargada de hogazas y legumbres.

Llegó hasta a esperar vagamente la renovación del milagro... ¡Que él la sorprendiera airado, y al tirar del bulto de comestibles, lo encontrara de súbito convertido en fragante rosaleda!... Pero ello no llegó a suceder, entre otras razones, porque él, siempre amable y enamorado, lejos de oponerse a sus nuevas manías de caridad, la ayudaba solícitamente a cargar y repartir las hortalizas.

Prefirió entonces coser ropas demasiado lujosas para los recién nacidos abandonados; visitó las crecherías ventiladas, modernas, con piscina y calistenia sueca; anduvo por las anchas salas repletas de niños silenciosos y domesticados.

Aquellos niños que jugaban por horas marcadas, sin proferir un solo grito ni hacer ruido, le recordaron demasiado otra infancia muda, para no disgustarle.

Quiso un niño de ella, un hijo a quien ella enseñaría otras cosas o nada enseñaría...

Y tuvo hijos. Y sus caderas se ensancharon como arcos de triunfo. Y la gente seguía presurosa siempre; iban y venían de los mismos lugares a otros semejantes con un paso febril y agigantado.

Prisa para comer, prisa para dormir, prisa para despertar. Usaban un reloj que antes de salir el sol los arrancaba brutalmente del sueño con un alarido estridente e inacabable.

Las seis y cuarto... Pensar que había un reloj en el mundo en el cual siempre eran las seis y cuarto.

En el que grises arañas del color del tiempo habían apresado aquel minuto de la vida, que ya no podría escaparse... (¿Qué cosa era lo que escapaba por la azotea? Un aeroplano arqueado, sonoro, ligerísimo... Era el mundo.)

Y Bárbara sacudía lenta su melena ondulada. Y miraba, miraba infinitamente con sus ojos, cada día más anchos, cada día más desvaídos, más líquidos...

Quiso viajar, visitar países donde ya ella había estado en sueños. Confrontar, como tanto gustaba de hacer y tenía ocasión de ensayarlo frecuentemente, la realidad con sus sueños; o, mejor dicho, la realidad que había hecho suya con los sueños que ya habían dejado de serlo. Comparaba entonces la visión encontrada con la presentida, y casi siempre atinaba y se satisfacía de ello con la ingenuidad de una niña que va acertando un crucigrama.

Viajó, zarandeó sus inquietos pies, calzados en botas de alpinista, en *skies* escandinavos, en babuchas musulmanas. Se la vio llorar de emoción frente al mármol aristado de las catedrales góticas, y saltar de gozo en las cumbres de los Andes, con grave riesgo de derriscarse por un desfiladero, ante el asombro de él, un tanto alarmado y sin acabar de comprender...

Una vez riñeron a propósito de un horario de trenes; no la besó él a la hora del desayuno, y ella creyó perderlo para siempre. Decidió morir, ahogar de una vez en las frías y serenas aguas del lago aquella inquietud obscura e incurable que la corroía por dentro desde el principio del mundo.

Se aterró él ante el sesgo dramático a que hacía ella derivar el asunto, y se apresuró a contentarla conformándose con situar entre beso y beso alguno que otro leve consejo acerca de la discreción en el gesto y la templanza en el carácter.

Le dio ella la razón en lo del horario y en todo lo demás. ¿No era él la razón misma?

Prometió enmendarse, lo procuró sinceramente, hizo cuanto pudo por ligar con agua clara aquel vino fermentado y ardiente que era su corazón.

Como al principio de conocerlo, se volvió a calificar a sí misma de salvaje, de tosca, de criatura indigna de la inteligencia, de la cultura y refinamiento del hombre que tenía al lado; de nuevo se sintió tímida en su presencia y se hizo más silenciosa que de costumbre.

Él la sorprendió muchas veces mirándolo con sus grandes ojos licuados, absortos en su contemplación, olvidados de parpadear, plenos de dulzura y de deslumbramiento... La acercaba entonces a sí, pasaba ligeramente su mano por la raíz tibia de sus cabellos...

Recorriendo las iglesias del Medioevo, encontró Bárbara viejos amigos; eran los santos, los tenebrosos santos de su infancia, martirizados, con pecho herido de dardos, con piernas trituradas por enormes y dentadas ruedas de oro puro...

Habló de ellos de manera familiar y ligera; sus conocimientos en esta materia superaban con mucho a los de él y trató de hacérselo notar... ¡No era ella absolutamente ignorante!... He aquí a San Damián con su casulla de esmalte y su sonrisa bienaventurada... ¿Y no es aquél San Sebastián, el hermoso guerrero que amara a la romana altiva, Fabiola, la de los ungüentos preciosos, la de las trenzas arrolladas a manera de tiara? Sí, es él mismo, es su mismo cuerpo joven, desangrado, donde tiemblan aún las últimas saetas...

Este otro es un santo casi desconocido, y resulta en extremo curioso que hayan revivido su olvidado culto en este templo.

Se trata de San Agatán, abad, cristiano de los primeros siglos. Este santo mantuvo durante tres años una piedra en la boca para obligarse a callar, a no pronunciar palabra pecadora. Fue el precursor de los amantes del silencio.

Aquí tenemos a Santa Filomena, la tierna santita degollada un 10 de agosto, a las dos y media de la tarde... ¡Qué suave impresión de frescura da su rostro de niña santa, los pliegues de su túnica de virgen desdibujando los contornos del núbil cuerpo mártir!...

Pero..., ¿dónde está él? Se ha quedado atrás, examinando en el muro la estrellada huella de un casco de obús... El calibre y la extensión de los cañones alemanes parecen interesarle algo más que sus viejas historias de santos...

Y Bárbara calla; calla y besa muy despacio los pies taladrados, los corazones sangrantes, con un hondo, largo, entristecido beso, en que hay más amistad, más ternura que unción, más caridad que fe y esperanza...

Capítulo IV
PRISA

Mientras Bárbara, sorbida, succionada por el mundo, dice adiós a sus últimos fantasmas, la gente nueva, la gente real, sólo piensa en correr de un lado para otro.

Corren a diestra y siniestra sin objeto ni rumbo alguno, y se ve que corren simplemente por correr.

Corren sin saber a dónde quieren ir. ¿Lo sabe ella acaso?

No deben de sentirse bien en donde están y buscan otro sitio; pero una vez llegados, encuentran que tampoco es ése el que buscaban. Parecen unos perennes fugitivos sin que en realidad huyan de nada, ni alcancen nada por huir.

Tal vez los hombres huyen de sí mismos, pero se llevan con ellos, no pueden desprenderse de sus propios pensamientos, de sus propios cuerpos y sus propias almas, ni dejar atrás aquello de que huyen. La Vida es una terrible desbandada.

Los días suceden a las noches y las noches a los días, en un desasosiego sin término ni tregua, en un girar desesperado de animal ciego en derredor de la misma noria.

Bárbara se da cuenta de que sus alegrías pasan tan fugaces como sus penas. Las pequeñas alegrías y las penas pequeñas de que se va haciendo ya toda su vida. Y tiende en vano sus brazos a ellas, ansiosa de retener alguna, la que fuere.

Hasta los hijos que ella había amado tiernos y pequeños, le crecen aprisa, parecen ya traer inmanente el virus de la velocidad; y saltan de sus cunas, y saltan de sus andadores, y se lanzan a tropezones sobre los muebles, sobre los sueños, ante el vago terror de ella, inmóvil, muda, atónita en un rincón del mundo, sin saber qué hacer para sujetar la dulzura viva que se le va de las manos...

Bárbara gustaba de peinar los rizos rubios del varoncito, que le recordaban la melena de un San Juan infante... Pero pronto ha habido que cortar esos rizos porque el niño ya está muy crecido, y el oro trémulo del hijo cae también como un desecho más y se pierde entre el fárrago vertiginoso de los días, de los seres, de las cosas.

Se inventan nuevos medios de locomoción; cada año más veloces, cada medio año más potentes. Se trata por todos los medios de satisfacer, de apaciguar al menos, ese afán, esa premura extraña que ya va siendo como una demencia de la generación.

El año pasado perecieron diecisiete aviadores entre las competencias de altura y el duodécimo vuelo de circunvalación terrestre; otros seis más se perdieron tratando de establecer la ruta directa entre St. Petersbourgh (Estado de Florida, U.S.A.) y Wilson City, cuyo futuro basamento marca una bandera atada a un picacho de hielo en el hemisferio boreal antártico.

Ya antes de esos accidentes, una aviadora se estrelló contra una montaña tratando de mejorar el record trans-Pacífico, que es, como todos saben, de cuarenta y una horas, treinta y tres minutos y once segundos.

Los automovilistas, que con visible despecho se han visto preteridos, no abandonan aún una loca y temeraria esperanza de recuperar el cetro de la velocidad. Todo es que se les dé pista, han declarado algunos ases, y ya en las carreras anuales de Clyton Beach el torpedo «Bólido de Aluminio» llegó a alcanzar las quinientas millas. Lo que no alcanzó fue la meta, pero la fantástica cifra quedó perfectamente registrada en el velocímetro.

A la zaga de los automóviles van las lanchas de motor, cuyo prolongado trueno confundían los viajeros antiguos con la respiración de la serpiente marina. Las primicias de la temporada se celebran siempre con una regata de esos cetáceos capaces de poner espanto en el mismo corazón de Leviatán.

No hay, pues, por qué extrañarse de que maduren las frutas antes de tiempo, ni de que crezcan los hijos al compás de este ritmo febril que acelera el latido en la arteria del mundo. Y así crecen los hijos de Bárbara y los hijos de todas las mujeres, y cada una se consuela pensando que el suyo no será al menos lo más triste que cabe ser sobre la tierra, un atrasado en su hora, un pasajero que ha perdido el tren...

Este pensamiento debe mantenerse en alto, porque él sólo habrá de confortarlas en sus soledades y de ayudarlas en la tarea de remover todos los meses libros, maestros, ropas, alimentos, dulzuras y premuras.

Habíamos tejido un gracioso trajecito de estambre para la nena más pequeña, y hallamos que no podía vestírsele ya el día del estreno. Hubo que añadir un vuelo a su extremo, y a las pocas semanas, otro vuelo y otro vuelo... ¡Vuelan los hijos, vuelan los años, vuela la Vida!...

Y la maternidad de Bárbara, apresurada, apremiada, sofocada, ve huir continuamente, sin tregua para la ternura que se le queda dentro, los juegos infantiles, las risas de la casa, las menudas y manuables formas fáciles de tener y de hacer objeto de amor.

Más asombrada que sus hermanas de destino, menos hecha a la tensión ingente de los tiempos, esta madre en transplante, biológicamente pura, ve cómo pierde aquella infancia efímera, cómo se va desatada de ella, prescindiendo de ella, trascendiendo ya a incontenible afán de trasladarse.

Se vio con que no había tenido tiempo de enseñar a sus hijos todo lo que ella había soñado, lo que aún no había acabado de soñar.

No enseñó nada, y tal vez fuera mejor así. Que cada uno aprendiera en su propia vida lo que necesitaba para vivir, había dicho el padre de estos hijos; pero ella seguía pensando que ni siquiera les había contado el cuento de la Bella Durmiente... Tampoco había habido tiempo. Se distrajo por la mañana vigilando el vuelo de unas golondrinas emigrantes, y cuando regresó a casa se encontró con que ya los muchachos eran mayores. No les interesaban sus cuentos.

Bárbara recogió los juguetes con que apenas habían jugado, y terminó el cuento medio empezado a las estrellas.

El cariño del hombre la cercaba siempre: ni con los años, ni con el general atropellamiento, había mermado ni trocado. Era él, siempre el mismo del *Euryanthe* —enfilado entonces, sabía Dios hacia qué puertos—, el mismo hijo del mar, siempre joven, fuerte, avasallador. Un poco despótico.

Le bastaba este cariño leal, pronto a llenar todos los vacíos. Teniéndolo a él, ¿qué más podía necesitar?

Y, ciertamente, no necesitaba nada más. Creíase feliz, y sus pequeñas penas consistían en la cana descubierta por un peluquero indiscreto o en el jarrón de la China que ayer rompió la nueva sirvienta.

Le entristeció, sin duda, la fuga irremediable de los hijos; pero hasta por serlo así no tuvo más recurso que habituarse a ello y decirse a sí misma, agarrándose más al brazo del hombre, que no había pena en la tierra de que él no fuera capaz de consolarla.

Era, pues, feliz, sencillamente feliz. Se encontraba bien en el mundo y no desdeñaba su siglo; muy al contrario de eso, se percató enseguida de sus ventajas y no dudó de la supremacía que se le asignaba sobre los que le habían precedido.

Al igual que sus contemporáneos, dedujo esta superioridad de hechos tan elocuentes como el de que Lavoissier, en 1782, empleó una semana en trasladarse de París a Lyon en diligencia, y, actualmente, el embajador de los Soviets se ha puesto en menos de treinta y seis minutos de Leningrado a Washington usando un trimotor tipo cero, modelo 1999.

La numeración de los modelos era lo que siempre confundía un poco a Bárbara, pues con frecuencia no correspondía ésta al año en curso, ni al venidero, ni siquiera al posvenidero, ya que una de las más extraordinarias formas de la inquietud humana consistía en la averiguación o sobre imaginación acerca de lo que serían las cosas futuras.

Esta preocupación modificaba muchas veces hasta el lenguaje. Ya no se decía, por ejemplo, hombre inteligente u hombre culto, sino hombre de ideas avanzadas. Si alguien realizaba una labor, se le elogiaba, más que por la calidad y hasta el volumen de la misma, por el poco tiempo empleado en realizarla. Motivo de congratulación y regocijo era anticipar noticias, ideas, reformas, sistemas y hasta modas... Modas en las actitudes o en los gustos, o simplemente en la manera de vestir.

En nombre del progreso, el mérito estaba siempre en el mañana, es decir, no se tenía nunca, y a cambio se le imponía a la humanidad la obligación de irlo a buscar allí; por consecuencia, el mérito de que al fin se gozaba solía venir un tanto borroso, un tanto amorfo, con una consistencia gelatinosa de embrión.

Pero así les placía, aunque no lo entendieran, y así lo exigían, aunque no siempre se atinara con él.

Por de más está añadir que el futurismo seguía constituyendo uno de los derivados más serios del arte actualmente cultivable, y los poetas que no tenían por qué avergonzarse de serlo eran, por cierto, los llamados de vanguardia.

Entre tanto, esta gente progresista seguía atropellándose en los ómnibus, en las calles, en las oficinas y espectáculos públicos. Poco a poco se fue sintiendo ella también contagiada por esta fiebre, por este vértigo de aceleración que hasta entonces había desconocido; ella, que hasta aquel momento pudo permanecer aislada, dejada atrás, desmañada en sus movimientos y como al margen del turbión que pasaba...

Se echó en la vorágine con aquella curiosidad, aquella adaptabilidad de saurio que parecía conformarla a todos los ambientes y plasmarla en todos los moldes, como si fuera barro blando sin vestigios de anteriores morfologías.

Se adentró de lleno en la turbamulta y le tocó la llaga viva, que se le arraiga en lo más hondo; y al igual que los demás, corrió por las calles y se apretujó en los ascensores —burbujas de sangre que le circulan al monstruo.

No faltaba él nunca a su lado. Y todo le era fácil compartido con él. Lo que perdían en prolongación de besos, lo iban ganando en tiempo, en cantidad.

Ambos tomaban su puesto en aquel éxodo sin tierra prometida; casi insensiblemente se vieron arrastrados por las más variadas multitudes, por las más ávidas resacas... Y fueron codo a codo con fariseos y samaritanos, y alcanzaron o se dejaron alcanzar por los especuladores de la grandeza y la miseria humana. A veces veían pasar a los dictadores de ida o de vuelta... Otras veces seguían o se cansaban de seguir a los apóstoles de dioses recién llegados, a los predicadores de nuevas doctrinas, de nuevas libertades y nuevas servidumbres... Y todos, fuertes, débiles, cansados, vencidos, triunfadores, todos, por más diversos que fueran sus ropajes, también corrían y corrían. Era el rasgo común, la condición ineludible de ser vivo.

Una mañana, Bárbara vio a la gente precipitarse hacia las calles, hacia los parques y los muelles, abordar las naves, abalanzarse sobre los trenes, saltar a los aeroplanos...

— ¿Qué sucede? ¿Qué nueva prisa les agita, de qué nuevo record se trata?

Bárbara se detiene, se echa atrás: ha estallado la guerra.

Una guerra que tiene por objeto enunciado ensanchar tres kilómetros más el perímetro circunscrito a las actividades de determinada colectividad; es decir, abrir un poco el círculo giratorio de la noria.

Bárbara no maneja todavía la explicativa frase de «círculo vicioso», y, por tanto, se ve impedida de hacer deducciones. Todo lo más que puede es mantenerse quieta en un lugar algo más elevado, sin verse atropellada por la multitud.

Limítase, pues, a contemplar infantilmente el aglomeramiento de las masas, la ondulación de la muchedumbre, todo confuso, abigarrado, revuelto con los fuegos artificiales, las banderas, los gritos, las salvas y el estrépito de las cornetas.

Hay un anciano que gesticula encaramado en lo alto de unos cajones de conservas. Parece que una gran alegría le congestiona el rostro y lleva prendidas al pecho muchas medallas de oro y plata que centellean a la luz; de vez en cuando tiende en la gloria de la mañana una desenfundada pierna de palo.

Sin duda está arengando a las turbas, que no le muestran mucha atención. Algunos le hacen corro y aplauden, pero las mil cabezas del monstruo siguen enderezadas a no perder el medio de transporte. De pronto, el viejo desaparece arrollado por la avalancha humana.

Bárbara alcanza a ver todavía la pierna de palo, enhiesta por arriba del tumulto; luego, no ve otra cosa que un cabeceo enorme, lento a la distancia, pero no se deja presumir violento y arremolinado en el vórtice.

Es la guerra. Hay latigazos de cohetes sobre el lomo azul del cielo. La multitud se crece como ola, se crece hinchada de odio y de la voluptuosidad de la muerte. Empiezan los discursos.

Bárbara no comprende. Al lado de ella, las mujeres se revuelven furiosamente entre vendajes y medicinas; hay un relampagueo de cofias y delantales blancos. A lo lejos se oye un bramido ronco de cañones.

Van cayendo los muertos unos sobre otros; son los muertos que la suprema serenidad de la muerte no logra hacer bellos. Son feos estos muertos; tienen las mandíbulas arrancadas y los ojos comidos de ratas.

Por los rincones de los hospitales se hacinan brazos amputados, colgajos de vísceras, piltrafas de carne corrompida... Los blancos delantales se embarran de sangre, los dedos se hunden cada instante en gusaneras trémulas y humor de ojos reventados. (Muchos discursos, y Bárbara sin comprender todavía.)

Hay un olor a gas letal que trae el aire; hay un tronar obscuro por el cielo en el silencio de las noches, mientras abajo la tierra convulsa parece gemir y contraerse bajo el absurdo horror de una pesadilla.

Cascos de metralla llueven a sus pies inmóviles, clavados en el sitio, y Bárbara no comprende.

¿Quién la besa en la boca? ¡Ah, sí, el azul inocente!... ¿Qué más sucede? ¿Qué ha dicho él?

¡Él se va también; él corre como los demás, se pierde, marcha con los demás!... ¡Es la guerra! Bárbara ha comprendido...

¡Sombra sobre el mundo, tristeza sobre el mundo! Siguen los discursos y sigue el desfile trágico de caras que se van haciendo cada vez más blancas, más tiernas, más delicadas...

¡Son caras de niños ya! Son los niños que también desfilan, que también van cantando, sin comprender ellos ahora... Es la guerra.

Y Bárbara supo de todo el espanto y de toda la voluptuosidad de la guerra; supo de la embriaguez de las notas épicas y del alegre flamear de las banderas. Se dobló jadeante al olor de la pólvora, olor sabroso más que muchos perfumes, incitante, afrodisíaco casi, y respiró enervada las emanaciones de las medicinas deletéreas; conoció las provocaciones de los grandes cintillos de primera plana, de los bandos del día pegados en todas las esquinas, de los poemas alusivos, de todo un viejo arsenal de leyendas guerreras desenterrado de golpe, con su sabor rancio y picante.

Probó el aturdimiento de las despedidas patéticas a los presuntos héroes, en alto los pañuelos, alas miles que quisieran ir con ellos; y la arribada del batallón triunfante, apretujado por los besos femeninos y los garrotes de la policía; se aprendió el *couplet* de moda a propósito de la victoria más reciente, ladeó sus sombreros a lo Coronel H o a lo General B, se disputó a empellones, en plena calle, las sonrisas del héroe del día pasando en automóvil a fuelle descubierto bajo una lluvia de papelitos y serpentinas.

No satisfecha, e impulsada siempre por el creciente vértigo, dejó atrás la ciudad, corrió a los frentes de batalla, durmió en un tren de carga entre soldados borrachos y meretrices rezagadas, llegó jubilosa, arrebolada por la emoción, bella como nunca había sido.

Allí deshilachó lienzos, enrolló vendas y besó heridas. Allí lloró con los que lloraban imaginando viudas a sus mujeres y huérfanos a sus hijos. Allí se hizo diestra en iluminar tinieblas y en desempacar algodón en rama. Y allí, en fin, se penetró bien de la neurosis exhibicionista y patética que es la guerra para las mujeres.

Y fue mujer en trance de guerra, ávida de inmolarse, fanatizada, tremante...

En eso, se redujo a dos la aspiración de los tres kilómetros circulares que mantenía la colectividad expansiva. Discutidos los dos y transados en uno y medio, con las consiguientes altas y bajas de los bonos del Empréstito, el patrón monometalista y los florines húngaros, se acabó la guerra.

Primero, Bárbara se quedó como cortada; luego, recobróse enseguida, agitando los brazos y prendiendo gallardetes a su balcón.

Al final, como al principio, tampoco pudo hacer deducciones. Volvía él... Volvían los que quedaron vivos, muchos de ellos con una medalla a cambio de una pierna. Ella creía reconocer en cada uno de éstos al anciano de la extremidad postiza que vio aquel día arengar a las multitudes. De todos modos, la falta de pierna no estorbaría a ninguno, llegada la ocasión, el trepar a unos cajones de conservas con idéntico propósito.

Respecto a los muertos, se recogió el esternón de uno y el omóplato de otro y se sepultaron con gran pompa al pie de un glorioso monumento.

Entonces como antes, como siempre, hubo discursos, largos discursos altisonantes y floridos.

Terminada la contienda, quedó a la generación superviviente una inquietud, una prisa aún más imperiosa de vivir. Temían que la Muerte —cuya sombra les había rondado tantas veces— les saliera al paso en cualquier instante, y se apresuraban a coger la fruta en agraz y a arrebatar el vino con mano temblorosa, que derramaba más de lo que alcanzaban los labios; había que probarlo todo pronto, aunque sólo fuera probarlo, en un afán que la gente venidera tildaría de sensualismo extremado, de retroceso a la caverna, de corrompimiento y decadencia, y en el que sólo había un contaminado, un incurable, un inmenso terror.

Quedó además la literatura de posguerra; literatura isócrona, lastimera, infecciosa, aplicada a la humanidad a manera de narcótico. Era la última cabeza de la hidra y la más difícil de cortar.

Fue entonces, recién terminada la guerra y en los inicios de la primavera, cuando Bárbara tuvo una nueva curiosidad: la de visitar, en vía de paseo, los lugares donde había transcurrido su infancia.

Capítulo V
THE DAY IS DONE

No extrañó a él aquel nuevo sesgo que tomaba su inquietud. Hacía tiempo que él mismo había experimentado una necesidad obscura y tormentosa de huir, que ahora se revelaba en ella como un mal incurable. Era una suerte de obsesión, de vicio acaso, que ya en los primeros tiempos los había obligado a saltar las fronteras, a rodar de un país a otro, en una sucesión borrosa de paisajes apenas vislumbrados y ya idos, entre un sordo clamor hecho de resoplar de trenes, de sirenas de barcos, de hélices de aeroplanos y ruidos de máquinas, ruido vertiginoso que por mucho tiempo guardó su oído al acecho. Realmente, la vida de los dos no había sido más que un largo errar por campos y ciudades, un desflorar continuo de caminos...

Al principio lo había atribuido en él al razonado temor de las consecuencias que pudiera traerle su aventura. Llegó a recelar de la sombra amenazadora de escandalosos procesos por secuestro, ilustrados copiosamente por la prensa; de tramitaciones judiciales que no terminarían nunca, plagadas de sesudos conceptos sobre el dolo, el *consensus* y la jurisdicción; creyó oportuno entonces documentarse en voluminosos mamotretos jurídicos; pero, contrariamente a su lógica y a su buen sentido, sus aplicadas previsiones estuvieron de más. Los hechos no se ajustaron a ellas, pues nadie reclamó a Bárbara, ni se suscitó cuestión alguna acerca de su persona.

Desaparecido el fantasma legal, y al fin tranquilizado a este respecto, no dejó, sin embargo, de seguir transportándose de país en país. En parte, continuaban justificando estas peregrinaciones viejas mañas suyas contraídas antes de conocer a Bárbara, y también el deslumbramiento, la sed de gozar de ellos que los nuevos paisajes despertaban en la mujer querida. En presencia de una montaña, de una catarata, de un valle sondeado desde la altura, ella parecía beber el paisaje, más que contemplarlo.

Y se embriagaba con él, y cantaba y reía ante la hostil extrañeza de viajeros más correctos.

Había en Bárbara, como en Eva, una inmensa y antigua inocencia, al mismo tiempo que una avidez frutal, una actitud perenne de nacer sin haber nacido nunca, de despertar sin saberse a punto fijo en qué noche había dormido su sueño...

Fue necesario que pasaran los años y los viajes y los hijos, para que los ojos de ella fueran perdiendo el afán casi angustioso con que solían alzarse a él, pugnando con la pesadez violácea de los párpados.

Los ojos se le serenaron poco a poco, como el agua que se queda atrás del río, y el corazón de él, serenado con sus ojos, supo del beso quieto junto a la cancela entrecerrada y de la mujer tibia detrás del biombo de seda.

La propia inquietud y la inquietud de ella, confundidas aún con los primeros deslumbramientos, parecían conceder una tregua, y entonces pudo él hacer suyas, al fin, esas cosas tan nimias y tan dulces que siendo, sin embargo, necesarias al amor, no había rescatado para el suyo, tundido y trajinado en mil andanzas; fue después, mucho después, cuando vino a detenerse en ellas, a saber, por ejemplo, el color de los cabellos de Bárbara... Eran castaños, de un castaño verdoso parecido al reflejo que toma el agua de un río al parar al pie de una montaña. Castaños y obstinadamente lacios, recordaban esas madejas de limo que las mareas dejan en la playa y el sol va secando día por día, arrancadas del mar.

Tuvo que aprovechar la breve tregua para acercarse a sus ojos obscuros, en los que a veces perecían florecer vacilantes flores de muérdago; a su frente en declive, por donde rodaban de continuo sombras de invisibles y misteriosos crepúsculos.

A la luz de las bombillas eléctricas, logró ver bien a Bárbara, ligeramente morena y pálida, como recién bañada en un agua de ámbar; surcadas las sienes por vetas en lapizlázuli de venas, con la boca grande y los dientes azulosos de tan blancos. No pequeña, sino más bien alta, y más que alta, erguida.

Evocaba ahora con qué deleite de triunfo había saboreado entonces la sensación de ver desvanecerse el misterio en torno de ella, a manera de un poco de niebla a los rayos del sol.

Había experimentado el mismo sentimiento que hace sonreír a los chicos miedosos cuando, a las primeras luces del alba, descubren que el fastasma que les impidió conciliar el sueño por la noche sólo era el espejo del armario o el reloj acorado a la pared.

Asistió triunfalmente, con triunfo de autor, a la humanización de Bárbara, a la metamorfosis de ella, tornada de la noche a la mañana en una sencilla y buena mujer. Una buena mujer para la fatiga de cada día, para el regreso de una jornada, para los paréntesis negros de las noches, fan fáciles de llenar con sus besos.

No, no había sentido nunca desilusión ni pena por la transformación de la que amaba; transformación que no había llevado tiempo, que hubiera podido encontrar tal vez demasiado brusca. No le seducía el misterio, le mortificaba más bien, como mortifican esas personas que hablan en presencia nuestra una lengua desconocida.

No estaba cierto de que fuera ésta exactamente la impresión; pero sí podía afirmar que de todas maneras el misterio no le interesó nunca, como no le interesaba cosa alguna que no estuviera al alcance de su mano.

Para su mayor confortamiento físico y espiritual, queríala así, limpia y fresca como agua apta para beberse, tiernamente vulgar para su amor de hombre.

Y para colmar aún sus gustos, contra todo lo que era de esperarse, Bárbara no brilló extraordinariamente en la sociedad que frecuentaba; era tal vez un poco silenciosa, un poco ambigua, y carecía de desenvoltura, así como de atención a los demás, interés por sus vidas, cosa que complace en extremo el corazón de muchas personas honorables y forma parte siempre de los formularios de buena educación.

Nunca preguntaba por la salud de nadie, ni por el resultado de los exámenes de los niños, ni por el origen de las habilidades del cocinero.

Era curioso observar el enarcamiento de sus cejas, delatador del esfuerzo que le costaba sostener una conversación de salón, en la que era preciso repetirle mucho las palabras, que acababa, cansada, por no oír. Y porque nada se sabía de su casa ni de sus gentes, y porque tenía un nombre áspero y obscuro como una raíz desentrañada, que no era grato ni melifluo de decir, la llamaron —adivinando más que traduciendo— la Extranjera.

Y el mote fue certero, pues nadie más extranjero que ella, que lo era en todos los países del mundo.

Indudablemente, Bárbara agasajada, Bárbara solicitada y brilladora, hubiera acabado por escapársele un poco a través de las nuevas aunque pequeñas aberturas del halago ajeno. Y, en verdad, no era cosa que a él disgustara el verla así más circunscrita a su estrecho horizonte; no podía disgustar a él, que, después de todo, tampoco dejaba de tener el afán de envolver de la araña, y de la araña, la paciencia y el hilo sutil y seguro.

No podía ser menos para ser realmente lo que era: un hombre amando. Sin embargo, no es que resultara ella un ser insociable ni cosa semejante; bien lejos de eso, mostrábase, por el contrario, muy deseosa de la compañía humana.

Cierto que tomaba poca parte en las conversaciones; pero le agradaba recorrer con su aire de reina de incógnito los salones iluminados entre hombres de etiqueta y mujeres escotadas, que a su paso hablaban en voz baja por detrás del abanico.

Pronto él se había dado cuenta de que Bárbara padecía la vulgar atracción de las multitudes.

En los teatros —uno de los sitios a que concurrían más asiduamente— la veía disfrutar, más que del espectáculo, cuya ilación perdía con frecuencia, de la sensación de hallarse rodeada de gente; gente que hablaba, que producía ruidos tan puramente físicos y tan convencionalmente espirituales como podían serlo los aplausos; gente que vibraba, que constituía, en fin, un conglomerado humano del que ella era parte en aquel momento. Por un misterioso instinto de solidaridad social, gozaba de saberse entre todos los que juntos participaban de una misma emoción y cobijaba un mismo techo, aquel alto techo de los grandes coliseos, esmaltado y resplandeciente como un cielo, y no, como el cielo, tan alto y tan perdido...

Los teatros habían sido la delicia de Bárbara. Pero habían de estar bien llenos de espectadores y profusamente iluminados.

Un teatro sin gente le producía un malestar indefinible; huía de ellos, mirando con recelo las hileras de lunetas que abrían frente a ella sus brazos vacíos.

De nadie como de Bárbara pudo decirse que sentía el impuro amor de las ciudades. Amó todas las del mundo, las conoció a todas y a todas les sintió latir la arteria viva.

Interpretaba delicadamente el alma de cada ciudad y hacía concordar con ella el alma suya, infinita y sensible, tocada de ese mimetismo de las mariposas, que por vivir entre flores llegan a parecerse a las flores, y de los murciélagos, que por andar en las sombras se vuelven sombras cuajadas y tangibles.

Fácilmente se identificaba con todas las idiosincrasias, con todas las costumbres; fácilmente hacía suya una tradición, una modalidad, una lengua. Se adaptaba a todos los climas y se plegaba a cada noche o renacía a cada sol.

En París, Bárbara se hacía ligera, fina y leve como una rama de *muguet* de abril.

En Londres la conoció él grave y ceremoniosa aun en la intimidad de su amor. Llena de toda una delicada reserva.

Brujas tornóla tarda y somnolienta, esfumándose entre las brumas de los canales, y sus manos, de tanto andar con encajes y tapices, se las hallaba, al besárselas, impregnadas de un tenue olor antiguo...

Burgos le reveló una Bárbara adusta y señorial que él no conocía. Hasta sus trajes se volvieron taciturnos. Ya hecho al gris y a la tiniebla de las capillas reales, apenas pudo reconocer la boca que besaba en Nápoles, boca salada, reidora, de pescadorcilla, coral marino, olorosa a mar y a sol.

Su cuerpo se hizo elástico y su pie infatigable en Nueva York; casi no podía seguirla, como corza escapada en la selva de hierro y de cemento.

En La Habana, el sol en ascuas y las casas de azúcar se la dejaron dulce y quemada, como el sabroso melado de la caña.

En Buenos Aires se hizo descolorida para ser brillante, a semejanza de esas luces que de brillar tanto pierden el color. Color desvanecido, forma desvanecida, fue ya en Constantinopla, donde tornóse extática, con éxtasis de mezquita en penumbra, y agudizada, afinada, como prolongándose de su sueño, con una estilización de minarete.

Quizás por eso parecía tan nueva siempre para su amor. Podía como ninguna mujer desdoblarse infinitamente sin romperse, sin dejar nunca de ser quien era, sin perderse de ella misma, ni perder para el amante el sello de gracia que la marcaba entre todas. A su lado no conoció él nunca impaciencia o hastío; hasta las cosas que parecían vulgares, a través de ella se impregnaron también del encanto de su personalidad. Aquella misma atracción por el bullicio y la fiesta, intolerable en otra mujer, se hacía en Bárbara modalidad nueva e intrigante; hacía pensar que buscaba en la fiesta algo que no era la fiesta misma y que llevaba hacia el mundo otra cosa más que su curiosidad.

La amaba toda y amaba en ella todo lo que ella amaba. Amó su amor a las ciudades, y nadie mejor que esta mujer gustó y supo hacer gustar del sabor de las piedras juntadas por la mano del hombre, de la vida que corre entre esas piedras; ella desentrañaba el alba en la ciudad con despertar de máquinas y campanas, exprimía el crepúsculo sobre torres y cúpulas, recogía la noche en las esquinas oliendo a asfalto húmedo, a gasolina quemada, a flores marchitas de kiosco.

Nadie mejor que ella compulsó y reveló el encanto de ser forastero en una ciudad lejana, de alcanzarla en el extremo de un tren o en el mástil de un barco; de gustarla a flor de labio y dejarla pronto con la sensación agridulce de haber visto rostros y cosas que probablemente no vería más.

Ella dijo una vez —¡y qué bien lo comprendió él!— que la emoción que más se repetía en su pecho sin quebrarse, sin perder fuerza ni magnitud, ni sabor de cosa nueva, era la de estar llegando en tren a una gran ciudad; la de ver cómo se resta al campo su fiereza y a la llanura su desnudez, y ver el verde crudo del paisaje cómo se torna suave y palidece entre la gravilla, y se siente que el campo retrocede alcanzado por un reguero de tejadillos rojos, de menudas casas diseminadas sobre él, que se van apretando, mientras ya se vislumbra a lo lejos, por los cristales de los postigos, la gran masa de piedra abrillantada por el sol si es de día, y si de noche, el resplandor alucinante de miles de ventanas encendidas.

Ciudades grandes, pequeñas ciudades, ciudades soleadas y ciudades neblinosas; las frías y las cálidas, del Sur y del Norte, del Este y del Oeste... En todas, Bárbara se encontraba bien; en todas se encontraba a ella misma otra vez, ágil, trasmutada, multiplicada infinitamente...

Él conservaba entre los pliegues de su pensamiento una memoria confusa y tumultuosa de ciudades, como si se pegaran unas con otras a modo de fotografías superpuestas; eran ciudades borrosas, punteadas de rostros amarillos, blancos, negros. Unas tenían puentes de acero que brillaban, otras salían del mar con puertos palpitantes de velas, de banderas, de chimeneas verdes y amarillas... Pero en el fondo eran siempre las mismas ciudades, rodeadas de parquecillos anémicos, donde amanecen pájaros muertos de frío, donde la yerba se seca en los canteros polvorientos y simétricos y los árboles levantan las aceras resquebrajando el cemento con sus raíces, que son como pies agarrotados en un inútil, angustioso afán de escapar...

Eran las ciudades que ella había amado; con sedas y brillantes tras cristales, con música tras las sedas, con luces entre la música, con juegos de agua adiestrada en figuras y arabescos para solaz de transeúntes desocupados; con tranvías subterráneos circulantes por los tubos de acero que forman la inmensa red arterial de la urbe.

La ciudad, el gran amor de Bárbara, el amor que era como el mismo amor a él o como si los dos no fueran más que uno solo:

—Tú eres mi país, tú eres mi ciudad... —dijo ella una vez en que le repitieron el nombre que le habían dado.

¡Y él vio la ciudad irreal de Bárbara, la que nadie había penetrado nunca; la vio clara y luciente como jamás había visto otra alguna. Vio surgir sobre el mar la magnífica ciudad que era la suya, distinta a las demás, y a la que iban a llegar ya; aquélla en que descansarían al fin y que se les aparecía enjoyada de anuncios lumínicos, clavada de torres de plata, rosa-gris de cemento y de crepúsculos, abierta a todos los soles del mundo!...

Un brusco viraje del sitio en que se apoyaba desvió su mirada y rompió sobre el agua en un polvillo de oro la visión gloriosa; tuvo que asirse a la baranda para no caer.

¡Qué raros eran sus pensamientos mundanos en aquella soledad en que se encontraba de súbito!

Miró en torno suyo, y sólo vio una masa obscura y dilatada sobre el agua... ¿Qué era aquello? ¿Acaso?...

Interrogó ansioso con los ojos a Bárbara, que, sentada a su lado, lo miraba hacía tiempo vigilando aquel largo silencio, inusitado en él.

Sonrió ella entonces y asintió levemente con la cabeza, y en aquel momento él comprendió que habían llegado.

Se sentía la frente pesarosa y los ojos un poco turbios.

Pasó la mano a lo largo de la baranda, tanteó un instante las gruesas cadenas, las jarcias tensas y crujientes...

Alzó la cabeza para mirar de nuevo la masa obscura que había visto enfrente de él, pero no la encontró ya; sólo vio el mar de un tenue color perlado y el sol blanco y opaco que descendía brevemente por el horizonte. El barco estaba virando y tuvo que buscar la costa ya por la otra banda, sobre el oleaje espeso que empezaba a arreciar a estribor.

Aquél era el lugar, no había dudas. La tonalidad de las aguas, la blancura lívida del cielo, la clase de algas folíferas que él sólo había encontrado en aquellos litorales.

El mundo no había llegado todavía hasta allí. La selva permanecía intacta como el día en que la abandonaron. No se veía aún la casa, y la tierra aparecía sólo como una verdura inextricable, orlada apenas por un ribete de arena pálida.

Se volvió a Bárbara con cierta curiosidad, y la halló muy tranquila observando atentamente las maniobras de los marineros; sonrióse entonces de un modo particular y comenzó a revisar sus cartas geográficas.

Se le vio frotar las manos. Todo marchaba bien. El viaje se había hecho sin tropiezos y más pronto aún de lo que dejaron prever sus planes.

Un simple error en el cálculo de la curvatura de un meridiano y no hubieran llegado nunca. Se sintió orgulloso de su pericia marítima y solicitó hábilmente la admiración de la mujer; pero ésta continuaba absorta en el trajín de la marinería; embebida en la contemplación del pintoresco y movido cuadro de la arribada.

Guardó él sus cartas de mar, ya que no parecía ella dispuesta a atender a otra cosa que al curso de la larga cadena del áncora desenrrollándose con estrépito, y al aleteo convulso de la hélice, cada vez más lenta y fatigosa.

Todo aquello parecía interesarla vivamente, como si fuera la primera vez que lo presenciara.

El barco cabeceaba reacio, se doblaba ahora sobre babor y levantaba espumarajos, haciendo venir de todos sus ángulos un prolongado chirrido de maderas y de hierros que se mezclaba con los gritos de los hombres allá abajo.

Una ancha estela se había quedado sobre el mar sin deshacerse, marcando el paso de la nave desde el horizonte. Aquella rugosidad abierta a lo largo del agua se asemejaba vagamente a la cicatriz de una vieja herida.

Buscó él por tercera vez la tierra verde que brotaba a flor de agua. Ya distinguía bien las copas de los árboles, que el atardecer iba colmando de sombras; alcanzaba a columbrar los agudos picos del acantilado granítico, donde se trenzaban ahora lianas tenaces y hasta arbustos coníferos en una lujuriosa invasión vegetal...

Creyó percibir como un fresco olor a matas y a lluvia recién caída; sólo la casa no aparecía aún, como si el crecido jardín hubiera acabado por devorarla.

Seguía sintiéndose torpe de ideas y de movimientos; había pensado muchas cosas en aquella tarde, había pensado demasiado. No era por cierto hábito en él, y nunca volvería a hacerlo cuando tuviera que atender a las cosas del mar.

El barco se había detenido; la hélice muerta yacía sobre las aguas como un pájaro ahogado, abiertas las dos alas grises y quietas.

Había cesado el ruido a bordo, y los marineros enfilaban ya las rampas obscuras y desaparecían por ellas cansados y silenciosos, enjugándose con sus brazos afelpados de vello el sudor que corría por sus frentes.

En torno al casco se iba cerrando el agua aquietada; el cieno removido del fondo le daba ahora un color pardo y una consistencia espesa de melado.

Se había hecho casi de noche; la sombra caía menuda e impalpable como una cosa sin peso, como una cosa que desciende en el vacío.

Él pensó en los versos del poeta del Norte, el poeta blanco y simple como el Norte mismo:

The day is done and the darkness
Falls from the wings of night...

Así caía la sombra, desprendida de un elemento tenue y volador como sólo pudiera serlo un ala... Y los versos le sonaron en el sopor de aquella hora a rumor muy lejano y muy hondo al propio tiempo.

Intentó recordarlos todos; pero sólo algunos fragmentos llegaban fatigosamente a sus labios, ascendiendo por encima de las tinieblas de su corazón... Sentía en aquella hora el mismo cansancio crepuscular que debió de sentir el que los escribió; cansancio no muy grave ni muy acentuado, fatiga más bien de los trabajos de la jornada, de los cuidados de cada día; la fatiga cotidiana y humilde de todas las tardes y de todos los hombres del mundo.

De los hombres a esa hora de la tarde:

> *A feeling of sadness and longing*
> *That is not akin to pain*
> *And resembles sorrow only*
> *As the mist resembles the rain.*
> *Come, read to me some poem...*

Y miró a Bárbara, que permanecía echada sobre la borda, ya perdidos los ojos nublados en insondables lejanías.

> *Some simple and heartfelt lay*
> *That shall soothe this restless feeling*
> *And banish the thoughts of day...*

Pero ella parecía distraída, abstraída quizás; observó entonces que Bárbara no había pronunciado palabra alguna desde que llegaron a sus playas.

> *And lend to the rhyme of the poet*
> *The beauty of thy voice...*

¿Dónde estaba su voz? Por un instante le pasó la idea extraña de que la voz de ella era cosa perdida, música terminada aunque volviera a decir palabras. Y odió de antemano las palabras que ella dijera, que no serían las que él había esperado en su hora, ni le devolverían tampoco la voz difunta cuya sombra había buscado en vano sobre sus labios.

La noche prometía ser tibia y perfumada. Oíase el ruido peculiar del agua al apelotonarse en los costados del barco, y vagos efluvios nocturnos venían de lejos, traídos por el viento marino.

Encendieron los faroles. Arriba quedaban dos tripulantes zafando las amarras de un bote recién limpiado; Bárbara vigilaba uno por uno sus movimientos... Se había echado una capa por los hombros y parecía ya muy dispuesta a saltar dentro del bote, que descendía suavemente por los cables engrasados, posándose en el agua con blandura de mariposa.

De pronto, él hizo un gesto inequívoco a los hombres, mirando a Bárbara de soslayo.

Acababa de ocurrírsele que era mejor aplazar el descenso a tierra para el día siguiente por la mañana. Ya era muy tarde, pronto no habría luz y no consideraba sensato aventurarse por aquellas soledades en horas de la noche.

Saltó ella como si le hubieran dado un latigazo. Aquellas palabras de prudencia tuvieron el don de sacudirla de su marasmo; aquel repentino aplazamiento pareció contrariarla de manera extraordinaria y singular. Nadie la esperaba, y le extrañó a él verla con aquella desazón, con aquella impaciencia de persona puntual que ve retardársele una cita; impaciencia inopinada en quien había visto hasta ese momento indiferente al regreso.

Los hombres, con los remos aún en las manos, esperaban el acuerdo definitivo, sin decidirse todavía a recoger el bote descendido.

Insistía ella en desembarcar inmediatamente; pero él, tan solícito siempre que se trataba de complacerla, no accedió por esta vez. Se iba haciendo ella caprichosa, y en vano suplicó y se afligió.

Mientras más se afanaba ella, más resuelto se afincaba él en no satisfacer su capricho. Le molestaba un poco la premura de Bárbara, como antes le había molestado su abstracción. Además, se sentía muy cansado. A la mañana siguiente, a pleno sol, sería fácil abordar la tierra y adentrarse en ella; entonces tal vez se localizaría la casa que no se había visto aún, y que después de todo era lo único que podía de veras identificar el paraje.

Nunca había él negado nada, y por lo mismo tenía derecho a encontrarla alguna vez sumisa a su deseo.

Entre estas consideraciones acabó de cerrar la noche; los hombres echaron los remos en el fondo del bote y se fueron, dejándolo en el agua como estaba, uncido al barco por una cuerda mal atada. El mar aparecía manso como un lago. Bárbara se replegó otra vez en un silencio taciturno.

Suspiró él; la breve escaramuza le había fatigado aún más. El olor a matas y a tierra que creyera notar antes, con el rocío nocturno cobraba vigor y se adentraba ya con tanta fuerza en sus pulmones, que llegaba a marearle, a repugnarle un poco aquella emanación de cosa húmeda, de bulbos vegetales desenterrados; olor dulce, emoliente, frío de glucosa y de carbono...

Con paso torpe buscó la puerta de su dormitorio:

I see the lights of the village
Gleam through the rain and mist...

Sí, él había visto las luces de la ciudad... Pero ahora la niebla había crecido. *The day is done*. ¿Por qué pensaba tanto en aquellos versos?

El día estaba resuelto. Era ya cosa hecha, cosa terminada, consumada, inalargable. Y, ¿qué día era aquél? No era más que un día, un día más.

Todos los días del mundo acababan así, en un revuelo de sombras y en un poco de fatiga. Y mañana empezaría otro día igual.

Estaba ya a los umbrales de la puerta, cuando se acordó de que se marchaba sin besar a Bárbara; no lo había hecho por rencor, sino por distracción. Verdaderamente, estaba distraído aquel día, pero no tuvo tiempo de rectificar, porque ya ella, olvidando todo resquemor, había corrido a lo largo de la cubierta y se precipitaba en sus brazos ansiosamente, como si de pronto le hubiera faltado el aire para respirar o algo imprescindible para seguir viviendo.

Sonrió él benignamente y quiso ofrecerle una gentil excusa, pero no lo dejó ella, amontonando besos sobre besos, más golosa de sus labios que de sus palabras.

Una ráfaga se llevó la cinta con que Bárbara ataba sus cabellos; se inclinó él y la recogió a punto de volar por la borda, sobre el mar... Con gesto suavísimo volvió a anudarla a su melena...

> *And the night shall be filled with music,*
> *and the cares that infest the day*
> *shall fold their tents like the Arabs*
> *and as silently steal away...*

Bárbara lo miraba ahora con sus ojos implorantes, los ojos que él conocía húmedos y tiernos, donde se veía él mismo repetido, necesitado infinitamente.

And as silently steal away...

Y la miraba él y quedó todavía mirándola un largo rato... El otoño prometía ser bello en ella. Las caderas de la mujer se habían redondeado plenamente, con la redondez y la plenitud de la copa, de la fruta, del nido y de todo lo que, da dulzura y calor a la vida... Presintió en aquel momento una amplia perspectiva de beatitud conyugal, que se prolongaba hasta el infinito, que ya nada interrumpiría... Quiso echarle un brazo por el talle y atraer hacia dentro a aquella mujer que era suya; extendió el brazo, pero la mano resbaló por la cortina y quedó inmóvil entre los pliegues, que se deshicieron silenciosamente... De pronto había pensado que ella podía interpretar su gesto como una debilidad suya, como una transigencia de los sentidos...

Ella, que se iba haciendo caprichosa... No; no quería de ninguna manera rebajarse así ante los ojos que tan humildes le habían mirado, los ojos que hacía un momento le miraron como a un dios; no quebrantaría él mismo el respeto, la fuerza moral que había que mantener a costa de cualquier sacrificio si fuera necesario; además, había tiempo... *The day is done* era sólo un día más...

Levantó la cortina y la dejó caer tras sus pasos.

Ella quedó fuera, turbada. Fue hacia el mar, miró el agua, volvió desde allí los ojos hasta el rojo tapiz que aún se movía blandamente al impulso del reciente paso...

Pensó que detrás de esa cortina estaba el Sereno, el Dominador, el Amable por excelencia... Pensó que sólo había entre los dos una tela flotante y ligerísima... ¿Y siempre, siempre no había estado entre ellos esa finura inconsútil, esa seda impalpable?

Sonrióse Bárbara y, acodándose otra vez en la baranda, se quedó mirando el mar.

Capítulo VI
LAS LUCES

Se quedó sola con el mar.

Brillaban arriba las estrellas, y abajo brillaba el agua con extrañas fosforescencias; a través de la inmóvil masa líquida, Bárbara veía pasar peces de oblongados cuerpos, cuyos ojos redondos lanzaban de trecho en trecho una llama verdosa y fugitiva.

Hacía calor y se sentía la atmósfera densa, como cargada de irradiaciones eléctricas. Una estrella errante pasó por el cielo... La mano se le extendió instintivamente. Habíase erguido junto a la baranda y miraba con expresión atónita el paisaje.

Los peces seguían pasando por debajo del agua, atravesando los cordones de lianas que, enraizados desde la arena, ondulaban al paso de aquellos cuerpos de gelatina; a veces alguno llegaba a rizar la superficie con la punta de la arquillada cola, pero descendía de nuevo presuroso, deshaciendo madejas de liquen y racimos de ovas, que al romperse llenaban el agua de burbujas. El fondo de arena blanca, no muy profundo, se alcanzaba a ver salpicado de caracoles y moluscos.

El agua parecía estar tibia, impregnada aún de aquel día tan largo y ardoroso, como si en ella no acabara de derretirse el sol del reciente crepúsculo; allá abajo entre las oquedades del poniente, Bárbara sabía que estaba la playa negra con más obscuridad, con más tristeza vegetal que nunca.

Gravitaba ya en el aire la pesadez de la piedra, la cercanía del árbol retorcido y afanoso. Olía a flores marchitas a la sombra.

Las horas iban pasando una a una por encima del mar, y los peces las perseguían entre ramos de algas, sacando sus cabezas para cazarlas brevemente a flor de agua... A un costado del barco se mecía el bote destinado a conducirla a tierra; Bárbara alcanzaba a ver los remos quietos en su fondo, uno junto a otro, como brazos cortados.

El farol que brillaba en lo alto del palo de mesana doblábase en otro farol vivo, alargado en la onda. Ella se complació imaginando la escena que seguiría pasadas unas horas, cuando apagaran aquel farol y vinieran al fin los marineros a llevarla en el bote que estaba ya dispuesto sobre el agua; el bote de madera incorrompible, que tenía el nombre suyo grabado en letras de oro puro.

El bello y mayor barco que había sustituido al *Euryanthe* se llamaba *Santa Bárbara*; él lo había querido así, y ella apenas se había opuesto, luchando en su interior con el sedimento de recuerdos que el viejo nombre dejara en su alma y con el nuevo, íntimo regocijo de tener siempre su nombre sobre el mar.

Pero no había explicado estos sentimientos; se había limitado a balbucear modestamente excusas vanas... ¿Por qué hizo esto? Eran cosas que aprendiera después, aprendizajes nuevos, pequeños aprendizajes a cambio de un gran olvido.

El *Santa Bárbara*: fuerte, grande, hermoso barco... ¡Y qué bien llamado! Qué propio era su nombre para el barco... Su nombre era marino, era para clavarlo en la proa de un navío.

Ahora el mar estaba tan quieto, que ella casi podía leer en él su nombre invertido. Todo aparecía tocado de una quietud inmensa, de una inmovilidad súbita, como si de pronto el mundo se hubiera detenido sobre su eje de rotación.

El aire sin correr empezaba a cuajarse en torno suyo; diríase que algo iba a ocurrir, y la naturaleza en suspenso parecía aguardarlo.

Bárbara comenzó a andar orillando la cubierta; era el que se sentía un calor húmedo, semejante a emanaciones de caverna, de bodega donde se evaporasen vinos muy antiguos...

Por un instante tuvo la sensación de estar enterrada viva en esa tumba inmensa que era el mundo.

El mundo... ¿No había querido ella entrar en el mundo? ¿No era ella quien había ido a buscarlo, a morderlo golosamente como una manzana prohibida?

Recordó entonces aquella su primera noche en la tierra de los hombres, su primer sueño entre los humanos sueños y la primera luz eléctrica prendida por su mano temeraria.

¡Hacer la luz! Ella también podía hacer luz en su sombra... ¡Qué pena y qué soberbia! Pero lo había hecho y lo haría otra vez, lo haría ahora, en esta noche que iba a ser tan larga...

De pronto se sintió avergonzada de aquel *fiat lux* suyo, un poco ya degenerado, que más se parecía a las hogueras que encienden al anochecer los cazadores perdidos para ahuyentar las fieras de la selva.

Este hacerse de luces mundanas, ¿qué había sido en su vida? ¿Potestad o servidumbre?

Ya era tarde para saberlo, y tarde también para arrepentirse, porque apenas invocadas, las luces estaban allí, puntuales a una cita que nadie había concertado, buscándola, cercándola como en la noche de su encuentro inicial y decisivo.

Ni siquiera necesitó, como entonces, oprimir resorte alguno; ellas solas habían venido tras su rastro, y Bárbara las reconoció como a las hijas, las nietas multiplicadas de aquella luz primera encendida imprudentemente, rebeldemente, con esa rebeldía explosiva que en larga gesta suele dar el miedo.

Luces que una vez prendidas no se apagan más y que llegaban ahora desplazadas de todos los ámbitos de la tierra para quebrar esta quietud, para sondear esta soledad.

Antes de desearlo, estaba rodeada de luces; podía sacudirlas de su vestido, aplastarlas con la palma de la mano; pero ellas seguían lloviendo sobre el barco, taladrando su noche cálida y su viejo mar. Las luces venían a rescatarla en aquel cuadrante olvidado del océano, en aquel perdido rincón del planeta.

Eran las mismas que ella había visto brillar en el mundo de los hombres y que la encontraban ahora en el mismo fin del mundo, venidas por todos los caminos de la sombra; eran las luces impuras que ella había amado tanto...

¡Cómo habían podido llegar hasta allí, ésas, las luces tímidas del campo!... Y las de la ciudad, sujetas por las piedras, presas en el cemento y en el hierro.

Aunque también nacidas de la inquietud humana, las luces campesinas son distintas. Van casi siempre errantes en las carretas y en las cabalgaduras; en la mano del pastor retrasado, del labriego que madruga, del marido con la mujer de parto... ¡Cómo corre la luz del tren nocturno! Parece un aerolito horizontal, surge un instante y ya desaparece... No llega a despertar los pájaros dormidos, pero estremece el bosque, hiende el aire, fascina los ojos del animal lento que no huye...

Las luces de la ciudad son pálidas, inertes y apretadas; panales fosforescentes vienen a ser los rascacielos al caer de la noche. Panales fosforescentes los seguía ella viendo por la línea de un horizonte imposible.

Luces blancas de nitro, guarnecidas de flejes y arandelas de metal; las que se encienden en los días de niebla para escribir facturas comerciales atisbando entre el Debe y el Haber el paisaje de la ventana, pronto aprendido de memoria, con sus tejados y sus chimeneas. Paisaje mínimo donde ya no cabe un pájaro.

Luces del hospital, donde se muere y se nace como en serie... ¡Cuántas veces son ellas solas las que velan el paso del que viene y del que se va! Vigilia de la vida pobre y de la muerte pobre... Y de esa otra luz también, esa que alumbra el pasillo maloliente, la numerada puerta para hospedar el amor barato.

Luces hermanas del hospital y del prostíbulo. Y la del candelabro del muerto.

Luces de los salones en la fiesta, del sabio en el laboratorio, del rey en su gran mesa de mandar.

Luces de todo afán, de toda brega, de todo este impaciente deshacerse del cascarón primario que se pega...

Luces de otras noches en esta noche sin nadie, sin camino que seguir, sin huésped que esperar...

Luces de otro mar en este mar que nunca tuvo faros, ni barcos que pasaran, ni puertos iluminados...

Las luces sin sentido sobrecogen más que la misma sombra. Angustia de la luz... ¿Quién no la conociera alguna vez? ¿A quién no sorprendió junto a su puerta ese malestar de la luz inusitada?

—La casa estaba a obscuras y, de pronto, alguien prendió la luz...

—Se nos hizo de noche en el campo, apresurábamos el regreso, cuando por el recodo del sendero apareció una luz...

—Después del baile, en el salón vacío las luces siguen encendidas.

—En el Asilo de Ciegos han instalado focos de seiscientas bujías.

—En la casa de enfrente hay un niño enfermo; a media noche encendieron la luz...

Luces, luces disparatadas y tenaces... Bárbara hizo un débil gesto de rechazo, pero ellas seguían cayendo torpes sobre su pecho, sobre su rostro, sobre sus ojos.

Había querido las luces de los hombres y ya no podía librarse de ellas; tampoco los hombres con tantas luces podrían librarse de la sombra que ella les llevara, sombra de vientre femenino, de cólera divina, de jardín anochecido...

Verdaderamente, estaba en paz con los hombres; había tenido con ellos —y por su voluntad— un trueque de valores y no había que pensar en devolver lo recibido.

Ella era dueña de sus luces como un náufrago es dueño de un tesoro en una isla desierta.

Cuántas luces para una mujer sola, y qué pocas para su palpitar de feto angélico, en lucha siempre con la madre sombra, ahogado una y mil veces por el mismo cordón, nudo de vida.

Esa noche estaban en su mano todas las luces de la tierra, pero todas juntas eran impotentes para salvar lo que había de perderse o para perder lo que había de salvarse...

Había robado o traficado con el caudal mirífico del mundo, pero sólo la sombra había sido suya. Y sólo la sombra era pura; estaba en el Principio, y la luz que venía luego era siempre violación. La sombra era la virginidad del Universo.

Seducida por voces insidiosas, había dejado violar la sombra suya por la luz ajena.

¡Pero había un punto donde la luz no había llegado todavía, y ese punto estaba allí, frente a sus ojos, cerca, con una dulce, turbadora cercanía!...

Allí estaban su casa y su jardín, donde las vanas luces terrenales nunca habían osado penetrar. Allí podría dormir siquiera un poco... ¡Qué buen sueño se dormiría allí!

Dormir, volver, reintegrarse al vientre tibio de la sombra sin nacer todavía, sin saber de las luces de los hombres...

Su tierra la llamaba quedamente, la llamaba por su nombre íntimo que nadie sabía, y ella se sentía conmovida ante la insinuación de su tiniebla, ante el olor de su transpiración húmeda y verde.

¿Por qué no había ido antes? Ella sí había querido ir, había hecho descolgar el bote, ese bote que estaba allí todavía en el agua.

Bárbara se inclinó por la borda para verlo. Nadie lo había movido; seguía allí blanco, leve con sus dos remos cruzados en una actitud de obscura inocencia.

Los peces también seguían pasando como antes, como siempre. Ella envidió sus cuerpos gráciles, aptos para cruzar la extensión líquida... Pensó entonces que el agua estaba quieta y que mañana era siempre tarde para su sueño.

Y ya no pensó más. Se echó en el bote, desató la cuerda y, apoyando un remo en el costado del barco, se deslizó ligeramente entre la noche.

Las luces se apagaban una a una lentamente... Y nadie vio cómo junto al *Santa Bárbara* se rompía en el agua el nombre de oro.

Capítulo VII
EL PESCADOR

Muy vagamente en la tiniebla se redondeaban grandes moles negras como retalladas en el mismo cristal de la noche; por bajo de ellas el mar duro y brillante parecía laqueado en el fondo del paisaje.

Había un olor raro, semejante al que pudieran exhalar muchas plantas diversas, hacinadas en la tibia humedad de un invernadero. Bárbara se incorporó fatigosamente, como si la ancha noche cargada de sombras estuviera pesando sobre ella.

Hacía largo tiempo que descansaba en aquella orilla del mundo, y no amanecía aún; ya no podía imaginar la hora que sería, perdida en la noche sin estrellas.

Extendió sus brazos en la tiniebla. Antes de aventurarse en él, quería tantear el paisaje, palparlo con una mano leve y recelosa de mendigo ciego.

Y la mano fue resbalando primero sobre superficies aristadas, superpuestas a manera de lajas y recubiertas de una delgada capa de fibra húmeda que le pareció musgo marino. Llevó las manos hacia abajo, pero las retiró enseguida, al hundir la punta de los dedos en una charca de agua helada y pútrida. Seguía aflorando el primer plano del paisaje; pasaba ahora por arriba de cuerpos blandos y fríos, cuerpos movedizos que al sentirse tocados escapaban por entre sus dedos dejándoselos impregnados de un rastro viscoso; giraban sus brazos en la sombra, tocaba la sombra como un ciego toca un rostro que quisiera reconocer... Deslizaba sus dedos despacio por arriba del grano poroso de las piedras, por entre las grietas húmedas de la roca. De pronto percibió en el hueco de su mano como un doblegarse de frescura, de cosa tersa y flexible: era una rama...

«El jardín ya», pensó Bárbara en alta voz.

Conservó un instante la rama apretada al corazón...

Ya estaba todo hecho, todo cumplido. Se sentía ahora infinitamente lejos de ella misma; sentíase fatigada y tranquila, conmovida y solemne como después de la Muerte o después del Amor.

Soltó la rama, que se fue atrás, distendida en la sombra. La masa pesarosa de la noche pareció aligerarse por encima de ella; tuvo la impresión de que ella misma estaba ya formando parte de la noche, que lo que había de sombra en ella —y era tanto...— se había ido derritiendo poco a poco en aquella pulpa negra que rezumaba el mundo; se sintió vacía, como desinflada; dejo caer los brazos y probó a andar en aquella tierra que era suya.

Pocos pasos había dado, cuando se detuvo al ver unas luces a lo lejos. Pensó entonces en las ventanillas iluminadas del *Santa Bárbara* y quedó sonriendo al resplandor del barco encendido en lontananza.

Después de mucho tiempo, su boca reconocía la sonrisa perdida, la sonrisa a la esperanza y a la luz.

Pero las luces se movían, se disgregaban en el aire, se esparramaban apagándose y volviendo a encenderse, errantes a lo largo de la costa como si alguien tirara de ellas por un hilo. Se había engañado: no podían ser aquéllas las luces del barco.

¿Quién juega con luces en la noche? Un poco antes, en la borda del *Santa Bárbara*, creyó morir traspasada por la luz; ahora, allí mismo, en aquella virginidad de la tierra, en aquella soledad intacta, le volvían a herir la sombra.

Un miasma irisado clareaba en torno de las luces. Olía a matas y a agua.

—Son fuegos fatuos —dijo Bárbara otra vez en alta voz, y siguió andando despacio, sin rumbo fijo todavía.

Eran fuegos fatuos. No eran las luces del barco, no eran las luces del mundo. El mundo estaba lejos; el barco...

El barco. Las llamas, muy espigadas y de color verdoso, continuaban su danza nocturna, desaparecían y volvían a aparecer a poca distancia, deslizándose ligeras, con movimientos gráciles, ondulosos, casi humanos...

Una luz parecía desviarse de las otras, desintegrarse de su núcleo y avanzar desde el fondo de la noche.

Era aquélla una luz más pálida que el resto de las luces, más alargada, y subía sobre las demás y se desprendía de la bruma ella sola y siempre avanzando.

Bárbara retrocedió instintivamente.

La luz se había detenido y brillaba suspensa junto al filo de una roca; pasados unos instantes, continuó su marcha un poco más lenta y desviándose ligeramente, pero siempre hacia el lugar en que ella estaba.

Bárbara comprendió que, aunque había atravesado la trémula red de los fuegos fatuos, aquella luz no lo era, no provenía de ellos, sino más bien de un farolillo que alguien llevara caminando; por el cabeceo irregular que podía observársele, llegó hasta a deducir que el misterioso noctámbulo, invisible todavía sería también cojo. Se sonrió ante la agudeza de su pensamiento y fue entonces rectamente hacia la luz.

Se encontraron. La figura de la mujer se iluminó un instante junto al mar; la otra silueta, la que debía ya estar frente a sus ojos, se quedó a contraluz sobre la noche.

Bárbara sólo había llegado a distinguir un vago contorno humano y algo más que se movía hacia lo alto y que le pareció, de pronto, una caña de pescar.

Siguió un breve silencio, que ella cortó impaciente con una pregunta que correspondía más bien al preguntado. Preguntó al que no acababa de salir de la obscuridad, cómo había podido llegar hasta aquel sitio.

No obtuvo respuesta, aunque ella repitió la pregunta en muchos idiomas, en todos los que conocía. Calló Bárbara, dudando ya de aquella presencia viva en la tiniebla; hizo un ademán de retirada, y entonces oyó decir sencillamente en la primera lengua que había ensayado:

—Por el camino...

Bárbara rió. Empezaba a animarse y se sentía despreocupada; tuvo ligerezas de gacela al deslizarse sobre las piedras para ver el camino que el desconocido intentaba mostrarle extendiendo la mano que sostenía la linterna.

Miraba ella, y a la pálida luz vio, en efecto, como un trillo marcado muy estrechamente en la espesura contigua, tal si lo hubiera raspado el paso de una sola persona, dejando allí, año tras año, una misma huella.

—No creí que nadie viviera aquí —volvió a decir Bárbara sin dejar espesar el silencio.

—Años hace que vivo yo —respondió el recién llegado, poniendo el farol sobre una roca—. Vivo de la pesca —continuó con voz somnolienta— y tengo mi casa allá, del otro lado de la costa.

La luz de la linterna no llegaba a alumbrar su rostro, que, sin embargo, se adivinaba fino y pálido en la obscuridad. Su cuerpo sí lo distinguía bien Bárbara, delgado, mal envuelto en ropas burdas; cuerpo era de adolescente, aunque quizás demasiado alto para serlo...

Él continuaba hablando vagamente, y su voz venía toda neblinosa, desarticulada, como de persona que se despierta de un largo sueño. Pero ya ella no prestaba mucha atención a sus palabras; había dejado de mirarlo, y sus ojos huían ahora por la vereda abierta en la espesura.

(¡El jardín, el jardín!...)

—Somos pescadores, vivimos de la pesca —repetía él con su voz monótona, opacada por jirones de sueño—, y nuestra vida es dura. Apenas amanece, ya tenemos que estar en el pueblo para vender el pescado...

Bárbara, que había iniciado unos pasos, se detuvo en seco.

—¿El pueblo? ¿Has dicho el pueblo? —balbuceó temblorosa—. ¿Qué pueblo es ése? ¿Por dónde vas a él, por dónde puedo ir yo?

Tardaba en contestar el pescadorcillo, juzgando acaso muchas las preguntas...

Los ojos de Bárbara hubieran querido agujerear la tiniebla. Hizo un gesto de alcanzar al pescador; pero éste, volviéndose para tomar el fanal, se internó un poco en el bosque y, apartando con el brazo libre las ramas, le indicó con la luz algo que debía de estar detrás de ellas.

Bárbara se precipitó sobre el ramaje mientras él volvía a decir sus primeras palabras claras y sencillas: «Por el camino... Voy al pueblo por el camino...»

Ella, doblada sobre el hueco que él le abría entre la ramazón, miraba largamente, ávidamente, buscando lo que se le mostraba, pero nada vio. La noche era espesa y la luz débil; entre una y otra apenas se vislumbraba un confuso mover de hojas.

—Ahora está muy obscuro —se apresuró a decir el muchacho, dejando caer las ramas y como respondiendo al pensamiento que ella no había exteriorizado todavía—; pero cuando amanezca podrás ver el pueblo y el camino...

Por tercera vez la bella palabra florecía en los labios invisibles; pero ella notó entonces que su voz carecía de inflexiones, que no modulaba las sílabas ni les imprimía acento ni matiz alguno... El pescadorcillo debía de tener mucho sueño. Su vida era dura, había que vender el pescado en el pueblo...

Existía entonces un pueblo... Un pueblo con casas, con gente que compraba pescado... Allí, en su tierra obscura, en su jardín obscuro, había brotado un pueblo, un pueblo seguramente de pescadores, con redes tendidas a secar al sol, con calles de arena, con un puñado de niños llenando el aire de cantos, de risas...

No, pueblo de pescadores no sería... Él había dicho que los pescadores iban al pueblo... Los pescadores como él quedaban por el otro lado del litoral, y el pueblo no sería entonces tan humilde, tendría calles empedradas con lajas del granito costeño, lajas rescatadas al verde invasor y secas y pulidas ya por el frote de las ruedas... Dentro de la noche había un pueblo, y su camino estaba allí a sus pies, acaso vivo y tembloroso...

Se había cumplido, pues, un viejo sueño suyo. La ciudad había llegado hasta la casa. Y vio por un momento aquella casa de su infancia, enorme, blanquísima, circundada ahora por casitas leves, empenachadas de humo, a manera de gallina rodeada de polluelos...

Se presentía su sonrisa en la sombra; él debió de presentirla porque levantó el brazo en ademán de defensa..., levantó el brazo para alzar la linterna, buscando quizás el verla mejor.

—Antes había aquí una casa muy grande... —empezó a decir ella con expresión afectadamente soñadora.

La lucecilla del farol se dobló por su tallo azul; un soplo de aire parecía apagar la llama ya deshilachada, y él tuvo que poner su mano de pantalla para protegerla.

Hubo un largo silencio, que Bárbara pasó imaginando las cosas de su casa, cosas pequeñas, semiolvidadas u olvidadas del todo, que volvían a surgir en aquel momento como esos desechos de flores que guardamos frescas y recién cortadas entre las páginas de un libro, y que años después reconocemos, a pesar de todo, como la misma flor.

Aquellos rosetones de cantería de la fachada, verdosos de la lluvia, por cuyos gruesos y duros pétalos subían las hormigas en hileras interminables...

La gran cama de cuatro columnas, con la ramita de boj que ella no quiso llevarse... Con las sábanas limpias y compuestas, ya amarillas del aire y del tiempo...

Los largos corredores de su casa, donde el sol se estiraba infinitamente sin quebrarse; aquellos corredores encuadrados por vitrales góticos, donde languidecían viejos santos cuyos nombres se olvidaron.

Cristales de la casa... El de las hornacinas y las lámparas, el de las altas lucernas de los techos huidos, donde era grato ver caer la lluvia que no podía alcanzarnos... Cristales de la casa a través de los cuales el paisaje tenía ya la inconsistente irrealidad de los sueños o de las vistas tomadas del fondo del mar. Cristales de la casa para filtrar el sol, para filtrar el ruido, para filtrar la Vida...

—La casa ya no existe —interrumpió bruscamente el pescador con su voz inexpresiva.

Bárbara sintió como si algo se le hubiera roto entre los dedos; se miró las manos y se las vio vacías.

En derredor de ella se habían apagado uno a uno los fuegos fatuos, y tan sólo ya la mecha encendida del farolillo trazaba un abanico de luz sobre las rocas.

Ella sintió un vago deseo de refugiarse en aquella luz, de ponerse a salvo en el breve segmento iluminado. Acostarse dentro de él, con las piernas encogidas, en actitud beatífica de feto por nacer; caber dentro y dormir. Dormir fuera de la noche del mundo que la cercaba... El pescadorcillo tenía sueño y ella también...

Caminó sobre la luz, puso los pies en la claridad y se los vio blancos y puros; limpios de todos los caminos de la tierra que en vano habían andado y desandado.

—Si quieres ir allá, puedo guiarte —dijo el pescador tranquilamente—; conozco el lugar mejor que tú...

Sonrió ella al sentirse tuteada. Jovencito, niño acaso, debía de ser el pescadorzuelo para así dirigirse a una persona desconocida.

Volvió ligeramente a observarlo, a tratar de adivinar su edad por lo que podía alcanzarse de su figura; porque la voz no decía nada; era una voz lejana y monocorde, que lo mismo podía ser la de un niño o la de un viejo. Hasta la de una mujer; era una voz sin sexo y sin edad.

El farol daba ahora sobre sus manos, que arrollaban lentamente la cuerda a la caña; sus movimientos eran en extremo ligeros y suaves, como si apenas tocara las cosas, como si las rozara apenas.

Si el muchacho tuviera dieciséis años, tendría exactamente la edad de su hijo mayor... Pero era bastante más alto que su hijo; era quizá uno de esos adolescentes crecidos demasiado aprisa...

El recuerdo del hijo la había emocionado ligeramente. Lo volvía a ver como el día de la partida, diciéndole adiós con su gorra de cadete galoneada en oro...

¡Aquella gorra con tanto oro que brillaba como otro sol al sol del mediodía!... ¡Por cuánto tiempo tuvo ella el centelleo de aquel oro en los ojos!...

Muchachito bueno era su hijo, con gorra de oro, con medalla de oro, con ojos de oro puro...

De pronto, ella se sintió envuelta como en una ráfaga fría. El pescador estaba frente a ella en silencio, alumbrándola con el farol y mirándola muy fijo.

No veía Bárbara sus ojos en la sombra. ¿Por qué pensó que la estaba mirando?

Se había sentido obstinadamente mirada, y luego no había visto los ojos que la miraron...

¿Cómo serían los ojos del muchacho?

Y puso al pescador los ojos del hijo lejano, los maravillosos ojos dorados que ella hubiera querido entonces tener cerca. Y no necesitó esforzarse para hacerlo, porque la adolescencia se marcaba tan pura en él, que bien podía evocar a un hijo.

Bárbara se había olvidado de responder a su última interrogación, y cuando él terminó de arrollar la cuerda a la caña, sin esperar más la respuesta, alzó el farol y se echó a andar por la vereda abierta en los inicios de la selva. Bárbara, atraída por la luz, lo fue siguiendo de lejos.

Capítulo VIII
LA LAGARTIJA

El farol no alcanzaba a alumbrar toda la senda, y ella sintió que el suelo duro y hojoso de piedra en que hasta entonces había andado desaparecía bajo sus pies, que empezaba a hundirse como en un fango frío y ligero.

Un olor a resina fresca la embriagaba a medida que se iba internando en la espesura; alguno que otro gajo mojado en sereno le cruzaba el rostro en un breve y escalofriante ramalazo, que la hacía cerrar los ojos y detenerse con miedo de perder la luz. Y la luz huía cabeceando por debajo de los árboles, que a su paso y por un momento surgían gigantescos en la sombra, para volver después a sumergirse entre la niebla humosa de la noche.

Huyendo de las luces, venía a caer en esta llama miserable; había querido apagar todas las luces vivas del mundo para asirse ahora a una sola luz sin nombre y sin sentido.

Cabeceaba la luz. ¿No era cojo el pescador?

Rememorando cosas lejanas, había olvidado comprobarlo... Ahora no tenía de él más que una lucecilla vacilante. Y apresuró el paso para no perder esto también.

Pensaba alcanzarla enseguida en el recodo próximo, que ya se iluminaba al paso del farol.

Pero el muchacho era naturalmente más ligero que ella, y por un momento la luz desapareció ante sus ojos. La sombra absoluta en que se sintió caer de pronto la hizo, por vez primera en esa noche, conocer el miedo.

Bárbara se detuvo. La linterna había reaparecido y seguía ya hacia la derecha; ella torció el rumbo y fue detrás como una mariposa atontada.

Caminaba ahora sobre un grueso légamo que se extendía interminable bajo sus plantas. Le pareció estar andando por arriba de una viscosa blandura de umbelas podridas.

Chocaba con cuerpos confusos de materia deleznable, que sólo de tocarlos se deshacían sobre ella, dejándole la piel impregnada de un polvillo húmedo y untuoso.

El paisaje le trascendía a una infinita marchitez; el balsámico olor de la noche había acabado por agriarse con la mezcla de nuevos olores: olor a humedad, a agua estancada, a descomposición de residuos orgánicos, a romper de gérmenes en la tierra revuelta, acre, caliginosa... Ella se sintió mareada.

No corría un soplo de aire entre las masas de verde que parecían trasudar un calor húmedo. Sobre el cuerpo de Bárbara empezaba a cernirse levemente esa exudación vegetal y monstruosa.

Hasta la luz se iba sofocando por momentos entre aquella niebla tibia que colgaba en lechosos cuajarones de lo alto de las ramas. Y toda la selva enorme parecía próxima a aplastar la débil lucecilla, enhiesta aún en la negrura.

La selva era. El jardín había derivado en selva, había crecido viciosamente, voluptuosamente, en la soledad y el abandono, rebasando sus límites, desbordándose por encima de los arriates, que quedaron sepultados bajo la invasión de espigas y de bayas y de espádices. Todos los senderos habían sido devorados por el torbellino de ramas y raíces... El jardín alcanzaba el farallón, se precipitaba sobre el mismo mar sobrecogido...

Y sobre el mar quedábase suspenso desde el acantilado; suspenso en una inmóvil, rígida, catarata verde...

El jardín; era el jardín triunfante, el triunfo de la selva primitiva...

¡Qué calor y qué sombra! No le parecía a ella avanzar, sino estar más bien descendiendo; perdió la sensación horizontal de su marcha y replegó el cuerpo en falso, como si se deslizara verticalmente por una vertiginosa hondura.

Bajo sus pies cedía ya la masa de fango y hojas; tropezó y cayó sobre un montón carnoso de flor y de glumas; el olor nauseabundo de las fermentaciones vegetales le entraba a oleadas espesas en los pulmones.

Y la luz seguía por delante en línea recta ya, como si el que la llevara no tropezara con obstáculo alguno, como si hubiera perdido su cojera y marchara sobre una superficie lisa y abierta. Bárbara hubiera querido asirse a él; pero el verde se le espesaba entre las manos como una gelatina, como una melaza repugnante, que en vano trataba ella de despegarse de los dedos, de sacudir furiosamente en el aire.

El pueblo.... ¿Dónde estaba el pueblo de que él había hablado? ¿El pueblo de las casas empenachadas de humo, de las calles empedradas con lajas graníticas? Lajas del granito costeño rescatadas al bosque invasor...

Hizo ademán de detenerse, pero los pies se le rodaron solos por los terrones anegados del suelo; el cansancio y el mareo la habían rendido hacía mucho tiempo, y ahora se daba cuenta de que continuaba caminando independientemente de su esfuerzo, como empujada o más bien como absorbida.

Tuvo la sensación de ser absorbida; de que la selva, dotada de una misteriosa facultad de succión, la embebía poco a poco, le hacía el vacío por delante, le daba vueltas a una órbita hacia cuyo fondo iba ella atraída rectamente.

No corría un soplo de aire, y Bárbara, sin fuerzas ya, proseguía su marcha sintiendo al paso como un romper de inflorescencia, como un rajar de filamentos y de cálices que volvían a unirse y entrelazarse por detrás de ella, una vez pasada.

Creyó estar enferma de un delirio vegetal y obscuro, estar soñando una pesadilla de ramas quebradas, de erizadas piñas, de bulbos y de ganglios y de estigmas; una pesadilla toda hecha de cosas de la tierra, de cosas de jardín, en cuyo vértigo percibía distintamente un loco sacudir de semillas en su vaina, un golpeteo de canutos quebradizos, un hormigueo de hilos finos de savia a lo largo de sus brazos, un aplastar de crujientes escarabajos que le salían al paso, de tubérculos blandos que se le quebraban pegados a los pies... Y de todo ese fárrago de untuosidades, de frialdades, de tibiezas, de zumbidos, de cosquilleos, se formaba una red sutil, una red húmeda y suavísima, mil veces rota entre sus manos y otras mil vueltas a formar en torno de ella.

El pueblo, el pueblo... Los pescadores van al pueblo a vender el pescado.

Su vida es dura...

Sombra, sombra. Una sola luz en tanta sombra; pero cuando amanezca verá el camino.

Y seguía caminando, cayendo a cada paso, incorporándose de nuevo y volviendo a caer y a tropezar de uno en otro árbol. Parecía como si el que iba por delante no abriera hueco en el bosque o como si el bosque volviera a crecer entre él y ella.

La luz tiraba de Bárbara a través de la niebla y el ramaje; la iba casi arrastrando entre los árboles, rompiendo las cortinas de muérdago que colgaban inmóviles, espesas, moteadas de insectos dormidos.

Los árboles. Sucesión de árboles uno detrás de otro surgiendo de la sombra, entrando en ella; procesión de gigantes descabezados con los brazos en alto, en una última y pavorosa crispadura.

Árboles, árboles espectrales moviendo sus mil lenguas de hojas que le lamían el rostro, dejándoselo untado de una baba fría y pegajosa.

Árboles; eran los árboles que se despegaban del suelo, daban tumbos sobre los tentáculos de sus raíces desenterradas, recubiertas de gusanos y colgajos de tierra desmoronada.

Iban ya los árboles con ella, también detrás de la luz, detrás de ella, alcanzándola con los dedos cosquilleantes de sus brácteas, con sus yemas túrgidas que le efloraban la carne...

De pronto rompió una claridad. Los fantasmas de la selva se disolvieron a manera de un chorro de tinta que se vierte en un lago.

La luz del farol se había detenido y se apagaba lentamente, jadeando como una estrella rezagada en el amanecer.

El amanecer... Era que amanecía ya o que amanecería muy pronto. Esa vaga inmanente claridad precursora del alba era lo que había empezado a rielar en lontananza.

Estaba allí el término del éxodo; aquella terrible marcha a través de la noche, donde había sentido reproducirse en sólo unas horas todas las viejas angustias, todos los terrores y las fatigas de su vida, desembocaba ahora blandamente en este ribazo de luz, en este canto próximo de alondra.

El sol, a punto de asomar por el horizonte, se hacía ya sensible en los primeros planos del paisaje, perfilándolos, limpiándolos de sombras y miasmas.

Bajo sus zapatos rotos y llenos de barro, se desperezaba poco a poco un mundo dormido.

Bárbara, con el alba recién nacida en los brazos, se acercó al pescador, que permanecía en suspenso, caída la mano que sostenía la apagada linterna. Su figura se dibujaba entera contra un muro de piedra cuya mole aparecía como una desmesurada blancura entre las sombras en fuga.

—Dijiste que cuando amaneciera vería el pueblo y el camino —murmuró Bárbara, mirándolo con una fatigada sonrisa.

Él se volvió hacia ella y dijo, haciendo un vago gesto con la mano.

—Sí, mira...

Pero ella no movió la cabeza ni miró a ningún lado. Medio sorprendida la sonrisa de los labios, se le quedó mirando con la mirada fija en su rostro, alucinada.

La cara del pescador había empezado a iluminarse con las luces iniciales, y era una cara pálida, sin relieves casi, que parecía moldeada en cera blanda, semiderretida por algunos lados. Por abajo del párpado manaba la mirada como un agua sorda, y Bárbara la sintió enderezada penosamente hacia ella.

Aquella mirada turbia y vacilante le dio la impresión de que volvía de una obscura delicia de infinito y de muerte.

Instintivamente se echó atrás, retrocedió todavía algunos pasos torpes, sin volverse ni dejar de mirarla; sin acertar a mantener los ojos fuera de los suyos, que seguían embebiéndola en el aire.

El pescador permanecía inmóvil junto al muro, y fue ella la que de pronto se dobló sobre sí misma, llevándose las manos al vientre...

Fueron unos segundos nada más, unos segundos trémulos, eléctricos... Antes de que ellos pasaran, Bárbara se había erguido ya, y tornaba a acercársele despacio, con rigidez de autómata o sonámbula.

Siempre sin apartarse de la pared que daba consistencia a su contorno, los brazos de él se le tendieron de un modo ambiguo.

Todavía se acercó más. Una dulzura de flor y de flor nueva, una frescura de hojas y de agua, venía milagrosamente del jardín en ruinas en que debían de hallarse.

No se dejaban ver las rosas, pero olía a rosas; mareaban las rosas, sofocaba el olor jadeante de las rosas.

No se veía el agua, pero se oía correr agua entre piedras; se sentía el suave y espeso borbotar del agua que se desliza entre junturas de piedras, sobre lecho de guijas.

Y otros efluvios confusos, ya nuevos, ya viejos, llegaban hasta ella envolviéndola, envolviendo a los dos en una gran ternura vegetal fragante y pura.

Bárbara se sintió obscuramente conmovida.

El muro de piedra era aún como una desmesurada blancura, y el jardín se cerraba en torno a ellos, crecía aprisa, crecía obscuro y dulcísimo en una cerrazón de sombras y de olores...

Allá, en lo alto del muro, donde un tronco de almendro se incrustaba, hubo un crujido breve; Bárbara levantó los ojos mareados y vio a través de una cortina de vapor de agua como un reptil pequeño y agilísimo, una grieta acaso, que se había abierto y recorría el paredón de arriba abajo. Seguidamente la piedra más alta de la cornisa se desprendió y cayó a sus pies.

Ella bajó los ojos y lo miró a él lenta, certeramente... No hizo él un gesto; había logrado subir los párpados, y Bárbara sentía ahora sus ojos propiamente, no ya su mirada, sino sus ojos mismos pegados a su piel, húmedos y blandos, como si fuera el globo de sus ojos lo que se adhería a la piel de ella. Sintió sus ojos caminar por su piel como babosas, como babosas finas...

Una segunda piedra se desprendió de arriba. Rozó el hombro de Bárbara, manchándole el brazo de una humedad verdosa.

Nuevas grietas brotaban de la primera, crecían y se ramificaban a modo de pólipos por todo el lienzo de la pared.

El jardín se apretujaba aprisa sobre ellos, los echaba uno contra otro cogidos en una trama de excrecencias vegetales. El muro empezó a bambolearse despacio.

Bárbara sentía náuseas, una náusea ligera que le producía el húmedo aliento del jardín echado sobre ella, casi mojándole la cara... En aquel momento vio pasar a sus pies, muy rítmica, muy cauta, una lagartija... Intentó sonreír.

Él la seguía mirando siempre con su mirada acuosa, con sus ojos cargados ya de muerte.

En lo más alto del friso, un sillar esculpido en forma de animal de grandes alas se inclinó muy lentamente sobre el vacío.

Los ojos alucinados se cerraron.

—Sujeten al dragón —dijo ella como entre sueños.

—No tengas miedo —murmuró él con una voz como un soplo, como un vuelo ya—. No tengas miedo, que yo te enseñaré el camino... Mira: ya está amaneciendo...

Bárbara abrió los ojos, y aún vio la enorme piedra oscilando sobre sus cabezas.

No vio mas. Hubo un chasquido sordo, y el pedrusco cayó también, rompiendo el equilibrio del paredón, que, ya resquebrajado, acabó de derrumbarse pesadamente entre nubes de polvo y hojas secas.

Salía el sol. Por encima de la hojarasca y los escombros escapaba una lagartija amarilla...

AUTOMÓVILES pintados de verde y de amarillo, hombres que trascienden a navajas de afeitar y mujeres que curvan hacia el cielo una tras otra sus sonrisas, pasan en hileras interminables junto al entrecruzamiento de vigas de hierro que se van levantando frente al mar.

Hotel de moda, casino elegante en ciernes. Embrión de balneario para niños pobres, quizás... Alguna de las cosas bonitas de la civilización invasora.

Los obreros palanquean reciamente las vigas; las suben por el aire mordidas por las grúas rechinantes, trenzadas por cadenas que se enrollan a las poleas lentas, quejumbrosas... Son obreros obscuros que trabajan en silencio. Pertenecen al Sindicato de Trabajadores del Hierro; y a pesar de todo, parecen tan cansados...

El mundo ha progresado mucho. Los automóviles siguen pasando verdes, amarillos, rojos... Pasando como siempre, con su carga de hombres afeitados, de mujeres florecidas de sonrisas.

Se detienen un instante a ver la gran obra de la civilización, vueltos de espaldas al mar.

—Todavía no hace muchos años, era este floreciente litoral —que ya aparece en todos los prospectos de Cook's Tours Agency— una marisma inhabitable, un matorral malsano...

Y se van pronto, vueltos aún de espaldas al mar eterno y haciendo muchos gestos con los brazos.

Brincan las vigas en el aire, se remachan los gigantescos clavos a fuego vivo, arde la cal y cuaja el hormigón apretándose como costra de dinosaurio sobre los lomos de hierro.

Crece el estruendo de la civilización a lo largo de la playa sobrecogida. (Entre la arena, entre los hierros, aún persiste un verdor desmenuzado.)

Esta tarde, afincando un pie de la armazón entre la despedazada tierra, uno de los obreros —el más silencioso, el más obscuro— ha encontrado un disco de hojalata recortado en la más perfecta circunferencia.

Es una hojalata algo cóncava hacia el centro, de bordes muy pulidos y estriada de vetas azulosas. La mano del trabajador del hierro la ha sentido desmesuradamente fría...

El hombre interrumpe su faena y mira un momento la redondela brilladora, que reluce al sol; es curiosa la pieza... Piensa él que lavada y desinfectada —aleación de economía instintiva y modernas divulgaciones profilácticas—, podría muy bien servir de plato duradero para su comida fría y puntual —comida disciplinada también—; pero la arroja luego con gesto desdeñoso.

Bárbara, por detrás, por arriba, por abajo, por siempre..., pega su cara pálida a los barrotes de hierro...

ÍNDICE

IMPRESO EN LOS TALLERES
GRAFICOS SOCIEDAD DE SERVICIOS
DE ARTES GRAFICAS, S.L.
MARZO DE 1993
MADRID (ESPAÑA)